소오강호 5 – 흡성대법

1판 1쇄 발행 2018. 10. 15.
1판 4쇄 발행 2022. 3. 26.

지은이 김용
옮긴이 전정은
발행인 고세규
편집 조은혜 | 디자인 윤석진
발행처 김영사
등록 1979년 5월 17일 (제406-2003-036호)
주소 경기도 파주시 문발로 197(문발동) 우편번호 10881
전화 마케팅부 031)955-3100, 편집부 031)955-3200 | 팩스 031)955-3111

값은 뒤표지에 있습니다. ISBN 978-89-349-8333-0 04820
                        978-89-349-8337-8 (세트)

홈페이지 www.gimmyoung.com   블로그 blog.naver.com/gybook
인스타그램 instagram.com/gimmyoung   이메일 bestbook@gimmyoung.com

좋은 독자가 좋은 책을 만듭니다.
김영사는 독자 여러분의 의견에 항상 귀 기울이고 있습니다.

소오강호

笑傲江湖

김용 대하역사무협

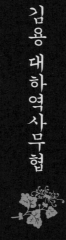

전정은 옮김

흡성대법

5

5권 | **흡성대법**

주요 등장인물

6

영호충 令狐沖

화산파 대사형. 어렸을 때 부모를 잃어 화산파 장문인 부부 손에서 자랐다. 강호의 의리와 예의를 중요하게 여겨 의협심이 강하지만, 술을 좋아하고 거침없는 성정을 가졌다. 타고난 호방함으로 많은 이들의 총애를 받아, 여러 사람들의 도움으로 절체절명의 위기도 잘 헤쳐 나간다. 규율이나 관습에 얽매이지 않고 자유롭게 사는 삶을 추구하는 인물이다.

임평지 林平之

복주 복위표국 소표두. 집안에 전해져 내려오는 〈벽사검보〉를 노리고 가문을 몰살한 청성파에게 복수하기 위해 화산파에 입문했다. 무공 실력이 뛰어나지 않고, 소심한 인물이었으나 집안 멸문에 얽힌 비밀을 알게 된 뒤 변하게 된다.

악불군 岳不羣

화산파 장문인. 영호충의 아버지 같은 인물로 군자검이라는 별호를 갖고 있을 정도로 점잖고 고상하다. 무공 또한 뛰어나 당대 무림에서 손꼽히는 고수였지만, 위선적인 태도와 탐욕이 드러난다.

악영산 岳靈珊

악불군과 영중칙의 딸. 어렸을 때부터 영호충과 함께 놀고, 무공을 익히며 자랐다. 털털하고 솔직한 성격으로 다소 천방지축같은 모습도 보인다. 영호충이 짝사랑하는 인물로, 악영산 또한 영호충에게 마음이 있었지만 임평지를 만난 뒤 그에게 마음을 뺏긴다.

막대 莫大

형산파 장문인. 꾀죄죄한 차림새로 다니는 신출귀몰한 인물로, 언제나 호금을 지닌 채 자유롭게 강호를 누비며 다닌다. 매사에 흔들림 없이 당당한 대장부의 면모를 가진 영호충에게 호의적인 태도를 보이며, 영호충이 위험에 처할 때 도움을 주기도 한다.

의림 儀琳

불계 화상의 딸이자 항산파 정일 사태 제자. 처음에는 본인이 고아인 줄 알았으나 우연한 계기로 아버지를 만나게 됐다. 좌중을 사로잡는 빼어난 외모를 가진, 출가한 승려로 순수한 심성을 가진 인물이다. 영호충의 도움을 받아 목숨을 구한 이후로, 줄곧 그에게 연정을 품는다.

유정풍 劉正風과 곡양 曲洋

형산파 고수와 일월신교 장로. 유정풍과 곡양은 각각 정파와 사파에 속해 있기 때문에 교우해서는 안 되지만 음악에 대한 뜻이 같아 우정을 키워나갔다. 두 인물은 어렵게 완성한 통소와 금 합주곡 〈소오강호곡〉을 영호충에게 건넨 뒤 죽는다.

풍청양風淸揚

화산파가 검종과 기종으로 나뉘어 분쟁이 있기 전, 화산파에 있던 태사숙. 화산에 은거하며 모습을 드러내지 않지만, 뛰어난 무림 고수로 영호충에게 '초식이 없는 것으로 초식이 있는 것을 깨뜨리는' 비결과 독고구검을 전수했다.

도곡육선桃谷六仙

정파 없이 강호를 떠도는 여섯 형제로 이름은 도근선桃根仙, 도간선桃幹仙, 도지선桃枝仙, 도엽선桃葉仙, 도화선桃花仙, 도실선桃實仙이다. 서로 쉴 새 없이 떠들며 웃음을 주는 인물들이지만, 화가 나면 간담이 서늘해질 정도로 사람을 처참하게 죽인다.

임영영任盈盈

일월신교 교주였던 임아행의 딸. 많은 강호 호걸의 존경과 사랑을 받지만 수줍음이 많은 인물로, 우연한 계기로 영호충에게 깊은 정을 느껴 그를 물심양면으로 돕는 조력자다. 악한 성정을 갖고 태어났지만 아버지처럼 독선적이거나 권력에 눈 먼 인물은 아니다.

상문천向問天

일월신교 광명좌사. 목표를 위해서는 물불 가리지 않는 오만하고 고집스러운 사람이지만, 현명하고 의리를 중요하게 여기며 강호를 제패할 야심은 없는 인물이다. 동방불패에게 일월신교 반역자로 찍혀 도망을 다니다 영호충의 도움으로 위기에서 벗어난 뒤, 영호충과 생사를 함께 하기로 약속한다.

임아행任我行

동방불패 이전에 일월신교 교주. 타인의 진기를 빨아들이는 흡성대법을 연마한 독선적인 인물로 지모와 지략이 뛰어나다. 동방불패에게 교주 자리를 뺏긴 후, 10여 년간 깊은 지하 감옥에 갇혀 살았다. 상문천과 영호충의 도움을 받아 감옥을 탈출한 뒤 교주 자리를 탈환하려 한다.

좌냉선左冷禪

숭산파 장문인. 오악검파인 화산파, 숭산파, 태산파, 형산파, 항산파를 오악파로 통합해 오악파 장문인이 되려 한다. 목표를 위해서는 협박과 살인 등 간악한 짓도 일삼는 인물이지만, 악불군과 겨루다 두 눈을 잃고 만다.

동방불패東方不敗

일월신교 교주. 일월신교에 전해져 내려오는 《규화보전》의 무공을 연성한 유일한 사람으로, 임아행에게서 교주 자리를 찬탈하고 10년 동안 천하제일 고수라 불려왔다. 함께 지내는 양연정을 끔찍하게 여겨, 양연정의 일이라면 오랜 벗이라도 죽일 수 있는 헌신적이면서도 잔인한 인물이다.

笑傲江湖

주탑朱耷의 〈어도魚圖〉

주탑(탑의 음은 '답耷'으로 큰 귀를 의미함)은 명나라 말 청나라 초기의 대 화가로, 강서 사람이다. 명 황조 종실이며 호는 팔대산인八大山人으로, 성품이 청렴하고 오만했다. 이 그림의 제서는 '그에 울고 그에 웃다'이다. 그림 속 물고기는 몇 안 되는 필획으로 그려졌지만 생동감이 느껴지며 강물 속에서 자유로이 헤엄치는 것 같다.

남영藍瑛의 〈화악고추華岳高秋〉

남영은 절강성 전당 사람으로 명나라 만력 13년에 태어났다. 산수도와 인물도, 화조도에 능한 절파浙派(명대 회화의 한 파 – 옮긴이)의 대 화가이다. 이 그림은 구도가 웅장하고, 필법은 고풍스러우면서도 힘이 있다. 본래 그림은 좁고 긴 형태이며, 왼쪽 그림이 윗부분, 오른쪽 그림이 아랫부분이다.

태산泰山 십팔반十八盤길

약 7천 개 돌계단이 있고 그 끝은 남천문南天門에 이어진다. 태산과 검법 중 하나는 이 길에서 깨달음을 얻어 만들어졌다.

스판치時盤棋 촬영.

태산 벽하사碧霞祠

태산 꼭대기에 우뚝 솟은 곳으로 송나라 때 건축됐다. 정전은 구리 기와로 덮여 있고 좌우 곁채와 산문에는 철기와를 썼다.

홍콩 유명 사진가 천푸리陳復禮 촬영.

태산 도위 공자묘의 비석
한나라 탁발본.

무당산武當山의 한 귀퉁이

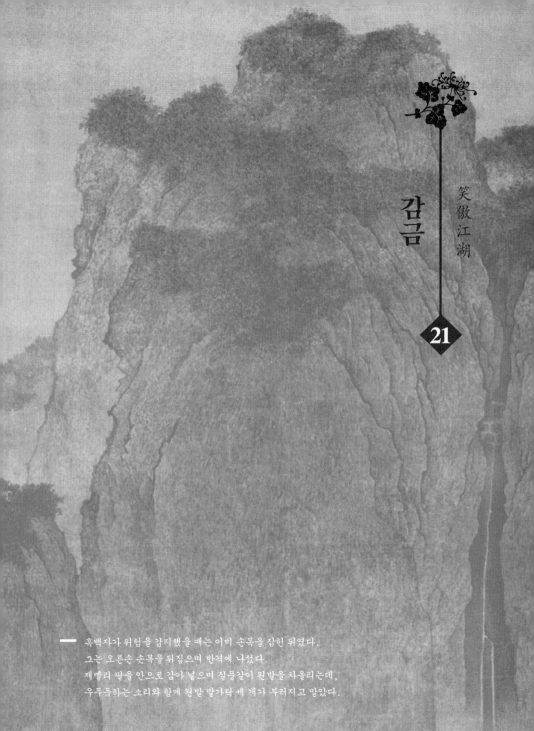

笑傲江湖

감금

21

— 흑백자가 위험을 감지했을 때는 이미 손목을 잡힌 뒤였다.
그는 오른손 손목을 뒤집으며 반격에 나섰다.
재빨리 팔을 안으로 감아 넣으며 질풍같이 왼발을 차올리는데,
우두둑하는 소리와 함께 왼발 발가락 세 개가 부러지고 말았다.

정신을 잃은 지 얼마나 되었을까. 영호충은 마침내 깨어났다.

　머리가 깨질 것처럼 아프고 귓속은 천둥이라도 치듯 윙윙거렸다. 주위는 칠흑처럼 어두워 어디에 와 있는지조차 짐작이 가지 않았다. 뭐라도 잡고 일어나보려 했지만 온몸에 힘이 하나도 없었다.

　'내가 정말 죽었구나. 죽어서 무덤에 묻힌 거야.'

　슬프기도 하고 초조하기도 해 그는 또다시 정신을 잃었다.

　두 번째로 깨어났을 때에도 머리는 여전히 지끈거렸지만 귀울림은 많이 줄어들어 있었다. 몸에 닿은 바닥은 차갑고 딱딱해 마치 쇳덩이 위에 누워 있는 것 같았다. 손으로 더듬어보니 과연 듬성듬성한 짚단 아래는 단단한 철판이었다. 그런데 철판을 더듬느라 움직였던 오른손 쪽에서 쩔그렁거리는 소리가 나고, 얼음장처럼 차가운 것이 손을 잡아당겼다. 무엇인지 만져보려고 왼손을 움직이자 역시 어딘가에 묶인 듯 쩔그렁 소리가 났다. 영호충은 감각이 살아 있다는 사실에 놀랍고 기쁘면서도, 한편으로는 쇠사슬에 묶여 있다는 사실에 더럭 겁이 났다. 다시 한번 손을 뻗어 만져보니 손목을 묶은 것은 가느다란 쇠테였다. 발을 움직여보니 발목에도 쇠테가 감겨 있었다.

　그는 눈을 뜨고 잔뜩 집중해서 살폈지만, 그 어디에도 빛은 보이지 않았다.

'임 노선배님과 비무를 하던 중에 강남사우의 암산을 당했구나. 아무래도 호수 밑 지하 감옥에 갇힌 모양인데, 임 노선배님 역시 이 방에 계실지도 몰라.'

이렇게 생각한 그는 목청을 높여 소리쳤다.

"임 노선배님! 임 노선배님!"

그러나 아무리 불러도 인기척이 전혀 느껴지지 않자 점차 두려움이 엄습했다. 그는 목이 터져라 소리를 질렀다.

"임 노선배님! 노선배님!"

어둠 속에서 들리는 것이라곤 갈라지고 초조한 자신의 목소리뿐이었다.

"큰 장주! 넷째 장주! 왜 저를 이곳에 가두셨습니까? 어서 풀어주십시오, 어서!"

하지만 자신의 부르짖음 외에 다른 소리는 아무것도 들려오지 않았다. 초조하다못해 분노가 치민 그는 마구 욕을 해댔다.

"이 비열하고 간악한 소인배들아! 비무에서 이기지 못했다고 나를 이곳에 가둬두려는 거냐?"

임 선생처럼 평생토록 이 캄캄한 지하 감옥에 갇혀 있어야 한다고 생각하자 머리칼이 쭈뼛하고 가슴은 절망으로 어두워졌다.

생각하면 할수록 두려워 있는 대로 소리를 질렀지만, 시간이 흐를수록 그 소리는 울부짖음으로 변해갔고 언제부터인지 몰라도 눈물이 쏟아져 얼굴을 적셨다. 영호충은 쉰 목소리로 흐느꼈다.

"비열한… 이 비열한 매장의 도적놈들. 내가 언젠가… 언젠가 이곳을 벗어나면 반드시… 반드시 너희 눈알을 뽑고 팔다리를 잘라버리겠다. 이 감옥을… 나가기만 하면….”

갑자기 그의 목소리가 뚝 끊어졌다. 마음속에서 또 하나의 외침이 들려왔다.

‘이 감옥에서 빠져나갈 수 있을까? 내 힘으로 나갈 수 있을까? 임 노선배님 같은 고수도 벗어나지 못한 곳을 내가, 내가 어떻게…?’

초조한 마음에 속이 타들어가 그는 끝내 왈칵 피를 토하며 다시 정신을 잃었다.

철커덩하는 소리가 몽롱한 의식 속으로 파고들더니 곧이어 눈앞이 환해졌다. 영호충은 번쩍 정신이 들어 팔다리가 묶여 있다는 사실마저 잊고 벌떡 일어났다. 덕분에 튕기듯 일어나기 무섭게 바닥에 나동그라졌고, 몸 곳곳의 뼈들이 고통에 찬 비명을 질러댔다. 오랫동안 어둠속에 있다가 빛을 보게 된 영호충은 눈을 뜨기가 무척 어려웠지만, 저 빛이 사라지면 이곳을 빠져나간다는 희망조차 사라질 것 같아 찌르는 듯한 따가움도 무시하고 눈을 크게 떠 빛이 나타난 곳을 바라보았다.

빛은 한 자쯤 되는 구멍에서부터 흘러들어오고 있었다. 임 선생이 머물던 감옥에도 철문 위에 비슷한 구멍이 있었던 것이 떠올랐다. 빛에 의지해 자세히 둘러보니 예상대로 자신은 임 선생의 감옥과 똑같이 생긴 곳에 있었다. 영호충은 큰 소리로 외쳤다.

“어서 나를 풀어다오! 흑백자, 독필옹, 이 비겁한 놈들아! 자신이 있으면 나를 풀어달란 말이다!”

구멍을 통해 큼직한 나무 쟁반 하나가 느릿느릿 들어왔다. 쟁반 위에 놓인 커다란 밥그릇에는 밥과 반찬 몇 가지가 들어 있었고, 그 옆에는 국이 담긴 듯한 질항아리가 놓여 있었다.

밥그릇을 보자 영호충은 더욱더 부아가 치밀었다.

'밥까지 보내줘? 아주 작심을 하고 나를 가둬놓을 생각이구나!'

그는 화를 이기지 못하고 욕설을 퍼부었다.

"이 더러운 도적놈들아! 조롱할 생각은 집어치우고 찢어 죽이든 밟아 죽이든 깔끔하게 죽여라!"

구멍으로 들어온 쟁반은 어서 빨리 받으라는 듯이 그 자리에 꼼짝도 않고 놓여 있었다. 분노에 찬 영호충이 와락 달려들어 그릇과 항아리를 바닥에 와장창 집어던졌다. 그릇은 산산조각이 나고 반찬이며 국물이 지저분하게 튀었다. 나무 쟁반은 감옥 안의 소란에도 아랑곳없이 들어올 때와 마찬가지로 느릿느릿 밖으로 사라졌다.

광분한 영호충은 미친 듯이 구멍 쪽으로 달려갔다. 밖에서는 머리가 허연 노인이 한 손에 등잔을 들고 다른 손에 쟁반을 든 채 느릿느릿 돌아서고 있었다. 한 번도 본 적이 없는 주름투성이의 낯선 얼굴이었다. 영호충은 와락 소리를 질렀다.

"황종공을 불러오시오! 단청생이라도 불러오란 말이오! 이 개잡종놈들아! 자신 있으면 이리 와서 결전을 치르자!"

노인은 아랑곳하지 않고 구부정한 자세로 느릿느릿 걸어갔다. 영호충이 그 뒤에 대고 외쳤다.

"이보시오, 이보시오! 내 말이 들리지 않소?"

그러나 노인은 고개조차 돌리지 않았다.

노인의 뒷모습이 굽이진 지하 통로의 모퉁이로 사라지자, 불빛도 점점 어두워지다가 마침내 까맣게 사위었다. 잠시 후, 희미한 돌쩌귀 소리에 이어 나무문과 철문이 차례차례 닫히는 소리가 들려왔고, 지하 통로에는 또다시 깜깜한 어둠이 찾아들었다. 흐릿하던 불빛도, 들릴락 말락 하던 발소리도 완전히 사라졌다. 영호충은 지독한 현기증을 느껴 머리를 싸매고 침상 위로 쓰러졌다.

'밥을 가져다주는 저 노인은 무슨 일이 있어도 나와 대화하지 말라는 엄명을 받았을 거야. 아무리 소리쳐도 소용없어.'

그는 머리를 쥐어짰다.

'이 감옥은 임 노선배님이 계시던 곳과 똑같아. 매장의 지하에는 이런 감옥이 몇 개나 있는 것일까? 대체 이곳에 얼마나 많은 영웅호걸들을 가둬놓았을까? 임 노선배님이나 같은 어려움에 처한 다른 사람들과 연락이 닿는다면 힘을 합쳐 위기에서 벗어날 수도 있을 텐데….'

이렇게 생각하며 벽을 두드려보았더니 텅텅 하는 쇳소리가 들려왔다. 둔탁하고 묵직한 소리로 보아 건너편은 빈방이 아니라 흙더미가 분명했다. 반대편 벽도 똑같이 두드려보았지만 역시 둔탁한 울림만 되돌아왔다. 그는 포기하지 않고 침상으로 돌아가 침상 뒤쪽 벽도 두드렸지만, 여전히 똑같은 소리뿐이었다. 손으로 벽을 더듬어가며 삼면의 벽을 샅샅이 살폈으나, 이 감옥은 철문이 난 지하 통로를 제외하면 그 어디에도 닿아 있지 않고 땅속 깊은 곳에 외따로 떨어져 있는 것 같았다. 물론 이 지하 어딘가에는 다른 공간이 있을 터였다. 최소한 임 선생이라는 사람이 갇힌 감옥은 있어야 하는데 그곳이 어디인지, 이곳에서 얼마나 떨어져 있는지 알아낼 방도가 없었다.

그는 벽에 기대 혼절하기 전의 상황을 하나하나 떠올려보았다. 임 선생의 검법이 점점 빨라지고, 외침 소리도 따라서 커지다가 별안간 커다란 고함 소리가 감옥 안을 쩌렁쩌렁 울렸다. 그 때문에 혼절하여 쓰러진 것까지는 생생히 기억이 났지만, 어쩌다 강남사우에게 붙잡혔는지, 어떻게 이 감옥으로 옮겨져 손발이 묶였는지는 전혀 기억에 없었다.

'이곳 장주들이 겉으로는 금기서화를 즐기며 우아한 선비인 척하지만, 사실은 악독한 짓만 골라 하는 비열한 자들이었구나. 무림에 그런 소인배들이 넘쳐나는 것이야 하루이틀 일도 아니니 이상할 것도 없지. 하지만 그자들은 분명히 금기서화를 목숨처럼 귀중하게 여겼어. 그런 마음은 지어낸다고 되는 것이 아니다. 벽에 〈배장군시〉를 휘갈길 때 독필옹의 그 시원시원한 붓질은 결코 평범한 무림인이 흉내 낼 수준이 아니었어.'

그는 바둑실에서 있었던 일들을 떠올리며 고개를 가로저었다.

'진정한 대악인大惡人은 총명하고 지혜로운 인물 가운데서 나온다 하셨던 사부님의 말씀이 다 사실이었구나. 강남사우가 간계를 펼치면 막아낼 수 있는 사람이 몇이나 될까?'

"아차!"

돌연 머릿속에 무언가가 떠올라 그는 무의식적으로 비명을 질렀다. 심장이 미친 듯이 뛰기 시작했다.

'상 형님은 어떻게 되셨지? 나처럼 독수를 당하셨을까? 아니야, 형님은 눈치가 빠르시니 강남사우의 진면목을 진작 알고 계셨을 거야. 마교의 광명우사로서 강호를 종횡하신 분이 놈들의 수작에 쉽게 당하실 리 없어. 형님이 무사하시다면 반드시 나를 구하려 하실 거야. 비록 땅속 깊은 곳에 갇혀 있지만, 상 형님이라면 분명 구해낼 방법이 있으시겠지.'

여기까지 생각이 미치자 마음이 훨씬 편안해졌다. 영호충은 씩 웃으며 혼잣말을 했다.

"영호충, 이 멍청아. 어디에 써먹으려고 간이 이렇게 콩알만 한 것이냐? 겁을 집어먹고 엉엉 우는 모습을 누가 보기라도 했다면 낯부끄러워서 어쩔 뻔했느냐?"

마음이 누그러져 편안하게 침상에 앉았더니 허기와 갈증이 밀려왔다.

'성질을 부리는 바람에 애꿎은 밥과 국만 버렸군. 배불리 먹어둬야 형님께서 오셨을 때 개잡종 같은 강남사우와 싸울 힘이 있을 텐데…. 하하하, 그렇지, 개잡종 같은 놈들이니 강남사우가 아니라 강남사구江南四狗(한자 狗 자는 개를 의미한다 – 옮긴이)라고 불러야지! 그런 간악한 소인배들에게 친구라는 말이 가당키나 하려고! 강남사구 중에서도 흑백자는 속을 꽁꽁 숨기고 있으니 가장 음험한 놈이다. 이 계략도 다 그놈이 꾸민 것일 테지. 여기서 벗어나면 제일 먼저 그놈부터 죽여야겠어. 단청생은 개중에는 그나마 솔직한 인물이니 목숨은 살려줘도 괜찮을 거야. 대신 술창고에 있는 미주美酒는 내가 깨끗이 마셔버리겠다.'

단청생이 수집한 미주를 떠올리자 더욱 입이 타들어갔다.

'대체 얼마 동안 혼절해 있었을까? 어째서 상 형님은 여태 소식이 없지?'

그는 잠시 고민하다 무릎을 탁 쳤다.

'아차, 그렇구나! 상 형님의 무공이면 일대일로는 강남사구를 쓰러뜨리고도 남지만, 그 넷이 한꺼번에 덤비면 승리를 장담할 수 없다. 아무리 용감무쌍한 형님이시지만 고수 넷을 죽이고 지하로 들어오기란 어려운 일이지. 더구나 감옥 입구가 황종공의 침상 밑에 있다는 사실

을 무슨 수로 알아내겠어?'

영호충은 피로를 느끼고 침상 위에 축 늘어졌다.

'임 노선배님의 무공은 상 형님보다 높으면 높았지 절대 낮지 않았다. 기지나 경험은 물론이고 앞을 내다보는 능력도 훨씬 나은 그분조차 이곳에 갇혔는데, 상 형님이 이곳을 뚫어낼 수 있을까? 광명정대한 군자는 소인배들의 암산에 당하기 쉽고, 앞에서 찔러오는 창은 막아도 뒤에서 날아드는 화살은 피하기 어렵다는 말이 있지. 상 형님이 아직 나타나지 않는 것을 보면 형님도 해를 입었을지 몰라.'

갑자기 상문천의 안위가 걱정되어 자신의 처지는 머릿속에서 까맣게 지워졌다. 그는 이런저런 허튼 생각으로 마음을 졸이다가 스르르 잠에 빠졌다.

다시 깨어났을 때에도 주변은 칠흑처럼 어두워 아침인지 밤인지도 알 수가 없었다.

'내 힘으로는 갖은 애를 써도 이곳을 빠져나갈 수 없다. 상 형님마저 불행을 당하셨다면 누가 나를 구해줄까? 사부님께서 나를 화산파에서 축출한 사실을 강호에 두루 알리셨으니 정파 사람들은 나를 구하러 올 리 없을 것이고… 영영, 영영이라면….'

영영을 떠올리자 그는 퍼뜩 정신이 들어 일어나 앉았다.

'영영은 노두자를 시켜 나를 죽이라는 명을 내렸으니 방문좌도들도 나를 구할 리 없어. 하지만 영영 자신이라면? 내가 이곳에 갇혔다는 소식을 들으면 만사를 제쳐두고 달려올 거야. 영영의 명을 따르는 방문좌도가 수없이 많으니 그녀의 한마디라면… 훗….'

영호충은 저도 모르게 웃음을 터뜨렸다.

'영영은 수줍음이 너무 많아서 나를 좋아한다는 사실을 남들이 아는 것을 몹시 싫어해. 그러니 나를 구하러 오더라도 필시 아무도 부르지 않고 혼자 올 거야. 그녀가 나를 구하러 왔다는 사실을 누군가 알기라도 하면 그 사람의 목숨은 끝장이겠지. 아아, 여자의 마음은 알다가도 모르겠군. 소사매도….'

악영산을 떠올리자 가슴이 찌르르 아파오고 괴로움과 절망감이 한층 깊어졌다.

'어째서 누군가 구해주기를 바라지? 지금쯤 소사매는 임 사제와 혼례를 올렸을지도 모르는데, 이곳에서 나간들 무슨 의미가 있겠어? 차라리 평생 이 컴컴한 감옥에 처박혀 아무것도 모르는 편이 나아.'

감옥에 갇힌 일이 아주 나쁘기만 한 것은 아니었다. 최소한 악영산과 임평지의 소식은 듣지 않아도 되니까. 그렇게 생각하자 초조함은 사라지고 도리어 마음이 편안해졌다.

하지만 이런 기분은 오래가지 못했다. 견딜 수 없을 만큼 배가 고파져, 주루에서 아낌없이 고기를 뜯고 술을 퍼마시던 날들이 눈앞을 마구 어지럽히고, 이곳에서 벗어나면 많이 먹어야겠다는 생각만 머릿속에 맴돌았다.

'소사매와 임 사제가 혼례를 올리면 어때? 이미 실컷 괴로움을 겪었는데 그런 일 하나쯤 더 겪는다고 한들 대수롭지도 않지. 내공을 잃어 폐인이나 마찬가지인 데다 평 의원도 내가 얼마 살지 못한다 했으니, 만에 하나 소사매가 내게 시집을 오겠다고 해도 받아줄 수가 없어. 평생 내 무덤이나 지키고 살게 할 수는 없으니까.'

내심으로는 악영산을 거절해야 한다고 마음먹으면서도, 그녀가 임평지를 사랑한다고 생각하면 가슴이 찢어질 것 같았다.

'제일 좋은, 제일 좋은 방법은… 아무 일도 일어나지 않는 거야. 임사제가 화산에 오지도 않고, 소사매도 예전으로 돌아가 나와 함께 폭포 아래서 연검을 하며 평생 즐겁고 행복하게 사는 거지. 아아, 전백광도 도곡육선도 의림 사매도….'

항산파의 여승 의림을 떠올리자 그의 얼굴에 따스한 미소가 어렸다.

'의림 사매는 어떻게 되었을까? 내가 이곳에 갇힌 것을 알면 초조해서 어쩔 줄 모르겠지. 정일 사태도 사부님의 서신을 받았을 테니 나를 구하러 사매를 보내주지는 않을 거야. 하지만 사매가 불계 화상에게 이 소식을 전하면 어떨까? 어쩌면 불계 화상이 도곡육선까지 이끌고 찾아올지도 몰라. 쯧쯧, 그 사람들은 말만 많고 충동적이라 될 일도 안될 텐데…. 그래도 도와줄 사람이 있는 편이 없는 것보다는 낫겠지.'

도곡육선의 끊임없는 입씨름을 생각하자 절로 웃음이 났다. 그들과 함께 지낼 때는 다소 가볍게 본 것도 사실이지만, 지금은 그들이 이곳에 함께 있었으면 하는 생각이 간절했다. 말꼬리를 잡고 늘어지는 괴상한 입씨름도 마치 신선들의 음악처럼 들릴 것 같았다. 영호충은 이런 생각을 하다가 또다시 잠이 들었다.

감옥 안에서는 시간조차 알 수가 없었다. 어둠 속에서 자다 깨다를 반복하느라 정신이 몽롱한 가운데, 철문 구멍에서 희미한 빛이 새어들어 왔다. 영호충은 기쁨에 겨워 일어나 앉았다. 심장이 쿵쿵 뛰었다.

'혹시 누군가 구하러 왔을까?'

희망의 불씨는 금세 꺼졌다. 느릿느릿하고 질질 끄는 소리는 바로 밥을 가져다주는 노인의 것이었다. 영호충은 맥이 빠져 벌러덩 누우며 외쳤다.

"그 개잡종놈들을 불러오시오! 하긴 보러 올 낯이나 남아 있을지 모르겠군!"

발소리가 점점 가까워지면서 불빛도 점점 환해지더니, 곧이어 나무 쟁반이 구멍으로 쑥 들어왔다. 이번에도 쌀밥이 담긴 큼직한 밥그릇과 질항아리가 놓여 있었다. 배고프고 목이 말라 죽을 지경이었던 영호충은 잠시 망설이다가 쟁반을 받았다. 노인은 쟁반에서 손을 떼고 돌아섰다.

"이보시오, 잠깐만 기다리시오! 할 말이 있소!"

영호충이 다급히 외쳤으나 노인은 들은 척도 않고 진흙투성이 신발을 질질 끌며 차츰차츰 멀어져갔다. 희미한 불빛도 그와 함께 사라져버렸다.

영호충은 저주를 퍼부으며 다가가 항아리를 입으로 가져갔다. 짐작한 대로 물이었다. 그는 물을 벌컥벌컥 마신 후 밥을 먹었다. 쌀밥 위에 놓인 반찬은 어둠 속이라 제대로 보이지 않았지만 맛을 보니 무나 두부 같았다.

그렇게 이레에서 여드레쯤 이어진 감금 생활 동안, 노인은 매일 한 차례씩 밥을 가져다주고 전날 먹은 밥그릇과 요강으로 탈바꿈한 질항아리를 치웠다. 그때마다 영호충이 아무리 말을 걸어도 노인의 얼굴에는 아무 표정도 떠오르지 않았다.

그러던 어느 날, 영호충은 불빛이 보이자마자 구멍으로 달려가 쟁반을 움켜쥐며 외쳤다.

"왜 말을 하지 않는 거요? 내 말이 들리지 않소?"

노인은 손가락으로 자기 귀를 가리키며 고개를 젓고는 입을 벌려 보였다. 입안을 본 영호충은 놀라 눈이 휘둥그레졌다. 노인의 혀는 반이나 싹둑 잘려 흉측하기 이를 데 없었다.

영호충은 놀란 목소리로 물었다.

"누가 노인장의 혀를 잘랐소? 매장의 그 개잡종놈들 짓이오?"

노인은 대답 없이 나무 쟁반만 천천히 밀어넣었다. 그의 말을 듣지 못한 것이 분명했지만, 설사 들었더라도 대답할 수가 없었을 것이다.

영호충은 노인의 모습이 멀리 사라질 때까지 놀란 마음을 진정시키지 못했다. 겨우 두려움을 털어내며 식사를 했지만, 혀가 반쯤 잘린 무시무시한 모습이 자꾸만 눈앞에 떠올랐다. 그는 이를 갈며 중얼거렸다.

"강남사구는 정말 지독한 놈들이구나. 이 영호충이 평생 이곳에 갇혀 있으면 몰라도, 언젠가 여기서 벗어나면 반드시 그놈들의 혀와 귀를 자르고 눈알을 뽑아줄 테다."

그 순간 짚이는 데가 있었다.

"혹시 그… 그자들이…."

약왕묘에서 자신이 검으로 눈을 찔러 장님을 만든 열다섯 명의 고수가 떠오른 것이었다. 그들이 어디서 온 누구였는지는 지금까지도 아무런 실마리를 얻지 못했다.

'혹시 그자들이 복수를 하려고 나를 이곳에 가둔 것은 아닐까?'

이렇게 생각한 그는 크게 한숨을 내쉬었다. 가슴속에서 터질 것처럼 울렁이던 울분도 순식간에 가라앉았다.

'내가 그들을 장님으로 만들었으니 복수를 하는 것도 당연한 일이야.'

억울함이 가시자 감금 생활을 견디기가 훨씬 쉬워졌다. 감옥에서는 낮밤을 구분할 수 없어 갇힌 지 며칠이 지났는지 헤아릴 수도 없었다. 그저 나날이 더워지는 날씨로 미루어 한여름이 다가왔음을 짐작할 뿐이었다.

좁디좁은 감옥 안에는 바람 한 줄기 들어오지 않아 끔찍할 정도로 습기와 열기가 높았다. 그러나 몸이 펄펄 끓을 듯한 더위에도 손목과 발목의 쇠테에 막혀 옷을 완전히 벗어던질 수가 없었다. 영호충은 어쩔 수 없이 윗옷을 위로 끌어올리고 바지는 발목까지 내린 다음 침상 위의 낡아빠진 짚단을 치우고 맨몸으로 철판 위에 누웠다. 쇳덩이에서 전해지는 싸늘한 기운에 땀이 식자 그는 곧바로 잠이 들었다.

몇 시진이 지났을까, 철판마저 몸의 열기로 뜨끈뜨끈해지자 그는 무의식적으로 몸을 굴려 차가운 곳으로 옮겼다. 철판과 맞닿은 왼손에서 오돌토돌한 문양 같은 것이 느껴졌지만 잠결이라 무시했다.

그렇게 푹 자고 일어났더니 훨씬 기운이 났다. 얼마 지나지 않아 노인이 밥을 가지고 왔다.

노인에게 동정을 느낀 후부터 영호충은 그가 구멍으로 쟁반을 밀어넣을 때마다 손을 잡아주거나 손등을 두드리며 감사를 표했고, 오늘도 마찬가지였다. 손을 뻗어 나무 쟁반을 잡으려고 보니, 바깥에서 흘러드는 희미한 불빛 아래에 비친 자신의 왼손 손등에 '아행我行'이라는 글자가 또렷하게 찍혀 있는 것이 보였다.

대체 어디서 나타난 글자일까?

고개를 갸웃하며 잠시 생각하던 그는 무슨 생각이 났는지 황급히 쟁반을 내려놓고 철판을 더듬어보기 시작했다. 놀랍게도 철판에는 글자가 빽빽하게 새겨져 있었다. 누군가 철판을 긁어 새긴 모양인데, 짚단에 가려 여태 알아차리지 못하다가 어제 맨몸으로 철판에 눕는 바람에 손등에 찍혀 발견하게 된 것이다. 등과 어깨를 이리저리 만져본 그는 그곳에도 글자가 찍힌 것을 알고 실소를 금치 못했다. 글자 하나는 동전만 한 크기였고 깊이도 제법 깊었지만, 필체는 조잡했다.

밥을 가져다주는 노인은 이미 사라져버렸기 때문에 감옥 안은 어두컴컴했다. 영호충은 밥은 밀어놓은 채 물만 마시며 철판 위에 새겨진 글자의 흔적을 한 자 한 자 더듬어나갔다.

노부는 평생 은원을 분명히 따지며 수많은 사람을 죽였다. 이 호수 바닥에 갇힌 것도 인과응보리라. 허나 노부 임아행任我行이 여기….

여기까지 읽은 그는 고개를 끄덕였다.
'왼손에 찍힌 아행이라는 글자는 이 부분이었군.'
영호충은 피식 웃으며 계속 읽어내려갔다.

여기에 갇혀 천하무적의 놀라운 신공도 해골과 함께 묻히게 되었으니, 후세 사람들이 노부의 힘을 알지 못하는 것이 실로 유감스럽도다."

영호충은 턱을 괴며 생각에 잠겼다.
'노부 임아행, 임아행이라! 이 글을 새긴 사람은 임아행이라는 사람이군. 이 사람도 성이 임씨니 임 노선배님과 무슨 관계가 있을지도 몰라. 이 감옥이 지어진 지 얼마나 되었는지 알 수 없으니, 어쩌면 글을

새긴 사람은 수십 년, 아니 수백 년 전 사람일지도 모르지.'

그는 이렇게 생각하고 계속해서 글을 더듬었다.

이에 노부가 지닌 신공의 요결을 이곳에 남기노라. 후세의 누군가가 배우고 익혀 천하를 종횡하게 된다면 노부는 죽어도 여한이 없으리. 첫째는 정좌법正坐法으로….

그 아래로는 모두 운기행공의 법문이었다. 영호충은 독고구검을 익힌 뒤로 검법에만 몰두했고, 내공을 잃어 운기조식에는 관심이 없었기 때문에 '정좌법'이라는 단어에 실망을 감출 수 없었다. 운 좋게 기묘한 검법이라도 남겨져 있었다면 어두운 감옥 안에서 연검이나 하면서 시간을 보낼 수 있었을 텐데, 실로 아쉽기 짝이 없었다. 빠져나갈 수 있다는 희망이 갈수록 옅어지는 지금, 그에게는 무료하고 답답한 마음을 달랠 수 있는 무엇인가가 절실히 필요했다.

혹시나 하는 마음에 계속해서 글을 더듬어 내려갔지만, 온통 호흡이니 단전丹田이니 금정金井이니 임맥任脈이니 하는 내공 수련에 관한 용어들뿐이고, 철판 끝자락까지 훑어도 '검'이라는 글자는 단 한 번도 나오지 않았다. 영호충은 몹시 실망했다.

'천하무적의 신공이라 한들 무슨 소용이람! 다른 것이면 몰라도 하필이면 내공 수련이라니, 하늘의 장난이로구나. 진기를 운용하기만 해도 가슴에서 기혈이 용솟음치는데 내공 심법을 익혀봤자 괴롭기만 할 뿐이야.'

그는 장탄식을 하며 다시 밥그릇을 들었다.

'임아행이라는 사람은 대체 어떤 인물이었을까? 천하무적 신공이니 천하를 종횡하느니, 오만한 말을 하는 것을 보면 세상에 적이 없는 고수였던 모양인데, 이 감옥은 고수들만 가두는 곳인가 보군.'

철판에서 글을 발견했을 때만 해도 잔뜩 흥분했지만 지금은 흥미가 싹 가셨다.

'하늘도 무심하시지. 차라리 글을 발견하지 못했더라면 좋았을 것을. 임아행이라는 사람이 여기 쓴 것처럼 대단한 무공을 지녔다면 어째서 꼼짝도 못하고 이곳에 갇혀 있었을까? 이 지하 감옥은 너무 튼튼하고 은밀해서, 천하를 뒤흔드는 재주가 있는 사람도 일단 들어오면 하루하루 죽어가는 수밖에 없는 모양이야.'

영호충은 이렇게 생각하고 더 이상 철판의 글에 신경 쓰지 않았다.

혹서가 찾아온 항주는 마치 성 전체가 솥처럼 펄펄 끓는 것 같았다. 호수 밑 깊은 곳에 자리한 감옥은 햇볕을 받지 않으니 시원해야 했지만, 통풍이 되지 않고 습기가 많아 그 속에서 여름을 나기란 여간 고역이 아니었다. 영호충은 매일 옷을 최대한 끌어올리고 철판의 차가운 부분을 찾아 잠을 청하곤 했다. 그러다 보니 철판 위 글자들은 항상 그의 손끝에 닿았고 부지불식간에 그의 마음속 깊이 새겨졌다.

어느 날 영호충은 사부와 사모를 생각하며 시간을 보냈다.

'사부님과 사모님은 어디에 계실까? 화산으로 돌아가셨을까?'

화산에서 지내던 나날을 떠올리는데 멀리서 발소리가 들려왔다. 가볍고 빠른 그 소리는 밥을 가져다주는 노인의 것과는 확연히 달랐다. 오랜 시간이 지나며 누군가 구해주리라는 기대는 점점 사그라들었지만, 갑작스럽게 찾아온 발소리는 그의 심장을 놀라움과 기쁨으로 가득 채웠다. 그는 벌떡 일어나고 싶었으나 너무 기쁜 나머지 오히려 몸에서 힘이 쭉 빠져 침상에서 꼼짝도 할 수 없었다. 발소리는 순식간에 철문 밖에 이르렀고, 곧 누군가 목소리를 높여 말했다.

"임 선생, 날씨가 무척 더운데 몸은 어떠십니까?"

낯익은 이 목소리는 바로 흑백자의 것이었다. 한 달 전이었다면 영호충은 그를 보자마자 바락바락 소리를 지르며 온갖 욕을 퍼부었겠지만, 감옥에서 며칠을 보내는 사이 울분이 거의 가라앉았기에 훨씬 침착하게 반응할 수 있었다.

'왜 나를 임 선생이라고 부르지? 감옥을 잘못 찾아온 것일까?'

이상하게 생각한 영호충은 입을 다물고 가만히 있었다.

흑백자가 계속 말했다.

"소생이 두 달에 한 번씩 찾아와 여쭤보는 말을 기억하고 계시겠지요. 오늘이 7월 초하루라 이번에도 그것을 여쭈러 왔습니다. 선생의 뜻은 어떠십니까?"

공손하기 짝이 없는 그의 말투를 들으며 영호충은 속으로 비웃었다.

'역시 잘못 찾아왔군. 나를 임 노선배님으로 착각하다니, 생각보다 멍청한 놈이었어.'

그러나 그 순간 가슴 한구석이 서늘해졌다.

'매장의 장주들 가운데 가장 신중한 사람이 흑백자다. 독필옹이나 단청생은 길을 잘못 찾을 수도 있지만, 흑백자는 결코 그럴 리 없지. 필시 무슨 사연이 있겠구나.'

그는 바짝 정신을 차리고 말없이 흑백자의 반응을 살폈다. 흑백자의 목소리가 계속해서 들려왔다.

"임 선생, 선생 같은 일세의 영웅호걸이 어찌 이런 지하 감옥에서 썩어가려 하십니까? 이 일만 승낙하신다면 소생이 반드시 선생을 구해드리겠습니다."

영호충의 심장이 쿵쿵 두방망이질을 쳤다. 머릿속에 수많은 생각들이 명멸했지만 흑백자가 무슨 뜻으로 자신에게 이런 말을 하는지는 전혀 알 수가 없었다.

흑백자가 한 번 더 물었다.

"임 선생, 어떠십니까?"

지금이야말로 감옥에서 벗어날 기회가 분명했다. 상대방이 무슨 꿍꿍이를 품고 있건, 사는 것도 죽은 것도 아닌 상태로 평생 이곳에 갇혀 있는 것보다는 나으리라. 하지만 흑백자의 속셈을 모르는 영호충은 대답을 잘못했다가 호기를 날려버릴까 두려워 이번에도 입을 꾹 다물었다.

흑백자는 한숨을 쉬며 말했다.

"임 선생, 어찌 말씀이 없으십니까? 지난번에 풍씨라는 젊은이가 비검을 하러 찾아왔을 때 형제들 앞에서 제가 이 말을 여쭌 것에 대해 함구해주셔서 소생은 무척 감동했습니다. 제 소견으로는 선생께서도 그 비검으로 지난날의 호방한 기상이 되살아나셨을 겁니다. 바깥세상은 광활한 곳이지요. 선생께서 이 감옥에서 나가시면 남녀노소를 가리지 않고 누구든 마음 내키는 대로 죽이실 수 있고, 그 누구도 선생께 반항하지 못할 것입니다. 이 얼마나 통쾌한 일입니까? 제가 말씀드린 그 일만 승낙하신다면 털끝 하나 다치지 않고 나가실 수 있는데 어찌 12년 동안이나 거절만 하시는지요?"

간절한 목소리로 보아 진심으로 영호충을 임 선생으로 여기는 것 같았다. 영호충은 더욱 수상쩍은 생각이 들었다. 흑백자는 이리저리 돌려 말했지만 결국 바라는 것은 무엇인가를 허락해달라는 것이었다. 그것이 무엇인지 몹시 듣고 싶었으나 입을 여는 순간 일을 그르칠 것 같아 호기심을 꾹꾹 눌러야만 했다.

"선생께서는 참 고집도 세십니다. 그럼 두 달 후에 다시 뵙지요."

흑백자는 이렇게 말하고는 가볍게 웃음을 터뜨렸다.

"이번에는 욕도 하지 않으시니 상황이 변하긴 변했나 봅니다. 두 달 동안 곰곰이 생각해보십시오."

그가 돌아서자 영호충은 몸이 달았다. 이렇게 떠나면 두 달 후에나 다시 찾아올 텐데, 하루가 1년같이 괴로운 감금 생활을 두 달이나 더 견뎌낼 자신이 없었다. 멀어지는 발소리에 그는 목을 눌러 낮고 거친 소리를 뱉어냈다.

"무엇을 승낙하라는 말이냐?"

흑백자가 재빠르게 구멍 앞으로 되돌아와 떨리는 목소리로 물었다.

"스, 승낙하시는 겁니까?"

영호충은 벽 쪽으로 돌아앉아 손으로 입을 막고 불분명한 목소리로 말했다.

"무엇을 말이냐?"

"소생이 12년 동안 매년 여섯 차례 위험을 무릅쓰고 찾아와 부탁을 드렸건만, 어찌 다시 물으십니까?"

영호충은 코웃음을 쳤다.

"잊어버렸다."

"소생이 바라는 것은 어르신의 그 신공 비결입니다. 신공을 모두 익히고 나면 어르신을 풀어드리겠습니다."

영호충은 속으로 가만히 헤아려보았다.

'정말 나를 임 노선배님으로 알고 있는 것일까? 아니면 무슨 음모를 꾸미는 것일까?'

그는 여전히 확신이 서지 않아 일부러 자신조차 알아듣지 못할 말을 웅얼거렸다. 당연히 흑백자도 그 말을 알아듣지 못하고 바짝 다가서며 다급히 물었다.

"어르신, 승낙하시는 겁니까? 예?"

"너를 어찌 믿겠느냐? 이리 쉽게 속을 수는 없다."

"무엇으로 보증을 하면 믿으시겠습니까?"

"무엇을 할 수 있는지 제안해보아라."

"어르신께서는 제가 그 신공을 익힌 뒤 약속을 어기고 어르신을 풀어드리지 않을까 봐 걱정하시는 것이 아닙니까? 그 문제라면 어르신께서 확실히 믿으실 수 있도록 준비해두었습니다."

"무슨 준비?"

"우선 대답부터 해주시지요. 정말 승낙하시는 겁니까?"

이렇게 묻는 흑백자의 목소리에는 기쁨이 흘러넘쳤다. 영호충은 재빨리 머리를 굴렸다.

'저자가 원하는 그 신공 비결이 내 손에 있을 리가… 하지만 무슨 준비를 해두었는지 들어나 보자. 정말 나를 놓아줄 수 있다면 철판에 새겨진 비결을 알려줘야지. 소용이 있을지는 모르지만 일단 속여보는

수밖에.'

그가 아무 말이 없자 흑백자는 초조한 듯이 입을 열었다.

"어르신께서 신공을 전수해주신다면 소생은 어르신의 제자가 되겠습니다. 본교에는 제자가 사부와 윗사람을 속이면, 껍질을 벗기고 능지처참을 하는 규칙이 있고, 수백 년간 이 규칙을 어긴 사람은 단 한 명도 없었습니다. 한데 소생이 어찌 어르신을 풀어드리지 않을 수 있겠습니까?"

영호충은 다시 코웃음을 쳤다.

"그런 것이었군. 좋다, 사흘 후에 다시 오너라. 그때 대답해주마."

"오늘 대답하시면 될 일을 어찌 사흘 뒤로 미루십니까?"

흑백자가 애를 태우자 영호충은 짚이는 데가 있었다.

'나보다 저자가 더 급하구나. 사흘 후에 다시 이야기해보면 꿍꿍이를 알 수 있겠지.'

이렇게 생각한 영호충이 화가 난 양 힘차게 코웃음을 치자 흑백자는 황급히 고개를 끄덕였다.

"예, 예, 알겠습니다! 사흘 후에 다시 찾아뵙겠습니다."

그의 발소리가 지하 통로 저 멀리 사라지고 철문이 닫히자 영호충의 머릿속은 갖가지 생각으로 가득 찼다.

'흑백자는 정말 나를 임 노선배로 생각하고 있는 걸까? 저렇게 꼼꼼한 사람이 어떻게 그런 실수를?'

별안간 무언가가 뇌리에 번뜩였다.

'혹시 황종공이 흑백자의 비밀을 알아내고 남몰래 임 노선배님을 다른 곳으로 옮기고 나를 대신 이곳에 가둔 것은 아닐까? 그래, 흑백자가 12년 동안 두 달에 한 번씩 이곳을 찾았으니 필시 누군가의 눈에 띄었을 거야. 황종공이 함정을 파놓은 것이 분명해.'

새삼스레 '본교에는 제자가 사부와 윗사람을 속이면, 껍질을 벗기고 능지처참을 하는 규칙이 있다'고 한 흑백자의 말이 마음에 걸렸다.

'본교라니, 무슨 교를 말하는 것일까? 설마 마교인가? 임 노선배님과 강남사구가 모두 마교 사람이었나? 상 형님은 마교의 우사시니 분명 상 형님과도 관계가 있겠군. 나를 이런 곳에 던져 놓고 대체 어디서 무얼 하고 계시는지….'

'마교'라는 말이 떠오르자 이번 일에 복잡다단한 수수께끼가 얼기설기 엮여 있으리라는 생각에 머리가 복잡했다. 그는 머리를 흔들어 의문을 털어내고, 단 두 가지에만 집중하기로 마음먹었다.

'흑백자의 행동은 진실일까 거짓일까? 사흘 후 찾아오면 뭐라고 대답해야 할까?'

머리를 쥐어짜며 궁리를 해보아도 골치만 아프고 흑백자의 속셈을 파악할 방법은 떠오르지 않았다. 이윽고 그는 지쳐 잠이 들었다.

깨어났을 때 제일 먼저 떠오른 생각은 이런 것이었다.

'상 형님이 여기 계셨다면 좋았을 텐데. 견식이 풍부하신 분이니 단번에 흑백자의 저의를 알아내셨을 거야. 임 노선배님도 기지라면 상 형님보다 높으실… 아차!'

그는 숫제 소리를 지르며 벌떡 일어났다. 자고 났더니 머리가 맑아져 그전에는 생각지 못했던 부분이 떠오른 것이었다.

'임 노선배께서 12년 동안 흑백자의 청을 거절하셨다고 했으니, 필시 승낙하지 못할 이유가 있었을 거야. 임 노선배 같은 분이 흑백자의

제안이 불러올 결과를 모르시지는 않았을 터….'

그는 고개를 설레설레 저었다.

'임 노선배님은 승낙하지 못할 이유가 있으셨는지 몰라도 나는 임 노선배가 아니니 못할 것도 없지.'

이 일이 몹시 위험하고 옳지 않다는 것을 알면서도, 영호충은 감옥에서 나가고 싶은 일념으로 이렇게 결정을 내렸다.

'사흘 후에 흑백자가 오면 부탁을 받아들이고 저 철판 위에 새겨진 비결을 전수해야겠다. 그자가 어떻게 나오는지 보고 적절히 대응하면 되겠지.'

그는 침상으로 달려가 철판을 더듬으며 글을 읽어갔다.

'실수하지 않도록 달달 외워야겠군. 그래야 비결을 전수할 때 흑백자가 의심하지 않겠지. 그보다 내 목소리가 임 노선배님의 목소리와는 천양지차니 어떻게든 낮은 소리를 내야 할 텐데…. 옳지, 이틀 동안 마구 소리를 질러 목을 쉬게 한 다음 입을 가리고 불분명하게 말하면 눈치채지 못할 거야.'

그는 곧 감옥이 떠나가라 소리를 질렀다. 땅속 깊숙한 곳에 자리한 데다 문도 무척 두꺼워, 설사 안에서 대포를 터뜨려도 바깥에서는 들을 수 없을 것이 분명했다. 그는 마음 놓고 소리를 지르며, 때로는 강남사우를 비웃고 때로는 노래를 부르면서 목을 혹사시켰고, 마침내 자기 스스로도 듣기 싫은 목소리가 되자 껄껄 웃으며 철판의 구결을 외기 시작했다.

얼마쯤 읽어내려가자 이런 구결이 있었다.

단전은 항상 빈 함과 같아야 하며 계곡처럼 깊어야 한다. 빈 함에는 물건을 담을 수 있고 깊은 계곡에는 물이 고이는 법. 단전에 조금이라도 진기가 남아 있으면 임맥의 각 혈자리로 흩어놓는다.

이곳에 있는 동안 벌써 헤아릴 수 없을 만큼 여러 번 만지고 읽었지만 내공 심법이라면 보기만 해도 부아가 치밀어 모른 척해왔는데, 오늘 다시 읽어보니 이상하기 짝이 없었다.

'사부님께서는 내공을 수련할 때 단전을 충만하게 채우는 것이 기본이라고 하셨어. 단전에는 반드시 진기를 가득 채워야 하고 채우면 채울수록 내공이 강해지는 법이라고 하셨는데, 어째서 이 심법에서는 단전을 완전히 비우라고 할까? 단전에 진기가 없으면 내공이 어디서 생기지? 이런 식으로 내공을 수련하다니, 설마 농담이겠지. 하하하, 비열하고 간악한 흑백자에게 이 비결을 전수하면 아주 재미있는 구경거리가 생기겠는걸.'

그는 철판에 새겨진 글자를 더듬으며 천천히 그 뜻을 풀어나갔다. 앞부분이 설명하는 것은 내공을 분산시키는 법과 몸속의 진기를 없애는 법이었는데 보면 볼수록 이상했다.

'세상에 어느 누가 평생 동안 고생을 마다 않고 수련한 내공을 없애는 어리석은 짓을 할까? 자결할 생각이라면 또 모르지만, 자결을 하려면 검으로 목을 찌르면 그만인데 무엇 하러 이렇게 쓸데없는 수고를 한담? 내공을 흩뜨리는 것이 내공을 기르는 것보다 더 어려워 보이는데, 이런 것을 익혀서 어디에 쓰지?'

이렇게 생각하자 영호충은 기운이 쭉 빠졌다.

'이 구결을 들으면 흑백자도 곧바로 거짓임을 알아차리겠지. 아무래도 이 계책은 안 되겠군.'

그는 고민에 잠겨 저도 모르게 방금 읽은 구결을 반복해서 중얼거렸다.

"단전에 진기가 있으면 임맥으로 분산시키며, 대나무처럼 속을 틔우고 골짜기처럼 안을 비워…."

한동안 그 구결을 반복하던 그는 와락 화가 치밀어 침상을 내리치며 욕설을 퍼부었다.

"빌어먹을! 감옥에 갇혀 화를 풀 길이 없으니 사람을 놀리려고 이따위 말도 안 되는 글을 써갈겼구나!"

죄 없는 철판에 화풀이를 하고 나자 울분이 다소 가라앉았다. 그는 철판에 누워 스르르 잠이 들었는데, 철판에 새겨진 구결에 따라 내공 수련을 하는 꿈을 꾸었다. '단전에 있는 진기를 임맥으로 분산시킨다'는 구결에 이르자 진기가 임맥으로 흘러들며 팔다리가 가뿐하고 시원해지는 느낌이 들었다.

시간이 한참 지난 뒤 비몽사몽한 상태로 서서히 잠에서 깨어났더니 단전에 있던 진기가 계속해서 임맥 쪽으로 흐르고 있었다.

"이런, 큰일 났다! 이렇게 계속 내공이 흘러나가면 금세 폐인이 될 텐데!"

깜짝 놀라 벌떡 일어나 앉자 임맥으로 흘러갔던 진기가 다시 단전으로 돌아와 기혈이 요동치고 눈앞에 별이 반짝반짝했다. 다시 정신을 차리고 기운을 가라앉히는 데 한참이 걸렸다.

별안간 그의 뇌리 속에 빛이 번쩍했다.

'내가 심각한 내상을 입은 것은 몸속에 도곡육선과 불계 화상의 진기가 들어와 서로 충돌하기 때문이야. 평 의원조차 치료하지 못한 병이고, 소림사 방장이신 방증 대사께서도 《역근경》의 무공을 익혀야만 그 진기를 해소할 수 있다고 하셨지. 그런데 이 철판에 새겨진 내공 심법은 바로 몸속의 진기를 제거하는 방법이 아닌가? 나는 정말 멍청이로구나. 남들은 진기를 잃는 것이 두렵겠지만, 나는 진기를 없애야만 살 수 있다는 것을 잊고 있었다니…. 이 신묘한 무공이야말로 내게 꼭 맞는 심법이야.'

잠든 채로 연공을 할 수 있었던 것은 낮 동안 내내 구결을 외운 덕분이었다. 깨어 있는 동안 구결을 암송하고 철판에 새겨진 심법에 몰두하다 보니 잠든 상태에서 자연스레 그 구결에 따라 몸이 움직인 것이었는데, 아무래도 잠결이라 잡념이 섞여 완벽하지는 못했다. 다시 맑은 정신으로 구결과 수련 방법을 꼼꼼히 읽어내려가자 처음과는 달리 그 의미가 생생하게 와닿았다.

영호충은 곧바로 가부좌를 틀고 구결대로 수련을 시작했다. 한 시진 정도 지나자 오랫동안 단전에 갇혀 있던 다른 사람의 진기들이 임맥으로 뿔뿔이 흩어졌고, 기혈이 뒤집히는 느낌도 크게 가셨다.

기분이 좋아진 그는 벌떡 일어나서 노래를 흥얼거렸는데, 몹시 듣기 싫은 목소리가 흘러나왔다. 목이 쉬게 하려고 하루 종일 소리를 지른 것이 효과를 본 셈이었다. 그는 속으로 외쳤다.

'임아행, 잘 보았느냐? 네가 사람을 해치려고 새겨둔 구결이 도리어 내게 큰 도움이 되었다. 이 사실을 알면 저승에 있는 네놈의 영혼도 수염이 비쭉 설 만큼 화가 나겠지, 하하하!'

이렇게 쉬지 않고 내공을 흩어냈더니 시간이 흐를수록 몸은 더욱 가뿐해졌다.

'도곡육선과 불계 화상의 진기가 완전히 사라지면 사부님이 전수해 주신 심법으로 다시 본문의 내공을 수련해야지. 처음부터 다시 시작해야 하니 시간은 많이 걸리겠지만 죽을 목숨을 건졌는데 시간이야 대수로울 것도 없어. 상 형님의 도움으로 이곳을 벗어나 다시 강호로 나가면 새로운 삶을 사는 것 같겠구나.'

이런 생각이 들자 잠시 가슴이 희망으로 부풀었지만, 곧 쓸쓸한 생각이 그 자리를 대신했다.

'사부님께서 나를 쫓아내셨는데 꼭 화산파의 내공을 익힐 필요가 있을까? 무림에는 각양각색의 내공 심법들이 있으니 상 형님께 배우거나 영영에게 배워도 되겠지.'

식사를 마치고 내공을 한 번 흩어내고 나자 말로 표현할 수 없을 만큼 몸이 편안해져 그는 저도 모르게 큰 소리로 웃었다.

그때 문밖에서 흑백자의 목소리가 들려왔다.

"어르신, 그간 안녕하셨습니까? 오래전부터 여기서 기다리고 있었습니다."

어느새 사흘이 훌쩍 지났는데, 영호충은 연공에 정신이 빠져 흑백자가 온 것조차 모르고 있었던 것이다. 다행히도 잔뜩 쉰 목소리 덕분에 흑백자가 사람이 바뀐 것을 눈치채지 못한 것 같아, 영호충은 안도하며 마른 웃음을 흘렸다.

흑백자가 말했다.

"오늘은 기분이 좋아 보이십니다. 저를 제자로 받아주시겠습니까?"

영호충은 속으로 가만히 헤아렸다.

'저자를 제자로 삼겠다고 하면 저자는 신공을 전수받기 위해 문을 열고 들어오겠지. 그러면 내가 임 노선배가 아닌 풍이중이라는 것을 알고 무슨 짓을 할지 모른다. 설사 진짜 임 노선배가 계셨더라도 흑백자는 신공을 익힌 뒤 수단 방법을 가리지 않고 임 노선배를 해치려 했을 거야. 예를 들면 밥에 독을 타거나…. 그래, 흑백자가 나를 독살하는 것은 식은 죽 먹기인데, 구결을 전수받은 뒤에 무엇 하러 나를 풀어주겠어? 임 노선배께서 12년 동안이나 거절한 까닭도 바로 그 때문일 거야.'

그가 말이 없자 흑백자가 다시 말했다.

"어르신께서 신공을 전수해주신다면 앞으로 좋은 술과 살진 닭으로 정성을 다해 모시겠습니다."

오랜 나날을 감옥에서 보내며 채소와 두부만 먹은 영호충은 '좋은 술과 살진 닭'이라는 말에 절로 침이 꼴깍 넘어갔다.

"좋다, 우선 술과 닭을 가져오너라. 먹고 기분이 좋으면 신공을 전수해줄 수도 있다."

"예, 예, 반드시 가져오겠습니다. 하지만 오늘은 어렵고 내일 틈을 보아 바쳐올리겠습니다."

"어찌 오늘은 안 되느냐?"

"이곳에 오려면 큰형님의 침실을 지나야 합니다. 큰형님께서 연공을 하러 나가실 때에만 겨우…."

영호충은 알았다는 듯이 고개를 끄덕였다.

흑백자는 황종공이 연공을 끝내고 침실로 돌아올까 두려워 지체하지 않고 떠났다.

'어떻게 흑백자를 안으로 유인해서 때려죽일 수 있을까? 저자는 몹시 교활해서 쉽게 속아넘어가지는 않을 텐데. 하긴, 손발이 묶여 있으니 흑백자를 죽인들 빠져나갈 수도 없겠군.'

영호충은 이렇게 생각하며 오른손으로 왼쪽 손목을 감은 쇠테를 잡아 힘껏 당겼다. 무의식적인 행동이었을 뿐 떼어낼 생각은 추호도 없었는데, 놀랍게도 쇠테가 서서히 벌어지더니 몇 번 더 당기자 손목에서 쑥 빠졌다.

이 뜻밖의 상황에 그는 놀라움과 기쁨이 교차하는 마음으로 쇠테를 자세히 살폈다. 그제야 단단해 보이는 쇠테 한쪽의 벌어진 틈이 눈에 들어왔다. 진기가 흩어지지 않은 상태였다면 힘을 주자마자 기혈이 뒤집혀 혼절하느라 틈이 있어도 소용이 없었겠지만, 이틀간의 수련을 통해 도곡육선과 불계 화상의 진기를 임맥으로 흩어놓은 덕분에 자연스레 힘을 주어 떼어낼 수 있었던 것이다.

영호충은 놀라워하며 오른쪽 손목을 감은 쇠테도 살펴보았다. 예상대로 오른쪽 쇠테에도 틈이 있었다. 지금까지 수십, 수백 번을 만져봤지만 벌어진 틈이 있으리라고는 한 번도 생각해본 적이 없었다. 왼손에 힘을 주자 오른쪽 손목의 쇠테도 힘없이 떨어져나갔다. 이번에는 발목의 쇠테를 살펴보았는데 역시 틈이 있어서 힘을 주어 하나씩 빼낼 수 있었다. 힘을 쓰느라 온몸에서 땀이 뻘뻘 흐르고 호흡도 가빠졌지만, 쇠테를 제거하고 나자 몸을 속박하던 족쇄가 사라져 몹시 홀가분했다. 그는 기뻐하면서도 고개를 갸웃했다.

'어째서 쇠테마다 이런 틈이 있을까? 이런 것으로는 사람을 붙잡아

놓을 수 없을 텐데.'

이튿날 노인이 밥을 가지고 오자 영호충은 쇠테를 등불에 비춰보았다. 벌어진 틈 부위에는 가느다란 철사로 긁은 자국이 잔뜩 나 있었다. 누군가 실톱으로 잘라낸 자국이 분명했다. 양쪽 손발에 찼던 쇠테 모두 똑같았고, 잘린 부분이 매끈매끈하고 녹이 슬지도 않아 잘라낸 지 오래되지 않았다는 사실을 말해주었다. 누가 무엇 때문에 잘라낸 쇠테를 다시 붙여 그의 손발에 씌웠을까?

'보아하니 누군가 몰래 나를 돕고 있는 모양이군. 이 감옥은 꽁꽁 숨겨져 있어 외부인들은 들어오지 못할 테니, 분명히 매장 안에 사는 사람이야. 억울하게 갇힌 나를 보고 안타까워하면서도 공공연히 도와줄 수가 없어서 혼절해 있는 동안 살그머니 들어와 쇠테를 끊어놓았겠지. 때를 보아 다시 와서 풀어주려고 말이야.'

이렇게 생각하자 절로 힘이 솟았다.

'이 지하 감옥의 입구는 황종공의 침실 밑에 있으니 황종공이 나를 도울 생각이었다면 여태 시간을 끌 필요도 없었겠지. 그러니 황종공은 아니야. 흑백자는 말할 것도 없고. 독필옹이나 단청생 중 한 명일 텐데, 단청생과 나는 술로 잘 통하고 사이도 좋았으니 십중팔구 단청생이겠군.'

그는 내일 흑백자가 다시 오면 어떻게 대응할지 궁리했다.

'우선 맞장구를 치면서 술과 고기부터 얻어먹고 이 가짜 심법을 조금 알려줘야겠군. 단청생이 언제 올지 모르니 어서 저 구결을 외워야겠다.'

그는 철판 위의 글자를 더듬으며 입으로 암송하고 머릿속에 새겼다. 며칠 전에 외울 때만 해도 이렇게 진지하지 않았지만, 지금은 한 글자라도 빠뜨릴까 꼼꼼히 살피느라 외우기가 쉽지 않았다. 철판의 글씨체는 거칠고 삐뚤삐뚤했기 때문에, 글공부를 많이 하지 않은 영호충으로서는 개중 몇 글자를 알아보지 못해, 어쩔 수 없이 모양만 외우고 읽을 때는 비슷한 글자로 대체했다. 이런 상승 무공의 구결은 한 글자만 틀려도 연공하는 사람을 잘못 이끌어 위험하게 만들 뿐 아니라 자칫하면 주화입마에 빠뜨릴 수도 있었다. 이곳에서 나가면 다시는 이 글귀를 볼 수 없으니 반드시 정확하게 외워야 했다. 그는 몇 번인지 셀 수도 없을 만큼 구결을 읽고 또 읽었다. 그리고 마침내 완벽하게 외우자 겨우 안심하고 잠들었다.

잠결에 단청생이 슬그머니 감옥 문을 열고 들어와 그를 풀어주었다. 기쁨의 환호성을 지르며 눈을 떠보니 한바탕 꿈이었지만, 영호충은 조금도 실망하지 않았다.

'오늘은 무슨 사연이 있어 오지 못했을 거야. 언젠가는 꼭 구하러 오겠지.'

철판에 새겨진 내공이 자신에게는 무척 유용하지만 다른 사람에게는 큰 해가 된다고 여긴 그는, 훗날 이 감옥에 갇힐 사람은 필시 좋은 사람일 것이고 그런 사람이 임아행의 속임수에 당하게 내버려둘 수 없다고 생각해, 다시 한번 글을 더듬으며 처음부터 끝까지 열 번 읽은 뒤 손목에서 벗겨낸 쇠테로 글자 몇 개를 갈아 없앴다.

그날 흑백자는 찾아오지 않았지만 영호충은 신경 쓰지 않고 구결에 따라 수련을 계속했다. 며칠이 지나도록 흑백자는 아무 소식이 없었다. 그사이 영호충의 수련은 진전을 보아, 도곡육선과 불계 화상이 주입한 이상한 진기 중 6할을 단전에서 몰아내 임맥과 독맥督脈, 양유陽維, 음유陰維, 양교陽蹻, 음교陰蹻, 충맥衝脈, 대맥帶脈 등의 기경팔맥으로 보냈다. 충맥과 대맥으로 보내는 것은 몹시 어려웠지만, 철판에 상세한 심법이 새겨져 있고 화산파 내공을 수련하면서 경맥에 대해 깊이 알게 된 덕택에 아주 희망이 없는 것은 아니었다. 당장은 어렵더라도 꾸준히 익히면 언젠가는 이상한 진기를 모두 빼낼 수 있을 터였다.

그는 매일 수십 번씩 구결을 암송하고 철판 위의 글자 수십 개를 갈아 없앴다. 기운이 회복된 덕택에 별로 힘들이지 않고도 철판을 갈 수 있었다. 그렇게 한 달여가 지나고 찌는 듯한 무더위도 서서히 가셨지만 그는 여전히 지하 감옥에서 벗어나지 못했다.

'하늘의 뜻이란 것이 정말 있나 보군. 겨울에 갇혔더라면 철판 위에 글자가 새겨져 있다는 사실을 까맣게 몰랐을 거야. 날이 더워지기 전에 단청생이 구해주었겠지.'

그때 통로 쪽에서 흑백자의 발소리가 들려왔다. 침상에 누워 있던 영호충은 재빨리 일어나 벽 쪽으로 돌아앉았다. 어느새 문 앞에 도착한 흑백자가 말했다.

"임… 임 노선배님, 실로 죽을죄를 지었습니다. 큰형님께서 한 달 동안 방에서 두문불출하시는 바람에 어쩔 수가 없었습니다. 어르신께 문안을 올리지 못하니 하루하루 피가 마르는 것 같았습니다. 부디… 부디 역정은 내지 말아주십시오."

철문의 구멍을 통해 향긋한 술 냄새와 구수한 닭고기 냄새가 술술 흘러들었다. 오랫동안 술을 입에 대지 못한 영호충은 그 향기만으로도 견딜 수가 없어 몸을 홱 돌렸다.

"어서 이리 다오. 일단 먹고 이야기하자."

"예, 예. 제게 신공 비결을 전수해주시겠습니까?"

"매일 술 세 근과 닭 한 마리를 가져오면 네 구절씩 알려주마. 대략 술 3천 근에 닭 천 마리를 먹을 때쯤이면 얼추 배우게 될 것이다."

흑백자는 고개를 저었다.

"너무 느립니다. 그동안 무슨 변고가 생길지도 모르지 않습니까? 차라리 매일 술 여섯 근에 닭 두 마리를 가져올 테니 여덟 구절씩 전수해주시지요."

"좋다. 자자, 어서 이리 내놓아라!"

흑백자가 구멍으로 나무 쟁반을 밀어넣었다. 쟁반 위에는 과연 술 한 병과 노릇노릇 먹음직스럽게 구운 닭이 놓여 있었다.

'배울 구결이 남아 있는 동안에는 음식에 독을 타지 못하겠지.'

영호충은 이렇게 생각하며 술병을 들어 꿀꺽꿀꺽 마셨다. 썩 좋은 술은 아니었지만 감옥에 갇힌 그에게는 세상 그 어느 술보다 향기롭고 달콤했다. 네 번 증류하고 네 번 빚은 토로번의 진한 포도주조차 이 술보다 향기롭지는 않았던 것 같았다. 그는 단숨에 반병을 비우고는 닭다리를 우적우적 뜯기 시작했다. 술 한 병과 닭 한 마리는 마파람에게 눈 감추듯 순식간에 사라졌다. 그제야 영호충은 배를 두드리며 흡족하게 외쳤다.

"좋구나, 좋은 술이다!"

흑백자가 웃는 얼굴로 말했다.

"어르신, 술과 고기를 푸짐하게 잡수셨으니 이제 구결을 전수해주십시오."

사부로 모시겠다는 말을 꺼내지 않는 것을 보면 술과 고기를 배불리 먹어 잊어버렸으리라 생각하는 모양이었다. 영호충은 아랑곳하지 않고 말했다.

"좋다. 네 구절을 일러줄 테니 똑똑히 듣거라. '기경팔맥에 자리한 진기를, 단전에 모으고 단중혈에서 만나게 하여라.' 이해가 되느냐?"

철판에 새겨진 구결은 본디 '단전에 있는 진기를 사지로 흩어내고, 단중혈의 진기를 기경팔맥으로 분산하여라'였지만 일부러 정반대로 말한 것이었다. 기공 수련 법문에서 쉽게 볼 수 있는 평범한 구결인지라 흑백자는 고개를 끄덕이며 말했다.

"그 네 구절은 이해가 됩니다. 다음 구절을 알려주십시오."

영호충은 그 속을 훤히 들여다보고 있었다.

'내가 바꾼 구결이 뻔한 내용이라 수상쩍어하는군. 그렇다면 이번에는 아주 괴상망측한 구절로 깜짝 놀라게 해주마.'

그는 목소리를 가다듬고 말했다.

"그래, 첫날이니 네 구절을 더 알려주마. 똑똑히 들어라. '양유혈을 뒤흔들고 음교혈을 막아, 기경팔맥을 모두 끊어내면 신공이 이루어지리니.'"

흑백자의 얼굴이 하얗게 질렸다.

"그… 그런… 기경팔맥이 끊어지고서야 어찌 목숨을 부지할 수 있겠습니까? 이… 이 구절은 도저히 이해가 가지 않습니다."

"누구나 쉽게 깨우칠 수 있다면 어찌 신공이라 부르겠느냐? 이 구결에는 심오하고 기묘한 이치가 가득하여 평범한 자는 그 해답을 찾기가 쉽지 않다."

이렇게 말하는 영호충의 어투나 입에 담는 단어들이 평소의 임 선생과는 달라도 너무 달라 흑백자는 부쩍 의심이 솟았다. 앞서 두 번 찾아왔을 때는 영호충이 거의 말을 하지 않았고 일부러 발음을 흐렸지만, 배 속에 술이 들어가자 용기가 솟구쳐 말이 많아진 탓이기도 했다. 세심하기 이를 데 없는 흑백자는 그가 자신을 골탕 먹이려고 구결을 바꿨으리라 여기고 굳은 얼굴로 말했다.

"기경팔맥을 모두 끊어내면 신공이 이루어진다 하셨지요? 그렇다면 어르신께서도 기경팔맥을 모두 끊으셨습니까?"

"이를 말이냐?"

흑백자의 목소리에서 의심을 감지한 영호충은 길게 말할 마음이 싹 가셨다.

"구결을 모두 전수받아 엮어내면 자연히 알게 될 것이다."

그는 이렇게 말하며 술병을 쟁반에 내려놓고 구멍 밖으로 밀어냈다. 흑백자가 손을 뻗어 쟁반을 받으려는데, 갑자기 영호충이 '으악' 하고 고함을 치며 우르르 앞으로 달려가 철문에 이마를 쾅 하고 들이받았다. 흑백자는 화들짝 놀랐다.

"어찌 그러십니까?"

그는 과연 무공 고수답게 반응이 빨라, 술병이 바닥에 떨어져 깨질까 봐 반사적으로 구멍 안에 팔을 집어넣으며 쟁반을 받았다. 눈 깜짝할 틈조차 없는 찰나의 순간, 영호충은 구멍으로 들어온 흑백자의 오른손 손목을 꽉 움켜쥐고는 싱긋 웃으며 말했다.

"흑백자, 내가 누군지 잘 보아라."

흑백자는 대경실색해 말을 더듬었다.

"너… 너… 너는…!"

사실 영호충도 나무 쟁반을 내밀 때까지는 그를 붙잡을 생각이 없었다. 그러나 희미한 불빛 아래로 쟁반을 붙잡는 흑백자의 손을 보는 순간 느닷없이 그를 제압하고 싶은 충동이 솟구친 것이다. 자신을 이곳에 가둔 것이 흑백자가 꾀를 꾸며냈기 때문이라고 여기는 그로서는 하다못해 저 손목이라도 부러뜨려야 울화가 조금 가라앉을 것 같은데다, 간사한 흑백자를 예상 밖의 상황에 빠뜨려 깜짝 놀라게 해주는 것도 제법 재미있겠다는 생각이 들었다. 이 때문에 영호충은 복수심인지 장난기인지 알 수 없는 기분으로 넘어지는 척하며 흑백자를 유인한 것이었다.

잔뜩 경계를 돋우고 있던 흑백자였지만 너무나도 갑작스러운 상황이라 위험을 감지했을 때는 이미 손목을 잡힌 뒤였다. 상대방의 다섯 손가락이 수갑처럼 팔을 옥죄고 손목의 외관혈과 내관혈을 단단히 누르자 흑백자는 재빨리 손목을 뒤집으며 반격에 나섰다. 그런데 느닷없이 우두둑하는 소리와 함께 왼발 발가락 세 개가 부러지는 지독한 통증이 느껴져 저도 모르게 '으아악' 하고 비명을 질렀다.

붙잡힌 것은 오른쪽 손목인데 왼쪽 발가락이 부러졌으니 이상한 일이 아닐 수 없으나, 그럴 만한 사연이 있었다. 본디 임 선생을 몹시 두려워하던 흑백자는 손목을 붙잡히는 순간 목숨이 위험함을 깨닫고 다급한 김에 교룡출연蛟龍出淵이라는 초식을 펼쳤다. 누군가에게 붙잡혔을 때 팔을 안으로 꺾으며 왼발을 소리 없이 올려차는 초식으로, 적의 가슴에 명중했을 때 그 자리에서 피를 토하고 쓰러질 만큼 강력한 힘이 실려 있었다. 만일 적이 고수라면 위험을 피하기 위해 손목을 놓아줄 것이고, 그렇지 않으면 속절없이 가슴을 걷어차이는 수밖에 없었다. 그러나 창졸간의 일이라 빠져나가는 데만 급급했던 흑백자는 자신과 적 사이에 두꺼운 철문이 가로막혀 있다는 사실을 까맣게 잊고 있었다. 교룡출연이 옳은 선택이었을 뿐 아니라 조준도 정확했고 힘도 적절했으나, 하필이면 쿵 하고 걷어찬 곳이 철문이었던 것이다.

철문이 시끄러운 소리를 내자 영호충은 철문 덕분에 흑백자의 날카로운 공격을 피했다는 것을 알고 껄껄 웃었다.

"한 번 더 차보시지. 더 힘껏 차면 놓아주겠다."

그 순간 흑백자는 오른손 손목의 내관혈과 외관혈을 통해 진기가 줄줄 흘러나가는 것을 느꼈다. 평생 가장 두려워하던 일이 벌어지자 그는 혼비백산해 빠져나가는 진기를 억지로 붙잡으며 애걸했다.

"어… 어르신, 부디… 부디….”

말을 하는 순간 진기가 더욱더 힘차게 흘러나가 재빨리 입을 다물었지만, 그래도 흘러나가는 진기를 막을 수는 없었다. 그러나 영호충은 철판에 새겨진 무공을 익힌 이후로 대나무 속처럼 단전을 비워두었기 때문에 바깥에서 진기가 흘러드는 것조차 느끼지 못했다. 단지 겁을 잔뜩 먹은 듯 손을 바들바들 떠는 흑백자의 모습에 분통이 터져 한 번 더 놀래주고 싶을 뿐이었다.

"내가 무공을 전수했으니 너는 이제 내 제자다. 사부를 능멸하고 공격하는 죄는 어떤 벌을 받아야 하느냐?”

흑백자는 점점 더 빨리 빠져나가는 진기를 붙잡기 위해 갖은 애를 썼지만, 사람이라면 숨을 쉬기 마련이고 숨을 쉴 때마다 내력이 좔좔 쏟아져나가 뾰족한 수가 없었다. 어떻게든 영호충의 손아귀에 잡힌 손을 빼낼 궁리에 발가락의 통증은 더 이상 그의 관심사가 되지 못했다. 살아날 수만 있다면 손 하나, 발 하나 잃는 것쯤은 아무것도 아니라고 생각한 그는 결국 자유로운 팔로 허리에 찬 검을 더듬었다. 몸을 움직이자 손목의 혈도에 구멍이 뻥 뚫린 양, 봇물 터진 듯 진기가 흘러나가기 시작했다. 그는 잠시라도 지체하면 진기를 모두 빨리고 말리라는 생각에 무리해서 검을 뽑아 제 손목을 자르려고 높이 쳐들었다. 그러나 힘을 쓰는 순간 진기가 더욱 세차게 쏟아져나가, 귀가 먹먹해지고 눈앞이 어질어질해 그대로 혼절하고 말았다.

화풀이로 손목 하나만 부러뜨릴 생각이었던 영호충은 흑백자가 귀신이라도 만난 양 놀라 혼절하자 웃음을 터뜨리며 손을 놓아주었다. 그의 손에서 벗어난 흑백자의 몸은 맥없이 바닥으로 축 늘어졌고 오른손도 구멍 밖으로 스르르 빠져나갔다.

순간, 영호충은 무언가가 퍼뜩 떠올라 황급히 흑백자의 손을 붙잡았다. 반응이 빨랐던 덕분에 손이 구멍에서 완전히 빠져나가기 전에 잡을 수 있었다.

'이자를 포로로 삼으면 나를 풀어달라고 황종공을 협박할 수 있지 않을까?'

이런 생각으로 흑백자를 힘껏 잡아당기자, 뜻밖에도 흑백자의 머리가 구멍 안으로 쑥 들어오는 것이었다. 억지로 더 끌어당겼더니 그의 몸도 안으로 따라 들어왔다.

몹시 의외이기는 했지만 영호충은 곧 무릎을 탁 쳤다. 철문의 구멍은 너비가 한 자 정도 되어 머리만 통과할 수 있으면 누구든 드나드는 것이 어렵지 않았다. 흑백자가 들어올 수 있다면 영호충 역시 빠져나갈 수 있다는 뜻이었다. 벽에 붙은 쇠사슬에 묶여 있을 때는 불가능했지만, 그 사슬에서 벗어난 지금은 빠져나가지 못할 까닭이 없었다.

'단청생은 남몰래 쇠테를 끊어놓고, 내가 밥을 가져다주는 노인을 따라 이 감옥을 빠져나오기만을 이제나저제나 하고 기다렸던 거야.'

쇠테가 잘려 있다는 사실을 알아차렸을 때, 그는 몸속의 진기를 흩어내는 데만 정신이 팔려 있었다. 그때만 해도 철판에 새겨진 구결을 완전히 외우지 못한 터라 오히려 시간이 더 주어지기를 바랐고, 자신의 힘으로 탈옥하려는 생각은 꿈에서도 하지 않았던 것이다.

잠시 생각하던 그는 마침내 결심을 하고 서둘러 흑백자의 옷을 벗긴 다음 그의 옷으로 갈아입고 두건까지 머리에 푹 눌러썼다.

'이렇게 하면 도중에 누굴 만나도 나를 흑백자라고 생각하겠지.'

그는 아예 흑백자의 검까지 뽑아 허리에 찼다. 수중에 검이 들어오자 훨씬 자신감이 붙었다. 그런 다음 자신이 입었던 옷을 흑백자에게 입히고 그 손발에 쇠테를 씌워 힘껏 움켜쥐었다. 예전만큼 기력을 회복한 그가 힘을 주자 쇠붙이는 힘없이 오므라들어 흑백자의 손발을 단단히 죄었다.

그 통증에 정신을 차린 흑백자가 나지막이 신음했다. 영호충은 웃으며 말했다.

"이제 입장이 바뀌었군! 벙어리 할아버지가 매일 네게 밥과 물을 가져다줄 것이다."

흑백자는 신음을 흘렸다.

"임… 임 어르신… 그… 그 흡성대법을…."

지난번 산골짜기에서 상문천과 나란히 싸울 때 누군가가 '흡성대
법'이라는 말을 꺼낸 적이 있는데, 흑백자의 입에서도 그 이름이 나오
자 영호충은 고개를 갸웃했다.

"흡성대법이라니?"

"제… 제가 죽을… 죽을죄를….”

　그러나 영호충은 감옥을 벗어나는 일에 정신이 팔려 깊이 생각하지
않고 돌아섰다. 구멍에 머리를 집어넣고 양팔을 뻗은 뒤 손으로 철문
을 힘껏 밀자, 몸이 쉽게 밖으로 나왔다. 바닥에 내려선 뒤 몸 상태를
확인하는데, 단전에 진기가 가득 쌓여 몹시 불편했다. 그는 그 진기가
흑백자의 몸에서 흘러든 것이라고는 꿈에도 모른 채, 잠깐 연공을 멈
춘 사이 도곡육선과 불계 화상의 진기가 다시 단전으로 흘러들었다고
만 생각했다. 다시 진기를 흩어놓을 수도 있지만, 한시라도 빨리 이 지
하 감옥을 떠나고픈 마음에 흑백자가 가져온 등불을 들고 통로를 따
라 걷기 시작했다.

　통로 곳곳에 자리한 문들은 흑백자가 나갈 때 잠그려 열어두었
기 때문에 힘들이지 않고 통과할 수 있었다. 견고한 문들을 지나치면
서 생각하니 감옥에서 보낸 나날이 한참 옛일처럼 느껴졌다. 다시 찾
은 자유의 기쁨 덕분일까, 황종공과 그 아우들에 대한 원망도 씻은 듯
이 사라졌다.

　지하 통로 끝에 이르러 계단을 올라가자 육중한 철판이 머리 위를
가로막았다. 철판에 귀를 대보니 위에서는 아무런 소리도 들리지 않았
다. 함정에 빠진 뒤로 몹시 신중해진 그는 곧바로 올라가지 않고 한참
동안 기다리며 동정을 살피다가, 황종공이 침실에 없다는 것을 확신한

뒤 천천히 철판을 밀고 위로 올라갔다.

침상 아래의 구멍으로 빠져나와 철판을 원위치로 돌려 이불로 덮은 뒤 살금살금 내려서는데, 별안간 뒤에서 꽉 잠긴 목소리가 들려왔다.

"둘째, 그 아래에서 무얼 했느냐?"

화들짝 놀라 돌아보니 황종공과 독필옹, 단청생이 무기를 든 채 그를 에워싸고 있었다. 비밀 통로에 경보 기관이 설치되어 있다는 사실을 알 리 없는 영호충이 경솔하게 문을 여는 바람에 경보가 울려 황종공 형제가 놀라 달려온 것이었다. 다행히 흑백자의 옷을 입고 두건까지 써서 아무도 그가 누구인지 알아채지 못했다.

영호충은 놀란 나머지 우물쭈물했다.

"그… 그것은…."

황종공은 냉랭하게 말했다.

"아직도 할 말이 있더냐? 마음이 올바르지 못한 네가 임아행에게 흡성대법을 알려달라 간청했으리라 일찍부터 짐작은 했다. 그래, 지난날의 맹세는 모두 잊었느냐?"

영호충은 진상을 밝혀야 할지, 끝까지 흑백자인 척해야 할지 결정을 하지 못하고 서 있다가 냅다 검을 뽑아 독필옹을 향해 힘껏 찔렀다.

"둘째 형님, 정말 싸우실 겁니까?"

독필옹이 화난 목소리로 외치며 판관필로 가로막았다. 영호충의 이 공격은 허초였다. 독필옹이 방어하자 그는 즉각 검을 거두고 달아나기 시작했고, 황종공 일행은 황급히 뒤를 쫓았다. 영호충은 진기를 써서 빠르게 발을 놀려 눈 깜짝할 사이 대청에 도착했다. 황종공이 큰 소리로 외쳤다.

"둘째! 둘째! 어디로 가려느냐?"

영호충은 대답하지 않고 더욱더 속도를 높였다. 그때 누군가 대문 앞에 불쑥 튀어나와 앞을 가로막았다.

"둘째 장주님, 멈추십시오!"

정신없이 내닫던 영호충은 제때 멈추지 못하고 쿵 하고 그 사람에게 부딪혔다. 갑작스러운 충돌에 그 사람은 끈 떨어진 연처럼 수 장 밖으로 날아가 나동그라지듯 떨어졌다. 영호충이 흘끔 돌아보니 다름 아닌 일자전검一字電劍 정견이었다. 전검은 어디로 갔는지 모르지만, 바닥에 쭉 뻗은 모양으로 보아 일자인 것은 분명했다.

영호충은 걸음을 멈추지 않고 오솔길로 달아났다. 황종공 일행은 장원 입구에서부터는 쫓아오지 않았다. 단청생이 소리 높여 외쳤다.

"형님, 둘째 형님! 그만 돌아오십시오. 형제 사이에 못할 말이 어디 있습니까? 같이 논의하면…."

영호충은 그 말을 무시하고 외진 오솔길만 골라 내달아, 어느덧 항주성에서 한참 떨어진 인적 없는 산지에 이르렀다. 그렇게 빨리 달렸는데도 숨이 차기는커녕 피로조차 느껴지지 않아, 내상을 입기 전보다도 공력이 훨씬 늘어난 것 같았다.

때는 이미 어두운 밤이었고 산골짜기에는 아무도 없었다. 그제야 두건을 벗고 주변을 살피니, 어디선가 졸졸졸 샘물 소리가 들려왔다. 마침 목이 탔던 터라 소리 나는 쪽으로 달려가자 개울이 모습을 드러냈다. 그는 개울가에 엎드려 목을 축였다.

겨우 정신을 차리고 달빛으로 반짝반짝 빛나는 개울을 들여다봤더니, 머리카락이 덥수룩하고 덕지덕지 때가 낀 더러운 얼굴이 마주 보고 있었다. 영호충은 놀라 흠칫 뒤로 물러났다가 곧 실소를 터뜨렸다. 몇 달 동안 지하 감옥에 갇혀 씻지도 못했으니 이렇게 더러운 것도 당연한 일이었다. 새삼스레 가려움을 느낀 그는 재빨리 옷을 벗고 개울에 뛰어들어 구석구석 씻었다.

'때 절반만 밀어도 서른 근은 나가겠군.'

그는 깨끗이 때를 벗고 물을 배불리 마신 뒤, 머리카락을 정수리에 틀어올리고 뺨을 뒤덮은 수염을 깎아냈다. 그런 다음 다시 개울물에 얼굴을 비춰보니 볼이 두툼하던 풍이중의 모습은 사라지고 본래의 영호충으로 돌아와 있었다.

개운한 기분으로 옷을 입었는데, 또다시 기혈이 막혀 가슴이 답답한 느낌이 찾아왔다. 어쩔 수 없이 개울가에 앉아 연공을 하며 단전에 쌓인 진기를 기경팔맥으로 분산시키자, 단전 안이 텅 비면서 기분이 상쾌해지고 힘이 솟았다.

그 순간까지도 영호충은 자신이 당세에 제일가는 무시무시한 무공을 익혔다는 사실을 알지 못했다. 도곡육선과 불계 화상의 진기와 소림사에서 요양하는 동안 얻은 방생 대사의 진기가 경혈經穴에 스며들어 고스란히 그의 힘이 되었을 뿐 아니라, 조금 전 흑백자에게서 빨아들인 필생의 내공까지 더해져 아홉 명에 이르는 고수의 내공을 흡수했으니, 힘이 솟는 것도 무리가 아니었다. 서로 다른 진기들이 단전에 쌓이면 섞이지 못해 공력을 쓰는 순간 서로 충돌해서 오장육부를 칼로 저미는 것처럼 고통스럽지만, 그 진기를 경혈로 흘려보내 다시 한 가지로 엮어낸다면 몸속에 들어온 진기가 많을수록 더 강해지는 이치였다.

영호충은 훌쩍 몸을 솟구치며 검을 뽑아 개울가에 선 버드나무 가지를 향해 뻗었다. 그런 다음 손목을 가볍게 퉁기자 검은 쐐액 소리를 내며 검집으로 들어갔다. 바닥에 내려서며 고개를 들어보니 버들잎 다섯 개가 하늘하늘 떨어져내리고 있었다. 두 번째로 검을 뽑아 허공에 호를 그리자 나뭇잎 다섯 개가 빠짐없이 검날 위에 내려앉았다. 그는 기쁘면서도 의아한 마음으로 검날에 놓인 나뭇잎을 털어냈다.

도통 영문을 몰라 멍하니 개울가에 서 있는데, 갑작스레 쓸쓸한 기분이 밀려왔다.

'이런 놀라운 무공은 사부님과 사모님께는 배울 수 없겠지. 하지만 심오한 내공이나 뛰어난 검법이 없더라도, 홀로 쓸쓸하게 황야를 떠도는 지금보다 예전처럼 화산에서 밤낮 소사매와 함께하며 즐겁게 지내는 편이 훨씬 나을 거야.'

평생 이토록 고강한 무공을 지녀본 적이 없지만, 이토록 진한 외로움을 느껴본 적도 없었다. 영호충은 천성적으로 떠들썩한 것을 즐기고 술과 친구를 좋아하는 사람이었다. 지하 감옥에 몇 달 갇혀 있는 동안에는 혼자인 것을 당연하게 생각했지만, 자유를 되찾은 지금도 변함없이 혈혈단신이라는 사실이 그를 몹시도 괴롭혔다.

개울가에 쓸쓸히 홀로 서 있자니, 자유를 얻은 기쁨은 어디론가 사라지고, 몸을 스치는 찬바람과 싸늘한 달빛 속에서 아련한 슬픔만이 하염없이 그의 가슴을 때렸다.

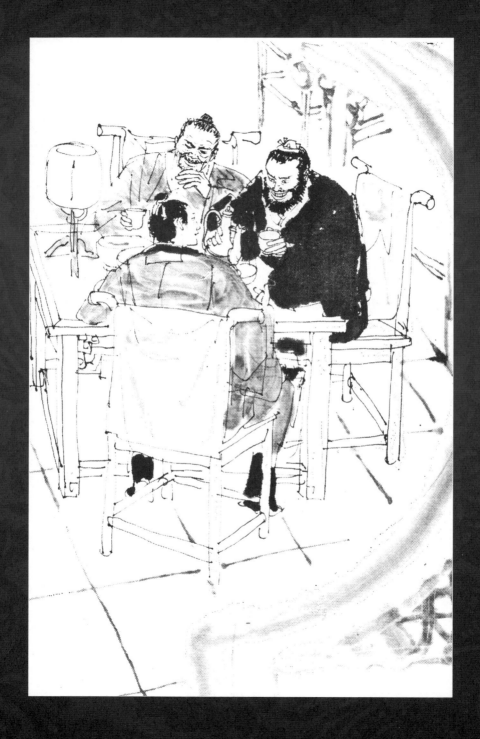

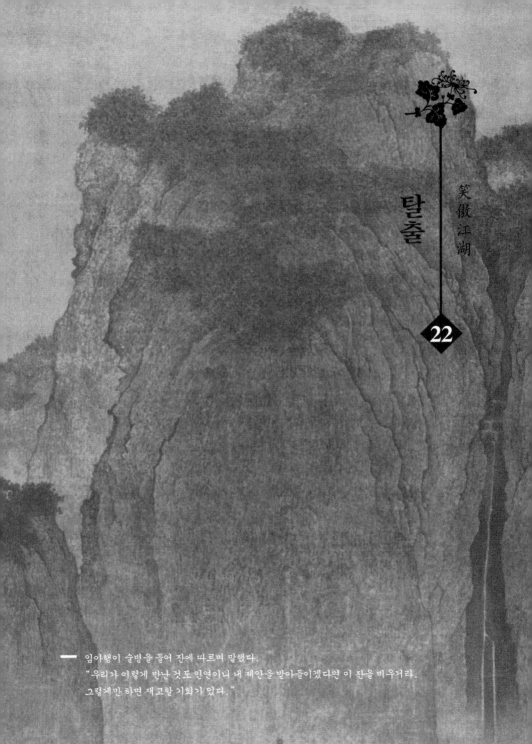

笑傲江湖

탈출

22

임아행이 술병을 들어 잔에 따르며 말했다.
"우리가 이렇게 만난 것도 인연이니 내 제안을 받아들이겠다면 이 잔을 비우거라.
그렇게만 하면 재고할 기회가 있다."

영호충이 우울함에 푹 빠져 한참 동안 그 자리에 서 있는 사이, 어느
덧 달이 하늘 한가운데 떠오르고 밤이 깊었다. 높이 떠오른 달을 보자
그는 할 일을 생각하며 억지로 마음을 추슬렀다. 끊임없이 솟아나는
수많은 의혹들은 매장을 자세히 조사해야 명쾌하게 밝힐 수 있을 것
이었고, 임씨 성을 가진 선배 고수 역시 구제 못할 악인이 아니라면 구
해내는 것이 옳았다.

영호충은 길을 되짚어 매장으로 돌아갔다. 매장이 있는 고산孤山에
올라 비탈진 언덕 위의 숲을 뚫고 장원에 다가가서 귀를 기울여보니,
안은 쥐죽은 듯 고요했다. 조용히 담장을 넘자, 수십 개의 방들은 컴컴
한 어둠 속에 잠겨 있고 오른쪽 끝 방에만 창가에 등불이 어른거렸다.
영호충은 숨을 죽이고 다가가 창 아래 몸을 숨겼다.

늙수그레한 목소리가 호통을 치고 있었다.

"황종공! 네 죄를 알겠느냐?"

몹시 준엄한 목소리였다.

영호충은 고개를 갸웃했다.

'황종공같이 신분이 높은 사람에게 저렇게 호통을 칠 수 있는 사람
이 과연 누굴까?'

호기심을 이기지 못해 슬며시 고개를 내밀어 안을 들여다봤더니,

의자에 앉은 네 사람이 보였다. 그중 세 사람은 노인들이었고, 나머지 한 사람은 중년 부인이었는데, 하나같이 검은 장삼을 입고 허리에는 누런 띠를 두르고 있었다. 바로 마교의 복장이었다. 황종공과 독필옹, 단청생은 그들 앞에 공손히 서 있었다. 창문을 등지고 있어 세 사람의 표정을 볼 수는 없지만, 편안하게 앉은 마교 사람들 앞에 서 있는 것만 봐도 누가 지위가 높은지는 쉬 알 수 있었다.

황종공이 말했다.

"예, 잘 압니다. 장로들께서 왕림하신 줄도 모르고 멀리 나아가 맞지 못했으니, 소인이 실로 크나큰 죄를 지었습니다."

가운데 앉은 야윈 노인이 냉소를 터뜨렸다.

"흥, 나와 맞지 못한 것이 죄라고? 아직도 허세를 부리는구나. 흑백자는 어디로 갔느냐? 어찌 나와보지도 않는 것이냐?"

영호충은 속으로 씩 웃었다.

'흑백자는 내게 속아 감옥에 갇혔지만 황종공은 그가 달아난 줄 알겠지. 그나저나 장로니 소인이니 하는 것을 보니 저들이 모두 마교 사람이로구나.'

황종공의 목소리가 다시 들려왔다.

"장로들께 아룁니다. 흑백자는 성정이 괴벽스럽고 예전과 크게 달라져 요 며칠 장원에 돌아오지 않았습니다. 모두 소인이 엄히 단속하지 못한 탓입니다."

그를 똑바로 주시하는 노인의 두 눈동자가 번쩍 빛났다.

"황종공, 교주님께서 너희에게 이 매장을 지키라 명하실 때 이곳에서 금이나 뜯고 술이나 마시고 그림이나 그리면서 즐기라는 뜻이었느냐?"

황종공은 허리를 숙였다.

"그럴 리가 있겠습니까? 소인들은 교주님의 명을 받들어 이곳에서 죄인을 지키고 있습니다."

"아니 다행이구나. 그렇다면 그 죄인은 어찌 되었느냐?"

"장로께 아룁니다. 죄인은 지하 감옥에 갇혀 있습니다. 지난 12년 동안 소인은 무슨 실수라도 생길까 봐 이 매장에서 단 한 발짝도 나가지 않았습니다."

"오냐, 좋다. 실수가 있을까 봐 매장에서 나간 적이 없다는 말이렷다. 그렇다면 죄인은 아직 지하 감옥에 갇혀 있겠구나?"

"그렇습니다."

황종공의 대답에 노인은 고개를 들고 천장을 올려다보더니 별안간 큰 소리로 웃음을 터뜨렸다. 천장을 뒤흔드는 웃음소리에 들보에 쌓여 있던 먼지가 너풀너풀 떨어져내렸다.

"참으로 훌륭한지고! 어디 그 죄인을 내 눈앞에 데려와보아라."

황종공은 공손하게 대답했다.

"용서해주십시오. 교주님께서는 당신께서 친히 오시지 않는 한 그 누가 오더라도 결코 죄인을 만나지 못하게 하라는 엄명을 내리셨습니다. 이를 어기면…."

노인이 손을 들어 그의 말을 자르더니, 품에서 무언가를 꺼내 높이 쳐들며 몸을 일으켰다. 앉아 있던 다른 세 사람도 곧장 자리에서 일어나 공손한 자세를 취했다. 영호충은 의아해하며 그 물건을 자세히 살폈다. 길이가 반 자가량 되는 검은색 마른 나무토막으로, 위에는 괴상한 무늬와 글자가 새겨져 있었다.

황종공 형제들이 깊이 허리를 숙이며 말했다.

"교주님의 흑목령黑木令이 도착했으니 교주님께서 친히 납신 것이나 다름없습니다. 명을 받들겠습니다."

노인이 고개를 끄덕였다.

"좋다. 가서 그 죄인을 데려오너라."

황종공은 잠시 머뭇거렸다.

"그 죄인은 강철로 만든 수갑과 족쇄를 채워 벽에 묶어두었기 때문에… 이리로 데려올 수가 없습니다."

노인은 냉소를 터뜨렸다.

"이 지경이 되었는데도 끝끝내 변명을 하며 속이려 드는구나. 묻겠다. 대관절 죄인은 무슨 수로 이곳에서 달아났느냐?"

황종공은 놀라 얼굴이 파랗게 질렸다.

"그 죄인이… 그가… 달아나다니요? 저, 절대로 그럴 리 없습니다. 그자는 지하 감옥에 갇혀 있습니다. 며칠 전만 해도 소인이 직접 확인했는데 어찌… 어찌 달아났다는 말씀이십니까?"

노인은 안색을 부드럽게 하며 말했다.

"오호라, 그자가 아직 감옥에 있단 말이지? 내 너희에게 공연히 화를 내다니, 참으로 미안하구나."

그는 인자한 얼굴로 세 사람에게 사과라도 할 것처럼 천천히 다가왔다. 그러나 그들 앞에 서자마자 손을 쑥 내밀어 황종공의 어깨를 내리쳤다. 독필옹과 단청생은 황급히 두어 걸음 뒤로 물러섰다. 그들의 행동도 빨랐지만 노인의 움직임은 더욱더 빨라, 파팟 하는 소리와 함께 독필옹과 단청생도 차례로 오른쪽 어깨를 맞고 말았다.

세 번에 걸친 노인의 공격은 한 치의 어긋남도 없는 기습이었다. 지어낸 얼굴이라고는 생각할 수 없는 인자한 웃음에 강호를 오래 누빈 황종공마저 속아넘어갈 수밖에 없었고, 그들에 비해 무공이 약한 독필옹과 단청생은 위험을 감지했을 때 이미 당한 후였다.

단청생이 버럭 외쳤다.

"포鮑 장로, 저희가 무슨 죄를 지었습니까? 도대체 왜 이런 독수를 쓰십니까?"

고통과 울분이 뒤섞인 목소리였다.

포 장로라고 불린 노인은 입술을 뒤틀며 느릿느릿 대답했다.

"교주님께서 죄인을 감시하라 명하셨는데 너희는 죄인이 달아나도록 내버려두었다. 그러니 죽을죄가 아니면 무엇이냐?"

황종공이 황망히 대답했다.

"죄인이 정말 달아났다면 소인들은 죽어 마땅합니다. 허나 그는 지하 감옥에 단단히 갇혀 있습니다. 그 일로 처벌을 받으라 하시면 결코 따를 수 없습니다."

이렇게 말하면서 몸을 옆으로 돌린 덕분에 창밖에 있던 영호충은 그의 이마에 송골송골 맺힌 콩알만 한 땀방울을 볼 수 있었다. 방금 있었던 포 장로의 공격은 황종공처럼 무공이 높은 사람도 견디기 힘들 만큼 무시무시했던 것이다.

'황종공의 무공은 저 노인보다 못하지는 않지만, 저자가 기습을 하는 바람에 당하고 말았군.'

영호충이 이렇게 생각하는 사이 포 장로의 목소리가 들려왔다.

"오냐, 다시 지하 감옥을 살펴보아라. 그 죄인이 감옥에 있는 것이 확실하다면… 흥, 이 포대초鮑大楚가 너희에게 세 번 절하고 남사수藍砂手의 형벌도 풀어주마."

"알겠습니다. 잠시만 기다리십시오."

황종공은 독필옹과 단청생을 데리고 방을 나섰다. 문을 열고 나오는 세 사람의 몸이 보일 듯 말 듯 떨리고 있었지만, 격앙된 탓인지 아니면 남사수라는 형벌 탓인지는 영호충으로서는 알 방도가 없었다.

영호충은 방 안에 있는 사람들에게 발각될까 봐 더는 안을 들여다보지 않고 소리 죽여 바닥에 주저앉았다.

'저들이 말하는 교주는 분명 당세에 무공이 가장 높다는 동방불패일 거야. 그자가 강남사우에게 이곳에서 죄인을 지키라고 명령했구나. 12년이나 되었다니, 죄인이란 내가 아니라 임 노선배님이겠지. 그렇다면 임 노선배님이 벌써 탈출하신 것일까? 이곳에서 달아났는데도 황종공이 모르고 있다니 신통한 일이구나. 그래, 저들은 분명 모르고 있었어. 그렇지 않고서야 흑백자가 나를 임 노선배님으로 착각할 리 없지.'

영호충은 황종공 형제가 지하 감옥으로 들어가서 흑백자를 발견할 것을 생각하면 절로 웃음이 났다.

'그나저나 저들은 어째서 나까지 가뒀을까? 그래, 내가 임 노선배와 비무를 했으니 그냥 보내주면 비밀이 새나갈까 봐 그랬겠지. 흥, 비밀을 지키려고 무고한 사람을 괴롭히다가 남사수인지 뭔지 하는 형벌을 당했으니 꼴좋구나.'

방 안에 있는 네 사람은 말 한마디 없었다. 비록 벽이 가로막고 있지만 채 한 장도 되지 않는 거리인지라 숨소리라도 크게 내면 들킬까 싶어 숨조차 제대로 쉬지 못했다. 바늘 떨어지는 소리마저 들릴 정도로 고요한 정적 속에 느닷없이 '으악' 하는 비명 소리가 섞여들었다. 고요한 밤, 고통과 놀라움에 찬 그 비명 소리는 듣는 사람들의 솜털을 쭈뼛서게 만들었다. 그 목소리가 흑백자의 것임을 알아챈 영호충은 다소 미안한 마음이 들었다. 자신을 잡아 가둔 데 대한 복수였으니 인과응보라고 할 수도 있지만, 포대초라는 사람 손에 들어가면 가엾은 꼴을 당할 것이 뻔했기 때문이었다.

얼마 후, 발소리가 점점 가까워지더니 황종공 형제가 방으로 들어섰다. 영호충은 다시금 고개를 살며시 내밀고 창문 안을 들여다보았다. 독필옹과 단청생이 좌우에서 흑백자를 부축하고 있었다. 흑백자는 얼굴이 하얗게 질리고 두 눈은 빛을 잃어, 신중하고 영리한 본래 모습은 찾아볼 수가 없었다.

황종공이 허리를 숙이며 말했다.

"장… 장로님들께 아룁니다. 말씀대로 죄인은… 이미 달아났습니다. 소인들을 죽여주십시오."

이미 희망이 없다는 것을 깨달았기 때문인지, 그의 목소리는 먼젓번처럼 격앙되지 않고 차분했다.

포대초가 엄한 목소리로 말했다.

"흑백자는 장원에 없다더니 어찌 다시 나타났느냐? 어찌 된 일인지 소상히 말해보아라.

"어찌하여 이런 일이 벌어졌는지 소인도 도무지 모르겠습니다. 아아, 놀이에 빠지면 포부를 잃는다 하더니, 소인들은 금기서화에 탐닉

하여 적에게 큰 약점을 드러내 보이고 말았습니다. 적들은 필시 그 약점을 이용하여 그 사람을… 그 죄인을 빼내갔을 것입니다."

"우리는 교주님의 명을 받들어 죄인이 탈출한 사건을 명확히 밝히러 왔다. 한 치의 거짓도 없이 사실대로 고한다면… 교주님께 벌을 경감시켜달라 청원드릴 수도 있다."

황종공은 길게 한숨을 내쉬었다.

"교주님께서 자비를 베푸시고 장로들께서 돌봐주신다 해도 이런 죄를 짓고서 어찌 낯을 들고 살 수 있겠습니까? 허나 탈출에 얽힌 우여곡절을 밝히지 못한다면 죽어도 눈을 감지 못하겠지요. 포 장로, 교주님께서는 항주에 계십니까?"

포대초는 눈썹을 추켜세웠다.

"누가 교주님께서 항주에 계신다 했느냐?"

"그렇지 않고서야 죄인이 오늘 저녁에 달아났는데 교주님께서 어찌 아시고 네 분 장로들을 보내셨겠습니까?"

포대초는 코웃음을 쳤다.

"갈수록 어리석어지는구나. 누가 죄인이 오늘 저녁에 달아났다고 그러더냐?"

"그 사람은 분명 오늘 저녁나절 감옥에서 달아났습니다. 그때 저희 세 사람은 그를 흑백자라고만 생각했는데, 그가 흑백자를 대신 감옥에 가두고 옷을 바꿔 입어 위장했을 줄은 꿈에도 생각지 못했습니다. 그 광경은 저와 셋째 아우, 넷째 아우가 두 눈으로 똑똑히 목격했고, 정견도 그를 가로막다가 정면으로 부딪혀 늑골이 열 개나 부러졌습니다…."

포대초는 눈살을 찌푸리며 뒤에 선 다른 장로들을 돌아보았다.

"이자가 무슨 말을 하고 있는지 모르겠구려."

그들 가운데 작고 뚱뚱한 노인이 나섰다.

"우리는 지난달 열나흗날에 소식을 들었다."

노인은 손가락을 꼽아보더니 덧붙였다.

"오늘로 꼭 열이레째구나."

황종공은 비틀비틀 뒷걸음질치더니 쿵 하고 벽에 부딪혔다.

"그… 그럴 리가… 그럴 리가 없습니다! 저희는 분명 오늘 저녁에 그 사람이 달아나는 것을 똑똑히 보았습니다."

그는 문가로 달려가 큰 소리로 외쳤다.

"시령위! 정견을 데려오게!"

"예!"

멀리서 시령위의 대답 소리가 들려왔다.

포대초는 흑백자에게 다가가 멱살을 움켜쥐고 번쩍 들어올렸다. 흑백자는 온몸의 뼈가 부러져 피부 거죽만 남은 사람처럼 힘없이 팔다리를 축 늘어뜨렸다. 포대초가 소스라치게 놀란 듯 안색이 싹 변해 손을 놓자, 흑백자의 몸은 바닥에 털썩 나동그라져 움직이지 못했다. 뒤에 있던 몸집이 우람한 노인이 말했다.

"잘 보았네. 바로 그놈의… 그놈의 흡성대법에 당해 정력을 모두 빨린 것일세."

무엇이 그리 두려운지 목소리가 덜덜 떨리고 있었다.

포대초가 흑백자에게 물었다.

"언제 그 수법에 당했느냐?"

"저, 저는… 바로 얼마 전에… 그놈이… 그놈이 제 오른손 손목을 잡는 바람에 꼼짝도… 할 수가 없어 속수무책 당하고 말았습니다."

포대초는 몹시 혼란스러운 듯 당황한 눈빛에 얼굴 근육까지 파르르 떨렸다.

"그리고 어찌 되었느냐?"

"그놈은 저를 철문의 구멍으로 잡아당겨 옷을 바꿔입히고, 수… 수갑과 족쇄를 채웠습니다. 그런 다음 구멍으로 빠져나갔습니다."

포대초는 눈을 찌푸렸다.

"오늘 저녁에 그런 일이 있었다는 말이냐? 어떻게 그럴 수가?"

작고 뚱뚱한 노인이 다시 물었다.

"그 수갑과 족쇄는 강철로 만든 것이다. 그리 쉽게 벗겨질 리가 있느냐?"

"저… 저도 모르겠습니다."

독필웅이 나섰다.

"소인이 수갑을 자세히 살펴보았더니 가느다란 톱으로 잘려 있었습니다. 어디서 그런 톱이 났는지 모르겠습니다."

그때 시령위가 하인 둘을 시켜 정견을 떠메고 들어왔다. 정견은 얇은 이불을 덮고 침상에 누워 있었다. 포대초가 이불을 걷고 가슴을 살짝 누르자 정견은 무척 고통스러운 듯 큰 소리로 비명을 질렀다. 포대초는 고개를 끄덕이며 손을 휘저었고, 시령위와 하인들은 다시 정견을 데리고 나갔다.

"무시무시한 힘이다. 그놈의 짓이 분명하군."

여태껏 한마디도 하지 않던 중년 부인이 갑작스레 입을 열었다.

"포 장로, 그놈이 확실히 오늘 밤 탈옥했다면, 지난달 우리가 들은 소식은 거짓이었나 보오. 그놈과 한패에 있는 자가 우리를 혼란에 빠뜨리려고 꾸민 짓일 것이오."

포대초는 고개를 저었다.

"그럴 리 없소."

"어째서?"

"설薛 향주香主는 금종조金鐘罩와 철포삼鐵布衫의 횡련공을 익혀 보통의 칼이나 검으로는 털끝 하나 건드릴 수 없소. 그런데 적은 손가락으로 그의 가슴을 뚫고 심장을 뽑아냈소. 그놈이 아니고서야 이 세상에 그만한 힘을 가진 자가 또 어디 있겠소?"

영호충이 한참 넋을 놓고 듣고 있는데, 갑자기 누군가 어깨를 툭툭 쳤다. 아무런 예고도 없이 벌어진 일이라 영호충은 화들짝 놀라 뒤로 물러나며 검을 뽑았다. 눈앞에는 두 사람이 서 있었으나 달빛을 등지고 있어 얼굴을 확인할 수가 없었다. 그중 한 사람이 그를 향해 손을 흔들며 속삭였다.

"형제, 안으로 들어가세."

바로 상문천의 목소리였다. 영호충은 몹시 기뻐 소리 죽여 외쳤다.

"상 형님!"

검을 뽑는 소리와 대화 소리는 방 안에서도 똑똑히 들렸다.

"누구냐?"

포대초의 날카로운 외침에 상문천 곁에 서 있던 사람이 큰 소리로 껄껄 웃었다. 웃음소리가 어찌나 큰지 기왓장이 드르르 떨리고 귓속이

윙윙 울릴 정도였다. 특히 영호충은 배 속에서 기혈이 용솟음치는 것 같아 몹시 괴로웠다.

그사이 그 사람은 앞으로 걸음을 옮겨 벽에 두 손을 대고 힘껏 밀었다. 우르릉하는 굉음과 함께 벽에 커다란 구멍이 뻥 뚫리고, 그 사람은 그 구멍을 통해 안으로 들어갔다. 상문천도 영호충의 오른손을 잡고 함께 안으로 들어갔다.

포대초 등 네 사람은 어느새 자리에서 일어나 긴장한 표정으로 무기를 쳐들고 있었다. 영호충은 앞선 사람이 누군지 궁금해 죽을 지경이었지만, 뒷모습만 보여 흑발에 몸집이 장대하고 푸른 적삼을 입었다는 것만 알 수 있을 뿐이었다.

포대초가 떨리는 목소리로 입을 열었다.

"임… 임… 임 선배님이셨군요."

그 사람은 '흥' 하고 코웃음을 치며 성큼성큼 그들에게 다가갔고, 자연스레 포대초와 황종공 등은 주춤주춤 물러났다. 그 사람은 몸을 획 돌려 가운데 놓인 의자에 앉았다. 바로 포대초가 앉아 있던 자리였다. 그제야 영호충은 그 사람의 얼굴을 볼 수 있었다. 그는 얼굴이 길쭉하고 안색은 핏기 하나 없이 창백했다. 미목은 시원하고 준수한 편이었지만 무덤에서 벌떡 일어난 시체처럼 허연 얼굴 덕분에 똑바로 쳐다보기가 무서울 정도였다.

그는 상문천과 영호충에게 손짓을 했다.

"상 형제, 영호 형제, 와서 앉게."

그의 목소리를 듣는 순간 영호충은 놀라움과 기쁨이 교차해 대뜸 물었다.

"혹… 혹시 임 노선배님이십니까?"

그 사람은 빙그레 웃었다.

"그렇다. 네 검법은 아주 쓸 만하더구나."

"역시 탈출하셨군요. 그러잖아도 구해드리려고…."

그 사람은 껄껄 웃었다.

"나를 구하려 했다 이 말이냐? 하하하, 으하하하! 상 형제, 의형제를 아주 잘 두었군!"

상문천은 영호충의 손을 잡아끌어 그 사람의 오른쪽에 앉히고 자신은 왼쪽에 앉았다.

"영호 형제는 당세에 보기 드문 열혈남아입니다."

상문천의 말에 그 사람은 다시 큰 소리로 웃었다.

"영호 형제, 서호 바닥의 감옥에 두 달 넘게 갇혀 있게 한 일은 미안하구나. 하하하하!"

영호충은 어찌 된 영문인지 차츰 이해가 가기 시작했지만 확실히 알 수가 없어 고개를 갸웃했다.

그 사람이 빙그레 웃으며 말을 이었다.

"비록 두 달간 감옥에 갇혀 있었지만 내가 철판에 새겨둔 흡성대법을 익혔으니 보상은 되고도 남을 것이다. 하하하하!"

영호충은 의아한 목소리로 물었다.

"그 철판에 새겨진 구결이 선배님이 남기신 것입니까?"

그 사람은 빙그레 웃으며 대답했다.

"내가 아니면 또 누가 흡성대법을 알겠느냐?"

상문천이 덧붙였다.

"형제, 임 교주의 흡성대법을 전수받은 사람은 이 세상을 통틀어 자네 하나뿐일세. 진심으로 축하하네."

영호충은 여전히 고개를 갸웃했다.

"임… 교주라니요?"

"자네, 아직도 교주님의 신분을 모르고 있었군. 이분이 바로 일월신교의 교주로, 함자는 '아' 자 '행' 자를 쓰신다네. 들어본 적 없나?"

영호충도 일월신교가 마교라는 것은 알고 있었다. 마교 사람들은 자신들 무리를 '일월신교'라고 했지만 그 외의 사람들은 모두들 '마교'라고 불렀다. 그 마교의 교주는 동방불패라고 알려져 있는데, 임아행이라는 교주는 어디서 나타난 것일까?

그는 우물우물 대답했다.

"임… 임 교주의 함자는 철판에서 보았습니다만, 교주신 줄은 몰랐습니다."

몸집이 우람한 노인이 버럭 외쳤다.

"교주는 무슨 얼어 죽을 교주란 말이냐? 우리 일월신교의 교주는 동방 교주 한 분뿐이라는 것을 세상이 다 안다. 저 임가는 반역을 저지르고 교를 어지럽혀 일찍이 축출되었다. 상문천, 반역자의 편에 선 죄가 얼마나 큰지 아느냐?"

임아행은 천천히 고개를 돌려 그 노인을 똑바로 바라보았다.

"네 이름이 진위방秦偉邦이라 했던가?"

"그렇다."

"내가 본교에 있을 때, 너는 강서에 있는 청기靑旗의 기주旗主였지. 아니냐?"

"그렇다."

임아행은 한숨을 푹 쉬었다.

"지금은 본교 십장로의 자리에 올랐으니 승진이 아주 빠르군. 동방불패가 너의 무엇을 보고 그리 중용했을꼬? 무공이 강한 것이냐, 아니면 일솜씨가 좋은 것이냐?"

진위방은 당당하게 대답했다.

"나는 본교에 충성하고 무슨 일이든 앞장섰다. 그렇게 10여 년간 공적을 쌓아 장로가 된 것이다."

임아행은 고개를 끄덕였다.

"음, 그랬군."

별안간 그의 몸이 포대초 앞으로 훌쩍 날아가 목덜미를 향해 질풍같이 왼손을 내밀었다. 포대초는 대경실색했다. 그는 들고 있던 칼을 휘두를 틈도 없어 겨우 왼팔로 목을 보호하면서 뒤로 한 걸음 물러나 공간을 만든 다음, 오른손에 든 칼을 아래로 내리쩍었다. 수비와 공격의 두 가지 동작이 순식간에 일어났지만, 수비는 튼튼했고 공격은 맹렬해 흠잡을 데 없이 훌륭한 수법이었다. 그러나 아무리 그래도 임아행의 손이 더 빨랐다. 칼이 떨어져내리기도 전에 임아행의 오른손은 포대초의 가슴을 움켜쥐었고, 장포가 쫘악 소리를 내며 찢어졌다. 임아행이 왼손을 뻗어 그의 품에서 꺼낸 것은 다름 아닌 흑목령이었다. 이어서 그는 오른손을 홱 뒤집어 포대초의 오른팔을 움켜쥐고는 우두둑 꺾었다.

그때 챙챙챙 하는 소리가 들려왔다. 상문천이 검을 내질러 진위방을 포함한 나머지 장로들을 차례로 공격했고 세 장로들이 각자의 무기로 가로막은 것이었다. 상문천이 그들을 공격한 까닭은 그들이 포대초를 돕는 것을 차단하기 위해서였다. 그의 공격이 끝났을 때 포대초는 이미 임아행의 손아귀에 들어가 있었다.

임아행이 미소를 지으며 말했다.

"흡성대법은 아직 펼치지도 않았다. 한번 맛을 보겠느냐?"

짧은 순간, 포대초는 투항하지 않으면 목숨을 잃을 뿐 제2의 길은 없다는 사실을 깨닫고 재빨리 결단을 내렸다.

"이 포대초, 이제부터 임 교주께 충성을 바치겠습니다."

임아행이 다시 물었다.

"너는 지난번에도 내게 충성하겠다고 맹세했다. 한데… 왜 돌아섰느냐?"

"부디 소인에게 죄를 씻고 공을 세울 기회를 주십시오."

"좋다. 이 약을 먹어라."

임아행은 그의 손목을 놓아주고 품에서 자기병을 꺼내 그 안에 든 새빨간 약 한 알을 포대초에게 던졌다. 포대초는 자세히 보지도 않고 약을 꿀꺽 삼켰다. 진위방이 놀란 목소리로 외쳤다.

"그… 그것은 삼시뇌신단三尸腦神丹?"

임아행이 고개를 끄덕였다.

"그렇다, 바로 삼시뇌신단이다!"

그는 자기병에서 삼시뇌신단 여섯 알을 꺼내 탁자 위에 휙 던졌다. 불처럼 빨간 여섯 개의 환약이 탁자 위를 데구루루 굴렀다.

"삼시뇌신단의 위력은 잘 알겠지?"

"교주의 뇌신단을 먹으면 목숨이 다할 때까지 교주의 명을 받들어야 합니다. 그러지 않으면 약 속에 든 시충尸蟲이 마비에서 풀려나 뇌 속으로 기어들어 뇌수를 파먹게 되지요. 그 고통은 이루 말할 수 없고, 종국에는 미치광이가 되어 미친개처럼 발광하게 됩니다."

"잘 아는구나. 이 뇌신단의 무서움을 알면서도 어찌 그렇게 쉽게 삼켰느냐?"

"오늘부터 소인은 영원히 임 교주께 충성을 바치고 절대 변치 않을 것입니다. 그러니 뇌신단이 아무리 무섭다 한들 두려워할 필요가 없습니다."

임아행은 시원스레 껄껄 웃었다.

"좋아, 아주 좋아. 자, 또 이 약을 먹을 자는 누구냐?"

황종공과 독필옹, 단청생은 얼굴이 하얗게 질려 서로 눈치만 살폈다. 그들과 진위방 등의 장로들은 오랫동안 마교에 몸담아 삼시뇌신 단에 대해 잘 알고 있었다. 그 속에 든 시충은 평소에는 발작하지 않아 아무 문제가 없지만, 매년 단오절 오시에 시충을 억제하는 약을 먹지 않으면 약성이 사라져 움직이게 되어 있었다. 일단 시충이 뇌로 들어가면, 그 사람은 괴상한 행동을 하게 되며 다시는 정상으로 되돌아올 수 없고, 이성을 잃고 부모나 처자식을 물어뜯는 일도 다반사였다. 세상에 있는 독물 가운데 이보다 더한 것은 없다 해도 과언이 아니었다. 더구나 약을 제조하는 방식에 따라 약성도 달라지기 때문에 동방불패의 해약으로는 임아행이 만든 뇌신단을 해독할 수 없었다.

사람들이 당황해 어쩔 줄 몰라 하는 와중에 흑백자가 큰 소리로 외쳤다.

"자비로우신 교주를 위해 소인이 먹겠습니다."

그는 힘겹게 탁자로 다가가 뇌신단을 향해 손을 뻗었다. 그러나 임아행이 소매를 떨치자 겨우 잡은 균형을 잃고 벌러덩 넘어져, 쿵 하고 벽에 머리를 박으며 쓰러졌다. 임아행은 냉소를 지으며 내뱉었다.

"공력을 잃고 폐인이 된 네게 영약을 낭비할 수는 없다."

그는 고개를 홱 돌려 다른 사람들을 바라보았다.

"진위방, 왕성王誠, 상삼랑桑三娘, 너희는 이 영약을 먹기 싫은 모양이로구나?"

중년 부인 상삼랑이 재빨리 허리를 숙이며 대답했다.

"소인은 오늘부터 교주께 충성을 바치며 절대 딴마음을 품지 않겠습니다."

작고 뚱뚱한 노인 왕성도 뒤를 따랐다.

"소인도 교주의 명을 받들겠습니다."

두 사람은 탁자로 걸어와 환약 한 알씩을 집어 입에 넣었다. 임아행에게 크나큰 두려움을 품고 있던 그들은 임아행이 감옥에서 탈출한 사실만으로도 간이 콩알만 해져 감히 반항할 생각조차 하지 못했다. 동방불패 역시 그들이 배신하지 않도록 뇌신단을 제조해 먹였지만, 발등에 떨어진 불부터 끄고 나중 일은 천천히 생각해볼 참이었다.

반면, 소규모 조직의 우두머리에서 장로로 승진한 진위방은 그들과는 입장이 달랐다. 임아행이 교주 자리에 있을 때 그는 강서 관할의 조그만 현에 있었기에 임아행이라는 사람의 무서움을 직접 경험할 기회가 없었던 것이다.

"이만 실례하지!"

그는 당당하게 외치고 두 발을 굴러 벽에 뚫린 구멍으로 몸을 날렸지만, 임아행은 껄껄 웃으며 막을 생각조차 하지 않았다. 진위방의 몸이 밖으로 나갔을 때에야 상문천이 왼손을 살짝 휘두르자 소매에서 새까맣고 가느다란 연편軟鞭(가죽 채찍)이 휘리릭 날아올랐다. '으악' 하는 진위방의 비명과 함께 다시 돌아온 연편 끝에는 어느새 진위방의 왼쪽 발목이 휘감겨 있었다. 새끼손가락 굵기도 안 될 만큼 가느다란 연편이었지만 진위방은 그 힘을 이기지 못해 일어나지도 못하고 바닥을 데굴데굴 굴렀다.

임아행이 입을 열었다.

"상삼랑, 뇌신단의 껍질을 벗겨라."

"예!"

상삼랑은 공손히 대답하고는 탁자에서 환약을 한 알 주워 손톱으로 빨간색 껍질을 벗겨냈다. 안에는 잿빛의 둥그스름한 것이 들어 있었다. 임아행이 다시 말했다.

"저자에게 먹여라."

"예!"

그녀는 약을 들고 진위방에게 다가가 외쳤다.

"입을 벌려라!"

진위방은 옆으로 몸을 굴리며 상삼랑을 향해 손을 휘둘렀다. 그의 무공은 상삼랑보다 약했지만 크게 차이 날 정도는 아니었다. 그러나 발목이 연편에 휘감기고 혈도까지 막힌 지금은 아무리 힘차게 손을 휘두른들 큰 힘이 실릴 수가 없었다. 상삼랑은 왼발로 그의 오른손을 걸어차고 오른발을 날려 퍽 하고 가슴팍을 짓눌렀다. 그런 다음 다시 왼발로 원앙연환퇴를 펼쳐 진위방의 어깻죽지를 잇달아 세 번 걸어차

혈도를 짚은 뒤, 왼손으로 턱을 잡아 열고 오른손으로 껍질 벗긴 약을 입에 집어넣었다. 마지막으로 오른손으로 뒷덜미를 잡아채자 진위방은 의지와 달리 약을 꿀꺽 삼키고 말았다.

포대초의 입을 통해 삼시뇌신단 속에 든 시충을 어떤 약물로 제어한다는 것을 알게 된 영호충은 상삼랑이 벗긴 빨간색 껍질이 필시 그 약물일 것이라 짐작했다. 토끼처럼 재빠르고 깔끔하게 처리한 상삼랑의 움직임은 평소 억지로 약을 먹이는 일을 많이 해본 솜씨였다.

'손발이 아주 날렵한 여자로군!'

그녀가 단타금나수의 명수라는 것을 영호충이 알 리가 없었다. 임아행에게 빌붙은 지금, 솜씨를 뽐내고 충성을 표시하기 위해 일부러 평생의 절기를 선보인 것이었다.

임아행은 빙그레 웃으며 고개를 끄덕였다. 상삼랑은 아무 표정 없는 얼굴로 일어나 공손하게 옆으로 물러났다.

임아행의 시선이 황종공 형제들에게 쏠렸다. 너희의 선택은 무엇이냐는 눈빛이었다.

독필옹은 한마디도 하지 않고 환약을 주워 삼켰다. 단청생은 무슨 말인지 알아들을 수 없는 말을 중얼거리다가 결국 환약을 삼켰다.

황종공은 처연한 얼굴로 품에서 서책 한 권을 꺼내 들었다. 바로 〈광릉산〉의 곡보였다. 그는 영호충에게 다가가 말했다.

"당신은 무공도 높고 지모도 뛰어나구려. 이런 계교를 세워 임아행을 구출하다니, 허허허, 참으로 감탄을 금할 수 없소. 이 곡보가 우리 형제를 패가망신시켰으니 이만 돌려드리겠소."

그 말과 함께 손을 탁 떨치자 곡보는 영호충의 품으로 날아들었다.

영호충이 어리둥절해하는 사이 그는 돌아서서 벽으로 걸어갔다. 그 뒷모습을 보자 영호충도 몹시 미안한 마음이 들었다.

'임 교주를 구한 것은 상 형님의 계략이고, 나는 그런 계략이 있는 줄도 몰랐어. 하지만 그 자리에 함께 있었으니 저런 원망을 들어도 어쩔 수 없지.'

황종공은 벽을 향해 선 채 말했다.

"우리 형제가 일월신교에 몸담은 것은 강호에서 협의를 행하고 공을 쌓기 위함이었소. 한데 임 교주는 성정이 포악하고 독선적인지라 일찍부터 떠날 마음을 품었고, 그 뒤를 이어받은 동방 교주는 간신배를 총애하고 본교의 오랜 형제들을 하나둘 제거하여 더욱더 낙심하게 되었소. 이 일을 자처한 까닭도 첫째는 흑목애에서 벗어나 서로 물고 뜯는 싸움을 그만두기 위함이었고, 둘째는 금과 글을 벗 삼아 서호에서 한가로이 지내기 위함이었소. 벌써 12년이 흘렀으니 한가로운 생활은 넉넉히 누렸소. 인생이란 본디 근심이 많고 즐거움은 적은 법…."

여기까지 말한 뒤 그는 가느다란 신음을 흘리며 바닥으로 천천히 쓰러졌다.

"큰형님!"

독필옹과 단청생이 입을 모아 외치며 달려갔다. 쓰러진 그를 부축해보니 심장에 비수가 꽂혀 두 눈을 부릅뜬 채 이미 숨이 끊겨 있었다. 독필옹과 단청생은 슬픔을 이기지 못해 연신 그를 부르며 눈물을 쏟았다.

왕성이 그들을 향해 일갈했다.

"교주의 명에 따르기를 거부하고 자결했으니 용서받을 수 없는 자다. 무엇 때문에 그리 소란을 피우느냐?"

단청생이 분노에 찬 얼굴로 몸을 홱 돌려 그를 노려보았다. 당장이라도 왕성에게 달려들어 한바탕 싸움을 벌일 것 같은 모습이었다. 왕성도 지지 않고 단청생을 노려보며 물었다.

"왜? 너도 반역할 셈이냐?"

그러나 삼시뇌신단을 삼킨 이상 억울해도 임아행을 따라야 한다는 것을 잘 아는 단청생은 울분을 눌러 삼키고 고개를 숙인 채 눈물을 닦았다.

그때 바닥에 쓰러졌던 진위방이 눈을 부릅뜨고 임아행을 향해 고래고래 소리를 질렀다.

"이놈! 죽기 살기로 싸워보자!"

그러나 혈도가 짚인 사람이 무슨 수로 움직일 수 있을 것인가?

얼마 후, 그는 극심한 고통에 사로잡힌 양 근육을 마구 뒤틀며 거칠게 숨을 헐떡였다. 그러자 상문천이 다가가 힘껏 발길질을 해 목숨을 끊어놓았다.

임아행이 말했다.

"시체들과 저 폐인은 저리 치우고 술상을 차려라. 내 오늘 여기 두 형제와 한껏 마시고 취해야겠다."

"예!"

독필옹과 단청생은 황종공과 진위방의 시신을 안고 바닥에 축 늘어진 흑백자를 부축해 밖으로 나갔다.

곧이어 하인들이 술상을 차려왔다. 모두 여섯 자리가 마련되었지만, 이를 본 포대초가 대뜸 소리쳤다.

"세 자리만 차려라! 우리가 어찌 감히 교주님과 동석하겠느냐?"

술잔을 치우려는 그를 향해 임아행이 말했다.

"너희도 수고가 많았다. 밖에 나가 한잔해라."

"크나큰 은혜에 감사드립니다."

포대초와 왕성, 상삼랑은 일제히 허리를 굽혀 인사한 뒤 천천히 밖으로 물러갔다.

영호충은 강직한 황종공이 자결한 것이 마음에 걸렸다. 황종공이 소림사 방증 대사에게 서신을 써서 자신을 치료해달라 부탁하겠다며 호의를 보이던 일이 떠올라 그 죽음이 더욱 아프게 다가왔다.

그때 상문천이 웃으며 그에게 물었다.

"형제, 대관절 어떤 기연을 얻어 임 교주의 흡성대법을 익히게 되었는가? 이야기 좀 해보게나."

영호충은 어떤 경위로 침상에 새겨진 구결을 발견하고 익히게 되었는지 자세히 설명해주었다. 듣고 난 상문천은 손뼉을 치며 웃었다.

"축하하네, 축하해. 기연이 겹치고 겹쳐 그리되었군. 의형으로서 진심으로 기쁘네."

그는 술잔을 높이 들었다가 싹 비웠다. 임아행과 영호충도 잔을 비웠다.

임아행이 웃으며 말했다.

"솔직히 말해 위험천만한 일이었다. 당초 내가 철판 위에 연공 구결을 새긴 것은 감옥 안이 너무 무료하여 심심풀이를 하기 위함이었지, 무슨 좋은 뜻이 있었던 것은 아니다. 물론 신공의 비결은 진짜이나, 내가 가까이서 지도하며 진기를 분산시키는 법을 알려주지 않으면 그 구결대로 수련하더라도 주화입마에 빠지기 십상이지. 이 신공을 연성하는 데는 두 가지 난관이 있다. 첫째는 몸속의 진기를 흩어 단전을 텅 비우는 것인데, 제대로 흩어내지 못하거나 혈도를 잘못 타고 들어가면, 즉시 주화입마에 빠져 가벼워야 반신불수가 되고 무거우면 경맥이 뒤집혀 일곱 구멍에서 피를 쏟으며 즉사하게 된다. 이 무공이 만들어진 지는 벌써 수백 년이 흘렀지만 전수받은 사람이 극히 드물고, 운 좋게 연성한 사람도 얼마 되지 않는 까닭은, 바로 진기를 흩어내야 하는 난관을 헤쳐나가기가 무척이나 어렵기 때문이다. 하지만 영호 형제는 운이 좋았지. 내공을 잃어 원래부터 가진 것이 없으니 어렵지 않게 단전을 비울 수 있었고, 덕분에 남들은 살얼음판을 걷듯 위험한 난관을 저절로 뛰어넘은 것이다. 몸속의 진기를 흩어낸 후에는 다른 사람의 진기를 빨아들여 단전에 모았다가 구결대로 다시 기경팔맥으로 보내야 하는데, 이 또한 무척 어려운 일이라 할 수 있다. 자기 진기를 흩어낸 상태에서 다른 사람의 진기를 흡수하는 것은 계란으로 바위 치기처럼 위험하기 짝이 없는 일이 아니겠느냐? 그런데 영호 형제는 이 난관마저 우연하게 통과했지. 상 형제에게 들으니 네 몸에 여러 고수들이 주입한 진기들이 여러 갈래 있었다지? 각자 다른 진기지만, 하나같이 강력하니 새로 들어오는 진기를 견뎌낼 수 있었던 것이다. 영호 형제가 이 두 가지 난관을 손쉽게 넘고 신공을 연성한 것은 실로 하늘의 뜻이라고 할 수 있다."

그 말에 영호충은 손바닥이 땀으로 축축해지는 것을 느꼈다.

"내공을 잃었기 망정이지, 정말 큰일 날 뻔했군요. 그런데 상 형님,

임 교주님께서는 대관절 어떻게 탈출하셨습니까? 이 아우는 아직도
잘 모르겠습니다."

상문천은 껄껄 웃으며 품에서 무언가를 꺼내 영호충의 손에 쥐여주
었다.

"이것이 무엇인지 알겠나?"

손에 잡힌 것은 둥글둥글하고 단단한 물건으로, 두 달 전 그가 임아
행과 비무하러 갈 때 상문천이 건네준 것과 똑같았다. 손바닥을 펼쳐
보니 겉면에 조그마한 구슬들이 줄줄이 박힌 둥그런 쇠구슬이 놓여
있었다. 쇠구슬을 살짝 돌리자 위에 박힌 구슬들이 돌아가면서 가느다
란 철사가 밀려나왔는데, 위에 톱니가 나 있어 정교하게 만든 실톱임
을 알 수 있었다. 영호충은 무릎을 탁 쳤다.

"아아, 임 교주의 손발을 묶었던 쇠테를 자른 것이 바로 이 톱이었
군요."

임아행이 껄껄 웃으며 말했다.

"그날 나는 진기를 끌어올려서 소리를 지르며 너와 밖에 있던 네 사
람을 단번에 기절시킨 뒤 실톱으로 쇠테를 잘랐다. 그리고 네가 흑백
자에게 했던 것과 똑같이 했지."

영호충은 웃음이 나왔다.

"저와 옷을 바꿔 입고 제 손목에 쇠테를 채우셨군요. 황종공 일행도
깜빡 속을 수밖에 없었을 겁니다."

상문천이 끼어들었다.

"황종공과 흑백자는 쉽게 속아넘어갈 인물이 아니지만, 그들이 깨
어났을 때 교주께서는 이미 매장을 떠나신 후였네. 흑백자 형제는 내

가 건네준 기보와 글, 그림 같은 것에 정신이 팔려, 감옥에 있는 사람을 바꿔치기했다고는 꿈에서도 생각지 못했을 걸세."

"참으로 신기묘산입니다."

영호충은 이렇게 말하며 속으로 중얼거렸다.

'형님은 일찍부터 저들을 요리할 만반의 준비를 갖추고 계셨구나. 그런데 어째서 임 교주가 탈출하신 지 두 달이 지나도록 나를 구하러 오지 않았을까?'

상문천은 그의 표정을 보고 심사를 짐작한 듯 빙그레 웃으며 말했다.

"형제, 교주께서 이곳을 벗어나신 뒤로 우리는 할 일이 너무 많았다네. 그동안 적들이 탈출 사실을 알아차리면 안 되기에 어쩔 수 없이 자네를 서호 밑바닥에 가둬두어야 했네. 다행히도 자네는 화가 복이 되어 불세출의 신공을 익혔으니 충분한 보상이 되었을 걸세. 하하하하, 자, 이 형님이 사과의 뜻으로 한 잔 바치겠네."

그는 이렇게 말하며 세 사람의 술잔을 다시 채우고 자기 잔을 비웠다. 임아행이 껄껄 웃으며 말했다.

"나도 사과주 한 잔 주마."

영호충은 웃으며 손을 내저었다.

"그게 무슨 말씀이십니까? 도리어 제가 두 분께 감사해야지요. 치료할 수 없는 내상을 입어 오늘내일하던 제가 임 교주의 신공을 익힌 뒤로 상태가 확연히 달라졌습니다. 덕분에 목숨을 구했습니다."

세 사람은 즐거운 마음에 크게 소리 내 웃었다.

웃음이 그치자 상문천이 천천히 이야기를 풀어놓았다.

"12년 전의 일일세. 교주께서 느닷없이 실종되시고 동방불패가 교주 자리에 올랐네. 나는 수상해하면서도 은인자중하며 동방불패를 따르는 척하다가, 최근 들어 교주께서 이곳에 갇혀 계시다는 것을 알게 되어 구출할 계획을 세웠다네. 그런데 놀라운 일이지. 흑목애를 나서기 무섭게 동방불패가 인마人馬를 풀어 뒤를 쫓았고, 정파의 멍청이들까지 나타나 한꺼번에 덤비더군. 형제, 흑백 양도의 얼간이들이 자네와 나를 죽이려 하던 날을 기억하는가? 그날 자네는 내게 내공을 잃은 경위를 이야기해주었고, 나는 자네 몸속에 있는 이상한 진기를 해소하려면 오로지 임 교주의 흡성대법을 익히는 수밖에 없다고 여겼다네. 하여 교주께서 탈출하신 다음 자네에게 신공을 전수해 목숨을 구해달라 청원할 생각이었지. 한데 청원을 드리기도 전에 신공을 전수받았을 줄 누가 알았겠나?"

세 사람은 또다시 웃음을 터뜨리며 건배했다.

영호충은 속으로 고개를 끄덕였다.

'형님께서 임 교주를 구하기 위해 나를 이용하신 것은 사실이지만, 내 목숨을 구하려는 마음도 있으셨구나. 매장에 오기 전부터 나를 이용할 것이고 한동안 고생을 하게 될 것이라고 솔직히 말씀하셨지. 그때 나도 동의했으니 감옥에 갇힌 일을 두고 원망할 수는 없다. 하물며 이렇게 하지 않았다면, 임 교주께서 나처럼 아무 관계도 없는 사람에게 흡성대법 같은 개세蓋世의 신공을 쉽사리 전수해주셨을 리도 없었을 거야.'

이렇게 생각하자 새삼 상문천에게 고마운 마음이 들었다. 그는 고개를 돌려 임아행을 바라보며 물었다.

"교주께서는 이 신공이 워낙 기묘하여 아무나 익힐 수 없다 하셨습니다. 한데 이런 신공은 대체 어디서 나타난 것입니까? 부디 가르침을 주십시오."

임아행은 술을 한 모금 마신 뒤 입을 열었다.

"이 신공은 본디 북송 때 활동하던 소요파逍遙派라는 문파가 창안했고, 그 뒤로 북명신공北冥神功과 화공대법化功大法으로 나뉘었다. 북명신공을 이어받은 사람은 대리大理의 황제인 단段씨였는데, 그는 다른 사람이 어렵사리 수련한 공력을 흡수하는 것이 옳지 못하다고 여겨 처음에는 익히지 않으려 했다. 허나 소요파의 선배 고인이 남긴 유고를 읽고서야 이 신공의 진리를 깨달았지. 그 유고에는 이렇게 쓰여 있다. '그 마음이 선하든 악하든, 무공을 익힌 자는 사람을 해치기 마련이니라. 무공 자체에는 선악이 없으니 이를 사용하는 자가 선하게 쓰면 선이 되고 악하게 쓰면 악이 되는 법, 권각이나 무기가 모두 이러하다. 똑같은 흑호투심黑虎偸心이라도, 그 초식으로 사악한 자를 죽이면 선이 되고 선량한 자를 죽이면 악이 되며, 보도나 보검 또한 선량한 자를 죽이면 악독한 무기가 되고 사악한 자를 죽여야만 좋은 무기가 되는 것이니라.' 실로 옳은 말이 아니냐?"

영호충은 고개를 끄덕였다.

"임 교주의 깊은 깨달음에 놀랄 뿐입니다."

"내가 깨달은 것이 아니라 북송 시대를 살았던 그 선배 고인의 유언을 옮긴 것뿐이다. 어떤 자들은 칼과 검으로 양민을 해치는데, 그런 자들에게서 칼과 검을 빼앗아 빈손으로 만드는 것은 곧 선이다. 악인들은 공력이 강하면 강할수록 악한 짓의 강도가 높아진다. 그들의 공력을 남김없이 빨아들여 악행을 저지를 힘이 없도록 만드는 것도 그자들의 손에서 무기를 빼앗는 것과 매한가지다. 소요파의 전인들 가운데에는 선량한 자가 있는 반면 악한 자도 있었지만, 대리의 단씨는 선을 베푸는 것에 뜻을 두어 간악한 자들의 진기만 흡수했으니 좋은 일이 아니겠느냐? 소림의 신권神拳이나 무당의 장권長拳이 이름을 날리는 까닭이 무엇이냐? 그 권법 또한 다른 무공과 마찬가지로 사람을 죽이거나 해칠 수 있지만, 소림이나 무당은 수백 년간 무고한 이를 해친 적이 없기에 그 권법이 널리 알려진 것이다."

그는 영호충을 설득하려는 목적으로 흡성대법이 대단한 진리인 것처럼 설명했다.

"하하하! 솔직히 말하면 누구든 나를 공격하는 자가 곧 적이 아니겠느냐? 적이라면 선한 놈이든 악한 놈이든 그놈의 진기를 빨아들여 내 힘으로 만들 수 있으니, 이 얼마나 즐거운 일이냐? 소요파의 선배가 남긴 말은 강물이 바다로 흘러드는 것처럼 당연한 이치다. 바다로 흘러드는 것은 강물이지, 바다가 억지로 강물을 끌어들이는 것은 아니지 않느냐? 적이 진기를 써서 공격하지 않으면 나도 그 진기를 빨아들일 수 없으니, 북명신공의 의미는 곧 적이 공격하지 않는 한 나도 공격하지 않는다는 데 있다. 하지만 화공대법은 다르다. 화공대법의 창시자는 소요파 출신이지만 사문의 진전을 이어받지 못해 진기를 흩어내는 것과 빨아들이는 것의 이치를 명확히 알지 못했지. 때문에 즐겨 사용하던 독을 신공에 접목했고, 적이 그 독에 당해 경맥이 망가지고 내공을 잃으면 그 진기가 화공대법에 빨려들어간 것으로 여겼다. 나의 흡성대법은 정통인 북명신공에 뿌리를 두기에 독을 쓰지 않는다. 이 차이점을 잘 알아두어라."

내심 남의 진기를 흡수하는 것이 부당하다고 생각하던 영호충이었지만 임아행의 강론을 듣고 나자 마음이 흔들렸다.

'남이 나를 해치지 않으면 나도 해치지 않는다고? 고의로 괴롭히지는 않지만, 누군가 나를 해치려 할 때 그자의 진기를 빨아들여 내 목숨을 부지하는 것은 나쁜 짓이라고 할 수 없겠지. 하지만 진기를 수련하는 일은 누구에게나 고된 일이다. 그 진기를 내 것인 양 사용하는 것은 남의 재물을 마음대로 사용하는 것과 다를 바 없지.'

그러는 동안 술잔은 열 번 넘게 돌았고, 영호충은 호탕하고 비범한 식견을 가진 임아행에게 점점 마음이 기울었다. 진위방이나 흑백자를 대할 때는 과할 정도로 잔혹했지만, 이야기를 나누다 보니 영웅의 행동이란 일반적인 잣대로는 평가할 수 없다는 것을 깨달았고, 약간이나마 품었던 불만도 점차 자취를 감췄다.

임아행이 그에게 말했다.

"영호 형제, 나는 적에게는 몹시 잔혹하고 수하에게는 몹시 엄해서 다소 불편할 수도 있다. 하지만 내가 서호 바닥에서 얼마나 오래 갇혀 있었는지 생각해보아라. 너도 같은 경험을 했으니 어떤 기분인지 잘 알 터, 적이나 반역자들이 나를 어떻게 대했는데 그런 자들에게 자비를 베풀 마음이 들겠느냐?"

영호충은 고개를 끄덕이며 동의했다. 그러다 문득 무언가 떠올라 벌떡 일어서서 말했다.

"임 교주께 한 가지 청이 있습니다. 부디 허락해주십시오."

"무슨 일이냐?"

"지하 감옥에서 교주를 처음 뵈었을 때, 황종공은 교주께서 감옥을 벗어나 다시 강호로 나가시면 화산파 제자 태반이 죽임을 당할 것이라고 했고, 교주께서도 훗날 제 사부님을 만나면 곤란하게 만들어주겠다 하셨습니다. 신과 같은 무공을 지니신 교주께서 마음먹고 화산파를 핍박하신다면 아무도 막지 못하겠지요….”

“음, 네 사부는 너를 화산파에서 축출한다고 만천하에 선포했다고 들었다. 내가 화산파에게 굴욕을 안기고 강호에서 아주 없애버린다면 마음이 좀 풀리지 않겠느냐?”

임아행의 말에 영호충은 고개를 저었다.

“저는 어려서 부모님을 여의고 사부님과 사모님의 손에서 자라, 비록 사제간이나 실제는 부자지간이나 다름없는 사이입니다. 사부님께서 저를 쫓아내신 데는 제 잘못도 컸고 약간의 오해가 있었던 탓입니다. 사부님을 원망하는 마음은 추호도 없습니다.”

임아행은 미소를 지었다.

“악불군이 네게 무정한 짓을 했지만 너는 끝까지 의리를 지키겠다는 말이냐?”

“제가 교주께 드리고 싶은 청은, 부디 아량을 베풀어 사부님과 사모님, 그리고 화산파의 사제와 사매들을 핍박하지 말아주십사 하는 것입니다.”

임아행은 망설였다.

“내가 감옥에서 탈출한 데는 네 힘이 컸다. 하지만 흡성대법을 전수하여 네 목숨을 구한 것으로 그 은혜는 갚았다고 볼 수 있지. 내 이제 다시 강호에 나가면 끝맺지 못한 은원이 많은데, 그런 약조를 하면 훗날 행동에 제약이 많을 테니 그럴 수는 없다.”

그 말을 듣자 영호충은 악불군이 어려움에 처할까 봐 불안해 안색이 어두워졌다. 그 모습을 보고 임아행은 큰 소리로 웃었다.

"영호 형제, 그만 앉아라. 작금 세상에 내가 믿을 만한 사람은 상 형제와 너뿐이니, 그런 네가 하는 청을 아주 모른 척할 수야 없겠지. 좋다, 네가 한 가지 약속해준다면, 훗날 화산파 제자와 마주쳤을 때 그들이 불경하게 굴지 않는 한 그들을 괴롭히지 않겠다 약속하마. 혼을 내줄 일이 있어도 네 얼굴을 보아 다소 사정을 봐주겠다. 어떠냐?"

영호충은 얼굴을 활짝 펴며 허리를 숙였다.

"그렇게만 해주신다면 감사할 따름입니다. 어떤 분부를 내리시든 반드시 따르겠습니다."

임아행은 고개를 끄덕였다.

"내가 원하는 것은 우리 세 사람이 의형제를 맺어 앞으로 즐거운 일은 함께 기뻐하고 어려운 일은 함께 헤쳐나가는 것이다. 상 형제는 일월신교의 광명좌사가 되고 너는 광명우사光明右使가 되는 것이다. 어떠하냐?"

날벼락 같은 한마디에 영호충은 아연실색했다. 마교에 투신하라고 할 줄은 꿈에서도 생각지 못했다. 어려서부터 사부와 사모를 통해 마교의 온갖 악행을 들어온 그는 비록 사문에서 축출되었지만 문파 없는 한가한 떠돌이가 될지언정 마교에 투신할 생각은 해본 적이 없었다. 갑작스러운 요구에 혼란에 빠진 그는 쉽사리 대답하지 못했고, 임아행과 상문천은 그런 그를 빤히 바라보며 대답을 기다렸다. 그 때문에 방 안은 순식간에 정적에 휩싸였다.

한참이 지난 뒤 이윽고 영호충이 입을 열었다.

"임 교주의 호의는 감사합니다만, 이 영호충은 배운 것이 없는 후진後進에 불과한데 어찌 감히 교주의 의형제가 될 수 있겠습니까? 더욱이 저는 비록 화산파에서 쫓겨났으나 여전히 사부님께서 마음을 돌리시기만을 기다리고 있으니 부디 명을 거두어주십시오…."

임아행은 옅은 미소를 지었다.

"내 비록 감옥에서는 나왔지만 목숨이 조석에 달린 몸이다. 교주라 칭하지만 기실 듣기 좋으라고 하는 말일 뿐, 지나가는 사람 누구든 잡고 물어보면 일월신교의 교주는 동방불패라고 할 것이다. 그자의 무공은 결코 나보다 낮지 않고, 지모는 나보다 훨씬 뛰어나다. 게다가 그 휘하에는 인재가 구름같이 모여 있으니, 나와 상 형제 두 사람의 힘만으로 교주 자리를 되찾기란 계란으로 바위를 때리는 것처럼 어려운 일이다. 네가 나와 의형제를 맺지 않으려 하는 것도 어찌 보면 네 한목숨 부지하기 위해서는 좋은 선택이지. 자자, 이런 이야기는 그만두고 기분 좋게 술이나 한잔하지."

"교주께서 어찌하여 동방불패에게 권력을 빼앗기고 감옥에 갇히셨는지 소생은 전혀 아는 바가 없습니다. 혹시 말씀해주실 수 없겠습니까?"

임아행은 고개를 저으며 서글픈 표정을 지었다.

"호수 밑에서 12년을 보냈으니 명리名利나 권력을 향한 집착도 흩어져야 할 터인데…. 허허허, 나이가 들면서 욕망은 더욱 강해지기만 하니 어쩌겠느냐."

그는 천천히 술을 따라 단번에 비우고는 껄껄 웃었다. 하지만 그 웃음은 울음보다 슬프고 처량했다.

상문천이 말했다.

"형제, 동방불패가 나를 죽이려고 보낸 자들이 얼마나 끈질기고 지독했는지 자네도 똑똑히 봐서 알 걸세. 자네가 의롭게 나서주지 않았더라면 나는 그 정자에서 일찌감치 생을 마감했겠지. 자네 마음속에는 정파와 마교가 확실하게 구분되어 있는 모양이네만, 100여 명의 추격자와 싸우던 그날 우리 두 사람을 포위하고 공격하던 자들에게 정파와 마교의 구분이 있던가? 모든 것의 중심은 사람일세. 정파에 좋은 사람도 있지만 그렇다 하여 비열하고 간악한 자들이 단 한 명도 없기야 하겠나? 마교에 나쁜 사람이 적지 않은 것은 사실이나, 우리 세 사람이 권력을 잡아 엄히 단속하고 패악무도한 자들을 걸러내면 강호의 호걸들에게도 좋은 일이 아니겠나?"

영호충은 고개를 끄덕였다.

"형님의 말씀이 옳습니다."

"교주께서는 지난날 동방불패를 형제처럼 여기시고 광명좌사로 발탁하여 일체의 대권을 넘겨주셨다네. 그때 교주께서는 흡성대법의 소소한 결점을 바로잡기 위해 일상적인 업무를 돌볼 틈이 없으셨지. 한데 그 동방불패가 흉악한 야심을 품고 있을 줄 누가 알았겠나? 그자는 겉으로는 교주를 몹시 공경하고 시키는 대로 따르는 척하면서 남몰래 자기 세력을 키웠고, 온갖 핑계를 대 교주께 충성을 바치는 부하들을 내쫓거나 죽음으로 몰아갔네. 단 몇 년 사이 교주의 심복들이 거의 사라졌지만, 교주께서는 충직하고 온후한 분이시라 공손하고 신중한 동방불패의 태도와 그의 손에 본교의 기강이 잡혀가는 것을 보시고 단한 번도 의심을 품지 않으셨지."

임아행이 한숨을 쉬며 말했다.

"상 형제, 돌이켜보면 참으로 부끄럽네. 자네가 몇 번이나 동방불패를 조심하라고 충언을 했지만, 그자에 대한 신임이 너무 깊었던 나머지 자네가 동방불패를 시기하는 줄 알고 이간질을 일삼아 시비를 일으킨다고 자네를 탓하기만 했었지. 결국 자네는 화가 나서 멀리 떠나 다시는 내 앞에 나타나지 않았네."

"교주께 원망을 품고 그런 것이 아니라 상황이 좋지 않았기 때문이었습니다. 동방불패는 주도면밀하게 계략을 꾸며 곧 반역을 일으킬 태세였는데, 제가 그때까지 교주 곁에 남아 있으면 그자의 표적이 될 수밖에 없었지요. 본교를 위해 목숨을 바치는 것은 당연한 도리이나, 훗날을 생각하면 당분간 피해 있는 것이 낫다고 생각했습니다. 교주께서 동방불패의 간악함을 통찰하고 반역을 막아내신다면 가장 좋겠지만, 그렇지 않다면 제가 밖에 있는 동안 동방불패는 제 존재가 마음에 걸려 함부로 굴지 못할 테니 말입니다."

임아행은 고개를 끄덕였다.

"그렇지. 하지만 그때는 그 고심을 헤아리지 못하고, 작별 인사도 없이 떠난 자네에게 불같이 화를 냈다네. 때마침 연공도 중요한 고비에 이르렀는데 마음이 흔들려 하마터면 위기에 빠질 뻔했네. 동방불패는 그런 일에는 마음 쓰지 말라며 입에 발린 말로 나를 위로하더군. 나는 또다시 그자의 간계에 넘어가 본교의 비본祕本인《규화보전葵花寶典》을 내주었네."

'규화보전'이라는 말에 영호충이 놀란 듯이 탄성을 터뜨렸다. 상문천이 그를 돌아보고 물었다.

"자네도《규화보전》을 아는가?"

"사부님께 들은 적이 있습니다. 정묘하고 심오한 무학 비급이라 들었는데, 임 교주께서 가지고 계실 줄은 몰랐습니다."

임아행이 말했다.

《규화보전》은 일월신교의 보물로서 오랫동안 전대 교주로부터 후대 교주에게 대대로 전해져왔다. 당시 나는 침식寢食도 잊고 흡성대법을 연마하느라 다른 것에는 관심도 없어 교주 자리를 동방불패에게 물려줄까도 생각했었지.《규화보전》을 준다는 말은 곧 오래지 않아 교주 자리를 물려준다는 의미와 다르지 않다. 그런데 동방불패같이 똑똑한 자가 곧 손에 들어올 교주 자리에 왜 그렇게 몸달아했는지 알 수가 없어. 조금만 있으면 내가 정식으로 사람들을 소집해 교주 자리를 물려주겠다고 공표했을 텐데, 어째서 그 잠시를 기다리지 못하고 반역을 저질렀을꼬?"

그는 아직도 그 이유를 알아내지 못했는지 눈을 잔뜩 찌푸렸다.

"교주께서 언제 정식으로 교주 자리를 내어줄지 기약이 없고, 또 그 사이 갑작스러운 변고가 생길 수도 있어 불안했을 것입니다."

"그렇게 철저히 준비했는데 무슨 변고가 생기겠나? 참으로 알 수 없는 일이야. 감옥에 있는 동안 그자가 꾸민 간계를 하나하나 곰곰이 따져보았네만, 어찌하여 때를 기다리지 못하고 급작스럽게 반역을 일으켰는지는 여태 짐작이 가지 않네. 물론 자네가 교주 자리를 채갈까 봐 불안했을지도 모르네만, 자네는 말도 없이 떠났고 눈엣가시가 사라졌으니 차분히 기다리기만 하면 되는 일이었네."

"동방불패가 반역을 일으키던 해 단오절 저녁 연회에서 소저께서

하신 말씀, 기억하십니까?"

상문천의 질문에 임아행은 머리를 긁적였다.

"단오절? 그 아이가 그때 무슨 말을 했던가? 그것이 이 일과 관계가 있나? 전혀 기억에 없군."

상문천이 대답했다.

"소저를 세상 물정 모르는 어린아이라 생각지 마십시오. 그분은 총명하고 영리한 데다 생각도 깊어 어른 못지않습니다. 그해 소저께서는 일곱 살이셨지요? 그분은 연회에 참석한 사람을 하나하나 세어보시고는 교주께 이렇게 물으셨습니다. '아버지, 단오절마다 이렇게 모여서 술을 마시는데 어째서 매년 한 사람씩 줄어들어요?' 교주께서는 어리둥절해하며 되물으셨지요. '매년 한 사람이 줄어들다니?' 소저는 이렇게 대답하셨습니다. '작년에는 열한 명이었고 재작년에는 열두 명이었어요. 그런데 올해는 하나, 둘, 셋, 넷 다섯⋯ 이제 열 명밖에 없잖아요' 라고 말입니다."

그러자 임아행은 한숨 섞인 목소리로 말했다.

"그랬지. 그때 나는 그 아이의 말에 기분이 썩 좋지 않았네. 바로 1년 전에 동방불패가 학^郝 형제를 처벌했고, 그 전해에는 구^丘 장로가 감숙성에서 갑작스레 목숨을 잃었는데, 지금 생각해보면 역시 동방불패가 한 짓이 분명하네. 그리고 그 전해에는 문^文 장로가 본교에서 쫓겨나 숭산파와 태산파, 형산파 고수들의 포위 공격을 받아 죽었지. 그 일도 동방불패의 짓이었군. 아아, 그 아이가 무심결에 진실을 밝혀주었는데도 나는 꿈속에 푹 빠져 깨닫지 못했구나."

임아행은 후회와 우울이 뒤섞인 얼굴로 술을 한 모금 마신 뒤 다시 입을 열었다.

"이 흡성대법은 북송 때의 북명신공에 뿌리를 두고 있는데 올바른 수련 방법을 모른 채 익히면 문제가 생긴다네. 당시 나는 흡성대법을 익힌 지 10년이 넘었고 강호에도 신공의 위력이 널리 알려져 정파 사람들은 그 이름만 듣고도 벌벌 떨 정도였지. 허나 곧 이 신공에 커다란 결점이 있다는 것을 알게 되었네. 처음에는 느끼지 못하나 시간이 갈수록 그 화가 천천히 드러나게 되는데, 당시에야 그런 사실을 깨달아 하루빨리 방도를 찾지 않으면 언젠가는 그 화가 내 몸을 집어삼키리라는 것을 알았다네. 흡성대법은 다른 사람의 진기를 흡수할 수 있게 해주지만, 아무래도 나 스스로 수련한 진기가 아니기에 갑작스럽게 반발을 일으킬 때가 있네. 흡수한 진기가 많으면 많을수록 그 부작용도 커지지."

그 말을 듣자 영호충도 점차 불안해졌다.

임아행의 말이 이어졌다.

"그때 내 몸에는 정파와 사파 고수 10여 명의 진기가 들어 있었네. 각기 문파가 다르니 수련한 내공 역시 서로 달랐고, 나로서는 어떻게든 그것을 하나로 융합해 내 것으로 만들어야만 큰 화를 피할 수 있었지. 당시 내 머릿속에는 밤낮 그 생각밖에 없었네. 단오절 연회에서도 웃으며 술을 마셨지만, 머릿속으로는 여전히 양교혈의 혈도 스물두 곳과 양유혈의 혈도 서른두 곳을 뚫어 진기가 자유롭게 오갈 수 있도록 만들어야 한다는 생각만 하느라, 그 아이의 말에 다소 불쾌하기는 했으나 금세 잊어버렸다네."

"저도 늘 이상하게 생각했습니다. 교주께서는 기민하시어 누가 한

마디만 해도 즉시 그 속뜻을 파악하시고, 무슨 일이건 신중하시어 단 한 번도 실수를 하지 않으셨습니다. 그런데 그해에는 동방불패의 간계를 알아차리지도 못하시고… 평소에도….”

상문천이 말하다 말고 민망한 듯이 입을 다물자 임아행은 빙그레 웃었다.

“평소에도 마치 정신 나간 사람처럼 무슨 일에건 관심이 없어 보였다는 말이 아닌가?”

“그렇습니다. 소저께서 그런 말씀을 하시자 동방불패는 일부러 큰 소리로 웃으며, ‘소저께서는 시끌벅적한 것이 좋으신 모양이군요? 내년에는 더 많은 사람을 불러야겠습니다’라고 둘러댔습니다. 얼굴은 웃고 있었지만 그 눈에는 걱정스러운 기색이 역력했지요. 필시 그는 교주께서 이미 눈치를 채시고도 모르는 척 자신을 시험한다 여겼을 것입니다. 그가 아는 교주시라면 그렇게 분명한 일은 충분히 의심하고도 남았을 테니까요.”

임아행은 눈을 찌푸리며 말했다.

“그해 단오절에 그 아이가 한 말을 12년 동안 까맣게 잊고 있었네. 자네 말을 듣고 보니 이제야 기억이 나는군. 그래, 그런 말을 들었으니 동방불패가 어찌 불안하지 않았겠나?”

“더욱이 소저께서는 장성하시며 하루가 달리 총명함이 깊어지셨으니 한두 해쯤 지나면 그의 음모를 파헤칠지도 모르고, 특히 소저께서 성인이 되시면 교주께서 소저께 대권을 넘기실 수도 있다 생각했겠지요. 동방불패가 정식 선포를 기다리지 못하고 반역을 감행한 것은 아마 그런 이유 때문일 것입니다.”

임아행은 연신 고개를 끄덕이며 한숨을 푹 쉬었다.

"아아, 지금 그 아이가 여기 있다면 큰 힘이 되었을 텐데…."

상문천은 고개를 돌려 영호충에게 말했다.

"형제, 흡성대법에 중대한 결점이 있다 하시니 자네도 불안할 걸세. 허나 교주께서 비록 12년이라는 세월을 지하 감옥에서 고초를 겪으셨지만, 그 덕에 속세에서 벗어나 조용히 수양을 하실 수 있었으니 필시 신공의 비밀을 깨달으셨을 거야. 그렇지 않습니까?"

임아행은 까맣고 풍성한 수염을 쓰다듬으며 자랑스러운 듯 허허 웃었다.

"그렇네. 이제부터는 다른 사람의 진기를 흡수하면 자연스레 내 것이 되어 서로 다른 진기가 충돌하며 반발하는 일은 없을 걸세. 하하하! 자, 영호 형제, 크게 심호흡을 해보아라. 옥침혈과 단중혈에서 진기가 마구 날뛰는 것이 느껴지지 않느냐?"

영호충이 임아행이 시킨 대로 숨을 들이쉬자 과연 옥침혈과 단중혈에서 진기의 흐름이 느껴졌다. 저도 모르게 안색이 어두워지는 그를 보며 임아행이 말했다.

"너는 아직 시작 단계인지라 크게 방해가 되지는 않겠지만, 나는 이 비밀을 깨닫기 전에 그 두 곳에서 진기가 터질 것처럼 용솟음치는 바람에 견디기가 몹시 어려웠다. 바깥은 쥐죽은 듯이 조용한데 귓속은 천군만마가 달리듯 시끄럽고 이따금 천둥번개가 치는 것처럼 우르릉거렸지. 휴우… 내 몸에 그런 변고가 없었더라면 동방불패의 반역이 성공하지도 못했을 것이다."

영호충은 그 말이 거짓이 아니라는 것을 알 수 있었다. 상문천이 이 이야기를 꺼낸 이유는 임아행에게 가르침을 청하라는 뜻이었지만, 일월신교에 투신하지 않기로 했는데 가르침을 청하려니 입이 떨어지지 않았다.

'흡성대법은 남의 진기를 빼앗는 것이다. 이기적이고 잔혹한 무공이니 남들이 나를 해치려 하지 않는 이상 절대로 쓰지 않겠어. 내 몸속에 있는 진기를 완전히 제거할 방법은 없지만, 이전에도 다를 바 없었고, 최소한 죽는 일만 남은 줄 알았던 목숨은 구했으니 따지고 보면 이득이야. 설마하니 이 영호충이 죽음이 두려워 내가 원하지도 않는 일을 할까 보냐?'

이렇게 생각한 그는 슬쩍 화제를 돌렸다.

"임 교주, 한 가지 이해가 가지 않는 것이 있습니다. 사부님께서는 《규화보전》이 무학에서도 지고무상至高無上(더 뛰어나거나 높은 것이 없음)한 비급으로, 그 진귀한 무공을 익히면 천하무적이 될 뿐 아니라 수명도 늘어나 100살까지는 거뜬히 살 수 있다 하셨습니다. 그런데 교주님께서는 어째서 《규화보전》의 무공이 아니라 위험하기 짝이 없는 흡성대법을 선택하셨습니까?"

임아행은 빙그레 웃었다.

"외부인에게는 그 까닭을 일러줄 수 없다."

영호충은 얼굴을 붉히며 고개를 끄덕였다.

"그렇군요. 제가 실례를 저질렀습니다."

상문천이 끼어들었다.

"형제, 교주께서는 연로하시고, 내 나이도 교주보다 겨우 몇 살 아래일 뿐이라네. 자네가 본교에 들어오면 훗날 교주 자리는 자네 것이야. 세간에 일월신교의 평이 좋지 않다면 자네 손으로 잘 정돈하면 되지 않겠나?"

일리 있는 말인지라 영호충도 다소 마음이 흔들렸다. 임아행이 왼손에 들었던 술잔을 탁자 위에 힘껏 내려놓고 오른손으로 술병을 들어 잔에 술을 따르며 말했다.

"수백 년간 우리 일월신교와 정파의 여러 문파들은 불공대천의 원수처럼 지내왔다. 네가 본교에 들어오지 않겠다고 고집을 부리면, 내 상을 치료하지 못하는 것은 물론이고 네 사부와 사모의 화산파도⋯. 허허, 화산파 사람을 모조리 죽이고 이 무림에서 화산이라는 문파를 없애버리는 것은 그리 어려운 일도 아니지. 우리가 이렇게 만난 것도 인연이니 내 제안을 받아들이겠다면 이 잔을 비우거라. 그렇게만 하면 재고할 기회가 있다."

다분히 위협적인 이 말을 듣자 영호충은 속에서 뜨거운 피가 끓어오르는 것 같았다.

"임 교주, 상 형님. 저는 본래 치료하기 어려운 내상을 입어 죽음을 눈앞에 두고 있었지만, 우연히 교주의 신공을 배워 목숨을 부지했습니다. 이 내상을 완전히 치료할 수 없다 해도 예전과 똑같은 상황이고 더 나빠진 것도 아니지요. 저는 일찌감치 목숨에 대한 미련을 버렸습니다. 죽고 사는 것은 운명에 달린 일이니 신경 쓴들 무엇이 달라지겠습니까? 또한 수백 년을 이어져온 화산파는 자연히 스스로를 보전할 방법이 있을 터이고, 그리 쉽사리 무너지지는 않을 겁니다. 오늘 드릴 말씀은 끝났으니 이만 물러가겠습니다!"

낭랑한 목소리로 말을 마친 영호충은 자리에서 일어나 두 사람에게 허리를 숙여 인사한 뒤 돌아섰다. 상문천은 더 할 말이 있어 보였지만, 영호충은 어느새 저만치 가버린 후였다.

매장을 나온 영호충은 깊이 한숨을 내쉬었다. 시원한 바람이 몸을 휘감자 기분이 몹시 상쾌했다. 고개를 들어보니 눈썹 같은 그믐달이 버드나무 가지 끝에 대롱대롱 걸려 있고, 멀리 호수 위로는 달그림자와 둥둥 떠가는 구름이 비쳤다.

그는 호숫가로 걸어가 잠시 생각에 잠겼다.

'임 교주에게 가장 중요하고 시급한 일은 동방불패를 물리치고 교주 자리를 되찾는 거야. 그러니 당장 화산파를 공격하지는 않겠지. 하지만 사부님과 사모님, 사제와 사매들은 속사정을 모르니 우연히 마주쳤다가 큰 해를 입을지도 몰라. 어서 빨리 이 사실을 알려드리고 주의하시라고 해야겠다. 지금쯤이면 복주의 일이 끝났을까? 여기서 복주까지는 먼 길도 아니고 급한 일도 없으니 그리로 가봐야겠군. 혹시 복주에서 출발했다면 도중에 만날 수도 있겠지.'

사부가 전 무렵에 서신을 띄워 자신을 축출한 일을 떠올리자 또다시 가슴이 아려왔다.

'임 교주가 마교에 들어오라고 나를 위협한 사실을 사부님과 사모님께 알리자. 내가 일부러 마교 사람들을 가까이하지는 않았다는 것을 아시면 혹시 사과애에서 3년 면벽 수행하는 벌로 경감해주실지도 몰라. 그렇게만 된다면 정말 좋을 텐데.'

다시 사문으로 돌아갈 수 있다고 생각하자 부쩍 기운이 솟았다. 그는 희망을 품고 객잔을 찾아가 몸을 뉘었다.

깨어나보니 어느새 오시午時(11~13시)가 되어 있었다. 떠날 준비를 하던 영호충은 사부와 사모를 만나기 전에는 본모습을 드러내지 말아야겠다는 생각이 들었다. 영영이 조천추 등에게 자신의 목숨을 취하라는 명을 내렸으니 시비를 피하려면 변장하는 편이 낫겠다고 생각한 것이다. 하지만 어떤 모습으로 변장해야 할지 좋은 생각이 떠오르지 않았다.

고민에 잠긴 채 방에서 나와 앞뜰로 들어서는데, 갑자기 철썩이는 물소리와 함께 물 한 바가지가 날아들었다. 다행히도 재빨리 옆으로 피한 덕분에 물벼락을 맞는 것만은 면했다. 군관 한 명이 나무로 만든 세숫대야를 들고서 눈을 부라리며 거친 목소리로 외쳤다.

"눈깔은 어디다 두고 다니는 것이냐? 이 어르신께서 물을 버리는 것을 보지 못했느냐?"

영호충은 천하에 이런 패악질이 어디 있나 싶어 버럭 화가 났다. 마흔 살가량 된 군관은 얼굴을 뒤덮은 구레나룻 덕분인지 제법 위엄이 있어 보였다. 교위 복장에 허리에 칼을 찬 차림으로 가슴을 쭉 펴고 배를 쑥 내밀며 쳐다보는 품이 세도를 부리는 데 이골이 난 사람 같았다. 군관이 다시 버럭 소리를 질렀다.

"어디서 눈 똑바로 뜨고 쳐다보는 것이냐? 이 어르신을 모르느냐?"

그 모습을 보자 영호충은 좋은 생각이 났다.

'저 군관으로 변장하면 재미있겠군. 마구 으스대며 강호를 누비면 무림동도들은 쳐다보지도 않으려 할 거야.'

군관이 그런 그를 향해 또다시 소리를 빽 질렀다.

"웃어? 이런 오라질, 무엇이 그리 우스우냐?"

변장할 만한 사람을 찾아내 기분이 좋아진 영호충이 저도 모르게 미소를 지은 모양이었다. 영호충은 계산대 앞으로 걸어가 방값과 식비를 치르며 나지막이 물었다.

"저 군관 나리는 어떤 분이시오?"

주인은 인상을 찡그리며 대답했다.

"누가 알겠습니까? 자기 입으로는 북경에서 왔다고 하더군요. 딱 하룻밤 묵는 동안 시중들던 점소이가 뺨을 세 대나 맞았습니다. 값비싼 고기와 술을 잔뜩 시켰는데 값이나 제대로 치를지 모르겠군요."

영호충은 고개를 끄덕인 뒤 그곳에서 나와 부근의 찻집에 들어가 차를 마시면서 여유롭게 기다렸다.

반 시진 정도가 지나자 다그닥다그닥 하는 말발굽 소리와 함께 군관이 대춧빛 나는 말을 타고 객잔에서 나왔다. 휘두르는 채찍이 허공에서 붕붕 소리를 냈고, 입에서는 세상이 떠나가라 큰 소리가 터져 나왔다.

"비켜라, 비켜! 이런 오라질, 썩 비키지 못할까!"

느릿느릿 길을 비키던 행인들이 채찍 세례를 받고 비명을 질러댔다.

미리 찻값을 치러둔 영호충은 벌떡 일어나 재빨리 그의 말을 쫓았다. 몸속을 꽉 채운 진기 덕분에 그의 걸음은 달리는 말처럼 빨라, 서문을 나가 서남대로를 달리는 군관을 바짝 따라잡을 수 있었다. 몇 리쯤 가서 행인이 점차 줄어들자 영호충은 속도를 올려 말을 앞지른 뒤 오른손을 높이 들었다. 말은 깜짝 놀라 히힝거리며 앞발을 쳐들었고 군관은 하마터면 땅으로 곤두박질칠 뻔했다.

영호충이 큰 소리로 외쳤다.

"이런 오라질, 눈깔을 어디다 두고 다니는 것이냐? 이 짐승이 어르신을 밟아 죽일 뻔하지 않았느냐!"

입을 꾹 다물고 있었어도 버럭 화를 냈을 군관인데, 한바탕 욕지거리를 듣자 길길이 날뛸 것은 보지 않아도 뻔했다. 그는 말이 앞발을 내리기를 기다렸다가 다짜고짜 영호충의 머리로 채찍을 내리쳤다.

큰길에서 대놓고 사람을 공격할 수는 없어, 영호충은 짐짓 비명을 지르며 머리를 감싸안고 골목으로 달아났다. 군관은 놓칠세라 말에서 뛰어내려 채찍을 나뭇가지에 걸어놓고 마구 뒤쫓았다.

"아이고, 아이고, 나 죽네!"

영호충은 소리소리 지르며 숲속으로 뛰어들었다. 군관은 고함을 질러대며 쫓아왔지만, 별안간 옆구리가 뜨끔한 것을 느끼고는 힘없이 바닥으로 고꾸라졌다.

영호충은 왼발로 그의 가슴을 짓누르며 싱글싱글 웃었다.

"이런 오라질, 별 재주도 없는 놈이 무슨 수로 군관 노릇을 하는지 모르겠구나."

군관의 품을 뒤지자 서신 한 통이 나왔는데, 겉면에는 '임명장'이라는 커다란 글자와 함께 병부상서의 빨간 직인이 찍혀 있었다. 봉투 안에 든 두꺼운 종이는 병부의 문서로, 하북 창주의 유격游擊인 오천덕吳天德을 복건 천주의 부참장으로 임명하니 당일로 부임하라는 내용이 쓰어 있었다. 영호충은 웃으며 말했다.

"이제 보니 참장 어르신이셨군. 네가 오천덕이냐?"

그에게 짓밟혀 옴짝달싹 못하게 된 군관은 노여움에 푸르뎅뎅해진 얼굴로 거칠게 외쳤다.

"속히 놓지 못할까? 이, 이놈⋯ 무례하게도 조정의 관원을 욕보이다니, 처벌이 두⋯ 두렵지 않으냐?"

여전히 오만한 말투였지만, 기세등등하던 본래의 모습은 사라진 후였다.

영호충은 싱글거리며 말했다.

"이 어르신께 노잣돈이 부족해서 네 옷을 좀 빌려 써야겠다."

그가 군관의 뒤통수를 탁 때리자 군관은 곧바로 혼절했다.

영호충은 그의 옷을 벗기면서 그간의 악행을 단단히 혼내줘야겠다고 생각하고, 속옷과 속바지까지 모조리 벗겨 실오라기 하나 걸치지 않은 나체로 만들었다. 군관의 말에 실린 묵직한 보따리에는 은자수백 냥과 금원보金元寶(고대 화폐로 통용되던 금덩이) 세 덩이가 들어 있었다.

'더러운 탐관오리들이 백성을 쥐어짜서 얻은 돈이겠지. 주인을 찾아 되돌려주기는 어려우니 이 오천덕 참장 나리께서 술 마시는 데 써야겠다.'

이렇게 생각하자 슬며시 웃음이 났다. 그는 옷을 벗고 참장의 군복으로 갈아입은 뒤 군화를 신고 요도를 찬 다음 보따리까지 손에 들었다. 그러고는 본래 입었던 옷을 길게 찢어 군관의 손을 포박하고 나무에 꽁꽁 묶은 후, 입에는 진흙을 잔뜩 우겨넣었다. 그러다가 무슨 생각이 났는지 요도를 꺼내 군관의 얼굴을 덮은 수염을 깎아내 품에 둘둘 말아넣었다.

"이렇게 깔끔하게 해놓으니 얼마나 보기 좋으냐? 빼어난 미남자로구나!"

영호충은 껄껄 웃으며 큰길로 나가 나무에 묶인 말을 풀고 그 위에 훌쩍 올라탔다. 그리고 채찍을 휘두르며 기세 좋게 외쳐댔다.

"비켜라, 비켜! 이런 오라질, 눈깔을 어디다 두고 다니는 것이냐? 하하하하!"

쩌렁쩌렁한 웃음소리 속에서 말은 남쪽으로 내달리기 시작했다.

해질 무렵 여항餘杭에 닿아 객잔으로 들어가자, 주인과 점소이가 '군관 나리, 군관 나리' 하고 연신 굽실거리며 깍듯이 대접했다. 영호충은 다음 날 아침 일찍 일어나 주인에게 복건으로 가는 길을 물어보고 은자 다섯 전을 상으로 주었다. 주인과 점소이는 허리가 부러질 정도로 절을 하며 문밖까지 배웅했다. 영호충은 속으로 빙긋 웃었다.

'나 같은 가짜 참장을 만났으니 운이 좋군. 진짜 참장 오천덕이었다면 쓴맛을 톡톡히 보았을 거야.'

객잔을 나선 그는 거울과 아교를 사서 성 밖의 인적이 드문 곳으로 갔다. 그리고 거울을 보며 오천덕의 수염을 하나하나 얼굴에 붙였다. 공들여 꾸미느라 한 시진이 지나서야 겨우 변장이 끝났다. 거울을 들여다보니 덥수룩하게 자란 수염이 진짜 같아서 웃음이 터졌다.

그는 곧장 남쪽으로 쭉 내려가 금화부金華府와 처주부處州府에 도착했다. 중원과는 크게 다른 남부의 말씨를 알아듣기가 어려웠지만, 군관 복장을 한 덕분에 만나는 사람마다 그의 권세가 두려워 일부러 혀를 굴리는 표준말을 써주었다. 평생 이렇게 많은 돈을 가져본 적이 없는 영호충은 마음껏 술을 마시며 흥겹게 즐겼다.

하지만 그의 몸속에 들어 있는 여러 갈래의 진기들은 기경팔맥으로 흩어놓기만 했을 뿐 완전히 제거한 것이 아니어서 시시때때로 부글부

글 끓으며 단전으로 밀고 들어왔고, 그때마다 현기증이 일고 구역질이 나 견딜 수가 없었다. 발작을 일으킬 때마다 영호충은 억지로 철판에 새겨진 구결을 되뇌며 단전의 진기들을 각 곳의 경맥으로 쫓아내곤 했는데, 진기가 단전에서 사라지는 순간 금세 정신이 말짱해졌다.

이렇게 한 차례씩 연공을 하자 공력이 한층 깊어진 기분이 들었다. 그럴수록 위험도 한 발짝 가까워진다는 것을 알았지만, 매번 대수롭지 않게 넘겼다.

'어차피 죽을 목숨이었는데 운 좋게 살아났을 뿐이야. 하루라도 더 살 수 있으면 손해 보는 것도 아니지.'

그날 오후에는 구주부衢州府를 지나 선하령仙霞嶺에 접어들었다. 이곳 산길은 무척 험하고 가파른 데다 인적도 거의 없었다. 20리를 더 걸었지만 여전히 인가가 나오지 않자, 그제야 너무 서두르느라 잠잘 곳을 고려하지 못했다는 것을 깨달았다. 날이 이미 어둑어둑해졌기 때문에 그는 산실과로 배를 채우고, 골짜기를 뒤져 절벽 부근의 자그마한 동굴을 찾아냈다. 습기가 적어 벌레나 개미가 꼬이지 않는 곳이었다. 그는 말이 자유롭게 풀을 뜯도록 바깥에 묶어놓고 건초를 모아 동굴 안에 잠자리를 마련했다. 그러고 났더니 갑자기 단전이 들끓는 바람에 재빨리 앉아서 연공을 시작했다. 임아행이 전수해준 신공은 연공을 거듭할수록 그를 빠져들게 만들었고 갈수록 재미가 났다. 한 시진 정도만 연공해도 몸이 편안해지고 마치 신선이 되어 구름을 탄 것처럼 가뿐했으니 그럴 만도 했다.

그는 크게 한숨을 내쉬며 일어나 쓴웃음을 지었다.

'절정의 비급이라 알려진 《규화보전》의 무공이 있는데 어째서 흡성대법을 연마하였느냐 여쭀을 때 대답을 듣지 못했지만, 지금 보니 그 까닭을 알겠군. 이 흡성대법에는 일단 수련을 하면 손을 뗄 수 없는 마력이 있기 때문이야.'

이렇게 생각하자 가슴이 철렁했다.

'사모님께서 묘족 사람들이 기르는 독충에 대해 이야기해주신 적이 있었지. 독충을 길러본 사람은 그 해로움을 알면서도 버리지 못하는데, 그 까닭은 기른 독충으로 사람을 해치지 않으면 그 독충이 주인을 물기 때문이라고 하셨어. 나는 그렇게 되지 말아야 할 텐데.'

그는 이런 생각을 하며 동굴 밖으로 나갔다. 하늘에는 별이 반짝반짝 빛나고 어디선가 풀벌레 소리가 찌르르찌르르 울렸다. 그때, 산길 저쪽에서 사람들의 발소리가 들려왔다. 거리는 무척 멀었지만 공력이 크게 늘어나 귀가 밝아진 덕분에 또렷하게 들을 수 있었다. 그는 흠칫해 재빨리 말의 고삐를 풀고 엉덩이를 툭툭 때렸다. 말은 터덜터덜 골짜기 아래로 내려갔고 그는 나무 뒤에 몸을 숨겼다.

한참 후 발소리가 가까워지더니 제법 많은 사람들이 모습을 드러냈다. 별빛에 비친 그들의 복장은 모두 검은색이었고 그중 한 사람만 허리에 누런 띠를 두르고 있었다. 마교 사람들의 복장이었다. 어림잡아 30명이 넘는 사람들이 아무 말도 없이 누런 띠 두른 사람을 따라 걸었다.

'남쪽으로 가는 모양인데 혹시 화산파와 관계가 있는 것은 아닐까? 설마 임 교주께서 사부님과 사모님을 공격하라고 보낸 사람들은 아니겠지?'

마교 일행이 한참 멀어지자 영호충은 살그머니 뒤를 밟았다. 몇 리쯤 갔더니 길이 몹시 가팔라지고 길 양쪽으로 높은 봉우리가 솟아 두 사람이 나란히 지나가기도 어려울 만큼 좁은 길이 나타났다. 30여 명의 사람들이 일자로 길게 늘어서서 산길을 타고 오르기 시작했다.

'계속 쫓으면 높은 곳에 오른 사람 중 한 명이라도 뒤를 돌아보면 바로 발각될 거야.'

이렇게 생각한 영호충은 그들이 고개를 넘어 남쪽으로 내려갈 때쯤 다시 쫓기로 하고 수풀 속에 몸을 숨겼다. 그런데 뜻밖에도 그들은 고개 꼭대기에 이르자 갑자기 사방으로 흩어져 바위 뒤로 숨었다. 30여 명이나 되던 사람들이 삽시간에 모습을 감춘 것이었다.

영호충은 깜짝 놀랐다.

'나를 발견했나?'

제일 먼저 이런 생각이 들었지만, 곧 아니라는 것을 알아차렸다.

'그렇군, 누군가를 습격하려고 여기서 매복을 한 거야. 이렇게 지세가 험하니 갑작스레 공격을 받으면 피하기가 쉽지 않겠지. 저들이 습격하려는 자가 누굴까? 혹시 사부님과 사모님이 북쪽으로 올라가시다가 급한 일이 생겨 다시 돌아오신 것일까? 그렇지 않다면 이 한밤중에 움직이실 리가 없어. 오늘 밤에 소사매를 만날 수 있는 걸까?'

악영산을 떠올리자 순식간에 몸이 뜨거워졌다. 그는 수풀 속에서 몸을 웅크리고 살금살금 걸어 산길에서 멀리 벗어난 다음, 뾰족하게 튀어나온 바위들을 넘으며 아래로 내려갔다. 굽이를 몇 번 돌고 돌아 뒤를 살피니, 마교가 매복한 언덕은 더 이상 보이지 않았다. 그는 이곳에서 다시 산길로 접어들어 북쪽으로 향했다.

급하게 달리면서도 맞은편에 인기척이 있는지 신경을 곤두세우고 살폈는데, 10여 리쯤 가자 왼편 언덕에서 누군가 꾸짖는 소리가 들려왔다.

"영호충은 패악한 놈이다! 아직도 그놈 편을 들다니!"

작가 주: 요즘에는 절강浙江과 민남閩南에 선하령을 통과하는 터널이 많이 뚫려 자동차로 쉽게 산을 지나다닐 수 있다.

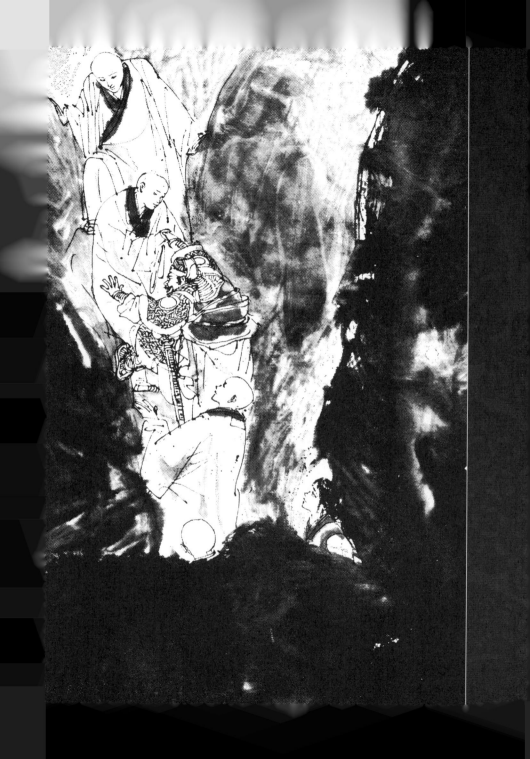

매복
기습

笑傲江湖

23

— 의림이 급히 뒤돌아서며 팔을 뻗었고, 영호충은 그녀의 손을 힘껏 움켜잡았다.
　의림이 힘을 주어 당기자 영호충은 왼손으로 벽을 짚고 겨우 똑바로 섰다.
　실로 낭패하기 짝이 없는 모습이었다.

※

    캄캄한 밤, 풀벌레 소리만 요란한 산속에서 갑작스레 자신의 이름이 튀어나오자 영호충은 화들짝 놀랐다.

    제일 먼저 떠오른 생각은 '사부님이다!'였으나, 분명히 여자의 목소리였고 사모님은 아니었다. 물론 악영산은 더더욱 아니었다. 이어서 또 다른 여자의 목소리가 들렸지만 거리가 멀고 소리도 낮아 뭐라고 하는지는 들리지 않았다. 언덕으로 올라가 주위를 살펴보니 저 멀리 30~40명쯤 되는 사람들의 그림자가 어른거리고 있었다.

    '누가 나를 욕하는 것일까? 화산파가 저들과 함께 있다면 소사매는 저 말에 뭐라고 할까?'

    영호충은 씁쓸한 마음으로 길옆 관목 숲에 몸을 숨겼다가 언덕 옆으로 돌아간 다음 커다란 나무 뒤에 숨었다.

    이윽고 대답하는 여자의 목소리가 또렷하게 들려왔다.

    "사백님, 영호 사형은 협의를 행하는…."

    그 목소리를 듣는 순간, 영호충의 머릿속에 곱고 아름다운 얼굴이 둥실 떠오르면서 가슴 한구석이 따뜻해졌다. 저 목소리는 바로 항산파의 어린 여승 의림이었다. 나타난 사람들이 화산파가 아니라 항산파인 것을 알자 영호충은 다소 실망해 의림의 말을 귀담아듣지 못했다. 다시 정신을 차렸을 때는 앞서 들려왔던 날카롭고 노쇠한 목소리가 노기를 띠고 말하는 중이었다.

"나이도 어린 아이가 어찌 그리도 고집불통이냐? 화산파 악 선생의 서신이 가짜라도 된다더냐? 악 선생은 영호충이 마교 사람들과 결탁하여 문호에서 축출한다고 하셨건만, 그래도 영호충이 억울하다는 것이냐? 이전에 그자가 너를 구해준 적이 있으나, 필시 작디작은 은혜를 빌미로 우리를 암산하려는 속셈이었을 게다."

의림이 대답했다.

"사백님, 그것은 작디작은 은혜가 아니었어요. 영호 사형은 자기 목숨도 돌보지 않고···."

그녀의 말이 끝나기도 전에 노쇠한 목소리가 호되게 꾸짖었다.

"아직도 그자를 사형이라 부르다니! 아마도 그자는 심계心計에 능한 악당일 게다. 의로운 척하며 너 같은 어린 아이를 속이는 거지. 강호의 인심이 얼마나 흉악한지 모르느냐? 온갖 교활한 작자들이 활보하는 곳이 이 강호다. 너처럼 나이 어린 아이들은 견식이 모자라 속아넘어가기 쉽다고 내 몇 번이나 말했느냐?"

"사백님의 분부를 어찌 거역하겠어요? 하지만··· 하지만 영호 사···."

의림은 '사형'이라는 말을 입에 담을 수 없어 꿀꺽 삼켰다. 노쇠한 목소리가 물었다.

"하지만? 하지만 어쨌다는 거냐?"

의림은 겁을 집어먹었는지 더 이상 말을 하지 않았다.

노쇠한 목소리는 그제야 그녀와의 대화를 끝내고 크게 외쳤다.

"숭산파 좌 맹주께서 마교가 복주 임가의 〈벽사검보〉를 노리고 민남에 대거 출몰한다는 정보를 얻으셨고, 검보가 간악한 요마들의 손에 들어가지 않도록 오악검파가 일제히 나서서 막아야 한다고 하셨다. 그들이 검보를 얻어 무공이 강해지면 우리 오악검파는 죽어도 묻힐 곳이 없게 될 것이다. 복주 임가의 아들이 악 선생 문하에 들어갔으니, 화산파가 검보를 보관하고 있다면 더할 나위가 없겠지. 허나 마교는 교활하기 짝이 없는 데다 화산파 출신인 영호충이 가세해 내부 사정도 자세히 알 테니 우리가 무척 불리한 상황이다. 장문인께서는 정파와 사파의 운명이 걸린 이 중대한 사안을 내게 맡기시며 사람들을 이끌고 민남으로 가 그들을 막으라 하셨으니, 한 치도 소홀히 할 수 없다. 앞으로 30리를 더 가면 절강과 민남의 접경이다. 피곤하겠지만 밤새워 걷고 입팔포卄八鋪에 도착하면 쉬자꾸나. 먼저 가서 마교가 도착하기를 기다리면 편한 몸으로 지친 적을 맞을 수 있다. 허나 그렇더라도 단단히 주의해야 한다.”

그 말이 끝나자 수십 명의 여자들이 입을 모아 대답했다.

영호충은 생각에 잠겼다.

'저 사태는 항산파의 장문인이 아니구나. 그리고 의림 사매가 사백이라고 불렀으니 '항산삼정恆山三定'이라 불리는 세 분 가운데 정정定靜 사태시겠군. 사부님의 서신을 받으셨으니 나를 악당으로 여겨도 어쩔 수 없지. 하지만 서둘러 가느라 저 앞에 마교 무리가 매복하고 있다는 것은 꿈에도 생각지 못하시는 모양이야. 그자들이 내 눈에 띄었기 망정이지 큰일 날 뻔했어. 그나저나 어떻게 이 소식을 알린다?'

그때 정정 사태가 또 말했다.

“민남으로 들어서면 살얼음판을 걷듯 항상 조심해야 한다. 사방이 온통 적들이라 생각하거라. 객점의 점소이나 찻집의 다박사도 마교의 세작일 수 있다. 벽 건너편에도 적이 있는 것은 물론이고, 길가 수풀 속에도 적이 숨어 있을 수 있다. 오늘부터는 〈벽사검보〉라는 말은 물론이고 악 선생이나 영호충, 동방필패東方必敗의 이름도 결코 입에 담지 마라."

"예."

여제자들이 공손히 대답했다.

마교 교주인 동방불패는 천하무적의 신공을 지녀 '불패'라고 자칭하지만, 정파 사람들은 종종 그를 '필패'라고 부르곤 했다. 단 한 글자 차이지만 투지를 불태우고 적의 위세를 꺾는 의미를 담을 수 있기 때문이었다. 영호충은 정정 사태가 자신의 이름을 사부나 동방불패와 나란히 거론하자 쓴웃음을 감출 수 없었다.

'항산파의 높으신 선배님께서 나 같은 무명소졸을 그렇게 대단한 사람으로 봐주시다니, 무어라 감사해야 할지 모르겠군.'

"계속 가자!"

정정 사태의 명에 여제자들의 대답이 들려왔다. 곧이어 일곱 개의 그림자가 언덕에서 나는 듯이 내려왔다. 잠시 후 또 일곱 명이 달려내려왔다. 항산파의 경공은 무림에서도 꽤 유명했는데, 그 명성이 헛되지 않았는지 앞선 일곱 명과 뒤따르는 일곱 명의 거리가 일정해 마치 진법을 이루는 것 같았다. 열네 사람이 너른 소맷자락을 휘날리며 똑같은 박자로 걸음을 옮기는 모습은 멀리서 보기에 몹시 아름다운 광경이었다. 영호충이 그 모습을 지켜보는 가운데 또다시 일곱 명이 내려왔다.

얼마 지나지 않아 항산파 제자들이 다 모습을 드러냈다. 모두 여섯

무리지만, 마지막 한 무리는 정정 사태가 끼어 있기 때문인지 여덟 명으로 이루어져 있었다. 무리 속에는 출가한 여승과 속가 여제자가 고루 섞여 있었는데, 컴컴한 밤이라 어느 무리에 의림이 있는지는 알아볼 수가 없었다.

'항산파 사저와 사매들도 나름대로 절기를 갖췄지만 적들이 매복한 언덕은 봉우리가 높고 길이 좁아 갑작스럽게 기습을 당하면 큰 피해를 입을 거야.'

그는 재빨리 풀잎을 꺾어 그 즙을 얼굴에 바르고 진흙을 손과 얼굴에 칠한 뒤 산길 왼쪽으로 돌아 힘껏 달리기 시작했다. 경공이 뛰어난 편은 아니었지만, 경공이란 본디 내공의 강약에 달려 있기 마련이고, 도곡육선과 불계 화상, 방생 대사, 흑백자 같은 고수들의 진기를 흡수한 그의 내공 수준은 당세 제일의 고수와 비교해도 그리 떨어지지 않았기 때문에, 열심히 달리자 순식간에 항산파 일행을 따라잡을 수 있었다. 무공이 높은 정정 사태가 쫓아가는 소리를 듣고 눈치를 챌까 봐, 그는 일부러 길을 멀리 돌아 항산파를 앞지른 뒤 다시 산길로 들어가 빠르게 내달렸다.

적이 매복한 언덕 아래에 도착해 귀를 기울여보니 위쪽은 쥐죽은 듯 고요했다.

'마교가 저곳에 숨는 것을 내 눈으로 보지 않았다면 매복이 있다고는 꿈에도 생각지 못했을 거야.'

영호충은 천천히 언덕을 올라 좁은 길 입구로 들어섰다. 그리고 마교가 매복한 곳에서 약 1리 떨어진 곳에 털썩 주저앉으며 생각했다.

'마교 놈들은 나를 발견했지만 공연히 풀을 건드려 뱀을 놀라게 할

까 봐 모르는 척하는 것이겠지.'

그는 잠시 기다리다가 숫제 벌러덩 누웠다.

마침내 언덕 아래에서 어렴풋이 발소리가 들리기 시작했다.

'가장 좋은 방법은 마교 놈들이 스스로 나와서 나와 싸우게 만드는 거야. 떠들썩하게 싸우면 항산파도 자연스레 알게 되겠지.'

이렇게 생각한 그는 혼잣말처럼 외쳤다.

"이 어르신이 가장 싫어하는 것이 바로 뒤에서 슬그머니 공격하는 것이다. 이길 자신이 있으면 정면에서 싸워야지! 숨어서 슬그머니 공격하는 것은 세상에서 제일 비열한 짓이야!"

내공을 실어 언덕 위를 향해 외쳤으니 마교 사람들의 귀에도 똑똑히 들렸을 터였다. 그러나 예상 외로 그들은 여전히 숨을 죽인 채 아랑곳하지 않았다.

얼마 지나지 않아 항산파의 첫 번째 무리가 그의 앞으로 다가왔다.

일곱 명의 제자들은 달빛 아래 큰 대자로 누운 군관을 보자 걸음을 멈췄다. 한 사람만 겨우 지나갈 수 있는 길이었기 때문에 언덕을 오르려면 그의 몸을 넘어가야만 했다. 물론 몸을 살짝 날리면 사람 하나쯤 넘기는 쉬운 일이었지만, 남녀가 유별한데 남자 머리 위를 지나가는 것은 예의가 아니라는 생각이 들었던 것이다.

앞장선 중년의 여승이 낭랑한 목소리로 말했다.

"군관 나리, 실례지만 길을 좀 비켜주십시오."

영호충은 몸을 뒤척이는 척하다가 드르렁드르렁 코 고는 소리를 냈다. 말을 건넨 여승의 법명은 의화儀和였지만, 법명과는 달리 온화한 구석이라고는 조금도 없었다. 야심한 밤에 길에 드러누워 잠을 자는 것도 이상했지만, 저렇게 큰 소리로 코를 고는 것은 십중팔구 고의로 그러는 것이 분명했다. 그녀는 끓어오르는 노기를 꾹꾹 누르며 다시 말했다.

"비키지 않으면 넘어서 지나가겠습니다."

영호충은 여전히 코를 골며 잠꼬대처럼 중얼거렸다.

"이 길은 요마가 날뛰는 곳이니 가면 안 돼. 으으음, 가없는 고해에서도 돌… 돌아… 돌아보면 피안일지니!"

숨겨진 뜻이 있는 듯한 그 말에 의화는 멈칫했다. 다른 여승이 그녀의 소맷자락을 잡아끌자 일행 일곱 명은 뒤로 몇 걸음 물러나 의논했다. 제자들은 저마다 소리를 죽여 속삭였다.

"사저, 저 사람은 뭔가 이상해요."

"혹시 마교의 악당일지도 몰라요. 여기서 우리에게 도전하려는 거예요."

"마교에 조정의 군관이 있을 리 없어. 변장을 하더라도 다른 모습으로 했을 거야."

의화가 내뱉었다.

"신경 쓰지 마라! 저자가 비켜주지 않으면 뛰어넘으면 된다."

그녀는 성큼성큼 앞으로 나아가 높이 외쳤다.

"그래도 비키지 않으니 실례를 하는 수밖에 없습니다."

마침내 영호충이 기지개를 켜며 천천히 일어났다. 의림이 자신을 알아볼까 봐 항산파 제자들을 등지고 언덕 쪽으로 고개를 돌린 채였다. 그는 오른손으로 절벽을 짚고 술 취한 사람처럼 휘청휘청했다.

"좋은 술이군, 참 좋은 술이야!"

그때 항산파의 두 번째 무리가 도착했다. 속가 제자 한 명이 물었다.

"의화 사저, 저 사람 뭐 하는 거예요?"

"누가 알겠느냐?"

의화는 눈을 찌푸린 채 내뱉었다.

영호충이 그 말에 대답을 하듯 큰 소리로 말했다.

"개 한 마리 잡아 푸짐하게 한 상 먹고 술까지 배불리 마셨더니 토할 것 같구나. 우욱, 큰일이다, 정말 토하겠군!"

그가 구역질을 하자 여제자들은 눈을 찡그리며 코를 막고 우르르 물러섰다. 영호충은 몇 번 구역질을 했지만 당연하게도 아무것도 토해내지 않았다.

항산파 제자들이 수군대는 사이 세 번째 무리가 도착했다.

수군거리는 소리 사이로 맑고 고운 목소리가 들려왔다.

"저렇게 취하다니 가엾어요. 잠시 쉬게 해드렸다가 지나가는 것이 어떨까요?"

그 목소리를 듣는 순간 영호충은 가슴이 떨렸다.

'역시 의림 사매는 선량하구나.'

하지만 의화의 생각은 달랐다.

"저자는 일부러 소란을 피우는 것이다. 필시 나쁜 마음을 품고 있는 거야."

그녀는 영호충에게 다가가 왼쪽 어깨를 밀쳤다.

"비키시오!"

"아이고, 나 죽네!"

영호충은 쓰러질 듯이 휘청거리며 비틀비틀 길 안쪽으로 들어갔다.

그 움직임에 상황은 더욱 난감해졌다. 그의 몸이 좁디좁은 산길을 꽉 틀어막아 뒤따르는 사람들은 그의 머리를 뛰어넘지 않고서는 길을 지날 수가 없게 된 것이다.

의화가 그의 뒤를 따르며 다시 외쳤다.

"어서 비키시오!"

"아이고, 알겠소, 알겠다니까!"

영호충은 다시 몇 걸음 내디뎠다. 그렇게 점점 위로 올라가자 산길은 그에게 완전히 틀어막힌 꼴이 되었다.

별안간 영호충이 위를 향해 소리 높여 외쳤다.

"이보시오, 그 위에 매복한 친구들! 당신들이 기다리던 사람들이 왔소. 당장 나와서 공격하면 한 사람도 빠져나가지 못할 것이오!"

의화 일행은 그 말을 듣고 황급히 뒤로 물러섰다. 그중 한 명이 말했다.

"이곳 지세가 험악하니 적이 매복하고 있다가 기습하면 막아내기 힘들 거예요."

의화는 고개를 저었다.

"정말 매복이 있다면 저자가 저렇게 외칠 리 있느냐? 분명 허장성세일 것이다. 저런 장난에 움츠러들면 적들의 비웃음만 살 뿐이야."

중년의 여승 두 명이 그녀의 말에 찬동했다.

"옳은 말이야! 우리 세 사람이 먼저 길을 열 테니 사매들은 뒤따라오너라."

의화를 포함한 세 사람은 검을 뽑아 들고 영호충의 뒤를 쫓아갔다.

영호충은 숨을 헐떡이며 말했다.

"아이고, 산길이 너무 가파르구나. 이 어르신은 연세가 많아 오르기가 힘들다."

한 여승이 대꾸했다.

"이보시오, 그리 힘들면 우리가 먼저 지나가도록 옆으로 비키면 되지 않소?"

"어허, 출가인이 어찌 그리 화증이 많으냐? 빠르게 가든 느리게 가든 언젠가는 도착하기 마련… 헉헉, 아이고, 저승길은 가능한 한 느리게 가는 것이 좋으니라."

"나더러 저승길로 가라고 저주하는 것이오?"

여승의 목소리와 함께 검이 쐐액 하고 공기를 가르며 의화 옆을 지나 영호충의 등으로 날아들었다. 겁주어 쫓을 생각이었기 때문에 검은 그의 몸에 닿기 전에 우뚝 멈췄지만, 때마침 뒤를 돌아보던 영호충은 가슴팍을 겨눈 검을 보자 까무러칠 듯이 놀라며 외쳤다.

"이, 이봐! 대체… 대체 무얼 하려는 거냐? 감히 조정의 명을 받은 관리에게 이 무슨 무례한 짓이냐? 여봐라, 이 비구니를 포박하라!"

나이 어린 여제자들이 참지 못하고 웃음을 터뜨렸다. 이 황량한 골짜기에서 관리랍시고 거들먹대며 명령하는 모습이 몹시 우스꽝스러웠던 것이다.

한 여승이 웃음 섞인 목소리로 말했다.

"군관 나리, 저희는 긴요한 일로 급히 가야 하니 길을 좀 비켜주시지요."

영호충은 눈을 찌푸리며 말했다.

"군관 나리라니? 이 어르신은 당당한 참장이시니 마땅히 장군이라고 불러야 한다."

예닐곱 명의 여제자들이 까르르 소리 내 웃었다.

"장군님, 길을 비켜주세요!"

영호충은 그제야 기분이 좋은 듯 껄껄 웃으며 가슴을 쭉 내밀었지만, 별안간 발이 미끄러져 우당탕 넘어지고 말았다.

"조심하세요!"

여자들의 비명 소리 속에 여승 두 명이 그의 팔을 낚아챘다. 영호충은 한 번 더 미끄러져 엉덩방아를 찧은 다음에야 겨우 중심을 잡고 일어섰다.

"이런 오라질… 바닥이 어찌 이리도 미끄러우냐? 밥통 같은 지방관 놈들은 대체 무얼 하는 것이냐? 어서 빨리 인부를 보내 길을 보수하지 않고!"

이렇게 미끄러진 덕분에 그의 몸은 절벽 아래쪽 움푹 들어간 틈으로 들어갔고, 그사이 항산파 제자들은 경공을 펼쳐 그의 곁을 지나갔다. 지나가던 누군가가 웃으며 말했다.

"지방관이라면 어서 빨리 커다란 마차를 보내 장군님을 싣고 가야 도리가 아니겠어요?"

함께 가던 사람이 퉁을 주었다.

"장군이 어떻게 마차를 타겠니? 말을 타야지."

"저 장군님은 다르잖아요. 말을 탔다가는 미끄러져 떨어질지도 몰라요."

그 말을 들은 영호충이 짐짓 화를 냈다.

"허튼소리 마라! 이 어르신이 말에서 떨어진다고 누가 그러더냐?

지난달에 그 빌어먹을 짐승이 하도 성질을 부리는 통에 떨어져서 딱 한 번 팔을 다쳤지만 그것이 전부다!"

여제자들은 까르르 웃으며 바람처럼 언덕 위로 올라갔다.

그때 가녀린 몸의 한 여승이 획 스쳐 지나갔다. 바로 의림이었다. 그녀를 알아본 영호충은 재빨리 그녀 뒤에 따라붙었고, 뒤에 오던 다른 제자들을 막아서는 형국이 되었다. 무거운 발걸음으로 숨을 헐떡이며 세 걸음마다 한 번씩 미끄러지면서도, 그는 제법 민첩하게 언덕을 올랐다. 뒤따르던 여제자가 웃으면서 퉁을 주었다.

"장군님은 정말… 후후훗, 도대체 하루에 몇 번이나 넘어지시는 겁니까?"

그러자 의림이 뒤돌아보며 말했다.

"의청儀淸 사저, 너무 재촉하지 마세요. 마음이 급하면 정말 넘어지실지도 몰라요. 산길이 몹시 험한데 넘어지면 큰일이잖아요."

영호충은 그녀의 커다란 눈을 바라보았다. 그 눈동자는 마치 티 하나 없는 샘물처럼 맑고도 투명했고, 달빛에 비친 고운 얼굴은 인간 세상의 사람이라고는 믿을 수 없을 만치 아름다웠다. 그는 지난날 청성파의 습격을 피해 형산성에서 자신을 안고 달리던 그녀를 떠올리며 넋을 잃은 사람처럼 멍하니 그녀를 바라보았다. 가슴 깊은 곳에서부터 따스한 정이 무럭무럭 피어올랐다.

'저 언덕 위에는 의림 사매를 해치려는 강적이 매복하고 있다. 내 목숨을 바치는 한이 있어도 의림 사매를 지켜야 해.'

의림은 못생긴 군관이 넋 나간 얼굴로 바라보자 따스한 미소를 지어 보이며 살짝 고개를 끄덕였다.

"의청 사저, 장군님께서 또 넘어지시면 꼭 붙잡아주세요."

의청은 웃으며 대답했다.

"이렇게 덩치 큰 분을 내가 무슨 수로 붙잡겠느냐?"

항산파는 계율이 엄해 제자들이 함부로 바깥 사람들과 농을 주고받는 것을 금했다. 그러나 어릿광대 같은 영호충의 행동은 아직 어리고 감성이 풍부한 여제자들의 웃음을 자아냈고, 이들을 나무랄 선배가 가까이 없었기에 이런 가벼운 농담은 어두운 밤길을 가는 수고를 잊는데 큰 도움이 되었다.

"세상 물정 모르는 아이들이 말을 함부로 하는구나. 그 옛날 이 장군께서 전장에 나아가 적을 무찌를 때 얼마나 위풍당당하고 살기등등했는지 너희가 알쏘냐? 흐흐, 그때 이 어르신을 보았더라면 그 멋진 모습에 홀랑 넘어가 바닥에 납작 엎드렸을 것이다! 이깟 산길과 벼랑 따위가 무엇이라고, 좀 넘어진들 어떠냐? 감히 이 어르신을 만만하게 보고… 어이쿠, 이런!"

영호충은 짐짓 화난 목소리로 말했지만 말을 끝맺기도 전에 돌멩이에 걸려 비틀거렸다. 그가 두 팔을 마구 허우적거리자 뒤따르던 여제자들은 비명을 질렀다.

의림이 급히 뒤돌아서서 팔을 뻗었고, 영호충은 그 손을 힘껏 움켜잡았다. 의림이 힘을 주어 당기자 영호충은 왼손으로 벽을 짚고 겨우 똑바로 섰다. 실로 낭패하기 짝이 없는 모습이었다. 뒤에 있던 제자들이 웃음을 참지 못해 쿡쿡거리기 시작하자 영호충이 변명했다.

"가죽으로 만든 이 군화가 너무 무거워서 그런 것이다. 너희처럼 미투리를 신었다면 절대 넘어지지 않았을 거다. 더군다나 살짝 미끄러진 것뿐이지, 넘어진 것은 아니지 않으냐? 한데 무엇이 그리 우스우냐?"

의림이 천천히 손을 놓으며 말했다.

"맞아요, 장군님은 군화 때문에 산길을 가기가 불편하실 거예요."

"불편하기는 하다마는, 위세를 살리기에는 이만한 것도 없다. 너희 민초들처럼 미투리를 신으면 내 체면이 어찌 되겠느냐?"

죽어도 체면을 챙기겠다는 그의 말에 항산파 제자들은 또다시 까르르 웃음을 터뜨렸다.

그때쯤 늦게 출발한 무리들도 기슭에 도착했고, 가장 앞선 무리는 언덕 꼭대기에 이르렀다. 영호충이 큰 소리로 외쳤다.

"이 일대는 좀도둑들이 득시글거리는 곳이다. 불시에 나타나 몽둥이를 휘두르며 재물을 빼앗아가는 놈들인데, 출가인들이 무슨 돈이 있겠냐마는 그래도 어렵게 탁발을 해서 얻은 돈을 빼앗기지 않도록 조심해라!"

의청이 웃으며 말했다.

"여기 대장군께서 계시니 좀도둑들은 얼씬도 못할 겁니다."

"이봐, 이봐, 조심하라니까! 방금 저 위에서 사람 머리가 보였단 말이다."

한 제자가 입을 삐죽였다.

"장군님께서는 참 걱정도 많으셔. 설마 우리가 그깟 좀도둑을 무서워할까 봐요?"

그 말이 끝나기 무섭게 위에서 여자의 비명 소리가 날카롭게 울려 퍼졌다.

"아앗!"

항산파 제자 두 명이 비명과 함께 데굴데굴 굴러떨어졌고, 아래에 있던 제자들이 황급히 달려가 그들을 부축했다. 언덕에 오른 여자들이 큰 소리로 외쳤다.

"적들이 암기를 쓰니 조심하세요!"

그 말이 끝나기 무섭게 또 한 사람이 굴러떨어졌다.

"모두 엎드려서 암기를 피해라!"

의화가 외치자 제자들은 재빨리 몸을 바짝 숙였다.

영호충이 버럭 소리를 질렀다.

"간덩이가 부은 놈들이구나! 본 장군께서 여기 계시는 것을 모른단 말이냐?"

의림이 그의 팔을 잡아당기며 초조하게 말했다.

"어서 엎드리세요, 장군님!"

앞에 있던 제자들이 암기와 수전袖箭, 철보제鐵菩提 등을 꺼내 위로 던졌지만, 적들은 바위 뒤에 숨어 털끝 하나 상하지 않았다.

적이 출현했다는 소식에 정정 사태는 몸을 날려 제자들의 머리 위를 지나 영호충 뒤에 내려섰다가 또 한 번 도약해 그의 머리를 뛰어넘었다.

"어이쿠, 오늘은 운수대통이라더니 이게 무슨 꼴이냐! 에이, 재수 없어!"

영호충이 소리소리 지르며 침을 퉤 뱉었다.

그사이 정정 사태는 소매를 어지러이 휘두르며 앞장서서 공격해 나아갔다. 적의 암기가 획획 날아들었지만 대부분 그녀의 소매 속으로 사라졌고, 일부는 소맷바람에 맞아 튕겨나갔다. 정정 사태는 수차례 몸을 솟구쳐 어느새 언덕 꼭대기에 다다랐다. 그러나 땅에 내려서기도 전에 바람을 가르는 소리와 함께 숙동곤熟銅棍 하나가 머리를 향해 떨어져내렸다. 묵직한 파공성으로 보아 정면으로 막아내기는 힘들 것 같았다. 그녀는 재빨리 옆으로 몸을 틀었지만, 그 방향으로도 연자창 두 자루가 아래위로 찔러들어왔다. 매섭고도 날카로운 공격이었다. 적들은 협곡 입구에 고수 세 명을 세워 단단히 지키고 있었다.

"부끄러움도 모르는 놈들!"

정정 사태가 호통을 치며 검을 뽑아 연자창 두 자루를 밀어냈다. 그 틈에 숙동곤이 허리를 쓸 듯이 짓쳐왔다.

정정 사태는 검으로 숙동곤을 내리쳐 아래로 밀어냈지만, 때마침 날아든 연자창에 오른쪽 어깨를 찔리고 말았다. 그때 언덕 가운데쯤에서 우르릉하는 굉음과 함께 놀란 비명 소리가 울렸다. 적들이 절벽 위에서 커다란 바위를 굴려 떨어뜨린 것이었다.

좁은 길에 모여 있는 항산파 제자들은 바위를 피하려고 이리 뛰고 저리 뛰었지만, 눈 깜짝할 사이 몇 사람이나 바위에 치여 상처를 입었다.

정정 사태는 두어 걸음 물러서며 외쳤다.

"모두 언덕 아래로 내려가거라!"

그녀는 춤추듯 검을 휘둘러 적의 추격을 막았지만, 머리 위에서는 쉴 없이 바위가 굴러떨어지고 있었다. 아래쪽에서도 무기 부딪는 소리가 들리는 것으로 보아 그곳에도 적이 숨어 있었던 모양이었다. 항산파 사람들이 언덕을 오르기를 기다렸다가 위에서 공격이 시작되자 그제야 나타나 퇴로를 막은 것이다.

아래쪽에서 제자 한 명이 소식을 전했다.

"사백님, 길을 막은 적들의 무공이 너무 높아 뚫고 나아갈 수가 없습니다."

그 말이 떨어지기 무섭게 두 번째 소식이 날아들었다.

"사저 두 분께서 상처를 입으셨습니다!"

정정 사태는 대로하여 나는 듯이 아래로 내려갔다. 칼을 든 장한 두 명이 여승 두 명을 몰아붙여 연신 뒷걸음질치게 만드는 중이었다. 정정 사태는 호통을 터뜨리며 검을 휘둘렀으나 별안간 쐐애액 하는 소리와 함께 기다란 사슬이 달린 강철 팔각추 두 자루가 얼굴로 날아들었다. 정정 사태가 다급히 검을 치켜들자 팔각추 하나가 검을 때리고 다른 하나는 위로 날아올라 머리 위로 떨어져내렸다. 정정 사태는 흠칫 놀랐다.

'팔심이 엄청나구나!'

평지에 있었다면 힘으로 밀어붙이는 우격다짐 따위에는 아랑곳없이 날렵하게 옆으로 몸을 빼내 측면을 공격했겠으나, 좁은 산길에서는 정면으로 맞서 싸우는 것 외에는 방법이 없었다. 적의 팔각추는 힘차고 빠르게 휘돌아 마치 시커먼 안개가 덮치는 것만 같았다. 정정 사태는 항산파의 정묘한 검술을 펼칠 여유조차 없어 한 발 한 발 언덕 위로 밀려났다.

또다시 비명이 터지고 암기에 맞은 제자들이 굴러떨어졌다. 언덕 위의 적들 역시 무공이 높아 쉽게 물리칠 수 없다는 것을 아는 정정 사태는 다시금 몸을 날려 제자들의 머리 위를 획 뛰어넘어 올라갔다.

물론 영호충을 뛰어넘은 것은 말할 필요도 없었다.

"아이고, 이게 무슨 일이냐? 닭싸움 대회도 아닌데 나이를 그리 먹고도 단정치 못하게 왜 이리 폴짝폴짝 뛰어다니는 것이냐? 비구니가 자꾸 머리 위를 왔다갔다 하니 도박에서 돈을 따기는 아주 글렀다!"

정정 사태는 적의 포위를 푸느라 그의 말을 귀담아듣지 않았지만, 가까이에 있던 의림은 미안한 목소리로 사과했다.

"죄송해요, 일부러 그러신 것은 아니에요."

"내 일찍이 이곳에 좀도둑들이 있다고 일렀건만 끝내 듣지 않더라니…."

영호충은 투덜투덜하면서도 속으로는 걱정이 밀려왔다.

'마교 놈들이 언덕에만 있는 줄 알았는데 아래쪽에도 숨어 있었구나. 항산파 제자들이 수는 많아도 좁은 길에 갇혀 솜씨를 보여줄 수가 없으니 큰일이다.'

정정 사태가 언덕 위에 내려서자 기다란 그림자와 함께 철로 만든 선장이 머리를 내리쳤다. 또 다른 적이 숨어 있었던 것이다.

'이 난관을 뚫지 못하면 저 아이들과 함께 이곳에서 전멸하겠구나.'

그녀는 옆으로 몸을 틀며 검을 엇질렀다. 철선장은 아슬아슬하게 그녀에게서 빗나갔고, 그녀의 검은 철선장을 휘두르는 뚱뚱한 두타를 날카롭게 찔러갔다. 목숨을 내던지고 양패구상하려는 위험한 공격이었다. 방어는 생각지도 않고 있던 두타는 황망히 철선장을 거뒀지만 이미 늦은 뒤라 검이 옆구리를 푹 찔러들어왔다. 용맹무쌍한 두타는 괴성을 지르며 왼손 주먹으로 검을 힘껏 내리쳐 두 동강 냈다. 검에 맞은 주먹에서 피가 철철 흘렀다.

"어서 검을 다오!"

정정 사태가 외치자 의화가 몸을 날려 올라와 검을 내밀었다.

"사부님, 여기 있습니다!"

정정 사태가 검을 받으려고 몸을 돌릴 때, 연자창 두 자루가 날아들어 의화와 정정 사태를 각각 찔러들어갔다. 의화는 어쩔 수 없이 검을 휘둘러 막았다. 연자창을 쓰는 사람이 기세를 올려 그녀를 산길 아래로 내모는 바람에 정정 사태는 끝내 검을 받을 수가 없었다.

그 틈에 언덕 위에서 적 셋이 달려와 칼 두 자루와 판관필 한 쌍을 휘두르며 정정 사태를 에워쌌다. 정정 사태는 맨손으로 항산파의 천장장법天長掌法을 펼치며 무기 네 자루 사이를 휘저었다. 육순에 가까운 나이였지만 젊은이 못지않게 움직임이 재빨라, 마교의 세 사람은 합공을 하고도 시종 맨손으로 싸우는 늙은 여승을 쓰러뜨릴 수가 없었다.

의림이 이 광경을 보고 발을 동동 굴렀다.

"아아, 이를 어쩌지? 어를 어째?"

영호충이 큰 소리로 외쳤다.

"앞뒤 모르는 좀도둑들 같으니라고! 길을 비켜라, 어서! 본 장군께서 도둑들을 몽땅 때려잡겠다!"

놀란 의림이 황급히 만류했다.

"안 돼요! 저들은 좀도둑이 아니라 무공이 뛰어난 고수예요. 올라가시면 죽음을 당하실 거예요."

영호충은 가슴을 쭉 펴며 당당한 목소리로 말했다.

"벌건 대낮에…."

그렇게 말하며 하늘을 올려다보니 이제 막 어스름이 걷히고 있어서

'벌건 대낮'이라고 할 수는 없었지만, 그래도 꿋꿋하게 말을 이었다.

"좀도둑들이 길을 막고 민가 부녀자들에게 강도짓을 하다니! 홍, 법이 두렵지 않으냐?"

"저희는 민가 부녀자가 아니랍니다. 그리고 적들도 길을 막고 강도짓을 하는 좀도둑이 아니…."

영호충은 의림의 말에 아랑곳 않고 성큼성큼 걸음을 옮겨 항산파 제자들을 비집고 위로 올라갔다. 그녀들은 어쩔 수 없이 벽에 바짝 붙어 그를 지나가게 해주었다.

영호충은 언덕 위로 올라가기 전에 허리에 찬 요도를 잡았지만, 한참 동안 낑낑거리며 뽑지 못하는 척했다.

"이런 오라질, 칼까지 귀찮게 구는구나. 이 중요한 시기에 녹이 슬다니! 장군의 칼이 녹슬어서야 어떻게 도둑을 소탕한단 말이냐?"

그즈음 의화는 마교 두 사람과 싸우며 필사적으로 길을 막고 있었다. 그런데 뒤에서 녹이 슬었다느니, 칼을 뽑을 수 없다느니 하며 투덜거리는 소리가 들려오자 짜증스럽기도 하고 우습기도 해서 큰 소리로 외쳤다.

"위험하니 어서 물러나시오!"

말을 하는 사이 집중력이 흩어졌고, 하마터면 그 틈을 타 날아든 연자창에 어깨를 찔릴 뻔했다. 의화가 반 발짝 물러서자 적은 창을 날카롭게 찌르며 바짝 다가들었다.

뒤에 있던 영호충이 그 모습을 보고 호통을 쳤다.

"반역이구나, 반역이야! 간덩이가 부은 놈이로다! 본 장군께서 여기 있는 것이 보이지 않느냐?"

그가 몸을 옆으로 돌려 의화 앞으로 쑥 나서자, 적은 흠칫 놀랐다. 날이 서서히 밝아오며 조정의 관복을 입은 그의 모습이 훤히 드러났기 때문이었다. 적은 창을 그의 가슴에 겨눈 채 차마 찌르지는 못하고 물었다.

"너는 누구냐? 저 아래에서 소리소리 지르던 놈이 개 같은 관리인 네놈이냐?"

영호충도 마주 욕을 퍼부었다.

"이런 육시랄 놈을 보았나, 개 같은 관리라니? 네놈이야말로 개 같은 도적이다! 감히 길을 막고 강도짓을 한 것도 모자라, 본 장군이 이렇게 왕림했는데도 머리 싸매고 달아나기는커녕 모욕을 해? 실로 겁이 없는 무뢰배로다! 본 장군이 네놈들을 하나하나 잡아들여 관아에서 곤장 쉰 대씩을 맞게 해주마! 볼기짝이 터지고 피를 철철 흘리며 눈물콧물 뽑으면 정신이 바짝 들 게다!"

연자창을 쓰던 남자는 조정의 관원을 죽여 사달을 일으키기가 싫었는지 여전히 창을 찌르지 않고 으름장만 놓았다.

"개똥 냄새 나는 소리 말고 썩 꺼져라! 계속 떠들면 이 어르신께서 개 같은 네놈 몸에 구멍을 뚫어주겠다!"

마교 사람들은 더 이상 암기나 바위를 던지지 않았고, 정정 사태 역시 당장은 위험하지 않다는 것을 확인한 영호충은 가슴을 쭉 펴며 큰 소리로 외쳤다.

"몹쓸 좀도둑놈들 같으니라고! 속히 무릎을 꿇고 용서를 빌거라. 그리하면 본 장군께서 네놈들의 팔십 노모를 생각하여 가볍게 처벌해줄지도 모른다만, 그러지 않으면 개 같은 너희놈들을 모조리 목을 베리라!"

그 말을 들은 항산파 제자들은 눈을 찌푸리며 고개를 설레설레 저었다.

"정말 미친 사람인가 봐."

의화가 검을 가슴 앞에 세운 채 한 걸음 내디뎠다. 적이 그를 찌르려고 하면 곧바로 검법을 펼쳐 보호하기 위해서였다.

영호충은 또다시 칼자루를 잡고 낑낑거렸다.

"이런 오라질! 이 긴박한 상황에 조상 대대로 내려온 보도가 말썽이라니! 흥, 이 보도가 녹이 슬지만 않았다면 너희 같은 좀도둑 열 명의 목을 단숨에 벨 수 있다!"

연자창을 든 남자가 껄껄 웃음을 터뜨렸다.

"썩 꺼져라!"

그의 창이 영호충의 허리를 쓸어왔다. 영호충이 칼자루를 힘껏 잡아당기자 칼은 칼집째 쑥 빠져나왔다.

"어이쿠!"

그 바람에 균형을 잡지 못한 그가 허우적허우적하다가 고꾸라졌다.

"조심하시오!"

의화의 놀란 외침과는 달리 영호충은 쓰러지면서 균형을 잡는 척칼을 쑥 내밀었고, 칼집은 적의 눈을 정확히 찔렀다. 적은 찍소리도 내지 못하고 흐느적거리며 쓰러졌다. 우당탕하고 쓰러져 데굴데굴 구르던 영호충은 겨우 몸을 가누고 일어나며 눈을 휘둥그레 떴다.

"응? 오호라, 네놈도 넘어졌구나? 다 같이 넘어졌으니 비긴 셈이군! 자, 다시 싸워보자!"

의화는 쓰러진 적을 붙잡아 뒤로 집어던졌다. 포로가 생겼으니 상황이 훨씬 좋아진 셈이었다. 마교 사람 세 명이 동료를 구하러 달려들자 영호충은 놀란 소리로 외쳤다.

"어이쿠, 큰일이다! 좀도둑들이 정말 반역을 할 참이구나!"

그러면서 규칙도 법도도 없이 요도를 마구 찔러댔다. 본래 초식이 없는 독고구검인지라 우아하게 펼칠 수도 있지만 서툴고 이상하게 펼쳐도 여전히 위력적이었다. 독고구검의 요결은 검을 펼치는 사람에게 있지, 초식에 있지 않았기 때문이었다.

싸움이 워낙 격렬해 적의 혈도를 정확히 확인하기가 어려웠기 때문에 영호충도 일부러 혈도를 노리고 검을 휘두르지는 않았지만, 정묘한 검술에 깊은 공력이 더해지자 구태여 급소를 공격하지 않고 그 부근만 찔러도 적은 견디지 못하고 맥없이 쓰러졌다.

영호충은 균형을 잡지 못한 사람처럼 비틀거리며 요도를 마구 휘젓다가 별안간 힘이 달린 양 쓰윽 몸을 기울이며 적에게로 부딪쳐갔다. 퍽 하는 소리와 함께 칼집이 적의 아랫배를 찌르자 적은 숨을 '헉' 들이켜며 고꾸라졌다. 영호충은 놀란 사람처럼 화들짝 뒤로 물러나며 칼자루로 또 다른 적의 어깨를 때렸다. 그자는 벌러덩 쓰러져 데굴데굴 굴렀는데 영호충은 그 몸에 발을 차여 또다시 휘청거렸다.

"이런 오라질!"

그는 팔을 허우적거리다가 앞으로 미끄러져 칼을 든 적에게 달려들었다. 바로 정정 사태를 포위 공격하던 자들 중 한 명이었다. 느닷없이 칼집으로 등을 두드려맞은 적은 휘두르던 칼을 손에서 놓치고 말았다. 정정 사태가 그 틈을 놓치지 않고 장법을 펼쳐 가슴을 힘껏 때렸다. 입에서 선혈을 토하며 힘없이 나가떨어지는 것으로 보아 이미 숨이 끊어진 것 같았다.

"조심하거라, 조심해!"

영호충은 그렇게 외치며 뒤로 후다닥 물러나 등으로 판관필을 쓰는 적을 들이받았다. 그자가 판관필을 내밀어 등을 찌르려고 하자, 영호충은 또 무언가에 차인 양 허우적거리며 앞으로 우르르 달려가 피했고, 그러면서 아무렇게나 휘두른 칼집에 또 적 두 명이 쓰러졌다. 판관필을 쓰는 사람이 그를 향해 짓쳐왔다.

"어이쿠야!"

영호충은 비명을 지르며 달아났고 그자는 바짝 뒤를 쫓았다. 얼마간 달리던 영호충은 갑작스레 우뚝 멈추더니 허리를 푹 숙이며 겨드랑이 사이로 칼자루를 삐죽 내밀었다. 걸음아 날 살려라 하고 달아나던 그가 갑자기 멈추리라고는 짐작조차 하지 못한 적은 제때 멈추지 못하고 그 칼을 향해 달려들었다. 영호충이 내민 칼자루가 배와 등이 이어지는 부분을 푹 찌르자, 그자는 방금 일어난 일을 도저히 믿을 수 없다는 듯 괴상한 표정을 지으며 서서히 무너져내렸다. 그렇게 또 한 사람을 쓰러뜨린 영호충이 뒤를 돌아보니 언덕 위에서는 잠시 휴전이 이루어지고 있었다. 항산파 제자들 대부분이 언덕 위로 올라와 마교 무리들과 대치했고, 나머지 제자들도 빠른 걸음으로 위로 올라오는 중이었다.

"비천한 좀도둑놈들아! 본 장군께서 여기 계시거늘, 어찌 아직도 뻣뻣이 서 있느냐? 참으로 괴이한 일이로다!"

영호충은 큰 소리를 치고는 칼집을 춤추듯 휘두르며 마교 무리들에게 달려들었다. 마교 무리들도 칼과 창을 들어 가로막았다. 항산파 제자들이 도우러 달려오자 영호충은 마구 소리를 질렀다.

"어이쿠, 이런! 도둑놈들이 제법 무시무시하구나!"

그는 재빨리 적들 사이에서 빠져나왔다. 무거운 신발 덕분에 걸음을 내디딜 때마다 흙이 지저분하게 튀었고, 끝내 발을 헛디뎌 또다시 우당탕 넘어졌다. 허리에 찬 칼집이 날아올라 이마를 힘껏 때리는 바람에 그는 비명을 지르며 혼절했지만, 잠시 마교 무리를 휘젓는 동안 적을 다섯 명이나 쓰러뜨려, 적이든 아군이든 놀라움을 감추지 못하고 입을 떡 벌렸다.

의화와 의청이 나란히 그에게 달려왔다.

"장군, 괜찮으십니까?"

영호충은 두 눈을 꼭 감고 기절한 척했다.

마교의 우두머리인 노인은 자기편 가운데 한 명이 죽고 열한 명이 미치광이 같은 군관 손에 쓰러지자 군관을 붙잡기 위해 연신 초식을 펼쳤으나 도리어 그의 칼집에 당할 뻔했다. 칼집은 혈도가 아닌 곳을 노리고 날아왔지만, 강하고 날카로운 데다 방향도 예측할 수 없을 만큼 괴상했다. 평생 한 번도 보지 못한 수법이요, 실로 그 깊이를 헤아리기 어려운 무공이었다. 수하들이 잇달아 쓰러지고 다섯 명은 항산파의 포로가 되자 노인은 일을 성사시키기 어렵다고 판단해 큰 소리로 외쳤다.

"정정 사태, 암기에 맞은 제자들의 해약이 필요하지 않소?"

암기에 당한 제자들이 여태 정신을 차리지 못하는 데다 상처에서 시커먼 피를 흘리는 것을 보고 진작부터 암기에 독이 묻어 있었으리라 짐작했던 정정 사태는 망설이지 않고 대답했다.

"좋다, 해약과 포로를 바꾸자!"

노인은 고개를 끄덕이더니 수하들에게 뭐라고 명령했다. 그들 중한 명이 자기병 하나를 들고 정정 사태에게 다가와 가볍게 허리를 숙였다. 정정 사태는 병을 받으며 추상같은 목소리로 말했다.

"약이 효과가 있으면 포로를 놓아주겠다."

"좋소이다. 항산파 정정 사태는 식언을 하는 사람이 아니지."

노인이 대답하며 손을 들자, 마교 무리는 사상자들을 떠메고 서쪽으로 난 길을 따라 언덕을 내려가 한 사람도 남김없이 모습을 감췄다.

영호충은 그제야 깨어난 척하며 소리를 질렀다.

"아이고, 머리야!"

그는 이마에 불룩 솟은 혹을 어루만지며 주위를 둘러보았다.

"아니, 좀도둑들이 어디로 가버렸지?"

의화가 픽 웃으며 말했다.

"참으로 이상야릇한 장군이시구려. 장군께서 적진 한가운데 뛰어들어 소란을 피운 덕에 좀도둑들이 놀라 물러갔소."

영호충은 껄껄 웃으며 고개를 끄덕였다.

"그럼 그렇지! 본 장군께서 출진하시기만 하면 위풍이 남다르다 하지 않더냐? 그런 좀도둑들쯤은 바람에 휩쓸리는 풀잎처럼 쓰러지는 것이 마땅하다. 아이고, 머리야…."

그는 말을 끝내기 무섭게 인상을 잔뜩 찌푸리며 이마를 문질렀다. 의청이 그 모습을 보고 말했다.

"장군님, 다치셨습니까? 저희에게 약이 있습니다."

"다치긴 누가 다쳤다는 것이냐? 대장부로 태어나 말 밑에서 목숨을 잃는 것은 흔하디흔한 일이거늘…."

의화는 입을 삐죽이며 웃었다.

"말 위에서 목숨을 잃는다는 말이겠지."

의청이 그녀에게 눈을 흘겼다.

"쓸데없는 트집을 잡는군요. 이런 상황에서 단어 하나가 무에 그리 중요하답니까?"

영호충은 아랑곳하지 않고 말했다.

"북방 사람들은 말 밑에서 죽는다고 하지만, 너희는 남방 사람이니 다를 수도 있다."

"우리도 북방 사람이오."

의화는 그를 돌아보며 헛웃음을 지었다.

정정 사태는 옆에 있는 제자에게 해약을 건네며 암기를 맞은 동문들에게 발라주라고 명한 다음 쓰러진 영호충에게 다가와 예의 바르게 허리를 숙였다.

"빈니는 항산의 정정이라 하오만, 소협의 존성대명은 어찌 되시오?"

영호충은 뜨끔했다.

'높으신 선배는 과연 보는 눈이 다르구나. 내가 젊다는 것과 장군 흉내 내는 것을 단번에 알아보다니….'

그는 얼른 일어나 포권을 하며 공손하게 예를 갖췄다.

"사태, 예의가 과하시구려. 본 장군은 성은 오고, 이름은 하늘 '천' 자에 큰 '덕' 자를 써서 천덕이라 하외다. 조정의 명으로 천주 참장에 임명되어 임지로 가는 길이라오!"

정정 사태는 그가 본모습을 숨기고자 장군인 척한다는 것을 알았지만, 예의 바른 태도에 호감이 생겼다.

"오늘 항산파가 큰 어려움에 처했으나 장군의 도움으로 무사할 수 있었소. 그 크나큰 은혜를 어찌 갚아야 할지 모르겠구려. 장군의 무공은 헤아릴 수 없을 만큼 깊어 빈니도 장군의 사문을 알아볼 수가 없었소."

영호충은 큰 소리로 웃었다.

"칭찬이 심하시구려. 하지만 솔직히 말해서 소장小將은 무공에 제법 소질이 있소이다. 위쪽은 설화개정雪花蓋頂을, 아래쪽은 노수반근老樹盤根을 펼치고, 중심을 공격할 때는 흑호투심黑虎偸心을 펼치면… 아이고, 아야!"

그는 손발을 제멋대로 휘두르며 권각을 흉내 내다가 너무 힘을 주어 관절이 뒤틀린 듯 비명을 질렀다. 그러면서 의림 쪽을 흘끗 살피자, 의림은 다친 그를 몹시 걱정스러운 얼굴로 바라보고 있었다.

'의림 사매는 정말 마음씨가 곱구나. 이 오천덕 장군이 나라는 것을 알면 무슨 생각을 할까?'

그가 변장했음을 잘 아는 정정 사태는 빙그레 웃으며 말했다.

"장군이 본모습을 드러내고 싶지 않다 하시니, 빈니는 밤낮으로 향을 피워 장군이 건강하게 복을 누리며 만사형통하시기를 기원하겠소."

"감사하오, 참으로 감사하외다. 부디 승진하여 큰돈을 벌 수 있도록 보살님께 잘 좀 빌어주시오. 소장도 사태와 여기 젊은 스님들이 운수 대통하고 만사가 순조롭게 풀리기를 축수드리겠소. 으하하하!"

영호충은 껄껄 웃으며 정정 사태를 향해 넙죽 절한 뒤 으스대며 자리를 폈다. 오만무도한 태도를 꾸미고는 있었지만, 오랫동안 오악검파에 몸담았기 때문에 항산파의 선배에게는 자연스레 깍듯하게 예의를 차린 것이었다.

항산파의 제자들은 허술한 걸음으로 남쪽을 향해 가는 그를 바라보며 정정 사태를 둘러싸고 조잘조잘 떠들기 시작했다.

"사백님, 저 사람은 대체 누굴까요?"

"정말 미친 사람일까요, 아니면 일부러 그러는 걸까요?"

"저 사람 무공이 정말 그렇게 높은가요? 어쩌다 보니 운 좋게 적을 쓰러뜨린 것이 아니고요?"

"사부님, 저 사람은 장군이 아닌 것 같아요. 나이도 많지 않은 것 같고요. 그렇지요?"

정정 사태는 한숨을 푹 쉬고 돌아서서 암기를 맞은 제자들을 살폈다. 해약을 바른 뒤 시커먼 피는 붉은색으로 변했고 맥박도 기운을 되찾아 위험한 고비는 넘긴 것 같았다. 항산파의 치료약은 강호에서도 유명했기 때문에 독이 가시고 난 다음에는 스스로 치료할 수 있었다. 그녀는 붙잡은 마교 사람 다섯 명의 혈도를 풀고 놓아준 뒤 제자들에게 말했다.

"우리는 저쪽 나무 아래에서 조금 쉬다 가자꾸나."

그러고는 홀로 커다란 바위 옆에 좌정해 눈을 감고 깊은 생각에 잠겼다.

'그 사람이 적진에 뛰어들었을 때 마교 장로가 친히 공격했지만, 그 사람은 아랑곳하지 않고 순식간에 다섯 명을 쓰러뜨렸다. 혈도를 짚은 것도 아니었고, 초식에서도 사문을 가려낼 단서가 전혀 보이지 않았다. 당금 무림에 이리도 무서운 젊은이가 있다니, 어느 고인의 제자란 말인가? 친구인지 적인지는 알 수 없으나 오늘만큼은 우리 항산파가 큰 행운을 만났구나.'

한동안 생각에 잠겼던 그녀는 눈을 뜨고 제자에게 붓과 먹을 가져오게 해 얇은 천에 글을 썼다.

"의질儀質, 전서구를 가져오너라."

의질은 공손히 대답하고 등에 멘 대나무 조롱에서 전서구 한 마리를 꺼냈다. 정정 사태는 글을 쓴 천을 가느다랗게 말아 조그마한 대나무관에 넣은 뒤 마개를 끼우고 봉랍해 전서구의 왼발에 묶었다. 그런 다음 속으로 축수를 올린 뒤 전서구를 높이 던졌다. 전서구는 날개를 활짝 펴고 북쪽으로 날아가 순식간에 조그마한 점이 되어 사라졌다.

서신을 쓰고 전서구를 날려보낼 때까지 정정 사태는 몹시 느리고 신중하게 움직여 조금 전 적과 싸울 때의 민첩함은 찾아볼 수 없었다. 전서구가 남긴 새까만 점은 이미 흰 구름에 가려 보이지 않았지만, 그녀는 여전히 북쪽 하늘만 우두커니 바라볼 뿐이었다. 제자들 역시 말없이 서로를 바라보기만 했다. 비록 어릿광대 같은 장군 덕분에 웃음이 끊이지 않았지만, 방금 있었던 일이 생사를 가르는 위험천만한 싸움이었다는 것은 그들도 잘 알고 있었다.

한참이 지난 후, 정정 사태가 몸을 돌려 열대여섯 살가량 되는 소녀에게 손짓을 했다. 소녀는 발딱 일어서서 그녀에게 다가왔다.

"사부님!"

정정 사태는 그녀의 머리를 부드럽게 쓰다듬으며 말했다.

"견絹아, 많이 무서웠느냐?"

소녀는 고개를 끄덕였다.

"예, 사부님, 무서웠어요! 용감무쌍한 장군님이 악당들을 쫓아내셔서 정말 다행이에요."

정정 사태는 빙그레 미소를 지었다.

"그 장군은 용감무쌍한 것이 아니라 무공이 무척 높았단다."

"무공이 높다고요? 제가 보기에는 초식도 엉망진창이던데요. 실수로 자기 이마까지 때렸잖아요. 게다가 칼은 녹이 슬어 뽑히지도 않았어요."

소녀 진견秦絹은 정정 사태의 막내 제자로, 총명하고 눈치가 빨라 사부에게 예쁨을 듬뿍 받고 있었다. 항산파 여제자들은 출가한 여승이 6할 정도고 나머지 4할은 속가 제자였는데, 그중에는 중년 부인이나 쉰이 넘은 노파들도 있었다. 진견은 항산파에서 가장 나이 어린 속가 제자였다. 제자들이 정정 사태와 소사매 진견의 대화를 듣고 차츰차츰 그 주위로 몰려들었다.

의화가 말참견을 했다.

"엉망진창인 것처럼 보이는 초식은 모두 일부러 꾸며낸 것이다. 상승의 무공으로 자신의 본모습을 숨긴 것이니 대단한 솜씨지! 사부님, 그 장군은 대체 누굴까요? 어느 문파에서 왔을까요?"

정정 사태는 천천히 고개를 가로저었다.

"그 사람의 무공이 측정할 수 없는 경지에 이르렀다는 것밖에는 할 수 있는 말이 없구나."

진견이 다시 물었다.

"사부님, 그 서신은 장문 사숙님께 보내신 것이지요? 금방 도착할 수 있을까요?"

"저 전서구는 소주의 백의암白衣庵으로 간단다. 그곳에서 다른 전서구로 바꿔 제남의 묘상암妙相庵으로 가서 다시 다른 전서구에 옮겨지지. 그리고 노하구老河口의 청정암淸靜庵에서 마지막으로 한 번 더 전서구를 바꾸니, 도합 네 마리가 힘을 합쳐야 항산으로 갈 수 있다."

의화가 말했다.

"다행히 저희 쪽에는 상한 사람이 없습니다. 사저와 사매 몇 명이 독암기를 맞았지만 이틀 후에는 건강을 되찾을 것이고, 바위에 깔리거나 칼을 맞은 사람들도 생명에는 지장이 없습니다."

정정 사태는 고개를 든 채 생각에 잠겨 그 말을 듣지 못했다.

'항산파의 이번 남행은 철저히 비밀에 부쳐졌고 우리 일행도 낮에 쉬고 밤에 걸으며 눈에 띄지 않도록 주의했건만, 마교가 어찌 그 사실을 알고 이곳에 매복했을까?'

그녀는 고개를 돌려 제자들을 바라보았다.

"적은 멀리 떠나 당장은 돌아오지 않을 것이다. 모두 지쳤으니 건량을 먹고 저 나무 그늘에서 잠시 눈을 붙이도록 해라."

제자들은 입을 모아 대답했고, 몇몇 사람은 시렁을 만들고 차를 끓였다. 일행은 몇 시진 자고 일어나서 점심 식사를 했다. 다친 제자들이 여전히 피로가 가시지 않은 것을 본 정정 사태가 말했다.

"우리의 행적이 이미 노출되어 앞으로는 밤에 길을 갈 필요가 없다. 다친 사람들도 휴식이 필요하니 오늘 밤은 입팔포에서 묵도록 하자."

언덕을 넘어 산을 내려간 뒤 세 시진쯤 걷자 입팔포에 이르렀다. 이곳은 절강과 민남의 경계에 있는 마을로, 선하령을 넘는 여행자라면 반드시 들르는 곳이었다. 그들이 마을로 들어갔을 때는 날이 어두워지기 전이었지만, 거리에는 한 사람도 보이지 않았다.

의화가 주위를 둘러보며 말했다.

"복건성의 풍습은 정말 이상하군요. 왜들 이렇게 일찍 잠이 든답니까?"

"우선 묵을 객점부터 찾아보아라."

정정 사태가 말했다.

항산파는 무림에 있는 비구니 암자들과 서로 소식을 전하고 있었지만, 입팔포에는 그런 암자가 없어 하룻밤 묵으려면 객점을 찾아야 했다. 세상 사람들은 여승을 보면 불길하다 여기며 꺼렸기 때문에 항산파 제자들로서도 객점에 묵는 것이 여간 불편한 일이 아니었다. 이따금 일부러 시비를 거는 사람도 있었으나, 그런 시선에 익숙해진 여승들은 한 번도 그 시비에 응한 적이 없었다.

하지만 이곳 입팔포에는 그들이 나타나기 전부터 모든 점포가 문을 꼭꼭 닫은 채였다. 크다면 크고 작다면 작은 이 마을에는 200~300곳의 점포가 있었지만, 을씨년스러운 분위기는 마치 사람이 살지 않는 폐허 같았다. 해가 떨어지지 않았는데도 입팔포의 거리는 한밤중처럼 고요하기만 했다. 항산파 제자들은 거리를 걷고 또 걸어 문 앞에 '선거객점仙居客店'이라고 쓰인 깃발을 세운 곳을 찾아냈으나, 대문은 단단히 잠겨 있고 안에서는 아무 소리도 들리지 않았다.

제자 정악鄭萼이 다가가 문을 두드렸다. 속가 제자인 정악은 둥글둥

글한 얼굴에 늘 웃음을 띠고 말도 잘해 남들의 호감을 샀기 때문에, 사람들과 교류할 때는 여승이라는 이유로 거절당하는 일을 피하기 위해 으레 그녀가 나서곤 했다.

정악은 문을 두드린 뒤 잠시 기다렸다가 다시 두드렸다. 한참이 지나도 안에서 아무 반응이 없자, 그녀는 소리 높여 외쳤다.

"주인 아저씨, 문 좀 열어주세요."

그녀의 목소리는 옥구슬처럼 맑은 데다 무예를 익혀서 멀리까지 또랑또랑하게 울려, 설사 구중궁궐 깊은 곳에 있는 사람이라도 충분히 들을 수 있었다. 그러나 객점 안에서는 여전히 아무 대답이 없었다. 실로 괴상한 일이었다.

의화가 다가가 대문에 귀를 대고 안에서 나는 소리를 살폈지만, 안은 쥐죽은 듯 고요했다.

"객점에는 아무도 없습니다, 사부님."

정정 사태는 슬그머니 불길한 생각이 들었다. 객점 앞의 깃발이 새 것이고 대문도 잘 닦아 깨끗한 것을 보면 장사를 그만둔 것 같지는 않았다.

"다른 곳을 찾아보자꾸나. 이 마을에 객점이 하나만 있지는 않겠지."

일행은 10여 채의 민가를 지나 '남안객점南安客店'이라는 곳에 이르렀다. 정악이 문을 두드렸지만 앞서 들렀던 객점과 마찬가지로 대답하는 사람은 없었다.

"의화 사저, 들어가서 살펴봐요."

정악이 권하자 의화는 고개를 끄덕였다.

"그래야겠다!"

두 사람은 담을 뛰어넘어 안으로 들어갔다.

"아무도 없어요?"

정악이 소리 높여 외쳤지만 대답은 들려오지 않았다. 두 사람은 검을 빼들고 어깨를 나란히 한 채 대청과 뒤쪽의 주방, 마구간, 객실 등을 샅샅이 살폈다. 그 어디에도 사람은 보이지 않았지만, 탁자나 의자에 먼지가 쌓이지도 않았고 탁자 위에 놓인 찻주전자는 따뜻했다. 정악은 대문을 활짝 열어 정정 사태와 다른 제자들을 들어오게 했다. 정황을 보고하자 모두 의아해하며 고개를 갸웃했다.

"일곱 명씩 무리를 지어 마을 곳곳을 살피며 어찌 된 영문인지 알아보도록 해라. 절대 무리에서 벗어나지 말고, 적의 흔적을 발견하면 지체 없이 휘파람을 불어 신호하거라."

정정 사태의 명을 받은 제자들은 무리를 나눠 총총히 밖으로 나갔고 대청에는 정정 사태 홀로 남았다. 초반에는 제자들의 발소리나마 들려왔지만, 시간이 흐를수록 발소리는 멀어지고 정적만이 주위를 감쌌다. 입팔포는 소름이 끼치도록 고요했다. 이렇게 큰 마을에 사람은 물론이고 개 짖는 소리조차 들리지 않는다는 것은 누가 생각해도 기이한 일이었다.

정정 사태는 더럭 의심이 들었다.

'행여 마교가 흉악한 함정을 파놓았으면 어쩐다? 저 아이들은 강호 경험이 적으니 간계에 빠져 일망타진될 수도 있다.'

그녀는 황급히 객점 입구로 나갔다. 동북쪽 구석에 그림자가 어른거리고 서쪽에서는 객점 안을 들락거리는 사람들이 보였다. 모두 항산파 제자들이었기에 정정 사태는 겨우 안심했다.

얼마 후, 제자들이 돌아와 마을에 아무도 없다고 보고했다.

의화가 덧붙였다.

"사람은 물론이고 짐승 한 마리도 없습니다."

"떠난 지 오래되지는 않은 것 같습니다. 급히 떠났는지 민가 대부분이 궤짝을 활짝 열어두고, 값이 나갈 물건만 가져갔어요."

의청의 말이었다.

정정 사태는 고개를 끄덕인 뒤 물었다.

"너희 생각은 어떠냐?"

"제 생각에는 요사한 마교의 무리들이 마을 사람들을 내쫓은 것 같습니다. 오래지 않아 대거 공격해올 겁니다."

의화의 대답에 정정 사태는 다시 한번 고개를 끄덕였다.

"그래, 이번에는 비겁하게 습격하는 대신 대놓고 싸움을 걸어왔으니 우리에게는 잘된 일이다. 두려우냐?"

"마교를 무찌르고 요사한 무리를 멸하는 것은 불문 제자의 직분입니다."

제자들이 입을 모아 대답하자 정정 사태는 만족스럽게 말했다.

"객점에서 쉬며 밥을 지어 먹고, 다음 일은 그 후에 논의하자꾸나. 우선 물과 쌀에 독이 들지 않았는지 확인하거라."

항산파는 본래 식사 중에 말을 하지 못하게 했지만, 이번에는 귀를 쫑긋 세우고 바깥 동정을 살피느라 더욱더 말이 없었다. 먼저 식사를 마친 사람들은 바깥을 지키던 사람들도 식사를 할 수 있도록 교대해주었다.

의청이 좋은 생각이 났는지 정정 사태에게 말했다.

"사부님, 민가 곳곳에 등불을 켜 적들이 저희가 있는 곳을 알아내지 못하게 하는 것이 어떨까요?"

"훌륭한 계책이구나. 너희 일곱 명이 가서 등을 켜도록 해라."

제자들이 떠난 뒤 대문 밖을 살펴보니, 큰길 서쪽의 점포들이 하나하나 불을 밝히기 시작했다. 잠시 후에는 동쪽 점포들도 창가에 불이 어른거렸다. 큰길은 등불로 환하게 밝았지만 여전히 쥐죽은 듯 고요했다. 정정 사태는 하늘 저편에 걸린 달을 바라보며 속으로 기도를 올렸다.

'보살님, 우리 항산파 제자들이 무사히 벗어날 수 있도록 보우하여 주시옵소서. 제자 정정, 살아서 항산으로 돌아간다면 앞으로 다시는 칼을 들지 않고 깨끗한 마음으로 예불을 올리며 살겠나이다.'

강호를 누비던 지난 시절 세상을 떠들썩하게 하는 사건들을 적잖이 일으킨 그녀였지만, 어젯밤 위험천만했던 격전을 떠올리면 아직도 몸이 떨렸다. 혼자 몸이었다면 그보다 백배는 더 무시무시한 일이 벌어져도 눈 하나 깜짝하지 않았겠지만, 데려온 제자들 걱정에 불안을 감출 수 없었다.

그녀는 계속해서 속으로 되뇌었다.

'대자대비하시고 어려움에서 중생을 구제하시는 관세음보살님, 오늘 우리 항산파 제자들이 꺾여야만 한다면, 제자 정정 한 사람만 그 재앙을 겪게 하시옵소서. 살업殺業에 대한 보응은 제자 정정 홀로 짊어지겠나이다.'

바로 그때, 동북쪽에서 찢어지는 듯한 여자의 비명 소리가 터졌다.

"살려주세요, 살려주세요!"

바늘 떨어지는 소리조차 들을 수 있을 만큼 고요한 가운데 울린 날카로운 목소리는 누구의 귀에나 유난히도 처절하게 들렸다. 정정 사태는 흠칫 놀라 고개를 돌렸다. 다행히 항산파 제자의 목소리는 아니었고, 소리가 난 방향에서도 별다른 동정은 느껴지지 않았다. 등불을 켜러 갔던 의청과 여섯 제자들이 상황을 살피기 위해 동북쪽으로 달려가는 것이 보였다. 그 뒤로 한참이 지났지만 의청 일행은 돌아올 기미가 없었다.

"사부님, 제가 사매 여섯 명을 데리고 가서 살펴보겠습니다."

의화가 말하자 정정 사태는 고개를 끄덕였다. 의화는 여섯 사람을 데리고 소리가 들리는 쪽으로 달려갔다. 어둠 속에서 검광이 몇 번 번쩍이는가 싶더니 곧 사라졌다.

한참이 흐른 뒤, 여자의 비명 소리가 또다시 들려왔다.

"사람 살려! 살려주세요!"

영문을 모르는 항산파의 제자들은 어리둥절한 채 서로의 얼굴만 바라볼 뿐이었다. 의청과 의화가 사람들을 이끌고 간 지 한참이 지났지만 돌아온 사람은 아무도 없었다. 그러나 적을 만나 해를 입었다면 이렇게 조용할 리도 없을 것이었다.

여자가 계속해서 '살려달라'고 외치자 제자들은 구원군을 보내기만을 기다리며 정정 사태를 바라보았다.

"우于씨가 사매 여섯 명을 데리고 가보게. 무슨 일이 있으면 즉각 돌아와서 보고해야 하네."

우씨는 마흔 살가량의 중년 부인으로, 본래는 항산 백운암에서 정한 사태의 시중을 들던 하녀였는데, 충심이 깊고 재주가 많은 그녀를 알아본 정한 사태가 제자로 거둬 항산파 사람이 되었다. 정정 사태를 따라온 이번 길이 그녀에게는 첫 번째 강호행이었다. 우씨는 허리를 숙여 대답한 뒤 사매 여섯 명을 데리고 동북쪽으로 향했다.

그러나 그렇게 떠나간 일곱 사람은 마치 망망대해에 던진 돌멩이처럼 돌아올 기미가 없었다. 정정 사태는 적이 함정을 파놓고 제자들을 유인해 하나하나 잡아들이는 것이라 생각하고 점점 더 불안해졌다. 잠시 더 기다려봤지만 제자들에게서는 아무 소식이 없었다. '살려달라'는 여자의 비명 소리도 더는 들리지 않았다.

"의질, 의진儀眞, 너희는 이곳에 남아 다친 사저와 사매들을 보살펴라. 아무리 이상한 일이 일어나더라도 적의 조호이산계일 수 있으니 결코 객점을 떠나서는 아니 된다."

의질과 의진은 허리를 숙이며 명을 받았다.

"너희는 나를 따라오너라."

정정 사태는 정악, 의림, 진견 등 어린 제자들을 부른 뒤 검을 뽑아 들고 북쪽으로 달려갔다.

비명 소리가 났던 곳에 가까워지자 집 한 채가 보였다. 불빛 하나 없이 어두컴컴한 곳이었고 인기척도 없었다. 정정 사태가 날카롭게 외쳤다.

"마교의 요인들아, 싸울 용기가 있거든 어서 모습을 드러내라! 이런 곳에 숨어 장난을 치는 자들이 어찌 영웅호걸이라 할 수 있겠느냐?"

잠시 기다렸지만 안에서 아무런 대답이 없자, 정정 사태는 발로 대문을 걷어찼다. 우지끈하는 소리와 함께 빗장이 부러지고 대문이 안쪽으로 활짝 열렸다. 방 안은 먹물을 쏟아부은 것처럼 캄캄해 사람이 있는지 없는지 알 수가 없었다.

정정 사태는 경솔하게 뛰어드는 대신 안에 대고 소리 높여 외쳤다.

"의화, 의청, 우씨! 내 목소리가 들리느냐?"

먼 곳에서도 충분히 들을 수 있을 만큼 큰 소리였다.

잠시 후, 저 멀리에서 반향이 울렸지만, 그 소리가 사라지자 사위는 다시 적막에 잠겼다.

정정 사태는 고개를 돌려 어린 제자들에게 말했다.

"내게서 떨어지지 않도록 뒤를 바짝 따르거라."

검을 휘두르며 안으로 들어가 집 안을 샅샅이 살폈으나 의심스러운 곳이 보이지 않자, 이번에는 지붕으로 올라가 주위를 둘러보았다. 어느새 바람조차 그쳐 나뭇가지 흔들리는 소리마저 잦아들어 주위는 몹시 고요했다. 기와를 파르스름하게 물들인 싸늘한 달빛은 지난날 항산에서 오밤중에 달구경을 나갔을 때와 똑같았지만, 고요하면서도 평온하던 항산과는 달리 이곳 입팔포에는 으스스한 살기가 감돌았다. 정정 사태의 무공이 아무리 높아도 적들이 숨어서 나오지 않으면 어쩔 도리가 없었다.

그녀는 초조하기도 하고 후회스럽기도 했다.

'마교가 음험하고 간계가 많다는 것을 알면서도 제자들을 나누어 보내다니… 나의 실책이구나.'

별안간 남겨두고 온 제자들이 걱정되기 시작했다. 정정 사태는 황급히 지붕에서 뛰어내리더니 경공을 펼쳐 남안객점으로 날아가며 소리쳤다.

"의질, 의진! 별일 없느냐?"

객점 안에서는 대답이 없었다.

질풍처럼 안으로 달려들어갔더니 안은 텅 비어 있고, 침상에 누워 요양하던 제자들까지도 어디론가 사라지고 없었다. 이렇게 되자 수양이 깊은 정정 사태도 더 이상 침착할 수가 없었다. 촛불에 비친 검날이 파란 빛무리를 이리저리 반사해내는 것으로 보아 검을 든 손이 파르르 떨리고 있다는 것을 알 수 있었다.

'수십 명의 제자들이 소리 소문도 없이 실종되다니 대관절 어찌 된 영문인가? 어떻게 해야 좋은가?'

한순간 입술이 바싹 마르고 몸에서 힘이 쭉 빠져 걸음을 옮길 수조차 없었다.

하지만 낙담은 잠깐뿐이었다. 그녀는 숨을 가다듬고 단전에 진기를 모아 곧 정신을 차렸다. 그리고 빠른 속도로 객점의 방이며 뜰을 훑었지만 제자들의 흔적은 물론이고 작은 실마리조차 찾을 수 없었다.

"악아, 견아! 이리로 오너라!"

큰 소리로 외쳤지만 캄캄한 밤의 정적을 깨뜨리는 것은 그녀 자신의 목소리뿐, 함께 있던 정악과 진견, 의림은 아무런 대답이 없었다.

'아차, 큰일 났다!'

정정 사태는 또다시 가슴이 덜컥 내려앉아 황급히 문밖으로 달려갔다.

"악아, 견아, 의림아! 어디에 있느냐?"

아스라한 달빛이 밝히는 거리 어디에도 세 제자의 모습은 보이지 않았다.

제자들에게 커다란 변고가 생겼음을 깨달은 정정 사태는 놀라다못해 분노가 치밀었다. 그녀는 다시 지붕 위로 뛰어올랐다.

"간악한 마교 놈들! 숨어서 공격하다니, 부끄럽지도 않으냐?"

몇 번이고 그렇게 외쳐도 사방에서는 숨소리 하나 들려오지 않았다. 정정 사태는 쉬지 않고 적을 도발했지만 마을에 남은 사람은 오로지 그녀 한 사람뿐인 양 그 어떤 반응도 돌아오지 않았다.

속수무책 어쩔 줄 몰라 하던 그녀는 곧 좋은 생각이 떠올라 목소리를 가다듬고 외쳤다.

"간악한 마교 놈들은 듣거라! 너희가 어둠 속에 숨어 모습을 드러내지 않는 것은 곧 동방불패가 비열한 겁쟁이라 나와 정정당당하게 대적할 자신이 없다는 뜻이렷다! 동방불패? 하하하, 우습지도 않구나! 차라리 동방필패라고 하는 것이 어떠냐? 동방필패! 앞으로 나와 이 늙은이를 마주할 자신이 있느냐? 동방필패라는 네놈 이름에 걸맞게 차마 얼굴을 내밀 용기가 없겠지!"

마교의 모든 사람들은 교주를 신처럼 떠받들기 때문에 누군가 교주를 모욕할 때 목숨을 버리는 한이 있어도 나가 싸워 그 명예를 지키지 않으면 크나큰 죄로 간주했다. 과연 정정 사태의 입에서 '동방필패'라는 조롱 어린 단어가 나오자, 이곳저곳에서 그림자 일곱 개가 스윽 나타나더니 소리 없이 지붕 위로 뛰어올라 그녀를 포위했다.

적이 모습을 드러내자 정정 사태는 속으로 웃음을 지었다.

'오냐, 이제야 견디지 못하고 나왔구나. 나를 찢어발길 태세다만 귀신 놀음하듯 숨어 있는 것보다야 백배 낫다.'

하지만 그들은 일언반구도 없이 그녀를 에워싸기만 했다. 참다못한 정정 사태가 물었다.

"내 제자들은 어찌했느냐? 어디로 데려갔느냐?"

일곱 사람은 여전히 대답이 없었다.

정정 사태는 서쪽에 선 쉰 살가량 된 사람 둘을 살폈다. 그들의 얼굴은 굳은 듯 딱딱해서 희로애락을 읽을 수가 없었다. 그녀는 한숨을 쉬며 외쳤다.

"좋다, 받아라!"

그녀의 검이 서북쪽에 있는 적의 가슴으로 날아들었다.

포위된 상황에서 정말 그자를 찌르면 그녀 자신이 불리했으므로 이 움직임은 허초였다. 그자도 제법 상황을 읽는 눈이 있는지 허초임을 간파하고 피할 생각조차 하지 않았다. 곧바로 검을 거두려던 정정 사태는 그의 반응을 보자 멈추는 대신 팔에 힘을 주어 힘껏 찔렀다. 옆에 있던 두 사람이 양손을 뻗으며 몸을 날려 그녀의 양쪽 어깨를 내리쳤다.

정정 사태는 몸을 옆으로 살짝 기울인 뒤, 바람처럼 빙글빙글 돌아 동쪽에 선 키 큰 적을 공격했다. 그자는 반걸음 미끄러지듯 옮기며 철커덩 소리와 함께 무기를 꺼내 들었다. 그의 무기는 묵직한 철패였다. 철패가 검을 향해 떨어져내렸지만 정정 사태의 검은 어느새 핑그르르 돌아 그의 왼쪽에 있는 노인을 찌르고 있었다. 노인은 왼손을 뻗어 검을 잡으려 했다. 달빛에 비친 그의 손에는 까만 장갑이 끼워져 있었다. 맨손으로 검을 상대하려는 것을 보면 아마도 저 장갑이 예리한 무기를 막아낼 만큼 튼튼한 모양이었다.

정정 사태는 몇 합 만에 적 일곱 중 다섯 명과 겨뤄보았지만, 누구 하나 쉬운 상대가 아니었다. 한 명 혹은 두 명 정도와 싸우면 8할 정도는 이길 자신이 있으나, 일곱 명이 동시에 덤비면 운 좋게 빈틈을 발견한다 해도 옆 사람이 막아줄 수 있기 때문에 반격조차 못하고 당할 가망이 다분했다.

싸우면 싸울수록 그녀의 마음은 점점 무거워졌다.

'마교 무리 가운데 유명한 자들은 십중팔구 나도 들어본 자들이고, 그들이 쓰는 무공과 무기도 모르는 바가 아니다. 한데 이자들은 누군지 전혀 짐작이 가지 않는구나. 근래 마교가 이름 모를 고수들을 이렇게 많이 받아들인 줄은 전혀 몰랐구나.'

그럭저럭 70초 정도를 버텼으나 마침내 손발이 어지러워지고 숨이 가빠오기 시작했다. 그사이 지붕 위에는 10여 개의 그림자가 더해졌다. 적이 진작부터 이곳에 숨어 있다가 이제야 모습을 드러낸 모양이었다.

'끝났다, 이제 끝이구나! 적 일곱도 상대하기 어려운데 수가 더 늘어났으니…. 내 이 액겁厄劫을 이겨내지 못한다면 적의 손에 떨어져 지독한 고초를 겪을 것은 명약관화한 일, 차라리 깨끗이 자진하느니만 못하겠구나. 이 몸뚱이야 잠시 머문 거처에 지나지 않으니 무너져도 아까울 것이 없으나, 데려온 제자 수십 명까지 목숨을 잃게 되었으니 무슨 낯으로 항산파 선조들을 뵈올까!'

그녀는 속으로 한탄하며 쉬쉬쉭 검을 세 번 찔러 적들을 잠시 물러나게 한 뒤 손목을 뒤집어 검으로 자기 심장을 찔렀다.

날카로운 검이 가슴에 닿으려는 찰나 쩡하는 소리와 함께 손목이 뜨끔하더니 검이 옆으로 비껴나갔다. 어느새 옆에 나타난, 검을 든 남자가 그녀에게 말했다.

"정정 사태, 목숨을 버릴 생각은 거두시오. 숭산파 친구들이 왔소!"

정정 사태의 검을 밀어낸 사람은 바로 그였다.

무기 부딪는 소리가 어지럽게 들리고 어둠 속에서 10여 명이 뛰쳐나와 적 일곱 명과 싸우기 시작했다. 구사일생으로 살아난 정정 사태는 다시금 정신을 가다듬고 달려가 동료들을 도왔다. 숭산파 사람들이 둘이서 적 한 명을 상대하자 적은 곧 수세에 몰렸다. 중과부적임을 깨달은 적들은 휘파람을 신호로 일제히 남쪽으로 퇴각했다.

정정 사태가 검을 들고 질풍같이 뒤쫓자 맞은편 처마 위에서 암기 10여 개가 공기를 가르며 날아들었다. 정정 사태는 검을 휘둘러 날아오는 암기를 하나하나 쳐냈다. 희미한 달빛과 별빛만 주위를 비추는 캄캄한 밤이었지만, 그녀의 검은 거리낌 없이 춤을 추었고 암기들은 땡땡 소리를 내며 바닥으로 떨어졌다. 그러나 적들은 그 틈에 멀리 달아날 수 있었다.

뒤에서 누군가 외쳤다.

"항산파의 만화검법萬花劍法은 참으로 정묘하기 그지없구려. 덕분에 안목을 크게 넓혔소."

정정 사태는 검을 검집에 넣으며 천천히 돌아섰다. 그 짧은 순간 타오르던 불꽃은 식은 듯이 가라앉았고, 호쾌하게 검을 휘두르며 싸우던 무림 호걸은 겸손하고 인자한 늙은 여승으로 돌아가 있었다. 그녀는 두 손을 합장하며 예의를 갖췄다.

"종鍾 사형의 도움에 감사드리오."

눈앞에 있는 중년의 남자는 바로 숭산파 장문인 좌냉선의 사제인 종진鍾鎭으로 구곡검九曲劍이라는 별호로 불렸다. 그가 쓰는 무기가 날이 약간 굽은 검이기 때문이 아니라, 그의 검법이 예측할 수 없을 만큼 변화무쌍하기 때문이었다. 정정 사태는 지난날 오악검파가 태산 일관봉日觀峯에서 큰 모임을 가졌을 때 그와 한 번 만난 적이 있었다. 그 외에도 서너 명은 낯이 익은 얼굴들이었다.

종진은 포권을 하며 마주 예를 차렸다.

"홀로 마교의 칠성사자七星使者와 맞서 싸우시다니, 사태께서는 과연 검법의 고수시구려. 탄복했소이다!"

'이제 보니 그들은 칠성사자라는 자들이었구나.'

정정 사태는 그제야 적의 신분을 알았지만 견식이 부족한 것을 드러내고 싶지 않아 나중에 알아보기로 하고 더는 묻지 않았다. 신분을 알았으니 상세 내력을 밝히는 것은 어렵지 않을 터였다.

숭산파 사람들이 하나둘 다가와 인사했다. 그 가운데 둘은 종진의 사제였고 나머지는 모두 한 항렬 낮은 후배들이었다. 정정 사태는 마주 인사하며 말했다.

"입에 담기 부끄러우나, 복건성에 데려온 본 파의 제자 수십 명이 감쪽같이 사라졌소이다. 종 사형께서는 입팔포에 도착하신 지 얼마나 되셨소? 혹시 무언가 발견되지는 않으셨소?"

정정 사태는 숭산파 사람들이 진작에 와 있었으면서도 자신이 위급에 처해 자결하려 할 때에야 나서서 도와줌으로써 생색을 내려 했다는 것을 잘 알고 내심 불쾌했다. 그러나 제자 수십 명이 사라진 일은 실로 막중해 부득불 그들에게 도움을 청하지 않을 수 없었던 것이다. 종진에게 이렇게 묻는 것만으로도 지독한 치욕이었으니 그녀 혼자만의 문제였다면 목에 칼이 들어와도 이런 말은 하지 않았을 것이다.

"마교 놈들은 워낙 간교하여 사태의 고명한 무공을 이길 자신이 없자 몰래 음모를 꾸미며 귀 파 제자들을 잡아간 모양이오. 너무 초조해하지 마시오. 아무리 간덩이가 부은 놈들이라도 언감생심 귀 파의 제자들을 해치지는 못할 것이오. 내려가서 사람들을 구할 방도를 생각해보십시다."

종진이 말하며 왼손을 내밀어 보였다. 정정 사태는 고개를 끄덕이며 아래로 훌쩍 뛰어내렸고, 종진 일행도 따라 내려왔다.

종진은 서쪽으로 걸음을 옮기며 말했다.

"사태, 이쪽으로!"

그는 수십 장 정도 가다가 북쪽으로 꺾어 선거객점으로 가더니 문을 열어젖혔다.

"이곳에서 상의합시다."

함께 온 종진의 사제들은 신편神鞭이라 불리는 등팔공滕八公과 금모사錦毛獅라 불리는 고극신高克新으로, 종진과 더불어 숭산 십삼태보에 속한 인물들이었다. 그들은 정정 사태를 널따란 안방으로 안내한 뒤 촛불을 켜고 자리에 앉았다. 숭산파 제자들이 차를 올리고 물러가자 고극신이 방문을 꼭 닫았다.

종진이 입을 열었다.

"일찍부터 사태의 검법이 항산에서 제일간다는 소문을 듣고…."

"아니오. 내 검법은 장문 사매에 미치지 못하는 것은 물론이고 정일 사매를 따르지도 못하오."

정정 사태가 그의 말을 끊고 반박하자 종진은 빙그레 웃었다.

"사태께서는 겸양이 과하시구려. 나와 여기 이 두 사제는 사태의 명성을 흠모해 신묘한 검법을 직접 볼 수 있기만을 바라고 또 바라왔소. 결코 불경한 뜻이 있어 뒤늦게 도우러 나선 것은 아니니 부디 너무 탓하지 마시오. 공손히 사과하겠소."

이 말에 정정 사태는 다소 마음이 풀렸다. 세 사람이 일어나 포권을 하며 사죄하자 그녀도 일어나 합장하며 반례를 했다.

"사과라니, 당치 않소이다."

종진은 그녀가 다시 앉기를 기다렸다가 말했다.

"우리 오악검파는 의를 맺은 이래로 피아彼我를 가리지 않고 같은 깃발 아래서 싸워왔소이다. 근래에는 서로 만날 기회가 드물고 힘을 합쳐 싸우는 일이 줄었는데, 마교는 나날이 기세를 더하고 있소."

정정 사태는 고개를 끄덕이며 속으로 중얼거렸다.

'이런 때에 무엇 하러 그런 쓸데없는 이야기를 꺼내는가?'

종진은 그 속도 모른 채 계속 말했다.

"좌 사형께서는 늘 뭉치면 살고 흩어지면 죽는다고 말씀하셨소. 우리 오악검파가 하나가 된다면 마교는 말할 것도 없고 소림이나 무당처럼 오랫동안 명성을 누린 명문대파 또한 우리를 따르지 못할 것이오. 좌 사형께서는 모래알처럼 흩어진 오악검파를 단 하나의 오악파로 합병하고자 하는 바람을 가지고 계시오. 그렇게만 된다면 세력도 커지고 한마음으로 일치단결하여 진정한 무림제일의 문파로 거듭날 수 있는데, 사태께서는 어찌 생각하시오?"

정정 사태는 긴 눈썹을 살짝 세우며 말했다.

"빈니는 본 파의 일에 이러쿵저러쿵해본 적이 없는 사람이오. 종 사형이 말씀하시는 일은 장문 사매와 상의하는 것이 옳소. 현시에 가장 중요한 문제는 본 파의 제자들을 구할 방법을 강구하는 것이고, 여타의 문제는 차차 논의할 일이오."

종진은 미소를 지었다.

"안심하시오. 숭산파가 나선 이상 항산파의 일은 곧 우리 숭산파의 일이오. 무슨 일이 있어도 귀 파의 제자들이 억울하게 해를 입도록 수수방관하지는 않을 것이오."

"고마운 말씀이구려. 그리 장담하시는 것을 보니 종 사형께 무슨 고견이라도 있소?"

종진은 빙그레 웃으며 대답했다.

"항산파의 유명한 고수이신 사태께서 여기 계신데 마교의 간악한 자들 몇몇쯤 무엇이 두렵겠소? 더욱이 우리 사형제와 사질들도 전력을 다해 도울 터인데, 마교의 이류 잡배들조차 어찌하지 못한다면 말이 되지 않는 일 아니오?"

그가 변죽만 울리고 구체적인 계획을 꺼내놓지 않자 정정 사태는 초조하고 노기가 솟아 자리에서 일어났다.

"종 사형의 그 말씀, 참으로 반갑구려. 자, 그럼 갑시다!"

"가다니, 어디로 말이오?"

"제자들을 구하러 가야 하지 않겠소?"

"어디 가서 제자들을 구하시려오?"

이 질문에 정정 사태도 말문이 턱 막혀 잠시 후에야 겨우 대꾸했다.

"제자들이 사라진 지 오래지 않으니 필시 부근에 있을 것이오. 지체할수록 찾기가 어려워지지 않겠소?"

"이 아우가 알기로는 입팔포에서 멀지 않은 곳에 마교의 소굴이 있

소이다. 귀 파의 제자들은 아마도 그곳에 잡혀 있을 것이오. 아무래
도⋯."

"그 소굴이 어디요? 어서 가봅시다."

정정 사태가 황급히 물었지만 종진은 느릿느릿 대답했다.

"마교는 준비를 단단히 하고 있소. 무리하게 뛰어들었다가 실수라
도 생기면 사람은 구하지도 못하고 적의 함정에 빠질 뿐이오. 이 아우
의 생각에는 계책을 세운 뒤 구출하는 것이 좋겠소이다."

정정 사태는 하는 수 없이 다시 앉았다.

"허면 종 사형의 고견을 말씀해보시오."

"이 아우가 장문 사형의 명을 받들어 복건으로 온 까닭은 사태와 큰
일을 상의하고자 함이었소. 중원 무림의 명운과도 관계가 있고 오악검
파의 흥망성쇠가 달린 일이기도 하니 실로 중대한 사안이 아닐 수 없
소. 그 일만 정해지면 사람을 구하는 일쯤이야 손가락 하나 까딱하면
해결될 문제라오."

"그 중대한 사안이라는 것이 대체 무엇이오?"

"방금 이 아우가 말씀드렸다시피 오악검파의 합병 문제요."

그는 마치 벌써 오악검파가 하나가 되어 동문 사제라도 된 양 뻔뻔
하게 '아우'라고 칭하고 있었다.

정정 사태는 얼굴이 시퍼레진 채 벌떡 일어났다.

"다, 당신⋯ 지금⋯."

종진이 빙그레 웃으며 말했다.

"사태, 부디 오해 마시오. 이 아우는 사태의 위기를 틈타 허락을 얻
고자 하는 것이 아니오."

정정 사태는 분노한 목소리로 다그쳤다.

"제 입으로 말하는 것을 보니 당신 스스로도 잘 알고 있구려. 이 상황이 위기를 틈타 핍박하는 것이 아니면 무어란 말이오?"

"사태, 사태는 항산파이나 우리는 숭산파라오. 본 파가 귀 파의 일에 관심을 기울이는 것은 마땅하나, 이번 일은 목숨을 걸어야 하는 심각한 문제요. 물론 이 아우는 사태께 힘을 보태고 싶지만 사제들과 사질들의 생각은 어떤지 모르니 어쩌겠소? 그렇지만 두 문파가 하나가 된다면 이번 일은 곧 본 파의 일이 되니 미룰 까닭이 없지 않겠소?"

정정 사태는 파르르 떨며 되물었다.

"그 말인즉, 우리 항산파가 귀 파와 합병하지 않으면 숭산파는 실종된 항산파 제자를 구하는 일에 나서지 않겠다는 뜻이오?"

"그런 말이 아니오. 허나 이 아우는 장문 사형의 명을 받고 이 일을 논하기 위해 여기까지 달려왔소. 그 밖의 일은… 장문 사형의 명이 없어 함부로 결정할 수 없으니, 부디 너무 진노하지 마시기 바라오."

정정 사태는 화가 난 나머지 얼굴에서 핏기가 싹 가셨다.

"두 문파의 합병은 빈니가 결정할 일이 아니오. 설사 내가 허락한다 해도 장문 사매가 허락지 않으면 아무 소용이 없소."

종진은 상체를 살짝 숙이고 나지막하게 속삭였다.

"사태께서 허락하신다면 정한 사태 또한 따를 수밖에 없소이다. 어느 문파든 장문 자리는 십중팔구 대제자가 맡게 되어 있소. 덕행으로나 무공으로나 입문한 순서로나, 사태야말로 항산파의 문호를 관장할…."

그의 말이 끝나기도 전에 정정 사태의 왼손이 탁자 모서리를 힘껏 내리쳤다.

"이간계라도 펼칠 참이오? 사매가 장문 자리에 오른 것은 이 몸이 선사께 강력히 권유했기 때문이고, 거절하는 사매를 극력 설득한 사람도 바로 이 몸이오. 내가 장문 자리를 원했다면 그때 이미 차지했을 터, 이제 와서 남의 종용을 들을 것 같소?"

격노한 그녀의 말에 종진은 한숨을 푹 쉬었다.

"좌 사형의 말씀이 옳았구려."

정정 사태는 눈을 부릅떴다.

"무슨 말이오?"

"이 아우가 출발하기 전에 좌 사형께서는 '항산파의 정정 사태는 인품이 뛰어나고 무공 또한 고강하여 모두의 우러름을 받지만, 안타깝게도 큰일을 보는 눈이 없다'라고 하셨소. 무슨 말이냐 여쭈었더니 이렇게 대답하시더구려. '나는 정정 사태의 됨됨이를 익히 안다. 고결하고 허명을 좇지 않으며 속세의 일에 관심을 갖지 않으니, 그녀에게 오악검파의 합병을 허락받으려면 큰 난관이 따를 것이다. 하지만 실로 중차대한 문제니 안 되는 줄 알아도 한번 부딪혀보아야지. 정정 사태가 홀로 깨끗하게 살고자 정파 수천 명의 생사와 안위를 도외시한다면 무림에는 크나큰 액운이나 어찌할 도리가 없다'라고 말이오."

정정 사태는 벌떡 일어나 싸늘한 목소리로 말했다.

"그런 입에 발린 말은 빈니에게 아무런 소용도 없소. 숭산파의 이런 행위는 구덩이에 빠진 사람에게 돌을 던지는 격이나 마찬가지요."

"결코 그렇지 않소이다. 사태께서 무림동도들을 위해 기꺼이 중임을 짊어지고 숭산파와 항산파, 태산파, 화산파, 형산파를 하나로 만드는 데 나서주신다면, 우리 숭산파는 온 힘을 다해 사태를 오악파의 장 문인으로 추대하겠소. 좌 사형은 오로지 전체를 위한 마음일 뿐, 추호 의 사심도….”

정정 사태는 끝까지 듣지도 않고 손을 내저었다.

“그만하시오. 더 들어봤자 내 귀만 더러워질 뿐이오.”

그녀가 두 손을 휙 휘두르자 우당탕하는 소리와 함께 문짝이 돌쩌 귀에서 빠져 날아갔다. 훌쩍 몸을 날려 선거객점을 나서자 가을바람이 불어와 후끈하게 달아오른 얼굴을 식혀주었다.

‘종진은 입팔포 부근에 마교의 소굴이 있고 제자들도 그곳에 갇혀 있을 것이라 했다. 허나 어디까지가 사실이고 어디까지가 거짓인지 알 수가 없으니….’

이렇다 할 방도가 없는 그녀는 홀로 이리저리 방황했다. 차츰차츰 기우는 달이 그녀의 그림자를 청석을 깐 길 위로 길게 늘이고 있었다. 그녀는 몇 장 정도 걷다가 우뚝 멈춰 생각에 잠겼다.

‘나 혼자 힘으로는 무슨 수를 써도 제자들을 구해낼 수 없다. 예로부 터 영웅호걸들은 굽혀야 할 때 굽힐 줄 알았다 했으니, 잠시 종진을 안 심시켜 도움을 받는 것이 무슨 문제랴! 제자들을 구한 뒤 자결하면 그 자인들 죽은 사람의 말을 핑계로 무슨 일을 꾸미지는 못하겠지. 설령 내가 비열한 거짓말쟁이라며 떠벌린다 한들 그 오명은 나 한 사람만 짊어지면 될 일이다.’

그녀는 장탄식을 하며 돌아서서 선거객점을 향해 천천히 걸음을 옮 겼다. 바로 그때, 거리 저쪽 끝에서 누군가 큰 소리로 외쳐댔다.

“이런 오라질, 본 장군께서 술을 마시고 잠을 자겠다는데 이 육시랄 점소이놈들이 왜 이렇게 늑장을 부리는 거냐?"

바로 어젯밤 선하령에서 만난 참장 오천덕의 목소리였다. 욕지거리
가 잔뜩 섞인 외침이었지만 정정 사태의 귀에는 마치 물에 빠진 사람
에게 둥둥 떠내려온 나무토막처럼 반갑게만 들려왔다.

바로 어제, 영호충은 선하령에서 항산파를 도와준 뒤 내심 즐거운
마음으로 길을 떠나 입팔포에 도착했다. 때마침 문을 연 식당이 있어
안으로 들어가 큰 소리로 외쳤다.

"술 가져오너라!"

군관이 나타나자 점소이는 허둥지둥 달려와 술을 따르고 밥을 지어
올렸다. 또 닭을 잡고 소고기를 썰어 바치는 등 전전긍긍하며 공손하
게 대접했다. 영호충은 얼근하게 술에 취한 채 생각했다.

'마교가 혼쭐이 났으니 이대로 물러가지 않고 항산파에게 앙갚음을
하려 하겠지. 정정 사태는 무공은 뛰어나지만 지모가 부족해서 마교의
적수가 되지 못하니 내가 몰래 뒤를 살펴주어야겠군.'

그는 음식값을 치르고 선거객점에 방을 구해 눈을 붙였다.

오후쯤 되어 일어나서 세수를 하는데 갑자기 거리가 시끌시끌해
졌다.

"난석강亂石崗 황풍채黃風寨의 강도들이 오늘 밤 입팔포를 약탈할 계
획이라오! 사람이란 사람은 모조리 죽이고 재물을 빼앗아간다니 어서
빨리 달아나시오!"

시끄러운 외침은 삽시간에 마을 곳곳으로 퍼져나갔다. 점소이가 영
호충의 방문을 마구 두드려댔다.

"군관 나리, 큰일 났습니다요!"

"이런 오라질, 대체 무슨 일이냐?"

"나리, 군관 나리. 난석강 황풍채의 대왕들이 오늘 밤에 약탈을 하러 온답니다요! 집집마다 피난을 가느라고 난리입니다요."

영호충은 방문을 열고 다짜고짜 욕을 퍼부었다.

"뭐야? 이런 오라질, 이런 시뻘건 대낮에 강도라니? 본 장군께서 여기 계시거늘 감히 그런 방자한 짓을 해?"

점소이는 울상을 지으며 대답했다.

"그곳 대왕들은 워낙… 워낙 흉악해서… 게다가 장군님께서… 이곳에 계신 줄은 모를 겁니다요."

"그렇다면 가서 그놈들에게 알려주어라."

영호충의 말에 점소이는 펄쩍 뛰었다.

"소… 소인은 못합니다요. 그랬다가는 제 목이 달아날 겁니다요."

"난석강 황풍채가 어디냐?"

"난석강이 어디에 있는지는 들어본 적이 없습니다요. 하지만 황풍채의 강도들은 아주 무시무시합니다요. 이틀 전에 입팔포에서 동쪽으로 30리 떨어진 대용두大榕頭를 약탈해 일흔 명이나 죽이고 집 100채를 불태웠습지요. 장군님, 장군님께서는… 분명 무예가 뛰어나시겠지만 그래도 혼자서 여럿을 상대할 수야 있겠습니까요? 산채의 대왕들을 빼도 졸개들 수만 300이 넘습니다요."

영호충은 버럭 화를 냈다.

"오라질 놈들, 300명이면 또 어떠냐? 본 장군께서는 천군만마 속에서 전쟁을 치르면서 열이면 열 살아서 빠져나온 몸이시다!"

"아이고, 그러면입죠, 그러면입죠."

점소이는 고개를 주억거리고는 재빨리 달아났다.

바깥이 어수선해지고 가족들을 부르는 소리가 요란하게 들려왔지만, 절강과 민남의 방언이라 영호충으로서는 알아들을 수가 없었다. 아마도 '여보 마누라, 이불은 챙겼소?'라거나 '아무개야, 어서 가자. 강도가 온단다!'라는 말이리라 짐작할 뿐이었다.

문밖으로 나가자 수십 명은 됨직한 사람들이 보따리를 이고 지고 남쪽으로 피난 가는 것이 보였다. 영호충은 속으로 중얼거렸다.

'이곳은 절강과 민남의 경계라 항주와 복주의 관군들이 서로 관할이 아니라고 미루는 바람에 강도들이 겁 없이 날뛰며 백성들을 괴롭히는 모양이군. 천주 참장이신 이 오천덕 장군께서 오셨으니 그냥 두고 볼 수는 없지! 강도들의 씨를 말려 큰 공을 세워야겠군. 암, 나라님의 녹을 먹으면 나라님께 충성해야지! 내 무엇을 못할쏘냐, 하하하!'

그는 싱글벙글하며 점소이를 불러댔다.

"점소이! 술을 가져오너라! 본 장군께서 술을 거나하게 마신 다음 강도들을 물리치러 갈 것이다!"

그러나 객점에 머물던 손님들은 물론이고 주인과 주인 마누라, 주인의 둘째 마누라, 주인의 셋째 마누라, 그리고 점소이와 주방의 숙수까지 강도와 마주칠세라 허겁지겁 달아났기 때문에 아무도 대답하는 사람이 없었다. 아무리 불러도 대답이 없자, 영호충은 하는 수 없이 직접 주방으로 들어가 술을 꺼냈다.

대청에 앉아 혼자 술을 마시는데, 바깥에서 닭 울음소리며 개 짖는 소리, 말이 울부짖는 소리가 시끄럽게 들려왔다. 마을 사람들이 가축

들을 이끌고 떠나는 모양이었다. 얼마쯤 지나자 그 소리는 점점 잦아 들었고, 술 석 잔을 더 마시고 났더니 씻은 듯이 사라져 마을 전체가 정적에 휩싸였다.

'황풍채 강도들도 참 운수가 나쁘군. 소문이 새나가는 바람에 빈손으로 돌아가게 생겼으니.'

커다란 마을에 홀로 남은 기분은 평생 겪어보지 못한 신기한 경험이었다. 그러나 이 쥐죽은 듯한 고요함은 멀리서 들려오는 말발굽 소리에 깨졌다. 말 네 필이 남쪽에서부터 바삐 달려오고 있었다.

'대왕들께서 납시셨군! 그런데 왜 겨우 몇 사람뿐이지?'

영호충이 고개를 갸웃하는 사이 말들이 큰길로 들어섰다. 말발굽이 청석을 밟는 소리가 따각따각 울리고 누군가 큰 소리로 외쳤다.

"입팔포의 개돼지들은 듣거라! 난석강 황풍채의 대왕님들 명이니 남녀노소 불문하고 죄다 대문 밖으로 나오너라. 밖에 있는 놈은 살려주고 집에 숨어 있는 놈은 목을 베겠다!"

외침 소리와 함께 말들이 빠른 속도로 내달았다. 영호충이 호기심에 문틈으로 내다보았으나 말 네 필은 질풍같이 스쳐 지나가 말 탄 사람의 뒷모습만 겨우 보였다.

'이상하군! 말 탄 자세를 보니 무공이 약하지 않은 것 같은데, 저런 사람이 산채의 졸개라니?'

영호충은 문을 열고 나와 텅 빈 마을을 둘러보았다. 10여 장쯤 걷자 토지신을 모시는 사당 옆에 잎이 무성한 커다란 나무 한 그루가 서있었다. 그는 망설이지 않고 몸을 훌쩍 날려 그 위로 올라갔다. 공력이 높아져 발만 살짝 굴러도 나무보다 훨씬 높이 뛰어오를 수 있었다. 그는 나뭇가지 위에 내려서서 가로로 뻗은 가지 중 가장 높은 것을 골라 그 위에 걸터앉았다. 사방은 벌레 소리 하나 없이 조용했다.

영호충은 나무 위에서 한참 기다렸지만 시간이 흐를수록 끝 모를 의심이 뭉게뭉게 피어올랐다. 황풍채에서 온 졸개들이 떠들고 간 지 오래되었는데도 산채의 본대는 나타날 낌새조차 없었기 때문이었다. 마을 사람들을 완전히 쫓아내기 위해 졸개들을 보냈다고밖에 생각할 수가 없었다.

그렇게 시간이 흐르고 또 흐른 다음에야 비로소 사람 소리가 들려왔다. 하지만 걸걸한 산채 강도들의 목소리가 아니라 재잘거리는 여자들의 목소리였다. 그 소리에 귀를 기울이던 영호충은 곧 항산파 사람들이라는 것을 알아차렸다.

'왜 이제야 도착했지? 음, 낮에는 산에서 쉬었나 보군.'

항산파 일행은 선거객점을 방문했다가 다시 다른 객점으로 향했다. 그들이 두 번째로 찾아간 남안객점은 토지신 사당과 멀리 떨어져 있었기 때문에, 그들이 객점에서 무엇을 하는지, 무슨 이야기들을 나누는지는 전혀 알 수가 없었다.

영호충은 속으로 고개를 끄덕였다.

'보아하니 마교가 항산파를 노리고 함정을 파놓은 모양이군.'

그는 계속 나무 위에 몸을 숨긴 채 변고가 일어나기를 기다렸다.

한참 뒤, 의청을 비롯한 일곱 사람이 객점에서 나와 빈집에 불을 밝히기 시작했다. 큰길에 자리한 점포들의 창문이 하나하나 밝아졌다.

그러고 나서 얼마 후, 동북쪽에서 여자의 비명 소리가 들려왔다.

"살려주세요! 살려주세요!"

영호충은 깜짝 놀랐다.

'아차, 큰일이다! 항산파 제자가 마교의 독수에 당했구나!'

그는 재빨리 나무에서 뛰어내려 비명이 들리는 곳으로 달려갔다. 창틈을 통해 안을 들여다보니, 등불이 없는 방 안은 어두컴컴했지만 창으로 새어들어오는 희미한 달빛을 통해 벽에 바짝 붙어선 남자 일고여덟 명이 보였다. 한 여자가 방 한가운데 서서 소리를 지르고 있었다.

"사람 살려! 살려주세요!"

영호충이 있는 곳에서는 그녀의 옆모습밖에 보이지 않았지만, 얼굴에 미소를 띠고 있었고 표정도 몹시 간교해 누군가 함정에 빠지기를 기다리는 것이 분명해 보였다.

그녀의 비명이 끝나기도 전에 밖에서 한 여자의 목소리가 들려왔다.

"안에 무슨 일입니까?"

잠겨 있지 않은 방문이 활짝 열리고 여자 일곱 명이 들어왔다. 앞장선 사람은 바로 의청이었다. 그들은 어려움에 빠진 사람을 구출하겠다는 일념에 검을 뽑아 들고 급히 안으로 들어섰다.

비명을 지르던 여자가 오른손에 들고 있던 푸른 천을 살짝 털자 의청 일행은 몸을 부르르 떨며 픽 쓰러졌다.

이를 본 영호충은 깜짝 놀랐다.

'저 여자가 든 천에 지독한 미혼약이 발라져 있구나. 저들을 구하려고 무턱대고 뛰어들면 속수무책으로 당하겠군. 좀 더 지켜보자.'

그러는 사이 벽에 서 있던 남자들이 다가와 밧줄을 꺼내 들고 의청 일행의 손발을 꽁꽁 묶었다.

얼마 지나지 않아 밖에서 또 다른 목소리가 들려왔다.

"거기 누구냐?"

영호충은 선하령에서 성미 급한 이 여승과 이야기를 해본 적이 있어서 단번에 의화라는 것을 알아보았다.

'저 천둥벌거숭이가 왔으니 이번에도 속절없이 굴비 꼴이 되겠군.'

의화가 밖에서 외쳤다.

"의청 사매, 안에 있느냐?"

이어서 쾅 하며 문이 활짝 열리고 의화 일행이 두 줄로 나란히 들어왔다. 그들은 들어오자마자 검을 휘두르며 적의 기습을 방어했고, 제일 마지막 사람은 뒤로 물러나 퇴로를 지켰지만, 방 안에 있는 적들은 숨을 죽이고 기다렸다가 일행이 모두 안으로 들어서자 푸른 천을 흔들어 일곱 명을 혼절시켰다.

이어서 우씨가 여섯 명을 이끌고 왔지만 똑같은 꼴을 당해 도합 스물한 명이 꽁꽁 묶이는 신세가 되었다. 잠시 후, 한 노인이 손짓을 하자 그들은 뒷문으로 슬그머니 사라졌다.

영호충은 지붕 위로 올라가 몸을 숙이고 뒤를 밟았지만, 움직이기 무섭게 앞에서 옷자락이 펄럭이는 소리가 들려와 황급히 용마루에 엎드렸다. 장한 10여 명이 손짓으로 신호를 주고받으며 널따란 지붕 위에 숨는 중이었다. 영호충이 숨은 곳에서 채 몇 장 떨어지지 않은 곳이었다. 영호충이 그들에게 발각되지 않으려고 조용히 벽을 타고 내려가는데, 정정 사태가 제자 셋을 데리고 달려오는 것이 보였다.

'아뿔싸, 조호이산계구나. 객점에 남아 있는 사람들이 위험하겠군.'

저 멀리에서 남안객점으로 달려가는 그림자가 눈에 들어왔다. 영호충이 쫓아가서 상황을 살피려는데, 갑자기 지붕 위에서 누군가가 속삭였다.

"저 늙은이가 오면 너희 일곱 명이 나가 포위해라."

목소리가 바로 머리 위에서 들리는 것을 보니 움직이는 순간 발각될 것이 뻔했다. 영호충은 어쩔 수 없이 담장 구석에 바짝 붙어 기회가 오기를 기다렸다.

정정 사태가 발로 대문을 걷어차서 열고 큰 소리로 외쳤다.

"의화, 의청, 우씨! 내 목소리가 들리느냐?"

그 목소리가 텅 빈 입팔포를 뒤흔들었다. 그녀는 집 주변을 샅샅이 뒤지고 지붕 위까지 뛰어올라 살폈지만 안으로 들어가볼 생각은 하지 않았다. 처음부터 끝까지 이 모습을 지켜보던 영호충은 답답해서 속이 터질 지경이었다.

'대체 왜 안으로 들어가지 않지? 들어가기만 하면 묶여 있는 제자들을 발견할 텐데.'

하지만 곧 생각이 달라졌다.

'아니지, 들어가지 않는 편이 낫겠군. 마교 놈들이 지붕 위에 숨어 있으니 안으로 들어가면 독 안에 든 쥐 꼴이 될 거야.'

정정 사태는 넋이 나간 사람처럼 이쪽저쪽 뛰어다니다가 무슨 생각이 났는지 별안간 발길을 돌려 남안객점으로 달려갔다. 그 움직임이 너무 빨라 함께 온 제자들이 기를 쓰고 달려도 뒤쫓을 수가 없었다. 그때 거리 한구석에서 누군가 불쑥 나타나 푸른 천을 흔들었고 세 사람은 힘없이 쓰러져 적들의 소굴로 끌려갔다. 몽롱한 달빛 덕분에 그들 속에 의림도 포함되어 있는 것을 확인하자 영호충도 당장 달려나가고 싶어 몸이 움찔했다.

'어서 의림 사매를 구해야 하지 않을까? 하지만 지금 나서면 큰 싸움이 벌어질 것이고, 그렇게 되면 저들 손에 잡혀 있는 항산파 사람들이 위험해. 역시 정면으로 싸우기보다는 몰래 움직이는 것이 좋겠어.'

얼마 후 정정 사태가 남안객점에서 뛰쳐나오더니 또다시 지붕 위로 올라가 마구 소리를 질렀다. 동방불패를 동방필패라 부르며 욕을 하자 마교 사람들은 듣고 있기 힘들었는지 그중 일곱 명이 지붕으로 올라가 싸움을 시작했다.

영호충은 그 싸움을 가만히 지켜보았다.

'정정 사태는 검술이 뛰어나 일곱 사람과 싸우면서도 쉽게 무너지지는 않겠군. 그렇다면 의림 사매부터 구해야지.'

그는 재빨리 집 안으로 숨어들었다. 대청을 지키는 사람은 칼을 든 남자 단 한 명뿐이었고, 항산파 제자 세 사람은 꽁꽁 묶여 바닥에 누워 있었다. 영호충은 몸을 휙 날리며 칼집째 요도를 빼들어 단번에 파수꾼의 목을 찔렀다. 그는 위험이 닥쳐오는 것조차 모른 채 목숨을 잃고 말았다.

'이 칼이 언제부터 이렇게 빨랐지? 팔을 뻗기만 했을 뿐인데 칼집이 목을 찌르다니….'

영호충은 어리둥절해하며 칼을 내려다보았다. 흡성대법을 익힌 덕택에 도곡육선과 불계 화상, 흑백자에게 받은 진기를 쓸 수 있게 되자 고강한 공력이 더해진 독고구검이 어마어마한 위력을 발휘한 것이었지만, 그 자신은 이를 전혀 알지 못했다. 본래 의도는 적이 칼로 가로막을 것을 예상하고 그전에 방향을 바꿔 다리를 때려서 쓰러뜨릴 작정이었는데, 적이 반격조차 하지 못한 채 쓰러지자 도리어 어리둥절했다.

영호충은 다소 미안한 마음으로 시체를 치우고 항산파 제자들을 살폈다. 예상대로 의림이 끼어 있었다. 코에 손을 가져가보니 숨을 고르게 쉬고 있어서 혼절했을 뿐 다른 이상은 없어 보였다. 그는 주방에서 냉수를 가져와 그녀의 얼굴에 조금 뿌렸다.

잠시 후 의림이 신음을 하며 깨어났다. 처음에는 이곳이 어딘가 싶어 어리둥절했지만 곧 사태를 깨닫고 벌떡 일어났다. 검을 뽑으려고 허리춤에 손을 가져갔지만, 손발이 묶여 있어 하마터면 쓰러질 뻔했다.

"꼬마 스님, 걱정할 것 없다. 본 장군께서 나쁜 놈을 죽였느니라."

영호충이 말하며 칼을 꺼내 밧줄을 끊었다. 깜깜한 어둠 속에서 그 소리를 들은 의림은 그 목소리가 오매불망 그리워하던 '영호 사형'의 것처럼 들려 놀라움과 기쁨이 섞인 목소리로 외쳤다.

"다, 당신은 영호 사⋯."

하지만 말을 끝맺기도 전에 실수를 깨닫고 부끄러움에 얼굴을 붉히며 우물거렸다.

"누⋯ 누구세요?"

그녀가 자신의 목소리를 알아들었는데도 영호충은 여전히 본모습을 밝히지 않았다.

"본 장군께서 계신 이상 그깟 좀도둑들은 너희를 해치지 못할 거다."

"아, 오 장군님이시군요. 저⋯ 저희 사백님은 어찌 되셨나요?"

"밖에서 적들과 신나게 싸우는 중이다. 이제 나가볼까?"

"정 사저와 진 사매는⋯?"

의림은 품에서 화접자를 꺼내 붉을 밝히고, 옆에 쓰러져 있는 두 사람을 발견했다.

"아, 모두 여기 있군요."

그녀는 황급히 그들의 손발을 묶은 밧줄을 풀고 냉수로 깨웠다.

영호충이 세 사람에게 말했다.

"어서 나가서 정정 사태를 도와야 한다."

그가 몸을 돌려 나가자 의림과 정악, 진견도 뒤를 따랐다. 채 몇 걸음 옮기기도 전에 그림자 일곱 개가 귀신같이 달아나는 것이 보였다. 이어서 땡땡땡 하고 암기 떨어지는 소리와 함께 누군가 정정 사태의 검법을 칭찬하는 소리가 들려왔다. 정정 사태는 상대방이 숭산파라는 것을 알고 곧 그들을 따라 선거객점으로 들어갔다.

영호충은 의림 등 세 사람에게 손짓해 조용히 객점으로 다가가 창밖에 서서 귀를 기울였다.

정정 사태와 종진이 이야기하는 중이었는데, 종진이라는 자는 시종 항산파와 숭산파의 합병에 찬성해야만 제자들을 구할 것이라며 정정 사태를 압박했다. 남의 위기를 틈타 제 잇속을 챙기려는 종진의 모습에 영호충은 슬그머니 부아가 치밀었고, 정정 사태도 다르지 않았는지 버럭 화를 내며 객점을 나섰다.

영호충은 정정 사태가 멀리 사라지기를 기다렸다가 선거객점 밖에서 문을 두드리며 소리소리 질렀다.

"이런 오라질, 본 장군께서 술을 마시고 잠을 자겠다는데 이 육시랄 점소이놈들이 왜 이렇게 늑장을 부리는 거냐?"

뾰족한 방도가 없어 발만 구르던 정정 사태는 이 가짜 장군의 목소리를 듣자 몹시 기뻐하며 달려왔다. 정악과 진견, 의림도 그녀를 맞으러 달려갔고, 진견은 숫제 눈물까지 글썽이며 외쳤다.

"사부님!"

제자들을 발견한 정정 사태는 더욱 기뻐했다.

"여태 어디에 있었느냐?"

그녀의 물음에 정악이 대답했다.

"마교의 악인들에게 붙잡혔는데, 장군님께서 구해주셨어요."

그때 영호충은 벌써 객점의 문을 열고 안으로 들어간 후였다. 정정 사태와 제자들도 따라 들어갔다.

촛불 두 개를 밝힌 대청은 환했다. 가운데 의자에 앉아 있던 종진이 음산한 목소리로 외쳤다.

"누가 감히 시끄럽게 소란을 피우느냐? 썩 꺼져라!"

영호충은 다짜고짜 욕을 퍼부었다.

"이런 오라질, 본 장군은 당당한 조정의 관리거늘 네놈이 감히 내 앞에서 위세를 부려? 주인장, 여주인장, 점소이! 당장 나오지 못할까!"

숭산파 사람들은 그가 욕을 퍼부은 뒤 곧바로 주인과 여주인을 찾아대는 것을 보자 겉으로는 강한 척해도 실제로는 속 빈 강정이라 여기고 가소로운 웃음을 터뜨렸다. 큰일을 목전에 두고 있는데 거들먹거리는 관리가 나타나 성가시게 굴자, 종진은 나지막이 명령했다.

"저놈을 때려눕혀라. 단, 목숨은 해치지 말도록!"

금모사 고극신이 고개를 끄덕이고 벙싯벙싯 웃으며 영호충에게 다가왔다.

"아이고, 이런! 관리 나리께서 오신 줄도 모르고 실례가 많았습니다."

"이제라도 알면 되었다. 너희같이 야만적인 민초들은 통 예의를 모른다니까….."

"예, 예, 잘못했습니다!"

고극신은 히죽거리며 다가가 둘째 손가락으로 영호충의 허리춤을 찔렀다. 그 움직임을 본 영호충은 재빨리 내공을 끌어올려 허리를 보호했다. 고극신의 손가락이 영호충의 소요혈笑腰穴에 닿았다. 소요혈을 찔리면 큰 소리로 웃어대다가 혼절해야 정상인데, 뜻밖에도 영호충은 딱 한 번 히죽 웃기만 했다.

"허, 예의 없는 놈 같으니라고. 감히 본 장군에게 웬 장난이냐?"

고극신은 의아해하며 한 번 더 소요혈을 찔렀다. 이번에는 내공을 십분 끌어올린 상태였다. 영호충은 껄껄 웃고 펄쩍 뛰더니 욕을 해댔다.

"이런 오라질, 어쩌자고 자꾸 본 장군의 허리를 찔러대느냐? 은자라도 훔치려는 거냐, 아니면 본 장군이 마음에 들어서 그러느냐? 생긴 것은 멀쩡한 놈이 이상한 짓만 배워먹었구나!"

고극신은 어쩔 수 없이 방법을 바꿨다. 왼손으로 영호충의 손목을 움켜쥐고 오른손으로 밀어 넘어뜨릴 생각이었지만, 뜻밖에도 영호충의 손목에 손이 닿는 순간, 내공이 줄줄 새나가는 것이 느껴졌다. 고극신은 놀라고 두려워 비명을 지르려 했으나, 떡 벌린 입에서는 아무 소리도 나오지 않았다.

영호충 역시 얼마 전 흑백자를 붙잡았을 때처럼 내공이 흘러드는 것을 느끼고 흠칫 놀랐다.

'이 사악한 수법을 쓸 수는 없다!'

그가 재빨리 팔을 떨쳐 그의 손을 뿌리치자, 고극신은 대사면을 받은 것처럼 한동안 멍하니 서 있다가 갓 병이 나은 사람같이 맥없이 주춤주춤 물러섰다.

"흡… 흡성대법! 흡성대법이다!"

공포가 진하게 묻은 쉰 목소리가 그의 입에서 터져나왔다. 종진과 등팔공, 그리고 다른 숭산파 제자들이 화들짝 놀라 물었다.

"뭐라고?"

"저… 저자가… 흡… 흡성대법을 썼습니다."

그 말이 끝나기 무섭게 푸른 광채와 챙챙거리는 소리가 장내를 가득 채웠다. 숭산파 사람들이 검을 빼든 것이었다. 단, 신편 등팔공은 검이 아닌 연편을 들고 있었다. 빠른 검법을 자랑하는 종진의 검은 어느새 한광을 흩뿌리며 영호충의 목으로 날아들었다.

고극신이 소리를 지를 때부터 숭산파가 일제히 달려들 것을 짐작했던 영호충은 즉시 요도를 뽑아 칼집째로 검처럼 휘둘렀다. 손목을 까딱했을 뿐이지만 요도는 어느새 적의 손등을 차례차례 때렸고, 검들이 챙그랑 소리를 내며 바닥에 떨어졌다. 무공이 높은 종진은 손등을 맞고도 검을 놓치지 않았지만, 깜짝 놀라 허겁지겁 뒤로 물러났다. 반면 등팔공은 연편을 놓친 것도 모자라 기다란 연편이 목을 휘감는 바람에 숨을 컥컥거리며 발버둥치고 있었다.

종진은 벽에 바짝 붙어서서 핏기가 가신 얼굴로 물었다.

"마교의 전임 교주가 다시 나타났다는 소문이 있었는데 당… 당신이… 바로 임아행… 임 교주시오?"

영호충은 싱글벙글 웃으며 대답했다.

"이런 오라질, 누가 임아행이라는 말이냐? 본 장군의 높으신 이름은 바로 오 자, 천 자, 덕 자시다. 그래, 네놈들이 그 무슨 산챈가 하는 곳의 좀도둑들이냐?"

종진은 공손하게 두 손을 모으고 말했다.

"귀하께서 다시 강호에 나타나신 이상 이 몸은 적수가 못 됩니다. 이만 물러가겠습니다."

그 말과 함께 그는 훌쩍 몸을 날려 창문을 통해 달아났다. 등팔공과 고극신 등도 바닥에 떨어진 무기를 주울 틈도 없이 허둥지둥 그 뒤를 따라갔다.

영호충은 왼손으로 칼집을 움켜쥐고 오른손으로 칼자루를 잡아당기며 연신 끙끙거렸지만 칼은 빠질 기미가 없어 보였다.

"오라질, 보도가 지독하게 녹이 슬었군. 내일 칼 가는 사람을 불러 한번 갈아줘야겠다."

정정 사태는 그런 그를 향해 합장을 하고 말했다.

"오 장군, 제자들을 구하러 가지 않으시겠소?"

종진이 사라진 이상 정정 사태의 신묘한 검법을 상대할 사람이 없다는 것을 잘 아는 영호충은 손을 내저으며 말했다.

"본 장군은 여기서 술로 목이나 좀 축여야겠소. 사태도 한잔하시지 않겠소?"

그가 또 술 이야기를 꺼내자 의림은 저도 모르게 영호충을 떠올렸다.

'이 장군님은 영호 사형과 참 좋은 술친구가 되시겠어.'

그러면서 흘끔흘끔 그를 살피는데 마침 그도 그녀를 바라보는 바람에 눈이 딱 마주쳤다. 화들짝 놀란 의림이 얼굴을 붉히며 고개를 숙였다.

정정 사태가 말했다.

"빈니는 술을 마시지 않아 함께 있어드리기가 어렵겠구려. 실례하겠소!"

그녀는 합장을 한 뒤 돌아서서 객점을 나갔다. 의림과 정악, 진견도 뒤를 따랐다. 대문을 나설 때, 의림은 참지 못하고 고개를 돌려 다시 한번 영호충을 바라보았다. 그는 술을 찾느라 객점을 뒤지고 있었다.

"이런 오라질, 객점 사람들은 다 죽어 자빠졌느냐? 아직도 나오지 않고 무얼 하는 거냐?"

'저 목소리는 영호 사형을 꼭 빼닮았구나. 하지만 말투가 거칠고 말 끝마다 오라 어쩌고 하는 욕을 붙이시는데 영호 사형은 절대 그렇지 않아. 게다가 무공도 영호 사형보다 훨씬 높으시고. 나도 참… 또, 또 이런 쓸데없는 생각을….'

마침내 바라던 것을 찾아낸 영호충은 술을 병째로 벌컥벌컥 들이켰다.

'여승들과 속가 제자들이 돌아오면 끝도 없이 재잘거릴 테니 자칫하면 내가 누군지 드러날지도 몰라. 그전에 여기서 내빼는 것이 상책이겠군. 하지만 쓰러진 사람들을 모두 깨우려면 적어도 반 시진은 걸릴 테고, 배가 등짝에 붙을 지경이니 일단 먹고 보자.'

술병을 비운 뒤 주방으로 가서 먹을 것을 찾고 있는데, 멀리서 진견의 날카로운 외침이 들려왔다.

"사부님, 사부님! 어디 계세요?"

몹시 당황한 목소리였다.

영호충은 후다닥 밖으로 달려나갔다. 정악과 의림, 진견이 거리 한

가운데 우두커니 서서 소리를 지르고 있었다.

"사부님!"

"사백님!"

영호충이 그들에게 달려가 물었다.

"무슨 일이냐?"

정악이 초조하게 대답했다.

"저와 두 사매가 사라진 사저들을 찾는 사이 사백님… 사백님께서 사라지셨어요."

고작 스물두어 살밖에 되지 않은 정악과 열대여섯 살의 진견을 보며 영호충은 속으로 혀를 끌끌 찼다.

'항산파는 어쩌자고 이렇게 어리고 경험도 없는 낭자들을 보냈을까?'

하지만 겉으로는 싱글벙글 웃으며 말했다.

"너희 사저들이 어디 있는지는 본 장군께서 알고 계시다. 자, 따라오너라."

그는 서둘러 동북쪽의 큼직한 집을 향해 걸어갔다. 그리고 문을 발로 차서 연 다음 혹시라도 적이 여전히 숨어 있을까 봐 세 여자를 돌아보며 말했다.

"모두 손수건으로 코와 입을 막아라. 안에서 어떤 여자가 독을 뿌리고 있다."

그는 손가락으로 코를 쥐고 입을 꼭 다문 채 안으로 들어갔다. 그러나 대청에 들어선 순간 멍청한 표정으로 그 자리에 멈춰 설 수밖에 없었다.

조금 전까지만 해도 항산파 제자들로 가득하던 대청이 지금은 텅 비어 있었던 것이다. 탁자 위에 놓인 등잔을 발견하고 불을 켰지만 역시 대청에는 아무도 없었다. 집 안 곳곳을 수색해봐도 사람은커녕 실마리조차 보이지 않았다.

"거참 괴이한 일이로다!"

정악과 의림, 진견은 의아한 얼굴로 눈만 끔뻑끔뻑할 뿐이었다.

영호충이 설명했다.

"이런 오라질, 너희 사저들은 미혼약에 당해 여기 쓰러져서 굴비처럼 줄줄이 엮여 있었단 말이다! 그런데 그 짧은 시간에 다들 어디로 갔지?"

정악이 물었다.

"오 장군님, 사저들이 미혼약에 당해 쓰러진 것을 보셨어요?"

"어젯밤 꿈에서 여승과 여인네들이 여기 이 대청에 이리저리 나뒹구는 것을 똑똑히 보았다. 설마 잘못 보았을라고?"

"그… 그런…."

정악은 꿈에서 본 것이 사실일 리 있느냐고 되물을 참이었지만, 허풍 떨기를 좋아하는 그가 실제로 목격한 일을 꿈이라고 꾸며댄 것을 알아차리고 재빨리 말을 바꿨다.

"그럼 사저들은 어디로 갔을까요?"

영호충은 심각한 목소리로 말했다.

"이 부근에 맛있는 식당이 있어서 그곳을 찾아 배를 채우고 있을지도 모르지. 아니면 극 구경을 갔는지도 모르고."

그는 세 사람에게 손짓을 하며 속삭였다.

"너희는 내 옆에서 한 걸음도 떨어지지 말고 딱 붙어 있도록 해라. 고기가 그립고 구경이 하고 싶더라도 급할 것 없으니 천천히 하고."

나이 어린 진견조차 이 상황이 무척 위험하다는 것을 알 수 있었다. 사저들이 적의 손아귀에 들어갔고 항산파에서 온 수십 명 가운데 겨우 어린 제자 셋만 남은 지금, 의지할 데라곤 비록 허풍이 심하고 진지한 구석이라고는 찾아볼 수도 없는 사람이지만, 이 장군밖에 없었다. 그 때문에 그녀는 아무 말 없이 의림, 정악과 함께 장군을 따라 밖으로 나갔다.

"어젯밤 꿈이 틀렸나? 눈이 희미해져서 잘못 봤나? 오늘 밤에 한 번 더 꿈을 꿔봐야겠군."

대문을 지나면서 영호충은 의아한 듯 혼잣말을 중얼거렸지만, 속으로는 다른 생각을 했다.

'다른 사람들은 붙잡혀서 끌려갔다고 해도, 정정 사태는 왜 사라졌을까? 혼자 있다가 암습을 당했을지도 모르니 어서 찾아봐야겠군. 의림과 두 사매는 입팔포에 남아 있으면 위험하니 함께 가는 수밖에.'

그는 세 사람을 돌아보며 말했다.

"당장 급한 일도 없으니 너희 사백이 어디 가서 무슨 재미있는 놀이를 하고 있는지 찾아보자. 어떠냐?"

"좋은 생각이에요! 무공이 고강하고 식견도 넓은 장군님이 계시니 금방 사백님을 찾을 수 있을 거예요."

정악의 대답에 영호충은 싱글벙글 웃었다.

"무공이 고강하고 식견이 넓다고? 으하하하, 말 한번 잘했다! 본 장군께서 훗날 원수 자리에 올라 돈을 척척 벌면 반드시 너희에게 은자 100냥을 상으로 내리마! 그 돈으로 좋은 옷을 지어 입도록 해라."

189

입에서 나오는 대로 떠드는 동안 마을 끝자락에 이르자 그는 지붕으로 훌쩍 뛰어올라 사방을 살폈다. 어느새 아침 해가 빠끔히 고개를 내밀고 자욱하게 내려앉은 희뿌연 안개를 비추고 있었다. 나뭇가지를 휘감은 안개 너머로 양쪽으로 뻗은 널찍한 거리가 보였지만, 지나는 사람은 단 한 명도 없었다. 좀 더 둘러보자 남쪽 큰길에 파란 물체가 놓여 있는 것이 보였다. 거리가 멀어 무엇인지 알아볼 수는 없지만, 텅 빈 거리 한가운데 덩그러니 놓인 파란색 물체는 얼핏 보기만 해도 눈에 확 띄었다. 영호충은 지붕에서 내려와 그쪽으로 달려갔다. 가까이 가보니 그 물체는 파란 천으로 만든 여자 신발 한 짝으로, 의림이 신던 것과 비슷해 보였다.

잠시 후 의림 등이 쫓아오자 그는 신발을 의림에게 건네며 물었다.

"네 신발이냐? 어쩌다 떨어뜨렸느냐?"

의림은 발에 신발이 잘 신겨 있다는 것을 알면서도 자연스레 고개를 숙여 발을 바라보았다. 예상대로 그녀의 신발은 멀쩡했다.

"이… 이것은 사저나 사매의 신발이야. 왜 여기에 떨어져 있을까?"

정악의 물음에 진견이 말했다.

"어느 사저께서 적에게 끌려가다가 떨어뜨린 것이 분명해요."

"일부러 떨어뜨렸는지도 몰라. 우리에게 알리기 위해서 말이야."

정악이 말하자 영호충이 끼어들었다.

"옳지, 옳지! 너도 무공이 고강하고 식견이 넓구나. 자, 그렇다면 남쪽으로 가야 옳겠느냐, 북쪽으로 가야 옳겠느냐?"

"당연히 남쪽으로 가야지요!"

영호충은 나는 듯이 남쪽으로 달리기 시작해 순식간에 수십 장 밖으로 사라졌다. 처음에는 정악 일행과 그리 멀리 떨어지지 않았지만, 시간이 갈수록 거리가 점차 벌어졌다. 영호충은 앞길을 살피면서도 이따금씩 뒤를 돌아보곤 했다. 거리가 너무 멀어지면 적이 나타났을 때 구해주기가 어려웠기 때문에 1리 정도 떨어졌다 싶으면 멈춰서 세 사람이 오기를 기다렸다가 다시 달렸다.

그렇게 달리다가 기다리기를 수차례 반복했더니 어느덧 10리가 훌쩍 지났다. 눈앞에 펼쳐진 길은 점점 험해지고 길옆으로는 수풀이 무성해, 적이 매복하고 있다가 정악 등을 공격하면 쉽사리 당해낼 것 같지 않았다. 더욱이 아직 어린 진견이 얼굴이 빨개져서 숨을 몰아쉬는 것을 보자 조금 쉬어야겠다는 생각이 들었다.

"이런 오라질, 이렇게 달리다가는 본 장군의 아까운 가죽 신발이 닳아 없어지겠구나! 천천히 걸어야겠다!"

네 사람은 속도를 늦춰 걷기 시작했다. 7리 정도 갔을 때 갑자기 진견이 '앗' 하고 소리를 지르며 수풀로 뛰어들어 푸른 모자를 주워 왔다. 항산파 여승들이 쓰는 모자였다.

이를 본 정악이 영호충에게 말했다.

"장군님, 사저들은 이 길로 끌려간 것 같아요."

올바로 쫓아왔다는 확신이 든 항산파 제자들이 더욱 속도를 올리자 도리어 영호충이 뒤에 처졌다.

정오 무렵, 그들은 가는 길에 보이는 작은 식당에 들어가 잠시 쉬었다. 식당 주인은 장군 복장을 한 남자가 어린 여승과 젊은 처녀 둘을 데리고 있는 것이 몹시 이상했는지 자꾸만 흘끔흘끔 곁눈질을 했다. 영호충이 식탁을 두드리며 소리를 질렀다.

"이런 오라질, 무얼 자꾸만 쳐다보는 거냐? 여승을 처음 보느냐?"

"아, 아닙니다!"

화들짝 놀라 사과하는 주인에게 정악이 물었다.

"주인 아저씨, 혹시 이쪽으로 지나가는 스님 일행을 못 보셨어요?"

"스님 일행은 보지 못했지만 늙은 여승 한 사람은 보았습지요. 여기 이 어린 스님에 비하면 나이 지긋한 여승이었는데…."

"쓸데없는 소리! 늙은 여승이라면 어린 스님보다 나이가 많은 것은 당연한 노릇 아니더냐?"

"예, 예, 맞습니다."

정악이 다시 물었다.

"그 사태께서는 어디로 가셨어요?"

"그분은 아주 다급한 목소리로 지나가는 스님들을 보지 못했느냐 물으셨지요. 못 보았다고 했더니 바로 저쪽 길로 달려가셨습니다요. 그 연세에 참 잘도 달리시더군요. 더군다나 어느 극에서 본 것처럼 보검 같은 것을 들고 계셨습니다요."

"저희 사부님이세요! 어서 쫓아가요!"

진견이 즐겁게 손뼉을 치며 말했지만 영호충은 고개를 저었다.

"어허, 서두르지 마라. 밥부터 먹어야지!"

네 사람은 서둘러 밥을 먹었다. 진견은 식당을 떠나기 전에 사부에게 드릴 만두 네 개를 주문했다. 그 모습을 본 영호충은 마음 한구석이 아릿했다.

'저 아이는 사부님께 정성을 다하는구나. 나도 저러고 싶지만 이제는 그럴 수도 없게 되었어.'

일행은 날이 어두워질 때까지 달렸지만 끝내 정정 사태나 항산파 제자들의 종적을 찾을 수가 없었다. 앞으로 나아갈수록 풀과 나무는 무성해지는 반면 길은 점점 좁아졌고, 좀 더 걷자 허리까지 자라난 풀 때문에 걸어온 길이 보이지 않을 정도였다.

그때, 서북쪽에서 무기 부딪는 소리가 희미하게 들려왔다.

"누군가 싸우고 있다! 이거 재미있는 구경거리가 되겠군."

영호충의 외침에 진견이 반가워하며 물었다.

"혹시 사부님이실까요?"

영호충은 말없이 소리 나는 곳을 향해 달렸다. 몇십 장쯤 지났을까, 갑자기 눈앞이 훤히 밝아졌다. 횃불 수십 자루가 주변을 밝게 비춘 덕택이었다. 횃불에 가까이 가자 무기 소리가 더욱 또렷하게 들려와, 그는 속도를 올려 다가갔다.

횃불을 든 사람들이 둥그렇게 만들어낸 원 안에서, 누군가 소맷자락을 춤추듯이 휘두르며 적 일곱 명과 싸우는 중이었다. 바로 정정 사태였다. 그 원 밖에는 복장이 똑같은 사람 수십 명이 쓰러져 있었는데, 다름 아닌 항산파 제자들이었다. 적들이 하나같이 복면을 하고 있는 것을 본 영호충은 성큼성큼 그들에게 다가갔다. 그들은 싸움에 넋이 팔려 누군가 다가오는 것조차 알아차리지 못했다.

영호충이 들으라는 듯이 껄껄 웃으며 말했다.

"일곱 명이 한 명을 공격하다니, 이런 법이 어디 있느냐?"

갑작스러운 제삼자의 출현에 원을 이룬 복면인들이 깜짝 놀라 뒤를 돌아보았다. 하지만 격렬한 싸움을 하고 있는 일곱 사람은 그 소리조차 듣지 못한 듯 정정 사태를 에워싸고 갖가지 무기를 어지러이 휘둘렀다. 정정 사태의 승포에는 여기저기 핏자국이 묻었고 얼굴에도 피가 튀어 있었다. 왼손으로 검을 쓰는 것을 보면 오른손을 다친 것이 분명했다.

"웬놈이냐?"

그녀를 에워싼 무리 속에서 누군가 일갈을 터뜨리더니, 칼을 쥔 장한 두 명이 영호충 앞을 가로막았다.

영호충도 질세라 버럭 소리를 질렀다.

"본 장군께서는 말 등에서 한시도 쉬지 않고 전장을 누비며, 매일같이 너희 같은 좀도둑들을 쓸어내던 분이시다! 자, 어서 이름을 대보아라. 본 장군의 칼은 무명소졸은 베지 않느니라!"

장한 한 명이 피식 웃으며 중얼거렸다.

"흥, 미친놈이군."

그 말과 함께 칼이 영호충의 다리 위로 떨어져내렸다.

"어이쿠, 정말 싸우려느냐?"

영호충은 놀라 소리를 지르고는 훌쩍 몸을 날려 포위망으로 들어갔다. 칼집을 뽑아 휘두르자 퍽퍽퍽 하는 소리와 함께 적 일곱 명이 손목을 두드려맞아 들고 있던 무기를 떨어뜨렸다. 정정 사태의 검이 쐐액 하고 날아들어 그중 한 명의 가슴을 찔렀다. 무기를 놓친 그자는 어리둥절하고 놀란 상태에서 전광석화같이 날아든 검을 피하지 못하고 힘없이 쓰러졌다.

정정 사태도 더 이상 버틸 수 없었던지 휘청거리다가 털썩 주저앉았다.

"사부님! 사부님!"

진견이 외치며 달려가 사부를 부축했다.

복면인 한 사람이 칼을 뽑아 쓰러진 항산파 제자의 목을 겨누며 소리쳤다.

"당장 세 걸음씩 물러나거라! 그러지 않으면 이 계집을 죽여버리겠다!"

영호충은 히죽히죽 웃으며 손을 내저었다.

"오냐, 오냐. 물러나면 될 게 아니냐? 그게 뭐 어렵다고? 세 걸음이 아니라 서른 걸음도 물러나주마."

그 말이 끝나기 무섭게 요도가 홱 날아올라 그자의 가슴을 때렸다. 그자는 '어이쿠' 하고 비명을 지르며 바람처럼 횡하니 뒤로 날아갔다. 자신의 내공이 높은 줄을 모르는 영호충은 그 광경에 잠시 어리둥절했지만, 재빨리 정신을 차리고 칼집을 휘둘러 가까이 있던 복면인 세 명을 쓰러뜨렸다.

"썩 꺼지지 못할까! 그러지 않으면 본 장군이 네놈들을 하나하나 잡아들여 서른 대씩 곤장을 때리겠다!"

복면인들의 우두머리는 그의 무시무시한 무공을 보자 재빨리 두 손을 포개 들며 예를 갖췄다.

"임 교주님께서 납셨으니 저희가 한발 양보하겠습니다."

그러고는 왼손을 쳐들며 외쳤다.

"마교의 임 교주께서 오셨으니 모두 물러서라!"

복면인들은 횃불을 내려놓고, 죽은 동료와 맞아 쓰러진 동료들을 떠메고 서북쪽으로 물러나 눈 깜짝할 사이 모습을 감췄다.

진견은 항산파의 영약을 꺼내 사부의 입에 넣었고, 의림과 정악은 묶인 사저들을 풀어주었다. 풀려난 제자 넷이 횃불을 주워 정정 사태를 둘러쌌다. 정정 사태의 상처가 몹시 무거운 것을 확인한 일행은 걱정스러운 얼굴로 아무 말도 하지 못했다.

정정 사태는 힘겹게 숨을 헐떡이며 천천히 눈을 떠서 영호충을 바라보았다.

"당신이… 당신이 정말 지난날… 지난날 마교의 교주였던… 임… 아행이오?"

영호충은 고개를 저었다.

"아니요."

정정 사태의 눈동자는 이미 빛을 잃어가고 있었고, 들이마시는 숨보다 내쉬는 숨이 많아 오래 버티지 못할 것이 분명했다. 그녀는 숨을 헐떡이면서도 매섭게 말했다.

"당신이 임아행이라면 설사 우리 항산파가 완전히… 완전히 무너지는 한이 있어도… 결코… 결단코 도움을…."

여기까지 말한 그녀는 숨이 차서 더는 말을 잇지 못했다. 그녀의 목숨이 얼마 남지 않은 것을 알아차린 영호충은 죽어가는 사람 앞에서 허튼소리를 할 수 없어 진지하게 말했다.

"아직 젊은 제가 어떻게 임아행이겠습니까?"

정정 사태가 목소리를 쥐어짜내며 물었다.

"그… 그렇다면 어떻게… 어떻게 흡성요법을 쓸 수 있소? 혹시 임아행의 제자…?"

영호충은 화산에 있을 때 사부와 사모의 입을 통해 마교의 악행을 질리도록 들었고, 요 며칠 항산파를 기습한 마교의 행동에 분이 치밀었던 터라 서슴없이 말했다.

"마교는 나쁜 짓만 일삼는 자들인데 무엇 때문에 그들과 어울리겠습니까? 임아행은 결코 제 사부가 아닙니다. 안심하십시오, 사태. 제 사부님은 품행이 단정하시고 협의를 중요하게 여기시어 무림인들로부터 존경을 받는 영웅이시며, 사태와도 깊은 인연이 있습니다."

정정 사태의 얼굴에 한 줄기 미소가 떠올랐다. 그녀가 더듬더듬 말을 이었다.

"그… 그렇다면 안심이오. 나… 나는 이미 틀렸소. 부디 우리 항산파의… 저… 저 제자들을…."

그녀는 여기서 말을 멈추고 한참 숨을 헐떡인 뒤 겨우 말을 맺었다.

"복주의 무… 무상암으로… 데려가주시오. 장문 사매가 곧… 곧 찾아올 것이오."

"심려 마십시오. 사태께서도 며칠 푹 쉬시면 나으실 겁니다."

"약… 약속해주겠소?"

영호충은 자신을 똑바로 응시하는 그녀의 얼굴에 서린 기대와 희망, 그리고 거절에 대한 불안감을 읽고는 고개를 끄덕였다.

"사태의 분부라면 마땅히 따르겠습니다."

정정 사태는 비로소 미소를 지었다.

"아미타불, 나는 본디… 본디 이런 중임을 맡을 깜냥이 못 되었소. 소협, 소협은 대체 누구요?"

눈빛이 흐려지고 숨소리도 약해져가는 그녀를 보자 영호충은 속일 마음이 싹 사라져 귓가에 대고 나지막이 속삭였다.

"정정 사백님, 저는 화산파에서 쫓겨난 영호충입니다."

정정 사태의 눈빛이 살짝 흔들렸다.

"그… 그런…. 고맙소, 소협."

떨리는 손이 영호충의 손을 꽉 잡았다. 눈동자에 감사의 빛이 담뿍 담겼지만 잠시뿐, 그녀는 곧 숨을 멈추고 눈을 감았다. 내밀었던 팔도 힘없이 떨어졌다.

"사태! 사태!"

영호충이 그녀를 부르며 코에 손을 가져갔지만 이미 숨이 끊어져 있었다. 영호충은 비분에 차서 고개를 숙였고, 항산파 제자들은 울음을 터뜨렸다. 가뜩이나 쓸쓸하고 황량하던 들판이 구슬픈 울음소리로 가득 찼다.

바닥에 떨어진 횃불이 하나둘 꺼지자 사위는 금세 어둠에 잠겼다. 영호충은 비통한 마음으로 생각했다.

'정정 사태 같은 일류고수가 소인배들의 간계에 넘어가 이런 황량한 곳에서 목숨을 잃다니…. 마교는 어째서 속세를 떠난 늙은 여승마저 죽음으로 몰아가는 것일까?'

그런데 문득 이상한 생각이 들었다.

'복면인들의 우두머리는 물러나기 전에 마교의 임 교주에게 한발 양보하겠다고 했어. 마교 사람들은 일월신교라 자칭하면서, 마교라는 단어를 모욕으로 여겨 그렇게 부르기만 해도 죽이려 한다고 들었는데…. 마교라는 말을 입에 담았으니 그자는 결코 마교 사람이 아니야. 하물며 마교의 수뇌부가 나를 임 교주로 잘못 알아보는 것도 말이 되지 않는 일이지. 그렇다면 대관절 그들은 누굴까?'

항산파 제자들은 여전히 눈물을 쏟으며 통곡을 하는 중이었다. 그들을 방해하고 싶지 않았던 영호충은 나무에 기대 울음이 그치기를 기다리다가 그만 스르르 잠이 들었다.

다음 날 아침이 되어 깨어나보니 항산파 제자들 가운데 연장자들이 정정 사태의 시신을 지키고, 젊은 낭자나 여승들은 그 옆에 몸을 웅크리고 잠들어 있었다. 영호충은 그들을 바라보며 생각했다.

'장군이 여승이나 낭자들과 함께 다니는 것은 누가 봐도 괴상망측한 일이야. 어차피 사부님과 사모님을 찾아 복주로 가려던 참이니, 함께 가지 않더라도 멀리서 보호해주면 되겠지.'

그는 헛기침을 하며 항산파 제자들에게 다가갔다.

의화와 의청, 의질, 의진 등 서열이 높은 제자들이 그에게 합장을 하며 말했다.

"대협께 크나큰 도움을 입었는데, 그 은혜를 어찌 갚아야 할지 모르겠습니다. 불행하게도 사부님께서 해를 입으셨고 저희를 대협께 부탁하셨으니, 앞으로 무엇이든 대협을 따르겠습니다."

그가 장군을 사칭하는 것을 알았는지 더 이상은 그를 장군이라 부르지 않았다.

"대협은 무슨! 듣기만 해도 껄끄러우니 그대로 장군이라고 불러라."

의화 등은 서로 눈짓을 주고받은 뒤 고개를 끄덕였다.

영호충이 말했다.

"어젯밤 꿈에서는 너희가 어떤 여자의 미혼약에 당해 커다란 집 안에 쓰러져 있었는데, 어쩌다 이곳까지 왔느냐?"

의화가 대답했다.

"저희 모두 미혼약에 당해 혼절해 있었는데, 도적들이 냉수로 깨우고 밧줄을 느슨하게 풀어주며 마을 뒤쪽으로 난 오솔길로 끌고 갔습니다. 조금이라도 걸음이 늦어지면 채찍으로 마구 때렸지요. 그렇게 날이 어두워질 때까지 쉬지 않고 걸었는데 사부님께서 쫓아오셨고, 도적들은 사부님을 에워싸고 투항하라고 협박했습니다…."

여기까지 말한 그녀는 목이 메어 말을 잇지 못하고 흐느꼈다.

"이제 보니 다른 길이 있었구먼. 어쩐지 순식간에 사라졌다 했지."

의청이 나섰다.

"장군님, 지금 당장은 사부님을 화장하는 것이 중요합니다. 어찌해야 할지 알려주십시오."

영호충은 고개를 저었다.

"어허, 본 장군은 출가인들의 일 같은 것은 모르느니라. 나더러 어찌할지 알려달라니 그 무슨 개뼈다귀 같은 소리냐? 본 장군은 오로지 승진하여 돈 버는 일밖에 관심이 없으니 그 일이나 하러 가야겠다!"

말을 마친 그는 휙 몸을 돌려 나는 듯이 북쪽으로 달려갔다.

"장군님! 장군님!"

항산파 제자들이 연신 그를 불렀지만 영호충은 아랑곳하지 않았다.

언덕 하나를 넘은 뒤 나무 뒤에 몸을 웅크리고 기다렸더니, 두 시진이 훌쩍 지난 뒤에야 터덜터덜 걸어오는 항산파 제자들이 보였다. 영호충은 멀리서 그들을 뒤쫓으며 남몰래 보호했다.

마을이 나오자 객점을 찾아 들어간 그는 가만히 생각했다.

'마교와 싸움을 벌이고 숭산파와도 한바탕 검을 주고받았으니 천주참장 오천덕이라는 이 털북숭이의 이름도 강호에 제법 알려졌겠지. 오

라질, 장군 노릇도 더는 못해먹겠군!'

그는 곧 점소이를 불러 은자 두 냥을 쥐여주며, 도적을 소탕하기 위해 변장해야 하니 옷과 신발을 팔라고 했다. 그리고 혹시 소문이 나서 도적들이 달아나기라도 하면 엄벌에 처하겠다고 단단히 으름장을 놓았다.

이튿날, 그는 인적이 드문 곳으로 가서 점소이의 옷으로 갈아입고 수염을 떼어낸 다음 참장의 옷과 가죽 신발, 요도, 문서 등은 땅속에 파묻었다. 더 이상 장군 노릇을 하지 못한다고 생각하니 어쩐지 섭섭했다.

이틀 후에 건녕에 도착한 그는 무기상에게서 검을 한 자루 사서 보따리에 숨겼다. 다행스럽게도 여행길은 평온무사했다. 항산파 제자들이 무사히 복주 동쪽에 있는 비구니 암자에 들어가고 그 암자가 무상암이라는 것을 확인하자, 영호충은 겨우 안도의 숨을 내쉬었다.

'다행히 부탁받은 일을 잘 끝냈구나. 정정 사태께 제자들을 복주 무상암으로 데려다주겠다고 약속했어. 물론 직접 데려가지는 않았지만 목적지까지 무사히 보호했으니 약속은 지킨 거야.'

笑傲江湖

누명

24

— 그림 속 달마 조사는 왼손을 등 뒤로 돌려 검결을 짚는 자세를 하고,
오른손 둘째 손가락으로 천장을 가리키고 있었다.
백발 노인이 양손을 휘둘러 달마 조사가 가리키는 곳을 힘껏 때리자,
구멍이 뻥 뚫리고 붉은색 물건 하나가 펄럭펄럭 떨어졌다.

큰길로 나간 영호충은 행인을 붙잡고 복위표국이 어디 있는지 물었다. 위치는 금방 알아냈지만, 어쩐지 당장 찾아갈 마음이 들지 않아 하릴없이 거리를 거닐었다. 사부와 사모를 뵐 낯이 없어서인지, 소사매와 임 사제가 정답게 구는 모습을 볼 용기가 없어서인지 그는 끊임없이 핑계를 대며 그들과 마주치는 시기를 애써 미뤘다.

그런데 너무나도 낯익은 목소리가 그의 귓속으로 파고들었다.

"소림자, 나랑 같이 술 마시러 갈 거야, 안 갈 거야?"

그 순간, 영호충은 머리가 핑 돌고 심장에서 뜨거운 피가 거꾸로 솟구치는 것 같았다. 천 리 길을 달려 이곳 복건성까지 온 까닭은 오로지 저 목소리를 듣고, 저 목소리의 주인을 보기 위해서가 아니었던가?

그러나 그렇게도 바라고 또 바라던 목소리가 들려왔는데도 차마 돌아볼 용기가 나지 않았다. 짧디짧은 그 순간, 영호충은 석상이라도 된 양 그 자리에서 딱딱하게 굳었고 눈에서는 눈물이 샘솟아 눈앞이 뿌옇게 흐려졌다.

저 단순한 호칭, 그리고 저 짧은 한마디만으로도 소사매와 임 사제가 남달리 가깝다는 사실이 가슴이 저미도록 느껴졌다.

임평지의 대답이 들려왔다.

"그럴 시간이 없습니다. 사부님께서 주신 숙제를 아직 끝내지 못했으니까요."

"그 초식들은 아주 쉬워. 술을 마시고 나서 내가 가르쳐줄게, 응?"

"사부님과 사모님께서는 당분간 성안에서 쓸데없이 소란을 피우지 말라고 하셨습니다. 아무래도 돌아가는 것이 좋겠어요."

"그냥 산책을 하는 건데, 그것도 안 돼? 이곳에서 무림인은 보지도 못했는걸. 설사 무림인이 있더라도 우리와 무슨 상관이람?"

두 사람은 대화를 나누며 영호충에게서 점점 멀어져갔다. 마침내 용기를 내 천천히 돌아선 영호충의 시야에 어깨를 나란히 하고 걸어가는 가녀린 악영산의 뒷모습과 훤칠한 임평지의 뒷모습이 들어왔다. 악영산은 호수처럼 푸른 장삼에 비췻빛 치마를 입었고, 임평지는 연노랑 장포 차림이었다. 두 사람 모두 복장이 산뜻하고 고와 뒷모습만 봐도 아름다운 청춘남녀라는 것을 알 수 있었다.

영호충은 가슴이 콱 막혀 숨을 쉴 수가 없었다.

악영산과 헤어진 지 몇 달째, 하루도 빠짐없이 밤낮으로 그리워했지만, 눈앞에서 그녀를 본 지금에야 그녀를 향한 자신의 정이 얼마나 깊은지를 깨달았다. 이렇게 그녀를 보낼 바에야 검으로 목을 찔러 자결하는 것이 차라리 나을 것 같았다. 흥분과 낙심에 눈앞이 까매지자 그는 쓰러지듯 길바닥에 주저앉았다.

한참이나 시간이 흐른 뒤에야 영호충은 겨우 정신을 차리고 천천히 몸을 일으켰다. 여전히 머리가 어지러웠다.

'앞으로는 영원히 저들을 만나지 말아야겠다. 고통스럽기만 할 뿐인데 구태여 만날 필요는 없지…. 오늘 밤 몰래 가서 사부님과 사모님께 글이나 남기고 와야겠구나. 이름을 쓸 필요도 없고, 그냥 임아행이

다시 강호에 나타났는데 무공이 높은 데다 화산파에 악감정이 있으니 부디 조심하시라고 알려드리기만 하면 돼. 그런 다음 멀리 이역으로 떠나 다시는 중원에 돌아오지 말자.'

영호충은 힘없이 객점으로 돌아가 술을 마셨고 만취한 채 침상에 쓰러져 잠들었다.

한밤중에 깨어난 그는 담을 넘어 복위표국으로 향했다. 표국 건물은 크고 웅장해 알아보기가 쉬웠다. 모두 잠들었는지 표국 안의 등불은 모두 꺼졌고 주위는 조용했다.

'사부님과 사모님은 어느 방에 계실까? 이미 잠드셨겠지.'

바로 그때, 왼쪽 벽 저편에서 누군가 고개를 쏙 내밀더니 훌쩍 담을 뛰어넘었다. 몸집으로 보아 여자인 것 같았다. 곧장 서남쪽으로 달려가는 여자의 움직임은 분명히 화산파의 경공이었다. 영호충도 진기를 끌어올려 뒤를 쫓았다. 어슴푸레하지만 그 뒷모습은 악영산이 틀림없었다.

'이 깊은 밤에 어디로 가는 것일까?'

악영산은 담장을 따라 빠르게 달려가고 있었다. 호기심이 인 영호충은 대여섯 장 거리를 두고 쫓으며 들키지 않도록 발소리를 죽였다.

복주성은 길이 종횡으로 뻗어 있었는데, 악영산은 추호의 망설임도 없이 동쪽으로 한 번, 서쪽으로 한 번 꺾어 곧장 내달렸다. 이미 익숙한 길인 것 같았다. 그렇게 20리가량을 달려 돌다리를 건너자 작은 골목이 나왔다. 영호충은 지붕 위로 뛰어올라 그녀가 골목 끝에 선 커다란 집으로 들어가는 것을 보았다. 까맣게 칠한 대문에 흰 벽을 두른 집이었는데, 담장 끝자락에 오래된 등나무가 서 있고 집 안 군데군데 불을 밝혀 환했다.

악영산은 동쪽 곁채로 다가가 창틈으로 안을 들여다보며 '이히히 히' 하고 귀신 소리를 냈다. 악영산이 밤을 틈타 적의 소굴을 염탐하러 온 줄로만 여겼던 영호충은 그녀의 별난 행동에 어리둥절했지만, 곧이어 창문 안쪽에서 누군가의 목소리가 들려 겨우 상황을 파악할 수 있었다.

"사저, 저를 놀래 죽일 심산이십니까? 좋습니다, 죽어서 귀신이 된들 나쁠 것도 없지요. 지금의 사저처럼 되기밖에 더하겠어요?"

악영산은 깔깔 웃었다.

"흥, 나더러 귀신이라고? 이 귀신이 네 심장을 쏙 파내버릴지도 모르니 조심해!"

방 안에 있던 임평지도 웃으며 말했다.

"사저께서 파낼 필요도 없지요. 제 손으로 꺼내 바칠 테니까요."

"오호라, 내게 무례하게 굴었다고 어머니께 다 일러바칠 거야!"

"사모님께서 제가 언제 어디서 그런 말을 했느냐 물으시면 뭐라고 대답하시려고요?"

"오늘 오후에 연검장에서 했다고 하지 뭐! 네가 연검은 뒷전이고 나만 보면 그런 말을 한다고 말이야."

"그런 말을 들으면 사모님께서는 분명 진노하셔서 저를 가두시겠군요. 아마 석 달간은 저를 만나지 못하실걸요."

"피! 무슨 상관이야? 만나지 못하면 뭐가 어때서? 영악한 소림자, 어서 창문 열지 않고 뭐 해?"

임평지는 큰 소리로 웃음을 터뜨렸다. 곧이어 나무로 만든 창문이 끼이익 소리를 내며 열리자 악영산은 재빨리 구석으로 몸을 숨겼다. 임평지가 들으라는 듯이 말했다.

"음, 사저께서 오신 줄 알았는데 아무도 없었군."

그가 다시 창문을 닫는 척하자 악영산이 폴짝 뛰어 창문 안으로 쏙 들어갔다.

구석에 웅크려 그들의 장난스러운 대화를 듣던 영호충은 고통과 절망에 푹 빠져 자신이 아직 살아 있는지 아닌지조차 판단할 수가 없었다. 그들의 목소리가 들리지 않기를 바랐지만, 그럴수록 한마디 한마디가 귀에 박히듯 선명하게 들려왔다. 곁채 안에서는 두 사람이 속닥속닥 이야기를 나누며 깔깔대는 소리가 끊이지 않았다. 반쯤 닫힌 창문의 창호지 위로 바짝 다가서 있는 두 사람의 그림자가 길게 늘어졌다. 시간이 흐르면서 즐겁던 웃음소리도 점점 낮아져갔다.

영호충은 가볍게 탄식하며 고개를 돌렸다. 막 발길을 돌리려는데 갑자기 악영산의 목소리가 귀를 때렸다.

"이렇게 늦은 시각에 잠도 자지 않고 여기서 뭘 하는 거야?"

"사저를 기다렸지요."

임평지의 대답에 악영산은 피식 웃었다.

"홍, 입술에 침도 안 바르고 거짓말도 잘한다니까. 내가 올 줄 어떻게 알고?"

임평지는 웃으며 대답했다.

"저는 신기묘산이 있지요. 예지를 받고 손가락을 꼽아보았더니 아름다우신 우리 사저께서 오신다고 딱 나오더군요."

"홍, 다 알아. 방을 이렇게 어지럽힌 것을 보니 검보를 찾고 있었던 거야. 그렇지?"

벌써 몇 걸음 떼어놓았던 영호충이었지만, '검보'라는 말에 흠칫하며 다시 돌아섰다.

임평지의 대답이 들려왔다.

"몇 달 동안 몇 번이나 뒤져보았는지 모릅니다. 지붕의 기와까지 하나하나 들춰내어 살폈고, 벽까지 뜯어볼 뻔했는데…. 사저, 어차피 이 집은 쓸모가 없으니 차라리 벽을 뜯어볼까요?"

"이곳은 임가의 저택이잖아. 뜯든 말든 소림자 마음인데 왜 나에게 물어?"

"임가의 저택이니 사저께 묻는 거지요."

"왜?"

임평지는 빙그레 웃으며 대답했다.

"사저가 아니면 누구에게 묻겠어요? 설마… 나중에 우리 임가의… 임가의… 흠흠."

악영산은 까르르 웃었다.

"나쁜 소림자! 지금 나를 놀리는 거지?"

악영산이 임평지를 때리는지 툭탁거리는 소리가 들려왔다.

두 사람의 다정한 모습을 보면 볼수록 영호충은 가슴이 찢어지는 것 같았다. 마음 같아서는 빨리 이곳을 벗어나고 싶었지만, 〈벽사검보〉가 마음에 걸려 그럴 수도 없었다.

임평지의 부모는 죽기 전 아들에게 전해달라며 유언을 남겼는데, 마침 그 자리에 있던 사람이 영호충 혼자였기에 억울하게 의심을 받았다. 더욱이 그즈음 그는 풍청양에게 독고구검이라는 신묘한 검법을 배웠고, 이 때문에 화산파 사람들은 너 나 할 것 없이 그가 〈벽사검보〉를 훔쳤다고 여겼다. 언제나 그를 믿어주었던 소사매 악영산마저 의심을 풀지 못하는 것 같았다.

곰곰이 생각해보면 반드시 남 탓을 할 일도 아니었다. 사과애에서 사모와 비검하던 날 사모의 무쌍무대 영씨일검조차 막지 못한 그가 겨우 몇 달 뒤에 검술이 크게 정진해 화산파의 검법과는 전혀 다른 검법을 선보였으니 말이다. 다른 문파의 비급을 훔치지 않고서야 있을 수 없는 일이었다. 그러니 그가 임가의 〈벽사검보〉를 훔쳤다고 생각해도 이상할 것이 없었다.

하지만 억울한 혐의를 받으면서도, 풍청양의 행적을 발설하지 않겠다는 약속 때문에 변명할 수도 없었다. 그는 사부가 자신을 사문에서 축출하는 중벌을 내린 까닭이 마교의 무리들과 어울린 일보다는 비열하게도 〈벽사검보〉를 훔쳤다고 의심하셨기 때문이라고 생각하고 있었다. 그래서 악영산과 임평지의 다정한 대화에 가슴이 찢어지면서도 검보의 내막을 밝히기 위해 꾹 참고 귀를 기울였다.

악영산이 말했다.

"몇 달이나 뒤졌는데도 나오지 않으니 검보는 이곳에 없는 게 분명해. 벽을 뜯는다고 뭐가 다르겠어? 대사형… 이 아무렇게나 한 말을 정말 믿는 거야?"

영호충은 가슴이 찌릿했다.

'아직도 나를 대사형이라고 불러주는구나!'

"대사형이 전해주신 아버지의 유언은 향양항 옛 저택에 있는 조상의 유물을 절대 펼쳐보지 말라는 것이었습니다. 제 생각에는 대사형이 그 검보를 빌려가서 돌려주지 않는 것 같아요…."

영호충은 속으로 냉소를 지었다.

'말은 점잖게도 하는군. 내가 훔친 것이 아니라 빌려가서 돌려주지 않는 것이라고? 흥, 그렇게 돌려 말할 것까지는 없을 텐데.'

임평지의 말이 계속되었다.

"하지만 향양항 옛 저택이라는 말은 대사형이 지어낼 수 있는 게 아니에요. 분명 부모님께서 하신 말씀일 겁니다. 대사형은 우리 집안과 아무 관계도 없고 복주에 오신 적도 없으니, 복주에 향양항이라는 거리가 있는지, 우리 임가의 옛 저택이 향양항에 있는지 아실 리가 없어요. 복주 사람 중에도 아는 사람이 거의 없으니까요."

"부모님의 유언이 틀림없다 해도 어쩌겠어?"

"대사형께서 전한 유언에는 '펼쳐보지 말라'는 말이 있었지요. 사서 오경이라거나 오래된 장부 같은 것을 펼쳐보지 말라 하셨을 리는 없으니, 반드시 검보와 관련이 있을 거예요. 아버지께서 향양항 옛 저택 이야기를 꺼내신 이상, 이곳에 검보가 없더라도 검보를 찾아낼 단서는 있으리라 생각합니다."

"그건 그래. 요 며칠 늘 정신이 딴 데 팔려 있는 것 같기에 아무래도 밤마다 잠도 안 자고 이곳에 오는 것 같아서 걱정이 되어 따라와본 거야. 낮에는 연검을 하고 나와 같이 있어주느라 쉬지도 못하고, 밤에는 이곳을 뒤지고 있었구나."

임평지는 빙그레 웃고는 한숨을 쉬었다.

"아버지와 어머니께서는 비참하게 돌아가셨습니다. 검보를 찾아 조상 대대로 내려오는 검법으로 원수를 갚을 수 있다면 구천에 계신 부모님께서도 기뻐하시겠지요."

"지금쯤 대사형은 어디 있을까? 만나면 소림자 대신 내가 나서서 빨리 검보를 내놓으라고 따질 텐데. 검술이 그렇게 높아졌으니 검보는 그만 돌려주어도 되잖아? 소림자, 이제 그만 포기해. 그 검보가 없더라도 아버지의 자하신공을 연성하면 복수를 할 수 있잖아."

"그렇지요. 하지만 부모님께서 적의 손에서 고초를 겪다 비참하게 돌아가신 것을 생각하면 우리 집안의 검법으로 복수를 해야 그 사무친 원한이 풀릴 것 같습니다. 더군다나 본 파의 자하신공은 아무에게나 전수하는 것도 아니고… 저는 가장 늦게 입문했으니 설령 사부님과 사모님께서 허락하시더라도 여러 사형과 사저들이 인정하지 않으실 겁니다. 아마…."

"아마, 뭐?"

"아마 제가 자하신공 때문에 사저에게 접근해서 사부님과 사모님의 환심을 샀다고 하겠지요."

"피! 남들이야 마음대로 떠들라고 해! 나만 네가 진심이라는 것을 알면 되는걸."

임평지는 쿡쿡 웃었다.

"제가 진심이라는 것을 어떻게 아세요?"

악영산은 그의 어깨를 마구 때리며 투덜거렸다.

"그럴 줄 알았어! 역시 거짓말이었던 거지? 양심도 없는 사람!"

임평지가 웃으며 그 주먹을 피했다.

"알았어요, 알았어. 자, 밤이 깊었으니 그만 돌아가셔야지요. 표국까지 배웅하겠습니다. 사부님이나 사모님이 아시면 큰일 납니다."

"나를 쫓아내려는 거지? 그렇게 혼자 있고 싶으면 갈게. 배웅할 필요 없어."

상당히 마음이 상한 목소리였다. 영호충은 직접 보지 않아도 입을 삐죽이며 화난 표정을 짓고 있을 그녀의 얼굴을 생생하게 그릴 수 있었다.

"마교의 전임 교주 임아행이 다시 강호에 나타나 복건성에 있다는 말을 사부님께 들으셨잖아요. 무공이 헤아릴 수 없이 깊고 성정도 악랄한 자인데, 혼자 밤길을 가다가 마주치면 어쩌시려고요?"

영호충은 고개를 끄덕였다.

'이제 보니 사부님께서도 알고 계셨구나. 하긴, 선하령에서 그렇게 소란을 피웠으니 임아행이 다시 나타났다는 소식을 듣지 못하셨을 리 없지. 글을 남길 필요도 없겠어.'

악영산이 입을 삐죽이며 말했다.

"흥, 소림자가 배웅해주더라도 마찬가지야. 설마 네가 그자를 죽일 수 있다는 거야?"

"제 무공이 형편없다는 것을 아시면서 그런 농담을 하시는군요. 당연히 그럴 수는 없지만, 최소한 함께 죽을 수는 있지요."

그 말에 악영산의 목소리도 부드러워졌다.

"소림자, 네 무공을 비웃은 것이 아니야. 지금처럼 열심히 배우고 익히면 곧 나보다 훨씬 강해질 거야. 내가 화산 검법에 좀 더 익숙해서 그런 것뿐이지, 진짜 싸우면 나는 네 적수가 못 돼."

임평지는 빙그레 웃었다.

"사저께서 왼손으로 검을 쓰시면 그럴지도 모르지요."

악영산이 벌떡 일어났다.

"나도 같이 찾아볼게. 소림자는 이곳이 익숙해서 이상한 점이 있어도 그렇게 느끼지 못할 거야. 어쩌면 내가 발견할 수 있을지도 몰라."

"좋아요. 이 방에 이상한 점이 있는지 살펴봐주세요."

곧이어 서랍 여닫는 소리, 탁자 움직이는 소리가 들려왔다.

한참 후, 악영산이 말했다.

"이곳에는 평범한 것들밖에 없어. 이 집에 뭔가 특이한 곳은 없어?"

임평지는 생각에 잠긴 목소리로 중얼거렸다.

"특이한 곳이라… 그런 곳은 없어요."

"연무장은 어디야?"

"연무장 같은 곳은 없습니다. 증조부께서 표국을 여신 뒤로는 표국에서만 사셨으니까요. 할아버지와 아버지도 모두 표국에서 무예를 닦으셨습니다. 그리고 아버지의 유언에는 '펼쳐보지 말라'는 말이 있었는데, 연무장에는 펼쳐볼 만한 것이라고는 없어요."

"맞아. 그럼 서재로 가보자."

"이곳은 대대로 표국을 운영해온 가문의 집이에요. 장방은 있어도 서재는 없습니다. 장방도 표국에 있고요."

"흠, 정말 어렵네. 그럼 이 방에는 펼쳐볼 만한 것이 무엇이 있지?"

"대사형이 전해준 말을 곰곰이 생각해 봤는데, 조상의 유물을 절대로 펼쳐보지 말라는 말은 어쩌면 반대로 해석해야 할지도 몰라요. 옛집에 있는 조상의 유물을 자세히 살펴보라는 뜻이겠지요. 이곳에 펼쳐볼 만한 것이라면… 아무리 생각해도 증조부께서 아끼시던 불경들밖에 없군요."

악영산이 손뼉을 쳤다.

"불경! 아주 좋아! 달마 조사께서 무학을 창시하셨으니 불경 속에 검보를 숨겨놓았을 수도 있잖아."

악영산의 말에 영호충도 정신이 번쩍 들었다.

'임 사제가 불경에서 검보를 찾아내야 할 텐데… 그럼 나도 혐의를 벗을 수 있어.'

그러나 임평지는 고개를 저었다.

"벌써 살펴봤어요. 한두 번도 아니고 100번은 넘었을 겁니다.《금강경》,《법화경》,《심경》,《능가경》등 증조부께서 남기신 불경은 죄다 살폈지만 이상한 곳은 한 군데도 없었어요. 그냥 평범한 불경이에요."

"그럼 더 볼 필요도 없겠구나."

악영산도 기운이 빠져 한참 말없이 생각에 잠겨 있었다. 그러다가 그녀가 느닷없이 외쳤다.

"접힌 책장의 안쪽은 살펴봤어?"

임평지는 멈칫했다.

"책장 안쪽이라고요? 거기까지는 생각지 못했습니다. 어서 가서 살펴보지요."

두 사람은 촛불을 들고 서로의 손을 잡은 채 곁채를 나가 후원으로 들어섰다. 영호충은 지붕 위에서 뒤를 밟았다. 촛불이 여러 방들을 지나 서북쪽 끝에 자리한 방으로 들어가자 그는 그쪽으로 달려가 소리 없이 뜰에 내려서서 창틈으로 안을 들여다보았다.

그 방은 바로 불당이었다. 길게 늘어뜨린 수묵화에는 달마 조사의 뒷모습이 그려져 있었는데, 아마 9년 동안 면벽 수련하던 모습을 그린 것 같았다. 불당 서쪽에는 오래된 방석이 놓여 있고 그 앞의 탁자에는 목어와 종, 그리고 층층이 쌓인 불경이 있었다.

영호충은 속으로 중얼거렸다.

'복위표국을 창시하신 노선배께서는 위명을 크게 떨쳐 그분 손에 다친 녹림도적이 헤아릴 수 없이 많았다고 들었어. 그런데 만년에는 평생 쌓은 살업을 참회하며 사셨구나.'

강호를 발아래에 두었던 영웅호걸이 백발이 성성한 노인이 되어 이 음습한 불당에 앉아 목어를 두드리며 경을 외는 모습을 상상하니 어쩐지 처량한 기분이 들었다.

그사이 악영산이 불경 한 권을 집어들며 말했다.

"이 불경들을 다 뜯어서 책장 사이에 무엇이 있는지 살펴보자. 아무것도 없으면 다시 꿰매놓으면 되잖아, 안 그래?"

"좋습니다!"

임평지도 불경 한 권을 들고 책장을 묶은 실을 뜯어내 책장 안쪽을 살폈다. 악영산도 불경을 뜯어 촛불에 하나하나 비춰보았다.

영호충은 그런 그녀의 뒷모습을 멍하니 바라보았다. 옥같이 곱고 하얀 손목에서 항상 차고 다니는 은팔찌가 반짝반짝 빛을 냈다. 이따금씩 얼굴을 돌리다가 임평지와 시선이 마주치면, 두 사람은 생긋 미소를 주고받은 뒤 다시 불경을 살폈다. 촛불 때문인지 그녀의 뺨이 발그레하게 물들어, 옆에서 보는 얼굴은 마치 잘 익은 복숭아 같았다. 영호충은 창가에 서서 넋을 놓고 그 모습을 지켜보았다.

악영산과 임평지는 불경을 뜯고 또 뜯어 마침내 탁자 위에 있던 열두 권을 모두 뜯어냈다. 바로 그때, 영호충의 뒤에서 들릴락 말락 한 발소리가 들려왔다. 놀란 영호충이 황급히 몸을 숙이며 뒤를 돌아보니, 남쪽 방에서부터 그림자 두 개가 휙 날아와 서로 손짓을 하며 뜰로 내려서는 것이 보였다. 그들은 살금살금 창가로 다가가 안을 들여다보았다.

한참이 지난 후 악영산의 실망한 목소리가 들려왔다.

"다 뜯어보았지만 아무것도 없어."

그러나 그것도 잠시, 그녀가 갑자기 소리를 질렀다.

"소림자, 생각났어, 생각났다고! 가서 물을 떠와!"

몹시 흥분한 목소리였다.

"왜 그러세요?"

"어렸을 때 아버지께 들은 이야기가 생각났어. 짜면 신물이 나오는 풀이 있는데 그걸로 글자를 쓰면 마른 후에 완전히 사라졌다가 물에 젖으면 다시 드러난대."

그 말을 들은 영호충은 아련히 추억에 잠겼다.

저 이야기를 들었을 때 악영산은 겨우 여덟 살이나 아홉 살밖에 되지 않은 어린아이였고, 그는 열다섯 살 소년이었다. 오래전의 일들이 그의 머릿속에 하나하나 떠올랐다. 그날 악영산은 귀뚜라미를 잡아 시합을 하자고 했다. 그는 가장 크고 튼튼한 귀뚜라미를 악영산에게 주었지만 그 귀뚜라미는 내리 지기만 했다. 악영산은 엉엉 울었고 한동안 그녀를 달래느라 애를 먹어야 했다. 그녀가 겨우 기분이 좋아지자 두 사람은 사부에게 달려가 옛날이야기를 해달라고 졸라 신비한 풀이야기를 들을 수 있었다. 그날의 광경을 하나하나 떠올리는 동안 영호충의 눈시울은 촉촉이 젖어들었다.

"좋아요. 한번 해봐야겠군요."

임평지가 그렇게 말하며 일어서자 악영산도 따라나섰다.

"나도 갈래."

두 사람은 손을 잡고 밖으로 나왔다. 창문 밖에 선 두 그림자는 숨을 죽인 채 가만히 기다렸다. 얼마 후 임평지와 악영산이 물이 담긴 대야를 들고 불당으로 돌아와 뜯어낸 불경 몇 장을 물에 담갔다. 임평지는 초조한 몸짓으로 한 장을 꺼내 촛불을 비춰보았지만 글자 같은 것은 보이지 않았다. 그렇게 스무 장을 살펴도 아무런 소득이 없자 그는 힘없이 한숨을 푹 쉬었다.

"더 해볼 필요 없어요. 글자 같은 것은 없을 겁니다."

그 말이 떨어지기 무섭게 창밖에 있던 두 사람이 소리 없이 문가로 달려가 안으로 들어섰다.

"누구냐?"

임평지가 외쳤지만 두 사람의 움직임이 너무나 빨라 임평지는 채 막아보지도 못하고 옆구리를 찔렸다.

악영산이 검을 반쯤 뽑았을 때 적의 두 손가락이 눈을 노리고 날아들었다. 그녀가 어쩔 수 없어 검자루를 놓고 손으로 눈을 가리자, 적은 그녀의 목을 향해 오른손을 세 번 휘둘렀다. 악영산은 화들짝 놀라며 연신 뒷걸음질쳤지만, 제사상에 등이 닿아 더 이상 피할 수가 없었다. 적이 왼손으로 그녀의 천령개天靈蓋(머리뼈 윗면의 뒤쪽을 이루는 뼈)를 내리찍으려 하자 악영산은 두 손으로 가로막았는데, 뜻밖에도 적의 이 초식은 허초였다. 그사이 오른손이 그녀의 왼쪽 허리춤을 찔러 악영산은 제사상에 기댄 채 꼼짝도 할 수 없게 되었다.

영호충은 이 모든 것을 지켜보았지만, 당장은 위험하지 않은 것 같아 서두르지 않고 가만히 적의 움직임을 살폈다. 적들은 불당을 이리저리 살피다가 방석을 부욱 찢고 목어를 두들겨 부쉈다. 혈도를 찔려 말을 못하게 된 임평지와 악영산이지만 그들의 행동만 보고도 〈벽사검보〉를 찾으러 왔다는 것을 알 수 있었다.

'방석이나 목어에 검보가 있을 거라고는 생각하지 못했어.'

두 사람은 똑같은 생각을 했지만, 다행히도 그 안에 아무것도 없어 마음을 놓았다.

적들은 모두 쉰 살가량 되는 나이였고, 그중 한 사람은 대머리요, 다른 한 사람은 머리칼이 하얗게 세어 있었다. 두 사람은 잽싸게 움직여 순식간에 제사상을 비롯한 불당의 물건들을 모조리 때려부쉈다. 더 이상 부술 것이 남아 있지 않자 그들의 시선은 달마 조사를 그린 수묵화로 향했다. 대머리 노인이 그림을 떼어내려고 왼손을 뻗는 순간, 백발 노인이 그의 손을 가로막으며 외쳤다.

"잠깐, 저 손가락을 보게!"

영호충과 임평지, 악영산도 그 말을 듣고 그림으로 시선을 돌렸다. 과연 달마 조사는 왼손을 등 뒤로 돌려 검결을 짚는 것처럼 하고, 오른손 둘째 손가락으로 천장을 가리키고 있었다. 대머리 노인이 물었다.

"저 손가락이 어디가 이상하다는 것인가?"

"나도 모르겠네만 살펴본다고 손해 볼 건 없지."

그는 몸을 날려 달마 조사가 가리키는 곳을 양손으로 힘껏 때렸다. 쾅 하는 소리와 함께 먼지가 우수수 쏟아졌다.

"그곳에 무엇이 있다고⋯."

대머리 노인의 말이 끝나기도 전에 천장에 난 구멍에서 붉은 천이 펄럭펄럭 떨어졌다. 바로 승려들이 입는 붉은색 가사였다.

백발 노인이 가사를 주워 촛불에 비춰보더니 환호성을 질렀다.

"이⋯ 이것일세!"

어찌나 기쁜지 목소리마저 떨려나왔다.

"뭐라고?"

대머리 노인도 소리를 치며 다가갔다.

"보게!"

영호충이 시선을 모아 바라보니, 가사 위에 자그마한 글씨가 빼곡히 적혀 있었다.

대머리 노인이 물었다.

"이것이 그 〈벽사검보〉인가?"

"십중팔구 그럴 걸세. 하하하, 우리가 오늘 큰 공을 세웠군. 형제, 어서 챙기게."

대머리 노인은 기뻐서 입을 다물지 못했다. 그는 가사를 조심조심 말아 품에 넣고는 임평지와 악영산을 가리켰다.

"죽일까?"

영호충은 검자루에 손을 가져갔다. 저들이 두 사람을 해치려 한다면 즉시 뛰어들어 벨 생각이었다. 그러나 뜻밖에도 백발 노인은 고개를 저었다.

"검보를 얻었으니 구태여 화산파와 척을 질 필요는 없지. 놓아주세."

그들은 나란히 불당에서 나와 담을 뛰어넘었다.

영호충도 담을 넘어 그들의 뒤를 밟았다. 두 노인의 걸음은 바람처럼 빨라, 어둠 속에서 그들을 놓치기라도 할까 봐 속도를 바짝 올려야 했다. 그와 두 노인과의 거리는 채 세 장도 되지 않았다. 두 노인도 빨랐지만 영호충 역시 전혀 뒤처지지 않았다.

얼마쯤 갔을까, 달려가던 그들이 갑자기 우뚝 멈추고는 몸을 홱 돌렸다. 차가운 빛이 번쩍하는가 싶더니 영호충은 양쪽 어깨에 따끔한 통증을 느꼈다. 적의 쌍도가 동시에 어깨를 내리친 것이었다. 걸음을 멈추고, 돌아서고, 칼을 던지는 일련의 동작들이 번개처럼 빨라 눈 깜짝할 사이에 벌어졌다.

내공이 강하고 검법도 뛰어나지만, 적을 맞아 싸우는 경험은 일류 고수보다 한참 부족한 영호충은 상대방의 갑작스러운 공격에 검을 뽑기는커녕 검자루에 손을 대지도 못한 채 중상을 입을 수밖에 없었다. 노인들의 도법은 무척 빨라, 첫 번째 초식이 성공하자 곧바로 두 번째 초식이 날아들었다. 영호충은 깜짝 놀라 황망히 뒤로 물러났다. 다행히 심후한 내공 덕에 살짝 발을 구른 것만으로도 두 장 밖으로 피할 수 있었고, 한 번 더 도약하자 적들에게서 네 장이나 떨어졌다. 중상을 입고서도 가볍게 몸을 날리는 그를 보자 노인들은 뜻밖이었는지 잠시 멈칫했지만 곧 정신을 차리고 뒤를 쫓았다.

영호충은 홱 몸을 돌려 달아나기 시작했다. 칼을 맞았을 때는 그리 아프지 않았는데, 달리기 시작하자 새삼스레 통증이 밀려와 쓰러질 것 같았다.

'저자들이 훔친 가사에 〈벽사검보〉가 쓰여 있는 것이 틀림없어. 내가 〈벽사검보〉를 훔쳤다는 누명을 쓰고 있으니 어떻게든 가사를 빼앗

아 임 사제에게 돌려주어야 해.'

이렇게 생각한 영호충은 통증을 잊으려 애쓰며 검을 뽑으려 했다. 그러나 칼을 맞은 오른팔에 힘이 주어지지 않아 반 이상은 검을 뽑을 수가 없었다.

어느새 쫓아온 적이 칼을 휘두르는지 날카로운 파공성이 울리자, 그는 재빨리 진기를 끌어올려 앞으로 날아가면서 왼손으로 허리띠를 잡아 끊었다. 그런 다음 검을 쥐고 힘껏 떨치자 검집이 쑥 빠져나가 땅에 떨어졌다. 겨우 싸울 준비가 되어 몸을 돌렸으나 그 즉시 싸늘한 바람과 함께 칼 두 자루가 날아들었다. 그는 또 훌쩍 몸을 날렸다.

날이 새고 있었지만 해가 뜨기 전이 가장 어두운 법이라 번쩍이는 칼빛 외에는 아무것도 보이지 않았다. 영호충이 익힌 독고구검은 적의 초식에서 허점을 찾아 그곳을 공략하는 것인데, 적의 신법과 초식을 전혀 볼 수 없으니 독고구검을 펼칠 수도 없었다. 또다시 오른쪽 어깨가 적의 칼에 찔려 찢어졌다. 그는 별수 없이 거리로 달아나며 검을 쥔 왼손 주먹으로 오른쪽 어깨의 상처를 꽉 눌렀다. 피를 많이 흘려 길가에 쓰러지지 않기 위해서였다.

한참을 뒤쫓던 두 노인은 그가 너무 빨라 따라잡을 수 없자 어차피 검보를 얻었으니 사소한 일은 내버려두자는 생각에 걸음을 멈추고 돌아섰다. 그 모습을 본 영호충이 외쳤다.

"간덩이가 부은 도적놈들아! 남의 물건을 훔쳐 달아날 생각이냐?"

이번에는 그가 몸을 돌려 두 사람을 쫓았다. 두 노인은 대로하여 재빨리 칼을 휘둘렀고, 영호충은 정면으로 맞서 싸우지 않고 또다시 달아났다.

'누군가 등불을 밝히면 좋을 텐데!'

속으로 이렇게 빌며 달리던 영호충은 문득 좋은 생각이 나 지붕 위로 뛰어올랐다. 사방을 둘러보니 왼쪽의 집 한 채가 불을 켜 주변이 환한 것이 보였다. 그는 황급히 그쪽으로 달려갔지만, 노인들은 이번에도 쫓아오지 않고 돌아섰다.

영호충은 기와 조각을 떼어내 그들에게 마구 던지며 목이 터져라 소리쳤다.

"임가의 〈벽사검보〉를 훔친 대머리 도적, 백발 도적아! 세상 끝까지 달아나더라도 무림 호걸들이 너희를 찾아 갈기갈기 찢어줄 것이다!"

이 말에 두 노인도 그냥 넘어갈 수 없었던지, 즉시 지붕으로 올라왔다. 영호충은 다리가 후들거리고 점점 기운이 빠지는 것을 느꼈으나, 억지로 힘을 내 빛이 있는 곳으로 달려갔다. 그렇지만 도중에 어딘가에 발이 걸렸는지 휘청하며 바닥으로 곤두박질쳤다. 이어타정鯉魚打挺 수법으로 몸을 벌떡 일으킨 뒤 담장에 기대 균형을 잡고 보니, 지붕에 있던 두 노인이 표표히 바닥으로 내려서서 좌우로 그를 포위하며 다가왔다.

대머리 노인이 음험하게 웃으며 말했다.

"살려주려 했더니 끝끝내 죽겠다고 발버둥을 치는구나."

그의 머리가 반짝반짝 빛을 내는 것을 보는 순간 영호충은 정신이 번쩍 들었다.

'벌써 날이 밝았구나.'

한결 기분이 가벼워진 그는 빙그레 웃으며 물었다.

"두 분은 어디서 오신 누구시오? 어째서 나를 죽이려는 거요?"

백발 노인은 대답 없이 칼을 추켜들어 영호충의 머리를 내리쩍었다. 영호충이 검을 오른손으로 넘겨 가볍게 찌르자 뜻밖에도 검은 순식간에 노인의 목을 꿰뚫었다. 대머리 노인이 깜짝 놀라 칼을 춤추듯이 휘두르며 달려들었다. 영호충은 검을 살짝 내밀어 그 손목을 찔렀고, 검은 적의 손을 싹둑 자르고 곧바로 목을 겨눴다.

"너희는 어느 문파에서 왔느냐? 사실대로 밝히면 목숨만은 살려주겠다."

대머리 노인은 '흐흐' 웃더니 처량한 목소리로 말했다.

"우리 형제가 강호를 종횡하는 동안 적수가 될 만한 자가 몇 되지 않았는데, 오늘에야 고수의 검 아래 죽는구나. 실로 탄복을 금할 수 없다. 허나 누구의 손에 죽는지도 모르고 떠나면… 죽어서도 답답함을 풀 길이 없을 것이다."

영호충은 손이 잘리고도 당당한 그의 호걸다움에 화가 다소 가라앉았다.

"이 몸도 누명을 벗기 위해 나섰을 뿐이오. 원한도 없는 두 분을 이렇게 해치게 되어 미안하오. 그 가사만 넘겨준다면 이대로 떠나겠소."

"이 독응禿鷹이 투항할 사람 같으냐?"

대머리 노인은 엄숙하게 말하더니, 어딘가에서 꺼낸 비수로 자기 심장을 힘껏 찔렀다. 영호충은 한숨을 쉬며 고개를 내저었다.

'죽을망정 굽히지 않는 사람이니 호걸은 호걸이구나.'

대머리 노인의 품에서 가사를 꺼내기 위해 허리를 숙이는데 머리가 핑 돌았다. 피를 너무 많이 흘렸기 때문이었다. 그는 옷자락을 찢어 어깨와 팔의 상처를 대충 싸맨 뒤 쓰러진 노인의 품을 더듬어 가사를 끄

집어냈다.

그러자 또다시 현기증이 찾아왔다. 억지로 호흡을 고르며 향양항에 있는 임평지의 집을 향해 걸었지만 수십 장쯤 걷자 더는 버틸 수가 없었다.

'여기서 쓰러지면 목숨을 잃는 것은 물론이고, 죽어서도 〈벽사검보〉를 훔쳤다는 오명을 벗지 못할 거야.'

물먹은 솜처럼 무거운 다리를 억지로 옮기고 또 옮기자 이윽고 향양항에 이르렀다. 그러나 임가의 저택 문은 꼭 닫혀 있었고, 임평지와 악영산은 혈도를 짚여 쓰러져서 문을 열어줄 사람이 없었다. 담을 뛰어넘을 힘조차 없는 그는 문을 마구 두드렸지만 끝내 소용이 없자 발로 걷어찼다. 하지만 힘을 너무 쓴 탓인지 발길질을 하기 무섭게 몸에서 힘이 쭉 빠졌고, 그만 까무룩 정신을 잃고 말았다.

눈을 떴을 때는 어느 방의 침상 위였다. 머리맡에 서 있는 악불군 부부가 보이자 영호충은 저도 모르게 기쁜 목소리로 외쳤다.

"사부님, 사모님! 저… 저는…."

감정이 북받친 나머지 말을 잇지도 못하고 눈물만 뚝뚝 흘렸다. 영호충은 억지로 몸을 일으켜 앉았지만, 악불군은 그의 상태에 아랑곳하지 않고 대뜸 물었다.

"어찌 된 일이냐?"

"소사매는 어떻게 되었습니까? 무, 무사합니까?"

"그 아이는 괜찮단다! 너는… 어쩌다 복주에 왔니?"

악 부인의 목소리에는 관심과 애정이 담뿍 담겨 있었고 눈시울도

빨갰다.

"어떤 노인 두 사람이 임 사제의 〈벽사검보〉를 훔쳤기에 제가 그들을 죽이고 되찾아왔습니다. 그들은… 아마 마교의 고수일 겁니다."

영호충은 이렇게 말하며 품을 더듬었지만 뜻밖에도 가사는 사라지고 없었다.

"아니, 가… 가사가 어디로 갔지?"

"무슨 말이니?"

"그 가사에 글이 쓰여 있었는데 임가의 〈벽사검보〉가 분명합니다."

"평지의 물건이니 그 아이가 가져갔겠지."

"아, 그렇군요. 사모님, 사부님, 두 분은 그간 별고 없으셨는지요? 사제와 사매들도 잘 있겠지요?"

악 부인은 소맷자락으로 그렁그렁 맺힌 눈물을 닦으며 대답했다.

"그래, 모두 잘 있단다."

"제가 왜 여기에 있지요? 사부님과 사모님께서 구해주신 겁니까?"

"아침 일찍 향양항 평지네 저택에 왔다가 문밖에 쓰러진 너를 발견했단다."

"아, 그렇군요. 사모님께서 오셔서 다행입니다. 마교 놈들이 먼저 나타났다면 저는 벌써 죽었을 테니까요."

사부와 사모는 딸이 사라진 것을 알고 여기까지 찾아왔지만 일부러 그 말을 하지 않은 것이 분명했기에 구태여 이유를 물을 생각은 없었다.

악불군이 말했다.

"마교의 악인 둘을 죽였다고 했는데, 그들이 마교인지는 어찌 알았느냐?"

"남쪽으로 오는 동안 마교 사람을 수없이 만났고 몇 번 싸우기도 했습니다. 이곳에서 본 노인들도 괴상한 무공을 썼으니 결코 정파 사람은 아닐 것입니다."

그렇게 설명하는 영호충의 마음속에는 기쁨의 물결이 출렁였다. 임평지의 〈벽사검보〉를 찾아주었으니 사부와 사모, 소사매가 더 이상 자신을 의심하지 않을 것이요, 마교 사람 두 명을 죽였으니 그가 마교와 결탁했다는 오해도 거두리라 생각했기 때문이었다. 그러나 기대와는 달리 악불군은 서슬이 퍼런 얼굴로 냉소를 지으며 꾸짖었다.

"아직도 허튼소리를 지껄이는구나! 내가 그리 쉽게 속을 줄 알았더냐?"

영호충은 놀라고 당황했다.

"결코 사부님을 속이지 않았습니다."

악불군이 준엄하게 선언했다.

"누가 네 사부라는 말이냐? 너와 이 악불군의 사제의 인연은 이미 끝났다!"

영호충은 침상에서 굴러떨어지듯 내려와 무릎을 꿇고 머리를 조아렸다.

"제가 수많은 잘못을 저질렀으니 사부님의 질책을 받아 마땅합니다. 하지만… 하지만 사문에서 축출하는 벌만은 부디 거두어주십시오."

악불군은 절을 받지 않겠다는 듯이 옆으로 피하며 쌀쌀하게 말했다.

"마교 임 교주의 딸이 너를 그리 어여삐 여기고 너도 진작부터 그자들과 한패가 되어 어울리지 않았더냐? 이제 와서 이 사부가 무슨 필요가 있다는 말이냐?"

영호충은 어리둥절해하며 고개를 들었다.

"임 교주의 딸이라니요? 무슨 말씀이신지…? 임… 임아행에게 딸이 있다는 말은 들었지만 만나본 적은 한 번도 없습니다."

"충아, 이 마당에 무엇 하러 그런 거짓말을 하니?"

악 부인이 한숨을 쉬며 말했다.

"임 소저가 네 병을 치료하기 위해 강호의 방문좌도들을 산동성 오패강에 불러모으지 않았니? 그날 우리도 그 자리에 있었고…."

영호충은 깜짝 놀라 떨리는 목소리로 물었다.

"오패강의 그 낭자가… 그녀가… 영영이 바로… 임 교주의 딸이라고요?"

"그만 일어나렴."

악 부인의 말에 영호충은 주춤주춤 일어났지만 마음이 복잡하고 혼란스러웠다.

"그녀가… 그녀가 임 교주의 딸이라니, 어떻게… 어떻게 그런…?"

악 부인은 다소 불쾌한 표정을 지었다.

"어째서 아직도 사부와 사모에게 그런 거짓말을 하는 거니?"

"누가 사부, 사모라는 말이오?"

악불군이 버럭 화를 내며 탁자를 힘껏 내리쳤다. 퍽 하는 소리와 함께 탁자 모서리가 떨어져나가자 영호충은 황공해 어쩔 줄 몰라 했다.

"맹세코 사부님과 사모님을 속이지…."

악불군이 단호하게 그 말을 잘랐다.

"이 악불군이 보는 눈이 없어 너같이 파렴치한 자를 제자로 거두었으니, 천하 영웅들을 볼 낯이 없다! 평생 그 오명을 짊어지게 할 참이더냐? 다시 한번 사부나 사모라는 말을 입에 담으면 그 자리에서 네 목을 베어버리겠다!"

얼굴에 보랏빛 기운이 짙게 어리는 것이 정말 노기충천한 것 같았다.

영호충은 어쩔 수 없이 고개를 숙였다.

"예, 알겠습니다!"

침상 가장자리를 잡고 겨우 버티고 서 있었지만, 얼굴에서 혈색이라고는 찾아볼 수도 없었고, 몸도 곧 쓰러질 사람처럼 비틀거렸다. 그는 억지로 입을 열었다.

"그들이 저를 치료하려 했던 것은 사실입니다. 하지만 그녀가… 그녀가 임 교주의 딸이라는 것은 아무도 알려주지 않았습니다."

"너처럼 총명하고 기지 넘치는 아이가 어떻게 그 뻔한 것을 몰랐는지 모르겠구나. 젊디젊은 낭자의 한마디에 방방곡곡의 방문좌도들이 너를 치료하겠다고 몰려들었단다. 마교의 임 소저가 아니고서야 그만한 위세를 가진 여자가 또 어디 있겠니?"

"저, 저는… 그때까지 그녀가 할머니인 줄 알았습니다."

"임 소저가 역용易容(용모를 바꾸다)을 했었니?"

"아닙니다. 다만, 다만… 그때까지 얼굴을 본 적이 없었기 때문입니다."

악불군이 '허' 하고 웃음을 터뜨렸지만 얼굴은 전혀 웃는 표정이 아니었다.

악 부인이 한숨을 푹 내쉬고 말했다.

"충아, 나이를 먹더니 성격도 많이 변했구나. 이제 내 말은 귀담아

듣지도 않으니….”

“저는 사… 어르신의 말씀을 한 번도….”

'한 번도 어긴 적이 없다'라고 말하고 싶었지만 사실이 그렇지 않았기 때문에 차마 입이 떨어지지 않았다. 사부와 사모가 마교 사람과 가까이 지내지 말라고 신신당부를 했는데도 그는 영영과 상문천, 임아행 같은 사람들과 인연을 맺었다. 더욱이 그 인연은 단순히 '가까이 지내는' 정도를 훨씬 넘어선 수준이었다.

악 부인이 그런 그를 안타깝게 바라보며 말했다.

“임 소저가 네게 호의를 품었고, 너는 목숨을 구하기 위해 그녀를 통해 병을 치료하려던 것뿐이니, 어떤 사람들은 용서할 만한 일이라고들 하더구나….”

악불군이 버럭 화를 냈다.

“용서라니? 목숨을 구하기 위해서라면 무슨 짓이든 해도 된다는 말이오?”

사매이자 부인인 그녀에게 항상 점잖게 예의를 차리고 귀빈처럼 존중하던 악불군이지만, 오늘은 몇 차례나 매섭게 타박하며 말을 끊었으니 얼마나 화가 났는지 알고도 남을 일이었다. 남편의 마음을 잘 아는 악 부인은 따지지 않고 조용히 말을 이었다.

“그런데 너는 마교의 대마두인 상문천과 어울려 정파의 무림동도들을 무참히 살해했더구나. 이제 네 손에는 정파 인사들의 피가 잔뜩 묻었단다. 그러니 그만… 그만 가거라!”

영호충은 등 뒤에서 식은땀이 흐르는 것을 느꼈다. 그날 정자 위에서, 그리고 깊은 골짜기에서 상문천과 나란히 싸우는 동안 적지 않은 정파 인사들이 자신 때문에 목숨을 잃었다. 그 참혹하고 격렬한 싸움에서는 그들을 죽이지 않으면 자신이 죽어야 했기 때문에 어쩔 수 없었다지만, 그 무거운 혈채血債는 결국 그가 짊어지고 가야 할 문제였다.

악 부인이 말을 이었다.

"오패강에서도 임 소저와 함께 소림파와 곤륜파 제자들을 죽였다지? 충아, 나는 너를 친아들처럼 여겨왔지만 이런 상황에서는…. 이 사모가 무능해서 더는 너를 보호할 수가 없구나."

말을 마친 그녀의 눈에서 눈물이 뚝뚝 떨어졌다.

영호충은 슬픈 목소리로 말했다.

"저는 분명 용서받을 수 없는 잘못을 저질렀습니다. 하지만 제가 한 일은 제가 한 일, 결코 화산파의 이름에 먹칠을 하지는 않겠습니다. 법당法堂을 여시고 영웅호걸들을 초청해, 그들 앞에서 저를 처벌하여 화산파의 문규를 바로잡으십시오."

악불군은 장탄식을 했다.

"네가 아직 화산파의 제자라면 그 방법이 쓸모가 있겠지. 네 목숨은 잃어도 화산파의 명예를 보전하고 사제지간의 정도 남을 것이다. 허나 내 이미 천하 영웅들에게 서신을 보내 너를 사문에서 쫓아냈다고 선포했다. 이제부터 네가 무엇을 하든 우리 화산파와는 아무런 관계도 없거늘, 내가 무슨 자격으로 너를 처벌하겠느냐? 정사는 양립할 수 없는 법, 그처럼 계속 악행을 저지르다가 내 손에 잡히는 날에는 결코 용서치 않을 것이다."

그때, 누군가 밖에서 그들을 불렀다.

"사부님, 사모님."

노덕낙의 목소리였다.

"무슨 일이냐?"

"사부님과 사모님을 만나고자 찾아오신 분이 계십니다. 숭산파의 종진과 사제 두 분입니다."

"구곡검 종진이 복건성에 왔더란 말이냐? 알았다, 나가마."

악불군은 일어나 밖으로 나갔다. 악 부인은 안타까운 눈빛으로 영호충을 바라본 뒤 남편을 따라갔다. 기다렸다가 나중에 이야기하자는 뜻 같았다.

어려서부터 사모를 친어머니와 다름없이 생각해온 영호충은 그녀의 깊은 정을 직접 대하자 크나큰 후회가 밀려들었다.

'모두 내가 제멋대로 굴고, 옳고 그름과 좋고 나쁨을 구분하지 못했기 때문에 벌어진 일이야. 상 형님은 확실히 정인군자가 아닌데 어째서 사정도 묻지 않고 무작정 달려가 도왔을까? 죽는 것은 억울하지 않지만, 사부님과 사모님까지 난처하게 만들었으니…. 화산파에 나 같은 제자가 있다는 사실은 사제와 사매들에게도 부끄러운 일이 되겠지.'

영호충은 고개를 푹 숙였다.

'영영은 임 교주의 딸이었구나. 어쩐지 노두자나 조천추가 그렇게 벌벌 떨더라니…. 그녀의 한마디에 강호의 호걸들이 찍소리도 못하고 동해 무인도로 쫓겨나 8년이나 중원에 발을 들여놓지 못하게 되었는데, 그 광경을 보고서도 알아차리지 못하다니… 내가 어리석었구나. 마교의 수뇌부에 있는 사람이 아니라면 또 누가 그런 권세를 가지고 있겠어? 하지만 나와 함께 있을 때는 영영도 소사매 못지않게 수줍음 많고 사랑스러웠어. 마교에서 높은 위치에 있는 사람인 줄은 꿈에도 모를 수밖에. 그런데 그때 임 교주는 동방불패에게 당해 서호 바닥의 감옥에 갇혀 있었는데 그 딸이 어떻게 그런 권세를 누릴 수 있었을까?'

이런저런 생각들이 꼬리에 꼬리를 물고 그의 머릿속을 어지럽혔다. 그가 머리를 감싸쥐고 고민에 잠겨 있는데, 가벼운 발소리와 함께 누군가 방으로 쏙 들어왔다. 자나 깨나 잊지 못하고 그리워하던 소사매 악영산이었다.

"소사매! 어, 어떻게…?"

영호충은 감정이 벅차올라 말을 이을 수가 없었다.

"대사형, 어서… 어서 떠나세요. 숭산파 사람들이 대사형에게 복수를 하려고 왔단 말이에요."

악영산은 초조한 목소리로 말했지만, 영호충은 그녀를 보는 순간 제아무리 급하고 중요한 일도 머릿속에서 하얗게 지워져 숭산파니 복수니 하는 말은 귀에 들어오지도 않았다. 넋이 나간 사람처럼 그녀를 바라보고 있자니 달콤함과 시큼함, 씁쓸함이 한꺼번에 밀려들었다.

그가 눈도 깜빡하지 않고 자신을 빤히 바라보자 악영산은 살며시 얼굴을 붉히며 말했다.

"종진이라는 사람이 사제 둘을 데려왔는데, 대사형이 숭산파 사람들을 죽였다고 이야기하고 있어요."

영호충은 어리둥절했다.

"숭산파 사람들을 죽이다니? 나는 그런 적 없어."

바로 그때 문이 쾅 소리를 내며 열리고 악불군이 노한 얼굴로 들이닥쳤다.

"영호충! 아주 잘하는 짓이구나! 숭산파의 무림 선배를 죽여놓고 마교의 악인을 죽였다고 가짓부리를 늘어놓다니!"

영호충은 더더욱 당황했다.

"제… 제가 숭산파 선배를 죽이다니요? 그런 일은… 그런 일은 없었습니다."

악불군이 노여움으로 부르르 떨며 외쳤다.

"백두선옹白頭仙翁 복침卜沉과 독웅 사천강沙天江을 죽인 자가 네가 아니더냐?"

그 별호를 듣자 영호충은 대머리 노인이 자결하기 전에 스스로를 '독웅'이라고 불렀던 것이 생각났다. 그렇다면 당시 일행이었던 백발 노인이 바로 백두선옹 복침이었을 것이다.

"백발의 노인과 대머리 노인을 죽이기는 했습니다. 하… 하지만 그들이 숭산파 사람인 줄은 몰랐습니다. 숭산파의 무공은 전혀 쓰지 않았고 사용한 무기도 칼이었습니다."

악불군의 표정은 점점 더 엄해졌다.

"그래, 확실히 네가 죽였다는 말이냐?"

"그렇습니다."

불안하게 지켜보던 악영산이 끼어들었다.

"아버지, 그 두 사람은…."

"나가 있거라! 누가 들어와도 좋다고 했느냐? 아비가 이야기하는데 마음대로 끼어들다니, 어디서 배운 행동이냐?"

악영산은 고개를 푹 숙이고 천천히 방을 나갔다. 그 모습을 본 영호충은 쓸쓸하기도 하고 기쁘기도 했다.

'소사매는 임 사제를 좋아하지만 내게도 아직 정이 남아 있구나. 아

버지에게 꾸지람을 들을 줄 알면서도 피하라고 알려주러 왔으니….'

악불군은 냉소를 지으며 말했다.

"오악검파의 무공을 네가 그리도 완벽하게 알고 있었더냐? 복침과 사천강은 숭산파의 방계 제자들이다. 사악한 마음을 품고 비열한 수단으로 그들을 해친 모양인데, 핏자국이 평지의 향양항 저택으로 이어져 있어 숭산파가 조사 끝에 여기까지 온 것이다. 숭산파의 종 사형이 직접 찾아와 너를 내놓으라 하는데, 아직도 변명거리가 남았느냐?"

악 부인이 방으로 들어와 말했다.

"저들이 충이가 살인하는 것을 직접 본 것은 아니잖아요? 핏자국이 있다고 해서 반드시 이곳 사람이 죽었다고 할 수는 없어요. 결코 그렇지 않다고 잡아떼면 되지 않겠어요."

악불군은 화난 목소리로 대꾸했다.

"사매, 상황이 이런데도 아직 이 못된 놈의 편을 드시오? 당당한 화산파 장문인으로서 어찌 저 짐승 같은 놈을 위해 거짓말을 할 수 있겠소? 어찌 그런…. 그런 짓을 했다가는 목숨도 버리고 명예도 땅에 떨어질 것이오."

요 몇 년간, 사형매에서 부부가 된 사부와 사모를 지켜보면서 언젠가 자신도 소사매와 저런 사이가 된다면 더 바랄 것이 없겠다고 생각해온 영호충이었다. 장래 자신의 모습이라 여겼던 두 사람이 서로 얼굴을 붉히며 다투는 것을 보자 그는 엉뚱한 생각을 했다.

'소사매가 내 부인이었다면 무엇이든 하자는 대로 했을 거야. 좋은 일이든 나쁜 일이든 상관없어. 심지어 하늘이 용서 못할 악행을 저지르자고 해도 눈 한 번 찌푸리지 않고 따를 텐데….'

영호충을 노려보던 악불군은 뜻밖에도 그가 따스한 미소를 띤 채 정을 담뿍 담고 문밖에 선 딸을 바라보자 더욱더 노기가 치솟았다.

"이 짐승 같은 놈, 이런 때에도 나쁜 생각뿐이로구나!"

악불군의 노기 서린 외침에 영호충은 허튼 상상에서 깨어나 고개를 번쩍 들었다. 사부의 얼굴이 보랏빛으로 물들고 그 손은 자신의 머리를 내리칠 듯이 올라가자, 그는 도리어 말로 표현하기 힘든 기쁨을 느꼈다. 이 세상에 살아 있는 것이 너무도 괴롭고 고통스러워서 차라리 사부의 손에 죽어 그 괴로움을 끝내고 싶었다. 소사매가 사부에게 맞아 죽는 자신을 지켜보는 것 또한 진심으로 바라는 일이었다. 그는 미소를 지은 채 악영산을 바라보며 사부의 손이 떨어져내리기만을 기다렸다.

그러나 악불군의 손이 바람을 가르며 날아드는 순간, 악 부인이 날카롭게 외쳤다.

"안 돼요!"

그녀는 손가락으로 남편 뒷덜미의 옥침혈을 찔렀다. 어려서부터 동문수학하며 서로의 무공을 누구보다도 잘 아는 그들이었기에, 악 부인은 이 옥침혈이 남편의 약점이라는 것을 잘 알고 있었다. 예상대로 악불군이 이를 막기 위해 손을 거두자, 악 부인은 재빨리 영호충의 앞을 가로막았다.

악불군은 분노로 얼굴이 시퍼렇게 변했다.

"이… 이게 무슨 짓이오?"

"충아, 어서 가거라! 어서!"

악 부인이 외쳤지만 영호충은 고개를 저었다.

"가지 않겠습니다. 사부님께서 죽이신다면 죽어야지요. 당연히 받아야 할 벌을 받는 겁니다."

악 부인은 발을 동동 굴렀다.

"내가 있으니 너를 죽이지는 못해. 어서 가거라. 멀리멀리 가서 다시는 돌아오지 마라!"

"흥, 저놈이 책임을 저버리고 달아나면, 밖에 있는 숭산파 사형들에게는 뭐라고 할 셈이오?"

그 말을 듣자 영호충은 속으로 결단을 내렸다.

'사부님께서는 종진에게 할 말이 없어질까 봐 걱정하시는구나. 그렇다면 먼저 그자들부터 처리해야지.'

그는 낭랑한 목소리로 말했다.

"알겠습니다. 제가 가서 그들을 만나겠습니다."

그가 성큼성큼 밖으로 걸음을 옮기자 악 부인이 놀라 소리쳤다.

"안 된다! 그 사람들은 널 죽일 거야!"

하지만 걸음이 빠른 영호충은 이미 대청으로 나간 후였다.

들은 대로 숭산파의 구곡검 종진, 신편 등팔공, 금모사 고극신 세 사람이 기세등등하게 귀빈석에 앉아 있었다. 영호충은 맞은편에 놓인 태사의에 앉으며 차갑게 물었다.

"너희는 이곳에 무엇 하러 왔느냐?"

그는 점소이 복장을 하고 가짜 수염도 뗐기 때문에 그들이 한밤중에 입팔포 객점에서 만났던 참장 오천덕과는 전혀 딴판이라 아무도 알아보지 못했다. 종진 일행은 시정잡배 같은 피투성이 청년의 무례한 태도에 벌컥 화가 났다.

고극신이 버럭 외쳤다.

"네놈은 대관절 뭐 하는 물건이냐?"

영호충은 싱글싱글 웃으며 대꾸했다.

"그러는 너희는 뭐 하는 건물이냐?"

고극신은 주춤했다. 난데없이 '건물'이라니, 무슨 소리인지 이해가 가지 않았지만 좋은 뜻일 것 같지는 않아 더욱 화가 났다.

"네까짓 것이 무어라고 함부로 나서느냐? 어서 악 선생을 나오시라 해라!"

그때 악불군과 악 부인, 그리고 악영산을 비롯한 화산파 제자들도 모두 중문 뒤에 서서 영호충과 숭산파의 대화를 듣고 있었다. 영호충이 '너희는 뭐 하는 건물이냐?'라고 말장난을 했을 때, 악영산은 웃음이 터질 뻔했다. 그러나 상대는 숭산파의 고수인데 대사형이 그들의 동문을 죽이고도 저렇게 무례하게 굴면 필시 싸움이 벌어져 위험에 처할 것이 분명했고, 아버지와 어머니가 도와줄 수도 없다고 생각하자 걱정이 앞서 차마 웃을 수가 없었다.

영호충의 목소리가 들려왔다.

"악 선생이라니? 아, 화산파의 장문인 말이군. 나도 그자를 찾으러 왔다. 숭산파에는 백발요괴 복침과 독나방 사천강이라는 못돼 먹은 자들이 있더구나. 한밤중에 남의 집에 숨어들어 젊은이들의 혈도를 짚고 〈벽사검보〉를 훔쳤으니 좋은 놈들일 리 없지. 내가 젊은이들을 구하기 위해 그자들을 죽였는데, 들자니 그들과 한패인 숭산파 세 사람이 복위표국에 숨어 있다더구나. 악 선생에게 그들을 내놓으라고 했지만 끝내 거절하니 분통이 터져 죽을 지경이다!"

그는 소리 높여 외쳤다.

"악 선생! 어서 수치도 모르는 숭산파 놈들을 내놓으시오! 이름이 그 뭐라더라, 부러진 검 종진, 잡귀 등팔공, 털 빠진 고양이 고극신이라고 하던가? 그런 놈들을 비호하다니, 그래서는 안 되오! 아무리 오악검파가 하나라고는 하나 이 빚은 반드시 갚아야겠소!"

악불군을 비롯한 화산파 사람들은 그 말에 깜짝 놀랐다. 영호충이 이렇게 나오는 까닭은 화산파가 숭산파 제자의 죽음에 개입하지 않았다는 것을 밝히기 위해서가 분명했지만, 저들 세 사람은 강호에서 이름을 날리는 고수들이고, 특히 구곡검 종진은 숭산 십삼태보 중에서도 높은 자리를 차지하고 있는 대단한 인물이었다. 영호충이 그들의 별호를 조롱한 것을 보면 그 역시 종진 등 세 사람의 내력을 잘 아는 듯했다. 약왕묘에서 검종의 봉불평을 패퇴시키고 무림 고수 열다섯 명의 눈을 찌른 적이 있으니 영호충의 검법도 가볍게 볼 수는 없지만, 중상을 입어 제대로 서 있지도 못하는 지금 저토록 방자하게 굴며 경솔하게 도전하는 것은 결코 좋은 생각이 아니었다.

과연 대로한 고극신이 벌떡 일어나 검으로 영호충을 찌르려고 했다. 종진이 손을 들어 그를 만류하며 영호충에게 물었다.

"귀하는 누구시오?"

"하하하, 나는 너를 안다만, 너는 나를 모르겠지. 너희 숭산파는 오악검파를 하나로 합쳐 네 문파를 꿀꺽 집어삼킬 속셈을 품고 있더구나. 너희 세 건물이 복건성에 온 목적은 첫째가 임가의 〈벽사검보〉를 훔치는 것이고, 둘째가 화산파와 항산파의 주요 인물들을 쓰러뜨려 합병에 찬성하도록 만드는 것이 아니냐? 네놈들의 음모는 내가 이미 훤히 꿰뚫고 있다. 여기까지 오느라 수고가 많았겠다마는, 결과적으로 모두 실패로 돌아가지 않았느냐? 하하하, 참으로 우스운 일이다!"

악불군과 악 부인은 서로를 바라보았다.

'저 아이가 하는 말이 아주 지어낸 이야기는 아니겠구나.'

그가 정곡을 찌르자 종진은 흠칫 놀라 의심스레 물었다.

"귀하께서는 대관절 어느 문파 분이시오?"

"나는 화상도 아니고 도사도 아닌 외로운 떠돌이다. 나 혼자서는 숭산파의 장사를 방해할 수 없으니 조금은 안심이 되느냐? 하하하하!"

영호충은 시원스레 웃었지만 어딘지 쓸쓸함이 느껴지는 웃음이었다.

종진이 말했다.

"귀하께서 화산파가 아니라면 여기서 악 선생께 폐를 끼치지 말고 나가서 이야기합시다."

말투는 평화로웠지만 눈에서는 흉광이 번뜩이고 살기가 흘렀다. 영호충이 자신들의 속셈을 폭로하자 제거하기로 마음먹은 것이 분명했다. 다만 악불군의 무공과 명성 때문에 복위표국 안에서 함부로 사람을 해칠 수는 없어서 밖으로 끌어내 처치하려는 속셈이었다.

그러나 영호충 역시 내심 바라던 일이었기에 큰 소리로 외치며 일어났다.

"악 선생, 앞으로 더욱 조심해야 할 것이오. 마교 교주 임아행이 다시 나타났는데 화산파를 단단히 벼르고 있소. 그자의 흡성대법은 남의 내공을 흡수하는 힘이 있으니 위험하기 짝이 없소. 게다가 숭산파도 화산파를 집어삼키려는 음모를 꾸미는 중이오. 악 선생이야 정인군자지만 다른 사람들은 인면수심이니 반드시 방비해야 하오."

그가 복주에 온 것은 바로 이 말을 사부에게 전하기 위해서였다. 하고 싶은 말을 마치자 그는 망설이지 않고 돌아서서 문을 나섰다. 종진 일행도 뒤를 따랐다.

그가 복위표국에서 나왔을 때, 여승과 여인네들이 걸어오고 있었다. 바로 항산파 제자들이었다. 가장 앞에 선 의화와 정악이 명첩 名帖(처음 만나는 사람에게 주는 신상을 적은 종이)을 들고 있는 것을 보면 악불군과 악 부인을 배알하러 온 모양이었다. 그들을 본 영호충은 깜짝 놀라 황급히 고개를 돌렸다. 의화와 마주치기는 했지만, 다행히 의림은 멀리 뒤쪽에 있어 그를 알아보지 못했다.

뒤이어 종진 일행이 밖으로 나오자 정악이 그들을 알아보고 놀란 듯 우뚝 멈췄다. 영호충은 항산파 제자들이 이곳을 찾아왔다는 사실에 안도했다.

'사부님께서 복건성에 계시니 찾아뵙는 것이 도리일 테지. 사부님과 사모님이 돌봐주신다면 저들도 큰 화를 입지는 않을 거야.'

의림과 마주치고 싶지 않았던 그는 항산파 제자들을 피해 옆길로 빠져나가려 했지만, 뒤따라온 종진과 등팔공, 고극신이 동시에 무기를 뽑아 들고 그의 앞을 가로막았다.

"어딜 달아나려느냐?"

영호충은 싱글싱글 웃었다.

"설마하니 무기도 없이 싸우라는 거냐?"

때마침 악불군과 악 부인, 화산파 제자들도 영호충이 종진 일행을 어떻게 상대하는지 보려고 밖으로 나왔다. 영호충의 대답을 들은 악영산이 검을 뽑으며 외쳤다.

"대사…!"

그녀가 검을 던지려고 했으나 악불군이 왼손으로 검신을 누르며 고개를 저었다.

"아버지…!"

악영산은 초조함을 감출 수가 없었지만, 악불군은 다시 한번 고개를 저을 뿐이었다.

이 모습을 지켜본 영호충은 사뭇 위안이 되었다.

'소사매는 아직도 내게 정이 남아 있어.'

별안간 사람들이 비명을 질렀다. 그 소리에 적들의 기습 공격을 알아차린 영호충은 고개를 돌리지도 않고 냅다 앞으로 몸을 날려 피했다. 심후한 내공 덕택에 가벼운 도약으로도 높고 빠르게 뛰어오를 수 있었는데, 그럼에도 불구하고 뒤에서 날카로운 바람이 일며 검 한 자루가 그의 등 바로 뒤를 내리찍었다. 반응이 조금이라도 늦었거나 거리가 조금이라도 가까웠다면 그의 몸은 벌써 둘로 갈라졌을 것이다.

무사히 땅에 내려선 영호충이 뒤를 돌아보기 무섭게 날카로운 외침과 함께 하얀 검광이 어지러이 허공을 물들였다. 항산파 제자들이 동시에 검을 뽑은 것이었다. 그들은 일곱 명씩 세 무리로 나뉘어 각각 종진과 등팔공, 고극신을 에워쌌다. 검을 뽑고 몸을 날려 적을 포위하고 초식을 펼치는 동작은 신속하기 짝이 없었고, 신법이 경쾌하고 자세 또한 우아해 그들이 평소 이 진법을 열심히 익혀왔음을 알 수 있었다. 일곱 자루의 검은 포위한 사람의 급소만을 겨눠, 머리와 목, 가슴, 배, 허리, 등, 옆구리 등이 빠짐없이 위험에 노출되었다. 진법이 완성되자 그녀들은 더 이상 움직이지 않았다.

조금 전 영호충을 기습한 사람은 종진이었다. 영호충이 숭산파에 불리한 말을 떠들자 이상한 말로 악불군의 의심을 부추기지 못하도록 단칼에 죽여 없앨 생각이었는데, 그 악독하고 비열한 출수로도 적을 쓰러뜨리지 못했고, 도리어 항산파 제자들에게 둘러싸여 어려운 상황에 처한 것이었다. 그의 무공이 아무리 높다 해도 이런 상황에서는 함부로 움직일 수가 없었다. 손이라도 까딱하면 검이 날아들어 급소를 찌를 것이 분명했기 때문이었다.

항산파 제자들은 정악과 의림에게서 종진 일행이 오악검파의 합병에 동의하라고 정정 사태를 협박한 이야기를 듣고 분해하던 차였다. 그런데 이곳에서 종진 일행과 마주쳤고, 그가 비겁하게 기습을 하자 곧바로 검진을 펼쳐 숭산파 사람들을 포위한 것이다.

항산파와 종진 사이에 무슨 일이 있었는지 전혀 모르는 악불군과 악 부인은 양쪽이 갑자기 싸움을 벌이자 어리둥절했다. 항산파 제자들의 검진은 실로 오묘했다. 스물한 명이 세 개의 원이 되어 둥그렇게 선 뒤로, 움직이는 것은 바람에 펄럭이는 옷자락과 검에서 흘러나오는 차가운 빛무리뿐, 사람들은 꼼짝도 하지 않고 서 있는데도 그 속에서 은은한 살기가 넘실거렸다.

영호충은 검 일곱 자루로 적의 급소를 노리면서도 움직이지 않음으로써 자신을 보호할 뿐 아니라 검이 서로서로 이어져 빈틈을 드러내지 않는 그 검진을 보자, 초식이 없는 것으로 초식이 있는 것을 깨뜨린다는 독고구검의 이치가 떠올라 갈채를 보냈다.

"훌륭하오! 정말 멋지고 훌륭한 검진이오!"

꼼짝없이 당하게 된 종진은 재빨리 너털웃음을 터뜨리며 말했다.

"모두 한집안 사람인데 이 무슨 장난인가? 내가 졌네, 졌어. 이제 되었나?"

그러고는 땡그랑하며 들고 있던 검을 떨어뜨렸다. 그를 포위한 일곱 사람의 우두머리는 의화였다. 상대방이 검을 던지며 패배를 시인하자 의화는 곧 검을 거뒀고 나머지 여섯 사람도 따라서 검을 치웠다. 그런데 바로 그때, 종진이 왼발 끝으로 땅에 떨어진 검을 툭 찍었고 검은 튕기듯이 날아올랐다. 종진의 손가락이 검자루를 탁 때리자 검은 번개같이 앞으로 날아갔다.

그 검에 오른팔을 맞은 의화가 '앗' 하고 비명을 지르며 검을 떨어뜨렸다. 껄껄거리는 종진의 웃음소리와 함께 싸늘한 한기가 퍼져나가며 항산파 제자들이 차례차례 상처를 입고 쓰러졌다. 이 난리통에 다른 검진에 속한 제자들도 마음이 흐트러졌고, 등팔공과 고극신은 그 틈을 이용해 재빨리 무기를 휘둘렀다. 챙챙챙 하고 무기 부딪치는 소리가 요란하게 울려퍼졌다.

영호충은 의화가 떨어뜨린 검을 주워 빠르게 찔렀다. '챙챙', '악', '헉' 하는 소리가 이어지더니, 고극신은 손목을 찔려 검을 떨어뜨리고 등팔공의 연편은 자기 목을 조이고 있었다. 종진 역시 검등에 손목을 맞아 뒤로 물러났다. 검은 아직 손에 들어 있었지만 팔에 힘이 빠져 휘두를 수가 없었다.

두 소녀가 동시에 소리를 질렀다.

"오 장군님!"

"영호 사형!"

'오 장군님'이라고 부른 사람은 정악이었다. 방금 숭산파 세 사람을 물리친 영호충의 검법은 입팔포 객점에서 그들을 물리칠 때 펼친 것과 똑같았다. 그날도 지금처럼 고극신은 검을 놓쳐 허둥지둥했고, 등팔공은 숨이 막혀 컥컥거렸으며, 종진은 놀라고 분노해 얼굴이 푸르뎅뎅하게 물들지 않았던가? 영리한 정악은 영호충의 외모가 완전히 달라졌는데도 이 검법만 보고 그를 알아본 것이었다.

'영호 사형'이라고 부른 사람은 물론 의림이었다. 본래 그녀는 의진과 의질 등의 사저들과 함께 등팔공을 에워싼 검진에 속해 있었다. 검진을 이루는 사람은 한눈팔지 않고 적을 응시하며 오로지 자신이 겨누고 있는 적의 급소에만 집중해야 한다. 따라서 옆 사람에게 시선을 돌린다는 것은 결코 있을 수 없는 일이었다. 그 때문에 의림은 검진이 흩어진 다음에야 영호충을 알아볼 수 있었다. 그와 마지막으로 만난 일이 까마득한데 이렇게 갑작스레 마주치자 의림은 몸이 부르르 떨려 혼절할 것만 같았다.

영호충은 더는 속일 수 없다는 것을 알고 씩 웃으며 말했다.

"이런 오라질, 네놈들은 실로 구제불능의 악당이구나. 항산파 사태들께서 용서를 베풀었는데 감히 은혜를 원수로 갚아? 본 장군께서도 더는 보아넘길 수 없다. 어서…."

여기까지 말하던 그는 갑자기 머리가 핑 돌고 눈앞이 까매져 꽈당 쓰러지고 말았다.

"영호 사형! 영호 사형!"

의림이 후다닥 달려가 그를 부축했다. 어깨와 팔에서 피가 폭포처럼 쏟아지고 있었다. 의림은 황급히 항산파의 영약인 백운웅담환을 입에 넣어주었다. 정악과 의진 등도 달려와 그의 소매를 걷어올리고 천향단속교를 상처에 발랐다.

항산파 제자들은 어려움에서 구해준 그의 은혜를 마음속 깊이 새기고 있었다. 그가 도와주지 않았다면 그들 모두 참혹한 죽음을 당했을 것이고, 어쩌면 도적들에게 모욕을 당했을지도 모르는 일이었다. 덕분에 보는 눈이 많은 대로 한가운데임에도 불구하고 약을 바르고 상처를 싸매는 등 정성을 다해 그를 치료했다. 일반적으로 여자들은 이런 다급한 상황에 처하면 우르르 모여들어 재잘재잘 떠들기 마련이었다. 항산파 제자들은 무학을 익히는 사람들이지만 똑같은 여자였기 때문에 그런 경향은 비슷했다. 그들은 한숨을 쉬며 걱정스러워하고, 누가 우리 장군님을 해쳤냐느니, 흉수가 참으로 악독하고 무정하다느니 하며 끊임없이 떠들어댔다. 물론 '아미타불' 하고 불경을 외는 소리도 있었다.

영문을 모르는 화산파 사람들은 이 광경을 도무지 이해할 수가 없었다. 악불군도 눈살을 찌푸리며 속으로 혀를 찼다.

'항산파는 계율이 엄한데 이 제자들은 어찌하여 저 파렴치한 녀석에게 푹 빠진 것인가? 보는 눈이 많은 이곳에서 남녀가 유별한 줄도 모르고 저렇게 모여 사형이니, 장군이니 불러대니…. 저 녀석이 언제 장군이 되었다는 것이냐? 세상이 어지러우니 예의범절도 사라지는구나. 항산파의 선배들은 어디서 무얼 하기에 저런 행동을 내버려두는 것인가?'

그러는 사이 종진이 사제들에게 손짓을 하더니, 재빨리 무기를 주워들고 다 함께 영호충에게 달려들었다. 영호충을 제거하지 못하면 후

환을 감당하기 어렵다는 것을 세 사람 모두 잘 알고 있었다. 더욱이 자신들은 그의 상대가 되지 못해 벌써 두 번이나 패했으니, 그가 정신을 잃고 쓰러진 지금이야말로 다시 오지 않을 호기였다.

의화가 날카롭게 휘파람을 불자, 항산파 제자 열네 명이 일렬로 늘어서서 종진 일행을 향해 검을 쭉 뻗었다. 한 사람 한 사람의 무공은 그리 높지 않았지만, 검진을 이뤄 공격과 수비를 서로 나누면 고수 너덧 명은 거뜬히 막아낼 수 있는 그들이었다.

처음에는 양쪽을 화해시키려던 악불군도 일이 점점 심각하게 흘러가자, 내막을 모르는 상황에서 나서기도 껄끄러울뿐더러 숭산파와 항산파 모두에게 반감이 일어 잠시 지켜보는 쪽으로 마음을 바꿨다.

항산파 제자들은 수비가 제법 견고해 종진 일행이 아무리 검을 휘둘러도 통 가까이 갈 수가 없었다. 고극신이 용기를 내 돌진해갔지만, 도리어 의청에게 허벅지를 찔리고 말았다. 그리 심한 상처는 아니었지만 찔린 곳에서 피가 샘솟듯이 흘러 체면이 말이 아니었다.

영호충은 몽롱한 의식 속에서 챙강거리는 무기 소리를 듣고 실낱같이 눈을 떴다. 초조한 기색으로 중얼중얼 불경을 외는 의림의 모습이 흐린 시야에 들어왔다.

"중생이 어려움에 처하고 가없는 고통에 빠질 때 관세음보살께서 신통력으로 세상을 구하시니…."

그는 가슴이 뭉클해지는 것을 느끼며 억지로 몸을 일으켰다.

"고맙소, 사매. 검을 이리 주시오."

의림이 놀란 표정으로 그를 바라보았다.

"싸… 싸우시면 안 돼요."

영호충은 그런 그녀에게 빙그레 웃어준 다음, 희디흰 손에서 검을 건네받아 왼손으로 그녀의 어깨를 짚고 비틀비틀 앞으로 나아갔다. 그의 상처가 염려스러워 어쩔 줄 몰라 하던 의림이지만, 어깨에 묵직한 그의 무게가 느껴지자 별안간 용기가 솟구쳐 진기를 모조리 오른쪽 어깨로 흘려보냈다.

영호충은 몇몇 항산파 제자들 옆을 지나 계속 나아갔다. 첫 번째 검에는 고극신의 검이 땅에 떨어졌고, 두 번째 검에는 등팔공의 연편이 주인의 목을 휘감았다. 마지막으로 세 번째 검은 쐐액 소리를 내며 종진의 검신을 때렸다.

그의 검법이 워낙 신기막측해 자신의 힘으로는 상대가 되지 않는 것을 아는 종진은 몸을 제대로 가누지 못하는 그를 보자 차라리 내공을 써서 무기를 떨어뜨려야겠다 생각하고 검 두 자루가 맞부딪치는 순간 내공을 검으로 쏟아부었다. 그런데 갑자기 몸속에 있던 진기가 둑이 터진 듯 빠른 속도로 바깥으로 흘러나가기 시작했다. 사실 영호충의 흡성대법은 나날이 공력이 깊어져 피부를 직접 맞대지 않더라도 적이 무기에 진기를 실어 공격하면 무기를 통해 몸속으로 흘러드는 경지에 올라 있었다.

종진은 까무라칠 듯이 놀라 황급히 검을 거뒀다가 다시 초식을 펼쳐 찔렀다. 영호충은 옆구리 아래쪽에서 빈틈을 발견했다. 곧장 검을 찌르면 손쉽게 종진의 목숨을 취할 수 있었지만, 팔이 저릿저릿하고 힘이 부족해 하는 수 없이 검을 가로로 눕혀 수비했다. 검 두 자루가 맞닿자 종진은 또다시 진기가 새어나가는 것을 느끼고 놀라움과 분노에 휩싸였다. 화가 난 그는 필생의 힘을 쏟아부어 힘차게 검을 내질렀다가 도중에 방향을 싹 바꿔 영호충 옆에 있는 의림의 가슴을 찔러갔다.

허허실실을 활용한 수법으로, 이어지는 변화가 다양할 뿐 아니라 지독하리만치 음험한 공격이었다. 영호충이 검을 돌려 의림을 구하려 하면 그의 검은 영호충의 배를 찌를 것이고, 끝내 의림을 구하지 않으면 정말 의림을 찔러 영호충의 정신을 흩뜨린 뒤 그 틈을 타 살수를 펼칠 계획이었다. 사람들이 비명을 질렀고, 그의 검날이 의림의 옷깃에 닿았다. 바로 그 순간, 영호충의 검이 휙 날아들어 그의 검신을 내리눌렀다.

종진의 검은 그 자리에 우뚝 멈췄다. 억지로 앞으로 밀어보았지만 뜻밖에도 검은 앞으로 움직이기는커녕 활처럼 둥글게 휘어지기만 했다. 그와 동시에 진기가 물밀듯이 빠져나가기 시작했다. 눈치 빠른 그는 황급히 검을 빼내며 뒤로 몸을 날렸으나, 앞으로 밀던 힘이 뒤로 물러나는 힘으로 바뀌는 사이 진기가 이어지지 않아, 몸이 허공에 반쯤 뜬 상태에서 갑자기 힘이 쭉 빠져 곧장 아래로 떨어져내렸다. 균형을 잡지 못한 그는 우당탕하는 소리와 함께 등으로 바닥을 때리며 나동그라졌다. 무공을 배운 사람이라면 결코 있을 수 없는 처참한 모습이었다. 그는 양손으로 땅을 짚고 꿈틀꿈틀 일어났지만, 상반신만 겨우 일으켰는데도 등이 부서질 듯이 아파 끝내 풀썩 쓰러지고 말았다.

등팔공과 고극신이 허겁지겁 달려와 그를 부축해 일으켰다.

"사형, 어찌 그러십니까?"

종진은 영호충의 얼굴을 똑바로 쏘아보았다. 수십 년 전 무림을 진동시켰던 마교의 교주 임아행이 스무 살가량의 청년일 리 만무했다. 그가 떨리는 목소리로 입을 열었다.

"너는 임아행의 제, 제자로구나. 흡… 흡성… 요법을 쓰다니!"

고극신은 화들짝 놀랐다.

"사형, 진기를 모두 빼앗기셨습니까?"

"그렇다!"

종진은 그렇게 말하며 똑바로 섰지만, 문득 몸속의 진기가 다시 되살아나는 것이 느껴졌다.

본래 영호충은 흡성대법을 깊이 익히지 못한 데다 남의 것을 빼앗을 마음이 없었기 때문에 아직 진기가 남아 있었던 것이다. 다만 갑작스레 진기가 흘러나가는 바람에 놀라고 당황한 종진이 몸을 가누지 못하고 나동그라지는 추태를 보인 것뿐이었다.

등팔공이 나지막이 속삭였다.

"사형, 가시지요. 복수는 나중에 하시면 됩니다."

종진은 손을 마구 휘두르며 영호충에게 소리쳤다.

"간악한 마교 놈! 그따위 음험하고 요사한 술법을 썼으니 이제 천하 영웅들의 적이 될 것이다! 이 종진은 네놈을 당해내지 못했지만, 우리 정파의 수천 호걸들은 결코 그 더러운 요법에 굴복하지 않는다!"

그는 이렇게 말한 다음 돌아서서 악불군에게 두 손을 모아 인사했다.

"악 선생, 저 마교의 요물은 악 선생과 아무 관계도 없으리라 믿소. 내 말이 맞소?"

악불군은 대답 없이 코웃음만 쳤다. 종진도 악불군 앞에서는 방자하게 굴 수가 없었다.

"진실은 언젠가 반드시 백일하에 드러날 것이오. 다음에 봅시다."

말을 마친 그는 두 사제를 이끌고 그곳을 떠났다.

그들이 사라지자 악불군은 대문 앞 섬돌을 밟고 내려오며 차갑게 말했다.

"영호충, 참으로 훌륭하구나. 임아행의 흡성요법까지 배우다니!"

영호충이 임아행의 무공을 배운 것은 사실이었다. 비록 우연이었다고는 해도 사실이 그러하니 변명할 말이 없었다. 악불군의 목소리는 더욱더 무서워졌다.

"그것이 사실이냐?"

"예."

"그 요사한 술법을 배웠으니 너는 정파의 공적이다. 오늘은 네 상처가 무거워 놓아주겠다만, 훗날 다시 만나면 네가 죽거나 내가 죽거나 양자택일해야 할 것이다."

악불군은 몸을 돌려 제자들을 바라보았다.

"저자는 너희의 적이다. 지난날 동문의 정을 버리지 못하는 사람은 똑같이 정파의 손에 죽게 될 것이다. 알겠느냐?"

"예!"

제자들이 입을 모아 대답했다. 악영산이 무슨 말을 하려는 듯 입을 달싹이자 악불군이 가로막았다.

"산아, 내 딸인 너도 예외는 아니다. 알아들었느냐?"

"알았어요."

악영산이 조그맣게 대답했다. 탈진한 몸으로 겨우 버티고 있던 영호충은 그 말을 듣자 더욱 기운이 쭉 빠져 들었던 검을 툭 떨어뜨리고 힘없이 주저앉았다.

옆에 있던 의화가 팔을 뻗어 그를 부축하며 말했다.

"악 사백님, 오해가 있는 것 같은데 자세히 묻지도 않으시고 이렇게 물리치시는 것은 다소 경솔한 판단인 듯싶습니다."

"오해?"

"저희 항산파는 마교의 기습을 받았으나 여기 이 영호 오 장군님의 도움으로 위기에서 벗어났습니다. 이분이 마교 사람이라면 어찌하여 마교와 싸우면서까지 저희를 구했겠습니까?"

의림이 그를 '영호 사형'이라 부르고 악불군도 '영호충'이라고 칭했지만, 그녀가 알기로는 은인인 '오 장군'이 틀림없었기 때문에 둘을 섞어 '영호 오 장군'이라고 부른 것이었다.

악불군은 고개를 저었다.

"마교 악인들은 간악하고 교활하기 그지없으니 속지 말게. 이번 남행을 이끈 분은 누구신가?"

젊은 여승과 낭자들은 영호충의 교언영색에 속아넘어가더라도 식견이 넓은 고승은 그의 본색을 꿰뚫어보았으리라 생각해 물은 것이었다. 그러나 의화는 처량한 목소리로 대답했다.

"사부이신 정정 사태가 이끄셨습니다만, 불행히도 마교의 손에 돌아가셨습니다."

악불군과 악 부인은 몹시 놀라 나지막이 비명을 질렀다.

그때, 길 저편에서 중년 여승 한 명이 다급히 달려왔다.

"백운암의 전서구가 도착했습니다."

그녀는 품에서 조그마한 대나무관을 꺼내 두 손으로 의화에게 건넸다. 의화는 대나무관의 마개를 뽑고 돌돌 말린 천을 꺼내 펼치더니 짧게 신음을 터뜨렸다.

"아아, 큰일 났구나!"

백운암의 소식이라는 말에 우르르 몰려든 항산파 제자들은 그녀의 안색을 보고 당황하며 물었다.

"왜 그러세요?"

"사부님께서 뭐라고 하세요?"

"무슨 나쁜 일이라도 생겼나요?"

의화는 천 조각을 의청에게 내밀었다.

"사매, 읽어보아라."

의청이 낭랑한 소리로 글을 읽어내려갔다.

"나와 정일 사매는 용천龍泉 주검곡鑄劍谷에 갇혀 있다."

그리고 놀란 목소리로 덧붙였다.

"장문 사숙님의… 혈서군요. 장문인께서 어쩌다 용천에…?"

"어서 가요!"

의진이 외쳤지만 의청은 망설였다.

"하지만 적이 누군지도 모르지 않느냐?"

의화가 단호하게 말했다.

"아무리 흉악한 자들이라도 당장 가서 도와야 한다. 죽더라도 사숙님과 함께 죽어야지!"

하지만 의청은 달랐다.

'사숙님들같이 무공이 높으신 분들마저 적을 물리치지 못하셨다면, 우리가 가봤자 아무 도움이 안 돼.'

이렇게 생각한 그녀는 혈서를 들고 악불군에게 다가가 허리를 숙이며 말했다.

"악 사백님, 저희 장문 사숙님께서 보내신 글입니다. 지금 용천 주검곡에 갇혀 계시다 하니, 연맹을 맺은 오악검파의 정을 보아 부디 도움을 주십시오."

악불군은 천 조각을 받아 읽어본 후 무거운 어조로 말했다.

"정한 사태와 정일 사태께서 어찌 절남에 계시는가? 무공이 절륜하신 분들이 적에게 갇혀 계시다니 이상한 일이군. 이 글씨가 사태의 친필이 맞는가?"

"확실합니다. 아마도 상처를 입으시어 급한 김에 피로 글을 쓰신 것 같습니다."

"적이 대체 누군가?"

"아마도 마교일 것입니다. 저희 항산파는 마교 외에 원한을 맺은 적이 없으니까요."

악불군은 영호충을 흘끗 바라보고는 느릿느릿 대답했다.

"간교한 마교가 가짜 서신을 보내 자네들을 유인하는 것인지도 모르네. 그자들은 끊임없이 궤계를 펼치니 반드시 방비해야 하네."

그는 잠시 망설이다가 말을 이었다.

"이 일은 철저히 조사한 다음 천천히 움직이는 것이 나을 걸세."

뒤에 있던 의화가 낭랑하게 외쳤다.

"사숙님께서 어려움에 처하셨으니 당장 가서 구해야 한다. 의청 사매, 어서 가자. 악 사백님께서는 워낙 바쁘셔서 아무리 부탁해도 소용없을 것이다."

의진도 고개를 끄덕이며 찬동했다.

"맞아요, 조금이라도 늦으면 천추의 한이 될 거예요."

악불군이 의리를 돌보지 않고 이런저런 핑계로 거절하자, 항산파 제자들은 부아가 치밀어 부탁할 마음이 싹 가셨다.

의림이 영호충에게 말했다.

"영호 사형, 복주에서 잠시 쉬고 계세요. 사부님과 사백님을 구한 후에 다시 올게요."

그러자 영호충은 큰 소리로 말했다.

"간덩이가 부은 좀도둑들이 사람을 해치는데 본 장군께서 어찌 두고 볼 수 있겠느냐? 어서 가서 구해야지!"

"하지만 상처가 이렇게 심한데 어떻게 가시려고요?"

"본 장군은 나라를 위해 몸을 바치기로 맹세했느니라. 말 밑에서 죽는 것이 무슨 대수냐? 자자, 어서 가자!"

자신들만으로 사부를 구할 자신이 없었던 항산파 제자들은 영호충이 함께 간다는 말에 크게 사기가 올라 저마다 웃음꽃을 활짝 피웠다. 의진이 다가와 말했다.

"정말 감사드립니다. 타고 가실 것을 구해오겠습니다."

"모두 말을 타라! 전장에 나가는 장수가 말을 타지 않으면 볼품이 없지 않으냐? 가자, 가! 어서!"

사부의 단호한 말에 괴로움을 이기지 못한 영호충은 광기가 발작해 마구 소리를 질러댔다.

의청은 악불군과 악 부인에게 허리를 숙여 인사했다.

"저희는 이만 물러가겠습니다."

의화가 뒤에서 불퉁거렸다.

"그런 사람에게 무엇 하러 예의를 차리느냐? 시간 낭비야! 홍, 의리도 없는 자가 어디서 허명만 얻어가지고… 군자검? 차라리 위군….”

“사저! 그만하세요.”

의청이 나무라며 의화를 잡아끌었다. 악불군은 못 들은 척 빙그레 웃었지만, 참다못한 노덕낙이 앞으로 나섰다.

“누구 앞이라고 함부로 지껄이는 것이오? 오악검파는 서로 연합하여 한 문파가 어려움에 처하면 다른 문파들이 서로 돕는 것이 인지상정이나, 당신들은 마교의 요물인 영호충과 한패가 되어 간교한 짓을 꾸미고 다니니 사부님께서 깊이 생각해보자 하신 것이오. 당신들 손으로 저 요물을 죽여 결백을 밝히지 않으면, 우리 화산파는 결코 항산파와 더러운 물에서 어울릴 수 없소.”

의화는 대로하여 검자루에 손을 가져가며 한 걸음 나섰다.

“뭐라고 했소? 더러운 물?”

“마교와 결탁했으니 더러운 물이 아니면 무엇이오?”

“여기 이 영호 소협께서는 의를 보면 물러서지 않고 어려움에 빠진 사람을 구해주는 진정한 영웅이자 대장부요! 당신들처럼 겉으로는 호걸인 체하면서 실제로는 불의를 보고도 나서지 않고 미적거리는 위군자偽君子와는 다르오!”

악불군의 별호가 ‘군자검’이었기 때문에 화산파 제자들이 가장 싫어하는 말이 바로 ‘위군자’였다. 노덕낙은 그녀가 사부를 조롱하자 곧바로 검을 뽑아 목을 찔러갔다. 화산검법의 절초인 유봉래의였다. 그가 느닷없이 공격하리라고는 생각지 못했던 의화는 검을 뽑아 막을 겨를조차 없었다. 목에 서늘한 한기가 느껴져 절로 비명이 터졌다.

그때 한광이 번뜩이며 검 일곱 자루가 일제히 노덕낙을 향해 날아들었다.

노덕낙은 그 공격을 막기 위해 의화를 찌르던 검을 황급히 거뒀지만, 막을 수 있었던 것은 가슴팍을 찌르는 검 한 자루뿐이었다. 나머지 여섯 자루는 찌이익 소리를 내며 그의 옷에 여섯 개의 구멍을 뚫었다. 구멍마다 길이가 한 자 가까이 되었다. 항산파 제자들은 그를 해칠 마음이 없었기에 검이 몸에 닿자마자 멈췄지만, 아직 연습이 부족한 정악은 검을 자연스레 거두지 못하고 오른쪽 소맷자락을 찢고 피부에도 상처를 남겼다.

화들짝 놀란 노덕낙이 허둥지둥 뒤로 물러서는데, 그의 몸에서 서책 한 권이 툭 떨어졌다. 환한 대낮이라 겉장에 쓰인 '자하비급'이라는 네 글자를, 누구나 똑똑히 볼 수 있었다.

노덕낙은 안색이 싹 변해 급히 서책에 손을 뻗었다.

"막으시오!"

영호충이 매섭게 외치자 의화의 검이 쉭쉭쉭 소리를 내며 노덕낙을 찔러갔다. 노덕낙은 검으로 공격을 막느라 한 걸음도 다가갈 수가 없었다.

악영산이 말했다.

"아버지, 저 비급이 어째서 둘째 사형의 몸에 있을까요?"

영호충이 큰 소리로 물었다.

"노덕낙, 여섯째 사제도 네가 죽였느냐?"

화산 꼭대기에서 여섯째 사제 육대유가 해를 입고 《자하비급》이 사라진 사건은 여태 수수께끼로 남아 있었다. 그런데 항산파 제자들의 공격으로 노덕낙의 허리띠가 끊어지고 짐 보따리가 찢어지자 그 속에 있던 화산파의 비급이 땅에 떨어진 것이다.

"이상한 소리 마라!"

노덕낙이 버럭 소리를 지르더니 갑자기 휙 돌아서서 나는 듯이 골목으로 달아났다. 화가 머리끝까지 난 영호충이 쫓아가려고 몸을 날렸지만, 몇 걸음 못 가 현기증이 일어 주저앉았다. 의림과 정악이 그를 부축했다.

악영산이 서책을 주워들어 아버지에게 내밀었다.

"아버지, 비급을 훔친 사람은 둘째 사형이었어요."

악불군은 시퍼레진 얼굴로 비급을 받아들었다. 과연 조상 대대로 전해져온 내공 비급이 틀림없었다. 다행히 책장 하나 찢어지지 않고 무사했다.

"모두 네 잘못이다. 남에게 주려다가 결국 노덕낙에게 빼앗기지 않았느냐."

의화가 때를 놓치지 않고 들으라는 듯이 말했다.

"이곳이야말로 더러운 물이로군!"

우씨가 영호충에게 다가와 물었다.

"영호 소협, 좀 어떠십니까?"

영호충은 이를 악물고 대답했다.

"내 사제가 저 간악한 놈의 손에 죽었소. 쫓아가 잡지 못하는 게 한스러울 뿐이오."

그러는 동안 악불군과 그 제자들은 표국으로 들어가 문을 쾅 닫았다. 영호충은 그 문을 바라보며 쓸쓸한 마음으로 생각했다.

'사부님의 대제자는 마교의 악독한 무공을 배웠고, 둘째 제자는 동문을 해치고 비급을 훔쳤으니 화가 나실 만하지!'

그는 다시 항산파 사람들에게 시선을 돌리며 말했다.

"항산파 사태들께서 어려움에 처하셨으니 지체할 수 없소. 속히 달려가 그분들을 구하는 것이 우선이오. 도적 노덕낙은 언젠가 반드시 내 손에 잡힐 것이오."

"상처가 심하신데 이렇게… 이렇게… 아아, 뭐라고 해야 할지…?"

우씨는 항산파에서 제법 지위가 있고 무공도 높은 편이었지만, 하녀 출신으로 배운 것이 많지 않아 무슨 말로 감사를 표해야 할지 난감해했다.

"어서 말시장에 가서 말을 구합시다."

영호충은 품에서 금원보와 은자를 꺼내 우씨에게 주었다. 그곳 시장에는 말이 충분하지 않아, 체구가 작은 여자들은 둘이서 한 마리를 탈 수밖에 없었다. 북문을 나와 북쪽으로 10리쯤 말을 달렸을 때 건너편 초원에 말 수십 마리가 한가롭게 풀을 뜯고 있는 것이 보였다. 병졸 대여섯 명이 지키고 있는 것으로 보아 군영에서 키우는 말들인 것 같았다.

"저 말을 훔칩시다."

영호충의 말에 우씨는 깜짝 놀랐다.

"군마가 아닙니까? 그런 짓을 하면 안 됩니다."

"한시가 급한 마당에 황제가 탄 말인들 빼앗지 못할 이유가 어디 있소?"

"그렇지만 관부에 죄를 지으면…."

의청도 망설이듯 말했지만 영호충은 버럭 소리를 질렀다.

"당신네 사부를 구하는 것이 먼저요, 법을 지키는 것이 먼저요? 이런 오라질, 관부 따위가 다 뭐라고! 이 오 장군이 바로 관부니라! 장군이 말을 달라는데 졸개들이 감히 명을 거역해?"

"옳으신 말씀입니다."

의화가 맞장구를 치자 영호충은 더욱 소리를 높였다.

"병졸들을 쓰러뜨리고 말을 끌고 오너라!"

"열두 필이면 충분해요."

의청이 나섰지만 영호충은 끝내 우겼다.

"모조리 끌고 오너라! 바꿔 타면서 길을 재촉해야 한다!"

큰 소리로 호령하는 그의 모습에서는 제법 위엄이 넘쳤다. 정정 사태가 세상을 떠난 뒤로 놀라움과 두려움에 빠져 어찌할 바를 모르던 항산파 제자들은, 영호충의 호령이 떨어지자 용기백배해 말을 박차고 달려가 병졸들을 마구 쓰러뜨리고 수십 마리나 되는 말을 끌고 왔다. 여승이나 여자들이 이토록 무례하게 구는 것을 한 번도 본 적 없는 병졸들은 장난인 줄 알고 히죽거리다가 픽픽 쓰러지고 말았다.

말을 훔친 제자들은 몹시 흥분해 재잘재잘 이야기를 나누며 웃어댔다. 새것을 좋아하는 젊은 여자들답게 모두들 빼앗은 말에 올라타 신나게 질주했고, 정오쯤에야 휴식을 취하기 위해 마을에 들어갔다.

마을 사람들은 말 한 무리를 몰고 온 여자들 틈에 남자 한 명이 섞인 것을 보고 의아해하며 고개를 갸웃거렸다.

비리지 않은 음식으로 배를 채운 뒤 계산을 하려던 의청이 당황한 얼굴로 속삭였다.

"영호 사형, 돈이 부족합니다."

사부가 염려스러웠던 제자들이 말시장에서 흥정조차 하지 않고 있는 돈을 죄다 쓰는 바람에 남은 것이라곤 동전 몇 닢뿐이었던 것이다. 영호충은 뒤를 돌아보았다.

"정 사매, 우씨와 같이 말 한 필을 팔아오시오. 관에서 훔친 말은 팔 수 없으니 다른 말을 끌고 가시오."

정악은 고개를 끄덕이고 우씨와 함께 시장으로 갔다.

다른 제자들이 쿡쿡 웃음을 터뜨렸다.

'우씨는 그렇다 치고, 정악같이 세상 물정 모르는 아이가 시장에 나가 말을 팔다니, 별일이 다 있구나.'

모두들 똑같은 생각이었지만, 총명하고 말 잘하는 정악은 복건성에 온 지 며칠 되지 않아 세상에서 가장 알아듣기 어렵다는 복건의 방언을 제법 익힌 덕택에 곧 말을 팔아 돈을 마련해왔다.

일행은 음식값을 치른 뒤 다시 길을 나섰다.

저녁나절이 되자 언덕 저 멀리 커다란 마을이 보였다. 적어도 700~800채는 됨직한 집들이 줄지어 선 마을이었다. 항산파 제자들과 영호충은 그 마을에 들어가 식사를 했다. 말을 판 돈으로 값을 치르자 남은 돈이 얼마 되지 않았다. 정악이 신이 난 듯 까르르 웃으며 말했다.

"내일 또 말을 팔아야겠네요."

영호충이 소리 죽여 말했다.

"거리에 나가 이 마을에서 가장 돈이 많은 사람이 누군지, 가장 나쁜 악인이 누군지 알아보시오."

정악은 고개를 끄덕이고는 진견과 함께 총총 밖으로 나갔다가 반 시진 정도 후에 돌아왔다.

"이 마을에 부자는 한 사람밖에 없대요. 성이 백씨라 백박피白剝皮라 고 불린다는데, 전당포와 미곡상을 운영한대요. 껍질까지 벗겨먹는다 는 박피라고 불리는 것을 보면 인품도 아주 말이 아닌가 봐요."

그 말을 들은 영호충은 빙그레 웃었다.

"오늘 밤에 그 사람에게 보시를 좀 받아야겠군."

"그런 사람들은 좀생이 같아서 쌀 한 톨 안 줄걸요."

영호충은 대답 없이 싱글싱글 웃다가 말했다.

"자, 그만 갑시다."

날이 어둑어둑해지고 있었지만 위기에 처한 사문을 구하기 위해서 라면 밤새도록 달리는 것쯤은 아무 일도 아니었다. 항산파 제자들은 아무도 토를 달지 않고 마을을 떠나 다시 북쪽으로 달렸다. 그러나 채 몇 리 가지 않아 영호충이 말을 세우며 말했다.

"됐소. 여기서 조금 쉽시다."

일행은 그의 말대로 조그마한 개울가에 앉아 휴식을 취했다. 눈을 감고 한참 동안 정좌를 하고 있던 영호충이 반 시진 후에야 반짝 눈을 뜨고 우씨와 의화에게 말했다.

"두 분은 각각 사매 여섯 명을 데리고 백박피에게 가서 보시를 청해 보시오. 정 사매가 길을 안내할 거요."

우씨와 의화는 의아하게 생각하면서도 고개를 끄덕였다. 영호충이 그들에게 당부했다.

"최소한 은자 500냥은 받아와야 하오. 2천 냥이면 더 좋고."

의화는 놀라 입을 떡 벌렸다.

"아니, 그렇게 많이 보시를 할까요?"

"고작 2천 냥쯤은 본 장군의 눈에 차지도 않소. 2천 냥 중 천 냥은 우리가 쓰고 남은 천 냥은 마을의 가난한 사람들에게 나눠줍시다."

항산파 제자들은 그제야 그의 생각을 알아차리고 서로를 바라보았다. 의화가 물었다.

"그러니까… 재물을 훔쳐 가난한 사람들을 돕자는 말인가요?"

"훔치다니, 누가 훔친다고 했소? 보시를 받아 가난한 사람들을 돕자는 거요. 우리도 사람은 수십 명인데 가진 은자는 몇 푼 되지 않으니 찢어지게 가난한 사람들이라 할 수 있소. 부자들이 덕을 베풀어 우리 같은 사람들을 구제해주지 않으면, 우리가 무슨 수로 용천 주검곡까지 갈 수 있겠소?"

'용천 주검곡'이라는 말에 항산파 제자들도 설득이 되었다.

"어서 탁발을 하러 가요!"

"사매들은 아마 한 번도 이런 일을 해보지 않았을 것이오. 사매들이 하던 탁발과는 방법이 조금 다르오. 우선 천으로 얼굴을 가리시오. 백박피를 만나도 말을 할 필요 없이 그냥 금이나 은자를 보이는 대로 집어오면 되오."

정악이 웃으며 물었다.

"그 사람이 거절하면요?"

"거참 세상 물정 모르는 사람이구려. 항산파의 영웅들께서는 무림에 이름을 드날리는 훌륭한 분들이오. 가마를 가져와 모셔간대도 쉽사리 움직이지 않는 분들이 아니오? 이 조그만 마을에서 토호 노릇이나

하는 백박피에게 열다섯 분이나 되는 항산파 고수들이 친히 찾아가셨
으니 그 얼마나 영광스러운 일이오? 그자가 여러분을 알아보지 못하
고 안하무인으로 굴면 솜씨를 보여줘도 무방하오. 물론 숫자로 밀어붙
이지 말고 정정당당하게 일대일로 싸워야 하오. 과연 백박피가 대단한
지 우리 항산파 정 사매가 대단한지 해봅시다.”

그가 이렇게 떠들어대자 사람들은 까르르 웃음을 터뜨렸다. 항산파
제자들 중에서도 의청같이 신중하고 노련한 사람들은 속으로 옳지 못
하다는 생각을 했다. 항산파는 계율이 엄하기로 유명했고, 도둑질은
금기 중 하나였기 때문에 이런 탁발은 계율을 어기는 짓이었다. 그러
나 의화와 정악 일행이 이미 떠난 후인지라 그러면 안 된다고 생각하
면서도 막을 방법이 없었다.

영호충은 고개를 돌려 고운 눈빛으로 바라보는 의림을 향해 미소를
지었다.

“의림 사매, 내 말이 틀렸소?”

의림은 그의 시선을 피하며 조그맣게 말했다.

“모르겠어요. 사형께서 그래야 한다고 하시면 저도… 저도 그렇다
고 생각해요.”

“지난번에 내가 수박이 먹고 싶다 했을 때, 사매가 밭에 가서 따오
지 않았소?”

의림은 얼굴을 살짝 붉혔다. 아무도 없는 골짜기에서 그와 단둘이
보낸 시간을 떠올리자 가슴이 한쪽이 아련했다. 때마침 하늘 저편으로
별똥별이 꼬리를 길게 늘이며 떨어졌다.

“그때 마음속으로 빌었던 소원을 기억하고 있소?”

영호충이 별똥별을 바라보며 묻자 의림은 소리 죽여 대답했다.

"당연히 기억하지요."

그녀는 고개를 돌려 그를 바라보았다.

"영호 사형의 말이 옳았어요. 그렇게 빌었더니 정말 효험이 있었거든요."

"그랬소? 무슨 소원을 빌었소?"

의림은 고개를 숙인 채 속으로만 대답했다.

'몇백 번, 몇천 번을 빌었어요. 다시 한번 당신을 만나게 해달라고… 그랬더니 정말 이렇게 만났네요.'

그때 멀리서 말발굽 소리가 들려왔다. 조금 전 우씨와 의화, 정악 등이 떠나갔던 남쪽 길에서부터 들려오는 소리였다. 그들은 말을 타고 가지 않았으니 말을 타고 돌아올 리 없었다. 긴장한 사람들이 벌떡 일어나 소리가 나는 쪽으로 시선을 돌렸다.

말발굽 소리가 가까워지더니 어떤 여자가 소리 높여 외쳤다.

"영호충! 영호충!"

영호충은 그 목소리를 알아듣고 가슴이 철렁했다.

"소사매! 나 여기 있어!"

의림은 얼굴이 하얗게 변해 몸을 부르르 떨며 뒤로 한 걸음 물러섰다.

어둠 속에서 백마 한 마리가 내달아오더니 일행에게서 몇 장 떨어진 곳에서 마구 울부짖으며 앞발을 높이 쳐들었다. 악영산이 급하게 말을 세운 것이었다. 이렇게 서둘러 달려온 그녀를 보자 화산파에 무슨 문제가 생겼나 싶어 영호충이 다급히 물었다.

"소사매! 사부님과 사모님은 무사해?"

달빛이 말 탄 악영산의 얼굴을 비췄다. 옆으로 돌아서서 비록 얼굴 반쪽밖에 보이지 않았지만, 화가 난 듯 새파랗게 굳어 있었다.

"누가 당신 사부, 사모라는 거예요? 우리 아버지와 어머니는 당신과는 아무 상관도 없어요!"

싸늘한 목소리였다. 영호충은 마치 누군가에게 한 대 맞은 사람처럼 몸이 휘청했다. 악불군은 본래부터 그에게 몹시 엄했지만, 악 부인과 악영산은 항상 옛정을 생각해서 그에게 관심을 보여주었다. 그런 그녀에게서 이런 말을 듣자 기운이 탁 빠질 만도 했다.

"그래, 나는 화산파에서 쫓겨났으니 그분들을 사부님, 사모님이라 부를 자격도 없지."

"알면서 뭐 하러 그런 말을 하는 거죠?"

영호충은 심장을 칼로 도려내는 것 같아 말없이 고개를 숙였다.

악영산은 코웃음을 치며 말을 몰아 그에게 다가왔다.

"내놔요!"

그녀가 손을 내밀며 소리치자 영호충은 기운 없이 물었다.

"무얼 말이야?"

"아직도 모르는 척하는군요. 그런다고 나를 속일 수 있을 것 같아요?"

악영산의 목소리가 날카롭게 올라갔다.

"어서 내놓으라고요!"

영호충은 고개를 저었다.

"무슨 말인지 모르겠군. 내게 뭘 받으려는 거야?"

"뭘 받으려는 거냐고요? 당연히 임가의 〈벽사검보〉죠!"

영호충은 눈을 찌푸렸다.

"〈벽사검보〉? 그걸 왜 내게…?"

악영산은 냉소를 터뜨렸다.

"당신이 아니면 누구에게 달래요? 임가의 옛 저택에서 〈벽사검보〉
가 적힌 가사를 훔쳐간 사람이 누구죠?"

"그들은 숭산파 사람들이었어. 백두선옹 복침과 독응 사천강이라는
자들이었지."

"그 복침과 사천강을 죽인 사람은 누구죠?"

"물론 나야."

"그다음에 그 가사를 챙긴 사람은 누구죠?"

"나야."

"그러니까 내놔요!"

"그때 나는 피를 많이 흘려 혼절했고, 사모… 아니, 너희 어머니께
서 구해주셨지. 깨어났을 때 가사는 사라지고 없었어."

악영산은 고개를 쳐들고 깔깔 웃었다. 하지만 그 목소리에서 웃음
기라고는 전혀 느껴지지 않았다.

"당신 말대로라면 우리 어머니가 가로챘다는 거군요. 그토록 비열
하고 부끄러움도 모르는 말을 입에 담다니!"

"맹세코 너희 어머니가 가로챘다고 생각한 적 없어. 이 영호충이 너
희 어머니께 불경한 마음을 품은 적이 없다는 것은 하늘도 아실 거야.
다만… 다만….'

"다만 뭐예요?"

"너희 어머니께서 그 가사가 임가의 물건이라는 것을 아시고 임 사

제에게 전해주셨다고 생각했을 뿐이야."

악영산은 싸늘하게 대꾸했다.

"우리 어머니가 왜 당신 몸을 뒤지겠어요? 임 사제에게 준다 해도 당신이 목숨 걸고 되찾은 물건이라면 당연히 당신이 깨어난 뒤에 직접 주라고 하지 않겠어요? 무엇 하러 어머니가 먼저 돌려주시겠어요?"

영호충은 그 말이 일리가 있다는 생각이 들었다.

'그렇군. 설마 내가 혼절해 있는 동안 누군가 가사를 훔쳐간 걸까?'

초조한 마음에 등에서 식은땀이 흘렀다.

"그렇다면 분명 다른 속사정이 있는 것 같군."

그는 옷을 탁탁 털며 말했다.

"내게는 아무것도 없어. 믿지 못하겠거든 직접 찾아봐도 좋아."

악영산은 또다시 냉소를 터뜨렸다.

"당신같이 영리한 사람이 남의 물건을 자기 몸에 숨겨놓겠어요? 당신 곁에 얼치기 여승과 화상이며 추잡한 여자들이 이렇게 많으니 누구라도 대신 숨겼겠지요!"

악영산이 영호충을 죄지은 사람인 양 대하는 것을 본 항산파 제자들은 진작부터 화가 나서 씩씩거리다가 그 말이 끝나기 무섭게 우르르 달려들었다.

"허튼소리 마시오!"

"누구더러 얼치기 여승이라는 것이오?"

"지금 여기 화상이 어디 있다고?"

"추잡한 여자는 바로 당신이오!"

악영산은 검자루에 손을 가져가며 소리쳤다.

"불문의 제자라는 사람들이 남자 하나를 싸고돌며 밤낮으로 딱 붙어다니는데 추잡하지 않단 말이야? 흥, 수치심도 모르는 것들!"

대로한 항산파 제자들은 다짜고짜 검을 뽑았다. 악영산도 검집을 탁 쳐서 검을 쑥 뽑아 들었다.

"머릿수로 밀어붙일 심산인가 본데 마음대로 해보시지! 이 악 낭자께서 너희 같은 것들을 두려워하면 화산파 제자가 아니야!"

영호충은 손을 내저어 항산파 제자들을 만류하며 한숨을 푹 쉬었다.

"그렇게 나를 의심하고 있는 줄은 몰랐어. 노덕낙은 어디 있지?《자하비급》을 훔칠 정도면 그 가사도 그가 훔쳤을지 모르잖아."

"나더러 노덕낙에게 가서 물어보라는 건가요?"

"그래!"

"좋아요, 그럼 어서 나를 죽여요! 임가의 벽사검법에 정통한 당신을 내가 무슨 수로 이기겠어요?"

영호충은 어리둥절했다.

"내가… 내가 왜 너를 해치겠어?"

"노덕낙에게 물어보라면서요. 이렇게 살아 있으면 무슨 수로 지하에 가서 그자를 찾겠어요?"

영호충은 놀라면서도 기뻐하며 물었다.

"노덕낙이… 그가… 사… 아니, 너희 아버지 손에 죽었구나?"

노덕낙은 다른 곳에서 무공을 배운 뒤 화산파에 들어왔기 때문에 화산파 제자 가운데 영호충을 제외하면 그를 당해낼 사람은 아무도 없었다. 악불군이 직접 나서지 않는 이상 화산파가 그를 죽일 수는 없는 일이었다. 노덕낙이 육대유를 죽인 일이 뼈에 사무쳤던 영호충은 그가 죽었다는 소식을 듣자 처량한 와중에도 내심 기뻤다.

그러나 악영산의 목소리는 쌀쌀했다.

"대장부라면 자기가 한 일에는 책임을 질 줄 알아야죠! 당신이 노덕낙을 죽여놓고 부인하긴 왜 부인해요?"

영호충은 깜짝 놀랐다.

"무슨 말이야? 정말 내 손으로 노덕낙을 죽였다면 왜 모른 척하겠어? 그가 여섯째 사제를 죽였는데도 내 손으로 죽이지 못한 것이 한스러울 뿐이야."

악영산은 큰 소리로 말했다.

"여덟째 사형도 죽었잖아요! 여덟째 사형은 당신에게 아무 잘못도 하지 않았는데… 어떻게 그런 짓을!"

영호충은 더더욱 놀라 떨리는 목소리로 물었다.

"여덟째 사제는 항상 나와 사이가 좋았어. 그런데… 무엇 때문에 사제를 죽이겠어?"

"당신은… 마교 사람들과 어울린 뒤로 아주 변했어요. 당신이 왜… 왜 여덟째 사형을 죽였는지 누가 알겠어요? 어쩜… 정말로…."

악영산은 말을 잇지 못하고 눈물을 뚝뚝 흘렸다. 영호충이 한 걸음 다가서며 달랬다.

"소사매, 이상한 생각 마. 여덟째 사제는 아직 어려서 남들과 원한을 맺은 적이 없어. 나뿐만 아니라 그 누구라도 그렇게 어린 사제를… 죽일 까닭이 없어."

악영산이 눈썹을 세우며 매섭게 몰아붙였다.

"그래요? 그런 사람이 스스럼없이 소림자를 죽이려 해요?"

영호충은 대경실색했다.

"임, 임 사제가… 죽었어?"

"아직은 살아 있어요. 당신 검을 맞고도 살아났죠. 하지만… 하지만 언제쯤… 언제쯤… 무사히 일어날지 아무도 모른다고요."

이 말을 끝낸 후 악영산은 숫제 소리 내 흐느끼기 시작했다. 영호충은 안도의 숨을 쉬며 물었다.

"상태가 많이 나쁜 모양이구나. 하지만 자신을 공격한 사람이 누군지 알 거야. 임 사제는 뭐래?"

"세상에 당신처럼 교활한 사람은 또 없을 거예요! 당신이 뒤에서 공격했기 때문에 소림자는… 적이 누군지 보지도 못했어요!"

영호충은 괴로움을 이기지 못해 검을 쑥 뽑아 들고 진기를 끌어올려 힘껏 집어던졌다. 똑바로 날아오른 검이 아름드리 측백나무를 획 스치고 지나가자, 커다란 나무는 허리가 잘려 흔들흔들하다가 우지끈 소리를 내며 쓰러졌다. 모래먼지가 풀풀 일었다.

그 광경을 보자 악영산은 저도 모르게 고삐를 당겨 두어 걸음 물러섰다.

"뭐예요? 마교의 무공을 배웠다고 힘자랑이라도 하는 거예요?"

영호충은 고개를 저었다.

"내가 임 사제를 죽일 생각이었다면 뒤에서 찌를 필요도 없어. 더욱이 내 검을 맞고 살아나지도 못했을 거야."

"당신이 무슨 꿍꿍이로 그런 짓을 했는지 알 게 뭐예요? 흥, 여덟째 사형이 당신이 하는 짓을 목격하자 증거를 없애려고 죽여놓고 얼굴까지 망가뜨렸더군요. 둘째 사… 노덕낙에게 그랬던 것처럼요."

영호충은 숨이 턱 막혔다. 아무래도 무언가 알 수 없는 크나큰 음모가 도사리고 있는 것 같았다.

"노덕낙의 얼굴이 망가졌다고?"

"당신이 한 짓인데 그래도 시치미를 떼는군요!"

"화산파 사람들 중에 다른 사람들은 괜찮아?"

"두 명을 죽이고 한 명에게 치명상을 입혀놓고, 그걸로 부족하다는 말이에요?"

그녀가 쏘아붙이든 말든 다른 사람들이 무사하다는 것을 알자 영호충은 다소 마음이 놓였다.

'누가 그런 짓을 저질렀을까?'

문득 항주의 매장에서 임아행이 한 말이 떠올라 가슴이 서늘해졌다. 임아행은 그가 마교에 들어오지 않으면 화산파를 모조리 도륙하겠다고 장담했으니, 어쩌면 벌써 복주에 와서 공격을 시작했는지도 몰랐다. 초조해진 그가 말했다.

"어서… 어서 돌아가서 너희 부모님께 말씀드려. 아무래도… 마교의 대마두가 화산파를 노리고 있는 모양이야."

악영산은 입을 삐죽이며 냉소했다.

"아무렴요, 마교의 대마두가 우리를 노리고 있지요. 하지만 그자는 본래 화산파 사람이었어요. 호랑이를 키우면 은혜를 원수로 갚는다는 말이 딱 맞았어요!"

영호충은 쓴웃음을 지을 수밖에 없었다.

'용천에 가서 정한 사태와 정일 사태를 구하기로 약속했는데 사부님과 사모님이 위험에 처했으니 어쩌면 좋지? 정말 임아행의 짓이라

면 어차피 나는 그의 적수가 되지 못해. 그렇지만 두 분의 위험을 모른
척할 수는 없어. 가서 아무 도움도 되지 못하고 죽더라도 두 분과 함께
죽어야지. 무슨 일이든 경중을 따져 처리해야 하니 항산파 쪽에는 그
곳 제자들을 먼저 보내 처리하게 하자. 임아행을 막을 수 있다면 그다
음에 용천으로 가서 항산파를 도우면 되겠지.'

그는 이렇게 결심하고 입을 열었다.

"복주를 떠난 뒤로 나는 여기 이 항산파 사저들과 내내 함께 있었
어. 그러니 언제 돌아가서 여덟째 사제와 노덕낙을 죽일 수 있었겠어?
사저들께 여쭤봐."

"흥, 저 여자들에게 물어보라고요? 당신과 똑같은 사람들인데 당신
을 위해 거짓말쯤 못하겠어요?"

항산파 제자들은 또다시 분통을 터뜨리며 반박했다. 출가인들은 여
전히 예의를 갖췄지만, 속가 제자들은 아예 욕설까지 퍼부었다.

악영산은 고삐를 당겨 뒤로 물러서며 말했다.

"영호충, 소림자는 무거운 상처를 입었고 몽롱한 상태에서 검보만
찾고 있어요. 당신에게 조금이라도 양심이 있다면 그 검보를 돌려줘
요. 그러지 않으면… 그러지 않으면…."

"내가 정말 그리도 비열하고 간악한 사람으로 보여?"

악영산은 바락 화를 냈다.

"당신이 비열하고 간악한 사람이 아니면, 이 세상에 비열하고 간악
한 사람이 또 어디 있겠어요?"

옆에서 두 사람의 대화를 들으며 억지로 화를 억누르던 의림도 마
침내 견디지 못하고 나섰다.

"악 낭자, 영호 사형은 낭자에게 정이 깊어요. 항상 진실하고 올바른 마음으로 낭자를 대하는데 어째서 그토록 듣기 흉한 말만 하시나요?"

악영산은 냉소를 터뜨렸다.

"저 사람이 나에게 정이 깊은지 아닌지, 출가인인 당신이 어떻게 알죠?"

의림은 갑자기 오기가 솟구쳤다. 영호충이 억울한 누명을 쓰고 있으니 그 어떤 피해를 입더라도 그의 명예를 회복해주고 싶었다. 불문의 계율을 깨뜨려 사부에게 야단을 듣는 일도 지금은 아무렇지 않게 느껴졌다.

"영호 사형께서 직접 그렇게 말씀하셨어요."

그녀가 낭랑하고 당당하게 말하자 악영산은 코웃음을 쳤다.

"흥, 그런 말까지 당신에게 털어놓았나 보죠? 저 사람은… 저 사람은 내게 정이 깊기 때문에 소림자를 해친 거라고요."

영호충은 한숨을 푹 쉬고 말했다.

"의림 사매, 더 말할 필요 없소. 항산파의 천향단속교와 백운웅담환은 치료에 좋은 영약이니 부디 소사… 아니, 악 낭자에게 조금 내어주시오."

악영산은 말머리를 홱 돌렸다.

"검으로 죽이지 못하니 독을 쓰려고요? 이제 안 속아요! 영호충, 소림자가 이대로 죽으면 나는… 나는…!"

그녀는 말을 잇지 못하고 울먹이며 채찍을 휘둘러 쏜살같이 남쪽으로 달려갔다.

영호충은 멀어지는 말발굽 소리를 들으며 외로움과 처량함에 사로

잡혔다.

진견이 불쑥 말했다.

"참 괄괄한 여자라니까. 소림자인지 뭔지 하는 사람은 확 죽어버렸으면 속이 시원하겠어."

"진 사매, 불문의 제자로서 항상 자비를 품어야 할 사람이 그 무슨 말이냐? 저 낭자가 잘못했다지만 사람을 죽으라고 저주하면 안 된다."

그렇게 말하는 의진에게 영호충이 말했다.

"의진 사매, 부탁이 하나 있소."

"무엇이든 분부만 하세요. 시키는 대로 하겠습니다."

"분부라니 당치 않소. 하지만 그 소림자라는 사람은 내 동문 사제요. 악 낭자의 말대로라면 상처가 아주 심각한 것 같은데, 항산파의 치료약은 매우 영험하니…."

의진은 고개를 끄덕였다.

"저더러 그 약을 가져다주라는 말씀이요? 알겠어요. 바로 복주에 다녀오겠습니다. 의령儀靈 사매, 나와 함께 가자."

영호충은 두 손을 포개 예를 갖췄다.

"정말 고맙소."

"영호 사형은 내내 저희와 함께 계셨는데 살인을 하다니요? 억울한 누명이니 저희가 꼭 악 사백께 사실대로 전하겠습니다."

영호충은 고개를 가로저으며 쓴웃음을 지었다. 사부는 그가 마교에 투신해 온갖 악행을 저지른다고 믿고 있으니 항산파 제자들의 말을 믿어줄 리 없었다.

의진과 의령이 말을 타고 사라지자 그는 가만히 생각에 잠겼다.

'항산파 사람들은 내 일을 마치 자기 일처럼 생각해주는데, 이대로 저들을 버리고 복주로 돌아가면 마음이 편치 않겠지. 하물며 정한 사태는 실제로 위험에 처했지만, 임아행이 정말 복주에 와 있는지는 확실치도 않고….'

그때 진견이 나무를 베었던 검을 주워와 그의 검집에 넣어주었다. 그 모습을 보자 짚이는 데가 있었다.

'내가 임 사제를 죽이려 했다면 뒤에서 찌를 필요도 없고, 단번에 목숨을 앗아갔을 거야. 그렇다면 임아행도 마찬가지가 아닐까? 임 사제를 공격한 사람이 임아행이었다면 임 사제가 여태 살아 있을 리가 없어. 분명 흉수는 다른 사람이야. 임아행이 아니라면 사부님 힘으로도 거뜬히 해결하실 수 있겠지.'

그렇게 생각하자 마음이 훨씬 가벼웠다.

그때 또다시 멀리서 발소리가 들려왔다. 여러 사람의 발소리인 것으로 보아 탁발을 하러 갔던 사람들인 것 같았다. 예상대로 얼마 지나지 않아 의화 일행이 나타났다.

"영호 소협, 저희가 아주 많은 돈을 탁… 탁발해왔습니다. 다 쓰기도 어려울 만큼 많은 돈입니다만 밤이 너무 깊어 가난한 사람들에게 나눠주지 못했습니다."

"지금은 용천으로 가는 것이 급선무니 가난한 사람을 구제하는 일은 천천히 생각해보자."

의화가 그렇게 말하고 의청을 돌아보았다.

"방금 길에서 젊은 여자를 만났는데 혹시 너희도 보았느냐? 누군지는 모르지만 다짜고짜 시비를 걸어 싸움이 붙었다."

영호충은 화들짝 놀랐다.

"그 여자와 싸웠소?"

"예. 어둠 속이었는데, 그 여자가 말을 타고 지나가다 우리를 보더니 대뜸 부끄러움도 모르는 추잡한 여승이라고 욕을 퍼붓더군요."

영호충은 속으로 비명을 질렀다.

"그 여자가 많이 다쳤소?"

"아니, 다친 것을 어떻게 아셨습니까?"

영호충은 속으로만 대답했다.

'소사매가 욕을 했으니 성미가 불같은 당신이 가만있었을 리 있겠어? 그쪽은 한 사람이고 당신들은 열다섯 사람이나 되니 당연히 소사매가 다쳤겠지.'

그는 다시 물었다.

"많이 다쳤소?"

"저도 처음에는 싸울 마음이 없어서 일면식도 없는 사이에 어째서 욕을 하느냐고 물었습니다. 그랬더니 그 여자는 '흥, 난 너희를 잘 알아. 문규도 나 몰라라 하는 항산파 제자들이잖아'라고 하더군요. 그래서 '문규를 나 몰라라 하다니? 얼토당토않은 소리 말고 고운 말을 쓰도록 하시오'라고 대꾸해주었지요. 그랬더니 그 여자는 저를 무시하고 채찍을 휘두르며 비키라고 소리치더군요. 저는 그 여자의 채찍을 낚아채고 똑같이 비키라고 소리쳤고요. 그래서 싸움이 벌어졌습니다."

우씨가 말했다.

"저희는 그 여자가 검을 뽑아 공격하는 순간 화산파 제자라는 것을 알았습니다. 어둠 속이라 얼굴이 잘 보이지 않아 나중에야 악 선생의 따님인 줄 알았지요. 해서 급히 싸움을 말렸지만, 그사이 악 낭자는 팔을 두 번 찔렸습니다. 심각한 상처는 아닙니다."

의화가 웃으며 말했다.

"나는 처음부터 누군지 알고 있었다. 화산파는 영호 사형에게 무례하게 굴고, 우리가 도움을 청할 때도 모르는 척했으니 의리도 용기도 없는 무리야. 그래서 일부러 혼을 내준 것이다."

정악이 끼어들었다.

"의화 사저는 악 낭자를 많이 봐줬어요. 악 낭자의 왼팔을 찌른 금침도겁金針渡劫만 해도 살짝 건드리기만 하고 검을 물렸으니까요. 제대로 찔렀다면 아마 팔이 떨어져나갔을걸요."

화산파의 적이 임아행이 아니라는 것을 알고 겨우 마음을 놓았던 영호충은 다시 불안에 떨었다. 악영산은 자만심이 강해서 지는 것을 참지 못하는 성미인데, 오늘 밤 그런 치욕을 당했으니 필시 그에게 원망을 쏟아부을 것이 뻔했다. 하지만 운명이 그렇다면 그의 힘으로는 어쩔 도리가 없었다. 그저 상처가 무겁지 않다는 소식으로 위안을 삼을 따름이었다.

눈치 빠른 정악은 영호충이 악영산에게 관심이 많은 것을 알고 얼른 다시 말했다.

"영호 사형의 사매인 줄 알았다면 아무리 욕을 해도 그냥 듣고 말았을 텐데, 어둠 속이라 확인할 방법이 없었다고요. 다음에 만나면 사과할게요."

하지만 의화는 분개하며 소리쳤다.

"사과라니? 우리가 무슨 잘못을 했다는 것이냐? 먼저 욕을 한 사람은 그 여자야. 세상에 욕을 들은 사람이 사과하는 법은 없다!"

영호충은 마음이 찢어질 것처럼 아파 더 이상 악영산 이야기를 하고 싶지 않았다. 그래서 재빨리 손을 내저으며 화제를 돌렸다.

"탁발을 해왔으니 그만 출발합시다. 백박피는 어찌 되었소?"

의화 일행은 몹시 흥분해 백박피에게 탁발해온 과정에 대해 재잘재잘 떠들기 시작했다.

"평소 부자들에게 탁발을 하러 가면 은자 한 냥이나 두 냥도 줄까 말까인데 오늘은 몇천 냥이나 얻었어요."

정악이 까르르 웃으며 말했다.

"그 백박피라는 자는 숫제 바닥에 누워 꺼이꺼이 울더라고요. 수십 년 동안 피땀 흘려 번 돈이 하룻밤에 물거품이 되었다나 뭐라나…."

진견이 그 말을 받았다.

"그래서 이름이 백박피가 아니겠어요? 그동안 남을 벗겨먹고 살았지만, 종국에는 모두 백성에게로 돌아가게 되었네요."

그 말에 모두들 즐겁게 웃음을 터뜨렸지만, 어려움에 처한 사부를 떠올리자 곧 마음이 무거워졌다. 영호충은 그들을 향해 말했다.

"여비는 충분하니 속히 떠납시다!"

笑傲江湖

소식

25

━━ 배 속에 술이 들어가자 초라하고 실의에 빠진 모습의 막대 선생도 기운이 펄펄
나는지 연거푸 술잔을 들었다. 하지만 그의 주량으로는 영호충의 상대가 되지
못해, 몇 잔 더 마신 뒤에는 얼굴이 벌겋게 되고 취기가 잔뜩 올랐다.

영호충과 항산파 제자들은 매일 두 시진만 휴식을 취하면서 달린 끝에 며칠 후 절남 용천에 이르렀다. 영호충은 복침과 사천강의 칼에 찔려 피를 많이 흘렸지만, 내공이 깊고 항산파의 영약까지 먹어 그즈음에는 몸이 많이 좋아져 있었다.

사부 걱정에 노심초사한 항산파 제자들은 절남 경내에 들어서기 무섭게 주검곡으로 가는 길을 탐문했으나, 길 가는 사람들은 하나같이 고개를 저었다. 얼마 후 도착한 용천성에는 도검을 주조하는 점포들이 즐비했는데도 대장장이들조차 주검곡의 소재를 알지 못했다. 초조해진 항산파 제자들은 질문을 바꿔, 혹시 늙은 여승 두 명이 부근에서 싸움을 벌이지 않았는지 물었다. 대장장이들은 싸우는 것을 보지 못했지만 여승이라면 자주 본다며, 성 서쪽의 수월암水月庵이라는 비구니 암자에 여승들이 있다고 알려주었다.

일행은 수월암의 위치를 알아내 그곳으로 달려갔다. 암자 안은 조용했고 문도 꼭 닫혀 있었다. 정악이 문을 두드렸지만 대답이 없었다. 의화까지 가세해 한 번 더 요란하게 문을 두드려보았지만 여전히 반응이 없자, 참다못한 의화가 검을 뽑아 들고 훌쩍 담을 넘었다. 의청도 따라 들어갔다.

"이게 뭐지?"

의화가 땅바닥을 가리키며 말했다. 뜰 안에는 반짝반짝 윤이 나는 부러진 검날들이 떨어져 있었다. 날카로운 무기로 단번에 잘라낸 것이 틀림없었다.

"안에 누구 없소?"

의화는 목청을 높여 외치며 안뜰로 달려갔다. 의청은 빗장을 열고 영호충과 다른 사람들을 안으로 들인 뒤 부러진 검날 하나를 주워 영호충에게 내밀며 말했다.

"영호 사형, 누군가 이곳에서 싸운 것 같습니다."

영호충은 매끈하게 잘려나간 검날을 살피며 물었다.

"정한 사백님과 정일 사숙님이 보검을 쓰시오?"

"그렇지는 않습니다. 검법을 높은 경지까지 익히면 목검이나 죽검으로도 적을 제압할 수 있다는 것이 장문 사숙님께서 늘 하시는 말씀이지요. 보도나 보검은 너무 패도적이라 자칫 실수라도 하면 사람의 목숨을 해치거나 불구로 만들 수 있다시며…."

영호충은 무거운 목소리로 되물었다.

"그렇다면 이 검을 자른 사람이 두 분은 아니겠구려?"

의청도 힘없이 고개를 끄덕였다.

그때 안뜰에서 의화가 외쳤다.

"이곳에도 검이 있다!"

사람들이 소리 나는 쪽으로 들어가며 살펴보니 전각 안에 놓인 탁자에 먼지가 뽀얗게 앉아 있었다. 비구니 암자의 불당은 매일같이 청소해 미끄러질 만큼 깨끗하기 마련인데, 이곳은 적어도 며칠 동안 사람이 드나들지 않은 것 같았다.

의화가 있는 암자 후원에는 나무 몇 그루가 날카로운 무기에 베인 듯 쓰러져 있었다. 절단면을 살피니 역시 잘린 지 며칠은 돼 보였다.

누군가가 걷어찬 모양인지 뒷문이 활짝 열려 있고 문짝은 저 멀리서 뒹굴고 있었다. 뒷문 밖으로 산으로 이어지는 오솔길이 있어 그 길을 따라 달리자 10여 장쯤 뒤에 갈림길이 나타났다.

의청이 외쳤다.

"모두 흩어져서 이상한 곳이 없는지 살펴라!"

얼마 후 오른쪽 길을 살피던 진견이 소리쳤다.

"여기 수전이 있어요!"

뒤이어 다른 사람도 외쳤다.

"철퇴! 철퇴도 있어요!"

오른쪽 길은 구릉이 옹긋봉긋 솟은 산으로 이어져 있었다. 일행은 곧장 그 길로 달려갔다. 얼마 가지 않아 암기와 부러진 검들이 나타났고 풀 위에는 마른 핏자국이 보였다.

"앗!"

갑자기 의화가 소리를 지르며 수풀 사이에서 검 한 자루를 주워들었다.

"본 파의 검이에요!"

"정한 사백님과 정일 사숙님이 적과 싸우면서 이쪽으로 가신 것이 분명하오."

영호충이 말했다. 정한 사태와 정일 사태가 적에게 져 달아난 것은 불 보듯 뻔한 일이었지만 체면을 보아 듣기 좋게 말한 것이었다. 가는 길 여기저기에 떨어진 무기와 암기가 싸움이 얼마나 치열했는지 여실히 말해주었다. 싸움이 벌어진 지는 벌써 며칠이 지난 후였기 때문에 때맞춰 구할 수 있을지 걱정이 앞섰다. 항산파 제자들은 초조한 마음을 안고 서둘러 발을 놀렸다.

일행은 점점 더 가팔라지는 산길을 굽이굽이 넘어 뒷산으로 접어들었다. 몇 리쯤 더 가자 길은 사라지고 바위투성이 비탈만 이어져, 무공이 비교적 낮은 의림이나 진견 같은 어린 제자들은 한참 뒤로 처졌다.

조금 더 가니 길은 말할 것도 없고 그동안 방향을 안내해주던 길바닥의 암기들마저 자취를 감췄다. 일행이 어찌할 바를 모르고 있는데 갑자기 왼쪽 산 저편에서 연기가 뭉게뭉게 피어오르기 시작했다.

"저쪽으로 가봅시다."

영호충이 그렇게 말하며 바람처럼 달려갔다. 연기는 하늘 높은 줄 모르고 점점 높이 솟아올랐다. 산비탈을 넘자 널따란 골짜기가 나타났는데, 골짜기에 들어서는 순간 후끈한 열기와 함께 탁탁거리는 장작 타는 소리가 그들을 맞았다. 영호충은 바위 뒤에 몸을 숨기고 의화 등을 향해 조용히 하라는 손짓을 했다.

바로 그때 늙수그레한 남자의 목소리가 들려왔다.

"정한! 정일! 오늘 너희를 서방 극락세계로 보내주마. 우리 덕에 도를 깨우쳤다고 너무 고마워할 것까지는 없다."

그 말을 들은 영호충은 약간 안심이 되었다.

'두 분께서 무사하시구나. 늦지 않아서 다행이야.'

또 다른 남자의 목소리가 귀를 때렸다.

"동방 교주께서 좋은 말로 투항하라 권하셨는데도 끝내 고집을 피우는구나. 오늘 이후로 이 무림에 더 이상 항산파는 남아 있지 않을 것이다."

먼저 말한 남자가 덧붙였다.

"우리 일월신교를 원망하지는 마라. 모두 너희가 고집을 피우는 바람에 벌어진 일이다. 그 고집에 나이 어린 제자들까지 헛되이 목숨을 바치게 되다니, 아까워서 어쩌나! 으하하하!"

골짜기의 불길은 점점 더 뜨겁게 열기를 내뿜고 있었다. 정한 사태와 정일 사태는 저 불길 속에 갇혀 있는 것이 틀림없었다. 영호충은 검을 힘주어 잡으며 진기를 끌어올려 소리 높이 외쳤다.

"마교 놈들! 감히 항산파의 사태를 공격하다니 간이 배 밖으로 나왔구나! 오악검파의 고수가 사방을 포위했으니 속히 투항하라!"

그러고는 다짜고짜 골짜기로 돌진해갔다. 골짜기 입구에는 장작더미와 풀포기가 높다랗게 쌓여 길을 단단히 틀어막고 있었지만, 영호충은 무작정 몸을 날려 불길을 훌쩍 뛰어넘었다. 다행히 생각보다 불길이 거세지 않아 큰 화상을 입지 않고 안으로 들어갈 수 있었다. 몇 걸음 앞에 바위 동굴 두 개가 보였지만 사람은 없었다.

"정한 사숙님! 정일 사숙님! 항산파 구원군이 도착했습니다!"

그때 의화와 의청, 우씨 등도 불기둥 밖에 도착해 소리를 질렀다.

"사부님, 사숙님! 저희가 왔습니다!"

그들의 목소리 사이로 적의 호통이 끼어들었다.

"모두 죽여라!"

"항산파의 여승들이다!"

"오악검파의 고수라더니, 허세였구나!"

곧이어 요란한 칼부림 소리와 함께 항산파 제자들과 적의 싸움이 시작되었다. 골짜기 동굴에서 제법 몸집이 있는 사람이 걸어나왔다. 바로 피투성이가 된 정일 사태였다. 검을 꼬나들고 입구에 우뚝 버티고 선 그녀는, 옷이 여기저기 찢기고 얼굴도 피로 젖었지만 일대의 고수답게 여전히 위엄 있고 당당해 보였다.

영호충을 발견한 그녀는 놀란 얼굴로 물었다.

"너… 너는…?"

"소생 영호충입니다."

"나도 네가 영호충이라는 것은 안다!"

정일 사태가 버럭 소리를 질렀다. 형산 군옥원에서 창문 너머로 영호충을 본 적이 있는 그녀였다.

"제가 앞장서서 길을 열 테니 두 분 사태께서는 한꺼번에 달려나가십시오."

영호충은 기다란 나뭇가지를 주워 활활 타오르는 장작과 풀을 헤치기 시작했다.

"너는 마교에 투신했다고…."

정일 사태가 당황한 목소리로 입을 여는데, 누군가의 외침이 그 말을 끊었다.

"어떤 놈이 감히 훼방을 놓느냐?"

칼 한 자루가 시퍼런 빛을 내뿜으며 영호충의 머리 위로 떨어졌다. 불길은 점점 거세지는데 정일 사태가 의심을 품고 움직일 생각을 하지 않으니, 영호충은 적을 베어 믿음을 얻어야 이 사태를 헤쳐나갈 수 있다는 것을 깨닫고 재빨리 몸을 물려 피하면서 검을 뽑았다. 단칼에 목표를 명중시키지 못한 적의 칼이 다시 한번 쪼갤 듯이 날아들었을 때, 영호충의 검도 쐐액 소리를 내며 솟아올라 칼을 든 적의 오른팔을 싹둑 잘랐다.

그와 동시에 바깥에 있는 항산파 제자가 화를 입었는지 날카로운 여자의 비명 소리가 들려왔다. 화들짝 놀란 영호충이 불길을 뛰어넘어 밖으로 달려가보니, 수백 명이나 되는 사람들이 언덕 곳곳에 흩어져 처절하게 싸우고 있었다.

항산파 제자 대부분은 일곱 명씩 검진을 이뤄 적과 싸우고 있었지만, 미처 검진을 펼치지 못하고 홀로 싸우는 사람도 적지 않았다. 검진을 이룬 사람들은 유리한 상황은 아니더라도 당장 쓰러질 것 같지는 않았으나, 홀로 싸우는 사람들은 위태위태해 삽시간에 두 명이나 목숨을 잃었다.

영호충은 재빨리 싸움터를 훑어, 등을 맞대고 남자 세 명과 싸우는 의림과 진견을 발견했다. 그가 진기를 끌어올려 그쪽으로 날아가자 어디선가 검 한 자루가 푸른빛을 번뜩이며 찔러왔다. 영호충은 검을 들어 그자의 목을 찔러 단숨에 쓰러뜨렸다. 몇 번 몸을 날려 의림 앞에 도착한 그는 제일 먼저 한 남자의 등을 찔러 쓰러뜨리고 이어서 또 다른 남자의 옆구리를 꿰뚫었다. 남은 한 남자가 강편鋼鞭으로 진견의 머리를 박살내려는 찰나, 영호충의 검이 파고들어 그자의 팔뚝을 베어 떨어뜨렸다.

의림은 창백한 얼굴에 한 줄기 미소를 띠우며 말했다.

"아미타불. 감사합니다, 영호 사형."

옆에서는 우씨가 고수 두 명의 공세에 휘청거리고 있었다. 영호충은 곧바로 그쪽으로 달려갔다. 검이 파공성을 내며 한 명의 배를 찌르고 다른 한 명의 손목을 잘랐다. 배를 찔린 사람은 즉사해 쓰러졌고, 손목을 잘린 사람은 더 이상 싸울 수가 없었다. 이를 확인한 영호충이 또다시 몸을 날리며 검을 휘두르자 의화, 의청과 싸우던 적 세 명이 고통스레 울부짖으며 나뒹굴었다.

누군가 늙수그레한 목소리로 외쳤다.

"모두 힘을 합쳐 저놈부터 죽여라!"

잿빛 그림자가 휙휙휙 날아오르더니, 검 세 자루가 동시에 영호충의 목과 가슴, 배를 노렸다. 초식이 절묘하고 기세 또한 맹렬해 일류의 검법임이 분명했다. 날아드는 검을 본 영호충은 가슴이 철렁했다.

'숭산파의 검법이다! 설마 이자들이 숭산파 제자인 건가?'

멈칫하는 사이 적의 검이 피부에 닿을 듯 가까워지자, 영호충은 독고구검 파검식의 요결에 따라 검을 핑그르르 돌려 공격을 와해시킨 뒤 곧바로 공세로 전환해 적들을 물러서게 만들었다. 그제야 공격한 사람들의 모습을 확실히 볼 수 있었다. 왼쪽에 선 사람은 뚱뚱한 남자로 나이는 마흔 살가량에 짧은 수염을 길렀고, 가운데 있는 사람은 가무잡잡한 피부에 눈동자가 형형하게 번쩍이는 야윈 몸집의 노인이었다. 영호충은 세 번째 사람은 살펴보지도 않고 옆으로 몸을 미끄러뜨리며 정악을 협공하던 적 두 명을 찔렀다. 본래 싸우던 세 사람이 호통을 치며 쫓아왔지만 영호충은 그들을 상대할 생각이 없었다.

'저 세 사람은 검법이 뛰어나 단번에 쓰러뜨릴 수가 없어. 저들과 싸우느라 시간을 허비하면 그사이 항산파 제자들은 다 쓰러질 거야.'

그는 내공을 운용해 동쪽 서쪽으로 쉼 없이 움직였고, 그의 검이 닿는 곳마다 적들은 피를 흘리고 물러나거나 검에 찔려 고꾸라졌다.

세 명의 고수들은 고래고래 소리를 지르며 추격했지만, 이미 벌어진 거리는 좀처럼 줄어들지 않았다. 적들은 반격조차 하지 못한 채 마치 태풍을 맞아 쓰러지는 나무처럼 맥없이 나가떨어졌고, 차 한잔 마실 시간이 지났을 때에는 사상자 수가 서른을 훌쩍 넘겼다. 눈 깜짝할 사이 서른 명의 전력을 잃은 적은 기운이 꺾여 곧 전세가 역전되었다. 영호충이 적을 쓰러뜨릴 때마다 수세에 몰렸던 항산파 제자들이 전열을 가다듬어 다른 동문들을 도왔고, 덕분에 머릿수도 많아져 점차 상승세를 타기 시작한 것이었다.

가능한 한 빨리 적을 물리치지 않으면 불길이 거세져 동굴에 갇힌 정한 사태와 정일 사태가 빠져나올 수 없게 된다는 것을 잘 아는 영호충은 인정사정없이 적들을 찌르고 베었다. 그의 몸은 동에 번쩍 서에 번쩍하며 나는 듯이 움직였고, 그의 발이 닿는 곳의 적들은 일말의 예외도 없이 쓰러져나갔다. 어느새 또 스무 명이 바닥에 나뒹굴었다.

정일 사태는 동굴 위 높은 곳에 올라 영호충이 신출귀몰하며 적들을 물리치는 모습을 바라보았다. 영호충의 검법은 그녀가 평생 봐온 그 어떤 검법보다 신기막측했다. 그가 무시무시한 검법으로 적을 쓰러뜨리는 것은 반가웠지만, 뜻밖의 상황에 놀라움과 의아함을 감출 수가 없었다.

아직도 40~50명이나 되는 적이 남아 있었지만, 영호충의 놀라운 검법을 막아낼 수 있는 사람은 없었다. 누군가 소리를 지르자 20명 가량이 수풀 속으로 마구 달아나기 시작했다. 영호충이 그들 중 몇 사람을 찔러 죽이자 나머지는 투지를 깡그리 잃고 걸음아 날 살려라 하고 달아났다. 적의 고수 세 사람은 끈질기게 영호충의 뒤를 쫓았지만, 거리가 점점 멀어지는 것으로 보아 겁을 집어먹은 것이 분명했다.

영호충이 걸음을 멈추고 돌아서서 그들에게 외쳤다.

"너희는 숭산파냐?"

세 사람은 기겁해 허둥지둥 뒤로 물러났다. 그중 몸집이 큰 남자가 대답 대신 큰 소리로 물었다.

"귀하는 누구시오?"

영호충 역시 대답하지 않고 우씨 등에게 외쳤다.

"어서 불을 끄고 사백님들을 구하시오."

항산파 제자들이 나뭇가지로 불길을 헤치기 시작했고, 의화와 몇몇 제자들은 장작더미를 뛰어넘어 골짜기로 들어갔다. 마른 섶에 붙은 불은 좀처럼 꺼지지 않았지만, 10여 명이 힘을 합쳐 두들기자 불길이 조금 약해지며 틈이 생겼다. 안으로 들어갔던 의화 일행이 숨만 거의 붙어 있는 여승들을 부축해 나왔다.

영호충이 물었다.

"정한 사백님은 어떠십니까?"

"걱정해주어 고맙네!"

나이 든 여자의 목소리가 들리고 중간 체구의 늙은 여승이 천천히 걸어나왔다. 달빛처럼 새하얀 승복은 피 한 방울, 흙먼지 한 줌 튀지 않아 깨끗했고, 손에는 무기 대신 염주가 들려 있었다. 그녀의 얼굴에는 자애로움이 가득했다. 마치 불당에서 나온 사람처럼 차분하고 평화로운 표정을 짓고 있어서 영호충은 놀라지 않을 수 없었다.

'이토록 위험한 상황에 처하고도 추호도 당황하지 않으시다니, 정한 사백님은 소문대로 대단하신 분이구나.'

그는 허리를 숙이고 인사를 올렸다.

"사태께 인사드립니다."

정한 사태는 반례로 합장을 하더니 조용히 말했다.

"기습이니 조심하시게."

"예!"

영호충은 대답과 동시에 몸을 휙 돌리며 검을 휘둘러 몸집 큰 남자가 몰래 내지른 검을 쳐냈다.

"늦어서 죄송할 따름입니다."

이렇게 말하면서 그는 또다시 찔러오는 검 두 자루를 막았다.

불길 속에서 여승 10여 명이 걸어나왔는데 그중 몇 명은 시체를 업고 있었다. 정일 사태가 성큼성큼 앞으로 나아가며 벼락같이 호통을 쳤다.

"비열하고 간악한 놈들! 어찌 이렇듯 흉악한 짓을 한단 말이냐?"

옷자락에 불이 붙어 화르륵 타오르는데도 눈길조차 주지 않았다. 우씨가 다가가 대신 불을 꺼주었다.

"두 분께서 무사하시니 천만다행입니다."

영호충이 말하는 사이 등 뒤에서 바람을 가르는 소리가 들리고 검 세 자루가 동시에 날아들었다. 검법뿐 아니라 내공 또한 당세에 적을 찾아보기 어려울 만큼 높아진 영호충은 화마가 뿜어내는 짙은 연기 속에서도 단박에 적의 초식을 간파하고 교묘하게 검을 내밀어 도리어 그 손목을 찔렀다. 무공이 고강한 그들은 재빨리 피했지만, 몸집이 큰 남자의 손등에는 자상이 생겨 피가 빨갛게 배어나왔다.

영호충은 그들을 무시하고 말했다.

"숭산파는 오악검파의 영도자이자 항산파와는 결맹을 한 사이입니다. 그런데 어째서 그들이 항산파를 기습했는지 도무지 모르겠군요."

정일 사태가 대답 대신 물었다.

"사저께서는 어떻게 되셨느냐? 어째서 함께 오지 않으셨지?"

진견이 흐느끼며 대답했다.

"사… 사부님께서는 간악한 자들에게 포위를 당해 싸움 끝에… 원적하셨어요…."

"흉악한 놈들!"

정일 사태는 비분을 감추지 못해 씩씩거리며 걸음을 옮겼지만, 얼마 가지 못해 풀썩 쓰러져 입에서 피를 토했다.

숭산파 고수 셋은 초식을 바꿔가며 연신 공격을 퍼부었지만, 끝내 영호충의 털끝 하나 건드리지 못했다. 게다가 영호충은 정한 사태와 이야기를 하면서 자신들을 쳐다보지도 않고 신묘한 검법을 펼쳐냈으니 정면으로 맞서 싸워서 이기기란 하늘에 오르기만큼 요원한 일이었다. 겁을 집어먹은 그들이 달아나려고 눈치를 보는 사이, 영호충이 느닷없이 몸을 휙 돌려 왼쪽에 서 있는 사람의 왼쪽 측면과 오른쪽에 서 있는 사람의 오른쪽 측면을 빠르게 찔러 세 사람이 바짝 붙어서도록 몰아붙였다. 세 사람이 꼼짝 못하게 되자 그는 연달아 열여덟 번이나 날카롭게 검을 찔렀다. 세 사람은 그 열여덟 번을 가까스로 막아냈을 뿐 반격은 꿈도 꾸지 못했다.

그들은 숭산파의 절기를 아낌없이 펼쳤지만, 독고구검의 공격 앞에서는 별무소용이었다. 영호충이 그들을 몰아붙인 까닭은 사람들 앞에서 숭산파의 검법을 펼치게끔 만들어 발뺌하지 못하게 하기 위해서였다. 그들은 식은땀을 뻘뻘 흘리고 보기 흉할 만큼 얼굴을 일그러뜨렸지만, 검법만큼은 전혀 흐트러짐이 없어 수십 년간 하루도 빠짐없이 수련한 검법이라는 것이 자연스레 드러났다.

정한 사태가 조용히 입을 열었다.

"아미타불, 선재로다. 조趙 사형, 장張 사형, 사마司馬 사형, 우리 항산파는 숭산파와 아무 원한이 없건만, 어찌 이리 핍박하여 우리를 숯덩이로 만들려 하시오? 설마하니 좌 장문께서 정말 그리하라 명을 내리셨소? 빈니는 도무지 알 수가 없으니 어디 말씀을 해보시오."

그녀의 말대로 숭산파 고수들은 각각 조, 장, 사마라는 성을 쓰는 사람으로, 강호에 나오는 일이 극히 드물어 남들이 알아보지 못하리라 자신했다. 그런데 갑자기 정한 사태가 자신들을 부르자 그러잖아도 영호충을 당해내지 못해 땀을 뻘뻘 흘리며 어쩔 줄을 몰라 하던 그들은 깜짝 놀라 그 자리에 우뚝 멈춰섰다. 그들이 들고 있던 검이 챙그랑 소리를 내며 바닥으로 떨어졌다.

영호충이 조씨 노인의 목을 겨누며 외쳤다.

"검을 버려라!"

노인은 장탄식을 했다.

"세상에 이런 무공과 검법이 있다니! 귀하의 검에 패했지만 억울하지는 않소."

그가 손목을 흔들자 진기를 받은 검이 조각조각으로 부서져 바닥에 흩어졌다.

영호충은 몇 걸음 물러섰고, 의화를 비롯한 항산파 제자 일곱 명이 검을 뽑아 세 사람을 포위했다.

정한 사태가 천천히 말했다.

"귀 파는 오악검파를 합병하여 오악파로 만들고자 했으나, 빈니는 수백 년 역사를 이어 내려온 항산파를 이 손에서 무너뜨릴 수 없어 그 제안을 거절하였소. 이런 문제는 오랜 시간을 두고 차차 논의하여야 하건만, 오히려 마교로 위장하여 독수를 쓰고 우리 항산파 제자들을 몰살하려 하셨구려. 이 얼마나 잔인하고 흉악한 짓이오?"

정일 사태가 노한 목소리로 소리를 질렀다.

"사저, 저런 놈들과 말해 무엇 합니까? 모조리 죽여 후환을 없애는 것이 우선… 쿨럭, 쿨럭."

그녀는 말을 끝내지 못하고 또다시 피를 토했다.

사마 성을 쓰는 몸집 큰 거한이 슬그머니 입을 열었다.

"우리는 명을 받고 움직였을 뿐이오. 상세한 내막은 아무것도…."

그러자 조씨 노인이 버럭 화를 냈다.

"죽음이 그리 두렵더냐? 무슨 잔말이 그리 많으냐?"

일침을 당한 거한은 부끄러움에 얼굴이 벌게진 채 입을 다물었다.

정한 사태가 말했다.

"세 분께서는 30년 전 기북冀北을 종횡하시다 돌연 모습을 감추셨소. 당시 빈니는 세 분께서 큰 깨달음을 얻어 과오를 뉘우치고 물러나셨다 생각했으나, 이제 보니 남몰래 숭산파에 들어가 다른 음모를 꾸미고 계셨구려. 아아, 숭산파 좌 장문 같은 고인께서 이처럼 수많은 방문좌도와 강호의 이인異人들을 받아들여 무림동도에게 해를 끼치다니, 참으로 그 의중을 헤아릴 수가 없구려."

큰 변고를 당하고서도 남을 비방하고 싶지 않은 정한 사태는 말이 좀 과하다 싶으면 곧 멈추곤 했다. 그녀가 길게 한숨을 쉬고 물었다.

"내 사저인 정정 사태 또한 귀 파의 손에 해를 입었소?"

죽음이 두려워 변명한 일로 체면이 깎였던 사마 씨가 어떻게든 만회해보려고 당당한 목소리로 대답했다.

"그렇소. 우리 종 사제가 한…."

"어허!"

노인이 눈을 부릅뜨며 호통을 치자 거한은 그제야 실언을 깨달았지만, 여전히 뻣뻣하게 대꾸했다.

"일이 이 지경인데 더 속여봤자 무슨 의미가 있소? 좌 장문께서 우리에게 둘로 나누어 남쪽으로 내려가 이리 하라 명하셨소."

"아미타불. 좌 장문께서는 오악검파의 맹주로서 높이 숭앙받고 계시건만, 어찌하여 다섯 문파를 합병하여 그 장문인이 되고자 하시는 것이오? 그런 까닭으로 이렇게 무력을 동원하여 무림의 동도를 해친다면 천하 영웅들의 비웃음을 받을 것을 어찌 모르시오?"

정한 사태는 고개를 가로저으며 안타깝게 말했지만 정일 사태는 분통을 터뜨렸다.

"사저, 흉악한 도적들이란 본디 야심이 크고 끝없이 욕심을 부리기 마련입니다. 그런 말을 해보았자…."

정한 사태는 소매를 휘둘러 그 말을 막으며 숭산파 사람들에게 말했다.

"하늘의 그물은 성긴 듯 보여도 끝내 악을 놓치는 법이 없소. 불의를 행하면 필시 그 보응을 받게 될 것이오. 그만들 가시오! 가서 좌 장문께 앞으로 우리 항산파는 좌 장문의 명을 따르지 않을 것이라 전해주시오. 비록 연약한 여자들뿐이나 강압에 굴복하는 일은 결코 없을 것이오. 오악검파의 합병이라는 좌 장문의 제의는 받아들이기 어렵겠소."

"장문 사숙님! 저들이… 저들이 벌인 짓은…!"

의화가 끼어들었지만 정한 사태는 고개를 저었다.

"검진을 물려라!"

"…예!"

의화가 어쩔 수 없이 검을 흔들자 일곱 명의 제자들은 검을 거두고 물러섰다.

이렇게 쉽게 빠져나갈 수 있으리라곤 생각지도 못했던 숭산파 고수들은 감격에 겨워 정한 사태를 향해 깊이 읍한 뒤 나는 듯이 달려갔다. 문득 조씨 노인이 수 장 밖에서 걸음을 멈추고 돌아보며 낭랑하게 외쳤다.

"신묘한 검법을 펼친 소협의 존성대명을 물어도 되겠소? 결코 복수를 위해서가 아니오. 다만 이 몸이 어느 영웅의 손에 패배했는지 알고 싶어 묻는 것뿐이오."

영호충은 대답 없이 빙그레 웃기만 했으나, 의화가 낭랑하게 대답했다.

"이분은 영호충 소협이시오. 본래 화산파 문하였으나 지금은 문파 없이 강호를 떠돌며 협의를 행하고 계시며, 우리 항산파의 친구요!"

노인은 고개를 끄덕였다.

"영호 소협의 고명한 검법에 탄복하는 바이오!"

그는 장탄식을 남기고 돌아서서 모습을 감췄다.

골짜기에는 불길이 점점 크게 번졌고, 숭산파의 사상자들은 그 불길 사이에 이리저리 널브러져 있었다. 상처가 가벼운 사람들은 엉금엉금 기어 불길을 피했지만, 중상을 입은 사람들은 피웅덩이 속에 누운 채 뜨거운 화마가 혀를 날름거려도 비명만 질러댈 뿐 움직일 수가 없었다. 이 광경을 본 정한 사태가 말했다.

"저 사람들이 무슨 잘못이 있겠느냐, 모두 좌 장문이 잘못된 생각을 한 탓이지. 우씨, 의청과 가서 사람들을 구하거라."

장문인의 자비로움을 잘 아는 제자들은 가타부타 토를 달지 못하고 다쳐 쓰러진 숭산파 사람들을 구하기 시작했다. 숨이 조금이라도 붙어 있는 사람이면 모두 불길 속에서 구해내 한쪽으로 옮기고 영약을 발라 상처도 치료해주었다.

정한 사태는 남쪽을 바라다보며 눈물을 뚝뚝 흘렸다.

"사저!"

그녀의 몸이 휘청하더니 곧바로 힘없이 무너져내렸다. 깜짝 놀란 사람들이 우르르 달려가 부축해보니, 입가에서 새빨간 피가 흘러내리고 있었다. 정일 사태 역시 상처가 심각해 위태한 지경이었다. 항산파 제자들은 어쩔 줄 몰라 허둥거리며 영호충만 바라볼 뿐이었다.

영호충이 다급히 말했다.

"어서 두 분께 약을 드리고 상처를 치료하시오. 무엇보다 지혈이 가장 중요하오. 이곳은 불길이 뜨거우니 저쪽으로 옮겨 쉬어야겠소. 몇 분은 가까운 곳에서 요기를 할 과일을 좀 따오시겠소?"

사람들은 그 명에 따라 각자 할 일을 찾아 나섰다. 정악과 진견은 물주머니에 물을 떠서 정한 사태와 정일 사태, 그리고 다친 동문들에게 약을 먹였다.

용천 주검곡의 싸움으로 항산파는 서른일곱 명의 제자를 잃었다. 정정 사태를 비롯해 싸우다 죽은 사저와 사매들을 생각하면 절로 슬픔이 밀려와 견딜 수가 없었다. 누군가 엉엉 소리를 내며 울음을 터뜨리자, 다른 사람들도 감정을 이기지 못하고 흐느끼기 시작했다. 골짜기는 삽시간에 구슬픈 울음소리로 가득 찼다.

정일 사태가 버럭 소리를 질렀다.

"이미 떠난 사람에게 어찌 이리 미련을 갖느냐? 우리가 평소 불경을 읽고 수련을 하는 까닭이 바로 삶과 죽음의 의미를 깨닫기 위해서임을 잊었느냐? 영혼의 주머니에 불과한 이깟 몸뚱이가 무엇이 아쉬워 울어대느냐!"

성미가 불같은 정일 사태를 잘 아는 제자들은 그 명을 어길 수가 없어 억지로 울음을 삼켰다. 하지만 마음 약한 몇 사람은 여전히 소매로 눈가를 찍으며 흐느꼈다. 정일 사태가 그 소리를 이기려는 듯 외쳤다.

"사저께서는 어찌 해를 당하셨느냐? 악아, 네 말주변이 좋으니 장문인께 자초지종을 말씀드려라."

"예."

정악이 차분한 목소리로 선하령에서 마교의 매복에 당했다가 영호충의 도움을 받은 일과, 입팔포에서 적들의 미혼약에 동문들을 붙잡히고 정정 사태가 숭산파 종진의 협박을 받은 뒤 복면인들에게 협공을 당한 일, 영호충이 적을 물리쳤지만 정정 사태는 상처가 깊어 끝내 세상을 떠난 일 등을 하나하나 이야기했다.

정일 사태가 고개를 끄덕였다.

"그랬구나. 숭산파 놈들이 마교인 척하고 우리를 공격하고 오악검파의 합병에 찬성하라고 사저를 협박하다니. 흥, 참으로 지독한 놈들이다. 너희가 숭산파 손아귀에 들어갔으니 사저께서 원치 않더라도 승낙할 수밖에 달리 도리가 없었을 것이다."

말을 하느라 기력이 달리는지, 그녀의 목소리는 점점 작아졌다. 숨을 헐떡이던 그녀가 한참 만에야 다시 입을 열었다.

"사저께서는 선하령에서 당한 포위 공격에서 적들이 보통이 아님을 아시고 전서구를 보내 구원하러 와달라 하셨다. 그런데 이제 보니… 적들은 이미 그것까지 계산에 넣고 있었구나."

"사숙님, 그만 말씀하시고 쉬십시오. 그간의 경위는 제가 동문들에게 이야기하겠습니다."

정한 사태의 둘째 제자인 의문儀文이 권하자 정일 사태는 분노로 부르르 떨었다.

"이야기하고 자시고 할 일이 어디 있느냐? 수월암에서 한밤중에 적들의 기습을 받아 지금까지 싸우며 버틴 것이 아니냐?"

"예, 그렇지요."

의문은 그렇게 말하며 며칠 동안의 싸움에 대해 간략히 이야기해주었다.

숭산파는 야밤에 수월암에 있는 항산파를 기습하면서 복면을 쓰고 마교라고 자칭했다. 갑작스러운 공격에 항산파는 하마터면 절멸할 뻔했으나, 다행스럽게도 무림의 한 갈래인 수월암에는 용천에서 만든 보검 다섯 자루가 보관되어 있었다. 수월암 주지 청효淸曉 사태는 적을 막기 위해 정한 사태와 정일 사태에게 보검을 내주었다. 용천의 보검은 쇠를 무 자르듯 할 수 있는 날카로운 무기여서 적의 무기를 부러뜨리는 것은 물론이고 적잖은 적을 쓰러뜨렸다. 그 덕분에 싸움과 후퇴를 반복하며 겨우 이 골짜기까지 달아날 수 있었던 것이었다. 애석하게도 수월암의 청효 사태는 항산파를 지키기 위해 해를 입고 말았다.

이 골짜기는 오래전 철광석을 캐던 광산으로, 수백 년 전만 해도 검을 주조하는 곳으로 유명했지만 이후 철이 바닥나자 불을 때던 바위 동굴만 남긴 채 대장간들이 모두 다른 곳으로 옮겨갔다. 바로 이 바위 동굴 덕분에 항산파는 며칠을 버텨낼 수 있었다. 오랫동안 공격하고도 그들을 쓰러뜨리지 못하자, 숭산파는 섶을 모아 불을 지르는 악독한 짓을 감행했다. 영호충 일행이 반나절만 늦었더라면 항산파 사람들은 한 명도 빠짐없이 목숨을 잃었을 것이다.

정일 사태는 의문의 이야기를 듣기도 귀찮은지 눈을 번쩍번쩍 빛내며 영호충을 바라보다가 불쑥 말했다.

"너는… 아주 잘했다. 네 사부가 어찌하여 너를 축출했는지 모르겠구나. 듣자니 네가 마교와 결탁했다던데?"

"제가 신중하지 못한 탓에 어쩌다 보니 마교의 인물 몇 사람을 알게 된 것은 사실입니다."

정일 사태는 코웃음을 쳤다.

"숭산파같이 제 욕심만 챙기는 부류라면 마교보다 더하면 더했지 나을 것도 없다. 흥, 정파의 인물이라고 무조건 마교보다 낫다는 법도 없지."

의화도 나섰다.

"영호 사형, 제가 사형의 사부님을 두고 이러쿵저러쿵할 입장은 아니지만, 그분은… 그분은 우리가 어려움에 처한 것을 아시고도 모르는 척하셨습니다. 어쩌면, 어쩌면… 그분은 벌써 숭산파의 합병 제안을 받아들이셨는지도 모릅니다."

영호충도 그럴 수 있겠다는 생각이 들었지만, 어려서부터 사부님을 존경하고 받들어와서인지 차마 불경한 생각을 품을 수가 없었다.

"사부님께서 항산파의 어려움을 모른 척하신 것이 아니오. 아마 급한 일이 있어서 그러셨을 거요…."

내내 눈을 감고 좌선하던 정한 사태가 비로소 눈을 뜨고 말했다.

"본 파가 수차례 어려움을 당하고도 이렇게 살아난 것은 영호 소협의 도움이 크네. 그 은혜를 어찌 갚을지…."

영호충이 황급히 예를 갖추며 말했다.

"조그마한 힘을 보탰을 뿐인데 그리 말씀하시니 몸 둘 바를 모르겠습니다."

정한 사태는 고개를 가로저었다.

"겸양이 과하네. 악 사형께서 급한 일로 직접 오시지 못하였으나 대제자를 보내 도왔으니 직접 오신 것과 다르지 않지. 의화, 무림의 선배에게 무례한 말은 하지 마라."

의화가 허리를 숙이며 대답했다.

"예, 잘못했습니다. 하지만… 하지만 영호 사형은 화산파에서 쫓겨나셨고 악 사백께서는 영호 사형의 행동은 화산파와 아무 상관도 없다고 말씀하셨습니다. 영호 사형께서는 악 사백의 명을 받아 오신 것이 아닙니다."

정한 사태는 빙그레 웃었다.

"그래, 기어이 밝혀야 마음이 편한 모양이구나."

그러자 의화는 한숨을 푹 쉬며 중얼거렸다.

"영호 사형께서 여자였다면 참 좋았을 텐데…."

"그 무슨 말이냐?"

"화산파에서 쫓겨나 갈 곳이 없으시니, 여자였다면 항산파에 들어올 수 있지 않겠습니까? 저희와 힘을 합쳐 어려움을 이겨내셨으니 이제 한 가족이나 마찬가지…."

"어허, 허튼소리 말아라! 나이를 그리 먹고도 아직도 어린아이 같은 말만 하다니!"

정일 사태가 대뜸 야단을 쳤지만, 정한 사태는 빙그레 웃을 뿐이었다.

"악 사형께서 오해로 인해 영호 소협을 쫓아내셨으나 진상이 밝혀지면 자연히 다시 받아주실 것이다. 숭산파의 음모는 여기서 그치지 않을 터이니, 화산파도 영호 소협의 힘이 필요하겠지. 설사 화산으로 돌아가지 않더라도 그만한 무공이라면 스스로 문파를 창안하는 것도 어려운 일은 아닐 것이야."

정악이 손뼉을 치며 말했다.

"장문 사백님의 말씀이 옳아요. 영호 사형, 화산파가 그렇게나 영호 사형을 못마땅하게 여기니 차라리… 차라리 보란 듯이 '영호파'를 하나 세우세요. 흥, 화산파로 돌아가지 못하면 죽으란 법도 없잖아요?"

영호충은 쓴웃음을 지으며 말했다.

"감당할 수 없는 과한 칭찬이십니다. 저는 그저 언젠가 사부님께서 제 잘못을 용서하시고 다시 문하에 거두어주시기만을 기다릴 따름입니다. 그 외에는 아무것도 바라지 않습니다."

진견이 불쑥 끼어들었다.

"정말 아무것도 바라지 않으세요? 소사매도요?"

영호충은 민망한 마음에 고개를 내저으며 화제를 돌렸다.

"해를 입은 사저들을 안장해야 하지 않겠습니까? 아니면 화장해서 유골을 항산으로 운반하시겠는지요?"

"모두 화장을 해야겠군!"

비록 세상사를 등진 정한 사태라지만 오랫동안 함께한 제자들이 목숨을 잃고 쓰러져 있는 것을 보자 절로 목이 메었다. 제자들 가운데에는 또다시 소리 내 흐느끼는 사람도 있었다. 죽은 지 며칠이 지난 사람도 있었고, 멀리 수십 장 밖에 나뒹구는 사람도 있어 그들의 처량함은 더했다. 동문의 시신을 옮기는 제자들은 저마다 숭산파 장문인 좌냉선의 악독함과 잔인함을 통렬하게 비난했다.

화장을 끝냈을 때 하늘은 이미 캄캄해져, 일행은 골짜기에서 하룻밤 노숙을 했다. 다음 날 아침이 되자 항산파 제자들은 정한 사태와 정일 사태, 그리고 다친 동문들을 업고 용천성으로 들어가 덮개 있는 배 일곱 척을 빌려서 물길을 타고 북쪽으로 출발했다.

숭산파가 또다시 기습을 할까 봐 영호충도 그들과 함께 배를 탔다. 항산파 선배들이 동행한 까닭에 그는 훨씬 삼가고 조심하며, 다시는 그 제자들과 쓸데없는 농을 주고받지 않았다. 정한 사태와 정일 사태의 상처는 몹시 위중했지만, 항산파의 영단묘약은 신묘하기 짝이 없어 전당강錢塘江을 지날 즈음에는 위험한 고비를 넘길 수 있었다.

이번 싸움으로 큰 피해를 입은 항산파는 도중에 무슨 일이 생길까 두려운 나머지 가능한 한 강호인들을 피하기 위해 장강에서 배를 바꿔 강을 거슬러 서쪽으로 나아갔다. 이렇게 천천히 움직인다면 한구漢口에 도착할 즈음에는 다른 사람들도 거의 몸이 나아서 육지에 올라 항산으로 곧장 갈 수도 있을 것 같았다.

이윽고 파양호鄱陽湖 부근에 이르자 배는 잠시 쉬기 위해 구강九江의 항구에 정박했다. 항산파 일행이 탄 배는 무척 커서 배 두 척으로도 수십 명을 태우기에 충분했다.

날이 어둑어둑해졌을 때 영호충은 후미로 나가 사공들과 함께 잠을 청했다. 한밤중이 되자 강가에서 희미하게 손뼉 치는 소리가 들려왔다. 그 소리는 짝짝짝 하고 세 번 울린 뒤 잠시 멈췄다가 다시 짝짝짝 하고 세 번 울렸다. 이어서 서쪽에 정박한 배 위에서도 얼마간의 간격을 두고 손뼉 소리가 세 번씩 들려왔다. 몹시 조용한 소리였지만 내공이 깊은 영호충은 귀가 밝아 이 소리에 반짝 눈을 떴다. 필시 강호인들이 서로를 부르는 신호가 분명했다. 오는 내내 물 위의 동정을 살피며 적의 기습을 경계하던 영호충은 슬며시 의심이 일었다.

'직접 가서 살펴봐야겠군. 항산파와 무관하면 좋겠지만, 그렇지 않으면 정한 사태께서 놀라시지 않도록 몰래 처리해야지.'

살짝 고개를 내밀고 서쪽에 있는 배를 유심히 바라보니, 과연 검은 그림자 하나가 훌쩍 날아올라 강가에 내려서는 것이 보였다. 썩 대단한 경공술은 아니었다. 영호충은 가볍게 몸을 날려 소리도 없이 뭍으로 뛰어내렸다. 동쪽에 한 줄로 죽 늘어선 커다란 기름통들이 보이자 그는 그 뒤에 숨어 배에서 내린 사람 가까이 다가갔다.

"저 배에 탄 비구니들은 확실히 항산파야."

누군가의 목소리가 나지막이 들려왔다.

"어쩌면 좋지?"

영호충이 좀 더 가까이 가자 달빛에 비친 두 사람의 모습이 드러났다. 한 사람은 수염투성이 장한이었고 다른 한 사람은 말 머리처럼 얼굴이 길쭉한 사람이었다. 얼굴 길쭉한 사람이 말했다.

"머릿수는 많지만 우리 백교방白蛟幇의 무공으로는 저들의 적수가 되지 못하니 대놓고 공격해서는 이기지 못해."

수염투성이 장한이 물었다.

"누가 대놓고 공격한댔나? 저 비구니들이 무공은 높아도 물질은 서투를 거야. 배를 타고 뒤쫓다가 강 한가운데서 배 밑바닥에 구멍을 뚫으면 고스란히 우리 손에 잡히는 수밖에 더 있겠어?"

얼굴 길쭉한 사람이 히죽거리며 고개를 끄덕였다.

"좋아, 좋아. 훌륭한 계책이야! 그렇게 큰 공을 세우면 우리 백교방의 이름이 강호에 떠들썩하겠는걸! 하지만 아직 걱정스러운 일이 하나 있어."

"무슨 일?"

"오악검파는 서로 결맹을 맺어 무슨 일만 있으면 오악검파는 한 뿌리라느니 뭐라느니 떠들어대잖나? 그러니 이 일이 막대 선생의 귀에 들어가면 우리 백교방은 끝장이라고."

"흥, 그동안 형산파에게 겪은 수모가 얼만데? 우리가 죽을힘을 다해 동료들을 돕지 않으면 나중에 무슨 일이 생겼을 때 동료들도 우리를 본체만체할걸. 이번 일은 아주 심각하다고. 어쩌면 형산파도 여기에 휘말려 아주 몰살을 당할지도 모르는데 막대 선생을 두려워할 필요가 어디 있어?"

수염투성이 장한의 말에 얼굴 길쭉한 사람도 고개를 주억거렸다.

"그도 그렇군. 좋아, 하자! 물질을 잘하는 형제들을 불러와야겠군."

그때 영호충이 슥 앞으로 나서며 검자루로 얼굴 길쭉한 남자의 뒤통수를 때렸다. 그자는 곧바로 정신을 잃고 쓰러졌다. 수염투성이 장한이 주먹을 휘두르며 덤볐지만, 영호충의 검자루가 그의 왼쪽 태양혈을 툭 때리자 팽이처럼 빙글빙글 돌다가 우당탕 넘어지고 말았다. 영호충은 재빨리 기름통 두 개의 덮개를 벗기고 두 사람을 각각 통에 집어넣었다. 통 안에는 내일 배에 싣고 하류로 운송할 유채 기름이 가득 들어 있었다. 기름통에 빠진 두 사람은 코와 입으로 흘러드는 기름을 몇 모금이나 마시고 허우적거렸다.

그때 뒤에서 누군가 말했다.

"영호 소협, 그자들의 목숨은 살려주게."

다름 아닌 정한 사태의 목소리였다.

영호충은 흠칫 놀랐다.

'정한 사태께서 바로 뒤에 와 계신데도 전혀 몰랐다니….'

그가 재빨리 두 사람의 머리를 누르던 손을 치우자 두 사람은 밖으로 나오려고 허둥지둥했다. 영호충은 싱긋 웃으며 검으로 머리를 툭툭 때렸다.

"꼼짝들 마라."

통 안에 무릎을 꿇은 그들은 목까지 유채 기름에 잠긴 채, 머리에서 흘러내리는 기름방울 때문에 눈조차 제대로 뜨지 못하고 낭패한 몰골로 벌벌 떨었다.

배에서 잿빛 그림자 하나가 획 날아왔다. 바로 정일 사태였다.

"사저, 좀도둑들을 잡으셨습니까?"

"구강구 백교방의 당주들인데 영호 소협이 장난을 친 것일세."

그녀는 수염쟁이에게 고개를 돌려 물었다.

"귀하께서 역 당주시오, 아니면 제 당주시오? 사 방주께서는 안녕하시오?"

수염쟁이는 어리둥절해하며 되물었다.

"나… 나는 역씨인데 어찌 아시오? 우리 방주께서는 물론 잘 계시오만…."

정한 사태는 빙그레 미소를 지었다.

"백교방 역 당주와 제 당주의 장강쌍비어長江雙飛魚라는 크나큰 이름은 오래전부터 귀가 따갑도록 들어왔소."

정한 사태는 평소 암자를 나오는 일이 드물었지만, 세심하기 짝이 없는 성품이라 강호 각문각파의 인물들에 대해서 손바닥 들여다보듯 훤히 알고 있었다. 주검곡에서 만난 숭산파 고수들을 알아볼 수 있었던 것도 바로 그 덕분이었다. 역씨 성의 수염쟁이와 제씨 성의 얼굴 길쭉한 남자는 강호에서 고작 사류의 인물일 뿐이었지만, 정한 사태는 그들의 생김새만 보고도 내력을 알아맞혔으니 그들 입장에서는 몹시도 자랑스러운 일이었다.

"귀가 따갑도록 들었다는 말씀은 참으로 과하십니다."

얼굴 길쭉한 사람이 말하자 영호충은 손에 힘을 주어 그의 머리를 기름 속에 처박았다가 다시 풀어주며 말했다.

"나도 그 이름은 귀에 기름이 차도록 들었지."

"그, 그…!"

텁석부리 장한은 얼굴이 붉으락푸르락해졌지만 차마 욕을 퍼붓지는 못했다. 영호충이 씩 웃으며 말했다.

"질문을 할 테니 사실대로 대답해라. 조금이라도 거짓을 섞으면 장강쌍비어는 기름쌍장어가 될 것이다."

그러면서 텁석부리의 머리를 눌러 다시 기름 속에 밀어넣었다. 진작 대비하고 있던 텁석부리는 다행히 기름을 마시지는 않았지만, 콧속으로 흘러드는 기름까지 막을 수는 없어 괴로움에 몸부림쳤다.

정한 사태와 정일 사태도 그 모습이 우스워 빙그레 미소를 지으며 생각했다.

'젊은이가 장난이 심하기는 하나 자백을 받아내는 데는 쓸모가 있는 방법이겠구나.'

영호충이 물었다.

"너희 백교방이 언제부터 숭산파와 결탁했느냐? 너희더러 항산파를 괴롭히라 명한 자는 누구냐?"

텁석부리가 고개를 저었다.

"숭산파와 결탁을 했다니요? 그것 참 이상한 말씀이시군요. 저희는 숭산파의 영웅은 단 한 분도 모릅니다."

"오호라, 처음부터 가짓부리를 늘어놓으시겠다? 어디 배부를 때까지 기름을 마셔보시지!"

그의 검이 머리를 누르자 텁석부리는 기름 속에 푹 잠겼다. 비록 일류고수는 아니지만 제법 무공을 자랑하던 그인데, 내공이 실린 영호충의 검은 커다란 바윗덩어리라도 되는 양 묵직해서 꼼짝도 할 수가 없었다. 그는 입과 코까지 기름에 잠겨 두 눈만 밖으로 내놓은 채 답답하다는 듯이 눈동자를 데굴데굴 굴렸다.

영호충은 얼굴 길쭉한 남자에게 물었다.

"어서 말해라! 장강쌍비어가 될 테냐, 기름쌍장어가 될 테냐?"

말상의 남자가 황급히 대답했다.

"귀하와 같은 영웅 앞에서는 기름쌍장어가 되기 싫어도 무슨 방도가 있겠습니까! 어쨌든 역 형의 말은 거짓이 아닙니다. 저희는 숭산파와는 하등의 관계도 없습니다. 더군다나 숭산파와 항산파가 결맹을 했다는 사실을 모르는 사람이 없는데, 숭산파가 도대체 무엇 하러 우리 백교방을 시켜 비구… 항산파를 괴롭히겠습니까?"

영호충은 검을 치워 텁석부리를 풀어주었다.

"내일 장강에서 항산파의 배에 구멍을 뚫는다고 하지 않았느냐? 항산파가 너희에게 무슨 죄를 지었기에 그토록 악독한 짓을 꾸몄느냐?"

나중에 온 정일 사태는 영호충이 무엇 때문에 두 사람을 괴롭히는지 모르다가 그 말을 듣고서야 버럭 화를 냈다.

"네 이놈들, 감히 우리를 장강에 빠뜨려 죽이려 하다니!"

항산파 제자 열 중 아홉은 북방 사람이라 물에는 익숙지 못했다. 장강 한가운데서 배가 가라앉아 모조리 물고기 밥이 되는 생각만 해도 절로 몸서리가 쳐졌다.

텁석부리는 영호충이 또 기름 속에 처박을까 봐 황급히 대답했다.

"우리 백교방은 항산파와 아무 원한이 없습니다. 이곳 구강구에서 물건이나 옮기며 먹고사는 조그마한 방파가 항산파같이 어마어마한 곳과 원수질 일이 어디 있겠습니까? 다만… 다만 똑같은 불문에 몸담은 사람들이 서쪽으로 향하기에 구원군인가 보다 싶어서 그만… 저희 힘으로는 어림도 없는 일인데 그런 겁 없는 짓을 하려 하다니, 다시는 그러지 않겠습니다."

영호충은 점점 더 알쏭달쏭했다.

"똑같은 불문에 몸담은 사람들이 서쪽으로 구원을 간다고? 대관절 무슨 말인지 모르겠군!"

"물론 소림파는 오악검파가 아니지만, 화상이나 비구니나 한집안이 니…."

"무슨 허튼소리냐?"

정일 사태가 버럭 화를 내자 텁석부리는 화들짝 놀라 저도 모르게 몸을 움츠렸고, 그 바람에 기름이 입속으로 쏟아져들어갔다. 정일 사태는 웃음을 눌러 참으며 얼굴 길쭉한 남자를 돌아보았다.

"네가 말해보아라."

"예, 예, 제가 말씀드리지요! 사태께서는 혹시 만리독행 전백광이라는 자와 안면이 있으십니까?"

정일 사태는 대로했다. 만리독행 전백광은 강호에서 악명을 떨치는 채화음적인데 그런 자와 안면이 있느냐고 묻는 것 자체가 너무나도 모욕적인 까닭이었다. 그녀는 가타부타 대답 없이 오른손을 휘둘러 그의 머리를 내리치려 했지만, 정한 사태가 가로막았다.

"사매, 노여움은 거두게. 두 분이 기름을 너무 많이 마셔 정신이 온전치 않은 모양이니 속 좁게 대할 필요가 없네."

정한 사태는 그렇게 말한 뒤 말상의 남자에게 물었다.

"전백광이 어찌하였소?"

"예, 그 만리독행 전백광 나리께서는 바로 우리 방주님의 친구분이십니다. 며칠 전에 전 나리께서….'

"나리는 무슨 얼어 죽을 나리냐? 그 극악무도한 놈은 하루빨리 죽여 없애야 한다! 그런 자와 교분이 있다니, 너희 백교방이 어떤 무리인지는 보지 않아도 뻔하구나.'

정일 사태가 소리소리 지르자 말상의 남자는 허둥지둥 맞장구를 쳤다.

"예, 예, 맞습니다! 저희 모두… 모두 나쁜 사람들이올시다.'

정일 사태가 눈을 부릅뜨며 물었다.

"그래, 백교방이 우리 항산파를 공격하려던 것이 바로 전백광이라는 놈 때문이냐?'

전백광은 그녀의 제자인 의림에게 무례한 짓을 한 적이 있었다. 그런데 여태껏 그를 죽여 분을 풀지 못했으니, 누군가 그의 이름만 들먹여도 길길이 날뛰는 것이 당연했다.

"예, 그럼요, 그럼요. 저희는 오로지 임 대소저를 구할 마음으로 나섰을 뿐입니다. 혹시 정파 사람들이 소림파 화상들을 도울까 봐 언감생심 못된 마음을 품고 귀 파를 방해하려고 한 것이지요….'

정일 사태는 들으면 들을수록 이해가 가지 않아 한숨을 푹 쉬었다.

"사저, 이 멍청이들은 사저께서 심문하시는 것이 좋겠습니다.'

정한 사태는 빙그레 웃으며 물었다.

"임 대소저라면 일월신교 전임 교주의 따님을 말하는 것이오?'

그 말을 듣는 순간 영호충은 가슴이 철렁했다.

'뭐? 영영이라고?'

그녀가 위험하다는 말에 그의 안색은 하얗게 질리고 손에는 식은땀이 흘렀다.

얼굴 길쭉한 남자가 대답했다.

"맞습니다. 전 나리… 아… 아니, 전… 전백광이 얼마 전에 구강에 나타나 우리 방주님과 술을 마시면서, 12월 15일에 다 함께 소림사로 쳐들어가 임 대소저를 구해내기로 했다는 소식을 전했지요."

정일 사태가 참지 못하고 끼어들었다.

"소림사로 쳐들어가? 허, 너희가 대체 무슨 힘이 있다고 감히 무림의 태산북두를 건드리려는 것이냐?"

"예, 예, 그렇지요. 저희 따위가 무슨 힘이 있겠습니까?"

정한 사태가 고개를 내저으며 말했다.

"전백광은 발이 빠르니 이곳저곳을 다니며 연락하는 역할을 맡았을 것이오. 아니 그렇소? 그렇다면 이 일의 주동자는 누구요?"

"주동자라니요? 저희들은 임 대소저께서 소림사의 땡중… 아니, 화상들에게 붙잡혀 계시다는 소식을 듣자마자 약속이나 한 것처럼 구하겠다고 나섰습니다. 선동한 사람은 아무도 없었지요. 모두들 임 대소저께 큰 은혜를 입었기 때문에 그분을 위해서라면 몸이 부서져 가루가 되어도 상관하지 않을 겁니다."

영호충의 머리는 의혹으로 가득 찼다.

'저들이 말하는 임 대소저가 정말 영영일까? 영영이 어쩌다 소림사 승려들에게 붙잡혔지? 더구나 그 젊은 나이에 대체 무슨 은혜를 베풀었기에, 모두들 그녀가 어려움에 처했다는 소식을 듣자마자 목숨도 돌보지 않고 구하려고 했을까?'

정한 사태가 조용히 말했다.

"우리 항산파가 소림파를 도울까 봐 배에 구멍을 뚫으려 했구려."

"그렇습니다. 저희는 그저 화상과 비구니는… 그러니까… 그게…."

"화상과 비구니가 어떻다는 말이냐?"

정일 사태의 호통에 얼굴 길쭉한 남자는 움찔 놀랐다.

"예, 말씀을 드려야 하는데, 그게… 그게… 아이고, 차마 말씀드릴 수가…."

정한 사태가 다시 물었다.

"12월 15일에 백교방도 소림사로 갈 예정이오?"

텁석부리와 얼굴 길쭉한 남자는 입을 모아 대답했다.

"저희는 그저 사 방주의 명을 따를 뿐입니다."

"다들 몰려가는데 저희만 빠져서야 체면이 어찌 되겠습니까?"

"다들이라… 그 다들이 어떤 사람들이오?"

"그 전 나… 전백광의 말에 따르면 절강의 해사방海沙幫, 산동의 흑풍회黑風會, 호남의 배교排教…."

그가 말한 30여 개의 방파들은 무공은 그저 그렇지만 강호에서 제법 이름이 알려진 곳들이었다.

정일 사태는 눈을 찡그리며 중얼거렸다.

"하나같이 제대로 된 일은 하지 않는 방문좌도들이로구나. 사람 수는 많지만 소림파의 적수는 아니다."

하지만 영호충은 그 가운데 천하방과 장경도를 비롯해, 지난날 오패강에서 만난 이들이 속한 방파가 섞여 있는 것을 알고 잠시 품었던 의문이 씻은 듯이 풀렸다. 그들이 말하는 임 대소저는 영영이 틀림없었다. 그녀의 소식을 안 것은 반가웠지만, 소림사에 붙잡혀 있다니 걱정이 앞섰다. 그녀는 소림사의 제자들을 몇 사람이나 죽이지 않았던가.

"소림파에서 무엇 때문에 그… 임 대소저를 잡아 가두었느냐?"

그가 묻자 얼굴 길쭉한 남자는 고개를 저었다.

"그야 저희가 어찌 압니까? 소림파 화상들이 배불리 먹고 할 일이 없다 보니 공연히 트집을 잡는 것이겠지요."

정한 사태는 고개를 끄덕이며 조용히 말했다.

"두 분은 그만 돌아가시오. 귀 파 방주께는 항산파의 정한과 정일이 여기 이 소협과 함께 구강에 왔으나 인사를 드리지 못하고 크나큰 실례를 저질렀으니 부디 넓은 마음으로 용서를 바란다고 전해주시오. 우리는 내일 배를 타고 서쪽으로 떠날 것인즉, 두 분께서도 아량을 베풀어 배에 구멍을 뚫지 말아주시오."

그녀가 한마디 할 때마다 기름통에 빠진 두 사람은 연신 '예, 예', '그럼요, 그럼요' 하고 맞장구를 쳤다.

정한 사태가 영호충에게 말했다.

"달이 밝고 바람도 시원하니 소협께서는 천천히 밤구경이나 하고 오게나. 빈니는 이만 들어가보겠네."

말을 마친 그녀는 정일 사태와 함께 느릿느릿 배로 돌아갔다.

영호충은 정한 사태가 보다 상세한 내막을 캐내도록 자리를 피해준 것임을 알았지만, 마음이 복잡하고 정신이 없어 무슨 말을 어떻게 물어야 할지 알 수가 없었다. 멍한 기분으로 강가를 이리저리 거닐다가 달빛이 비추는 강을 멍하니 바라보는데, 동쪽으로 도도히 흘러가는 물결 위로 아스라이 비치는 달빛이 반짝반짝 빛을 발하는 것을 보자 정신이 퍼뜩 들었다.

'오늘이 11월 하순이니, 다음 달 15일까지는 얼마 남지 않았구나. 소림파의 방증 대사와 방생 대사께서는 내게 은혜를 베푸셨다. 저들이 영영을 구하기 위해 소림사에 집결하면 큰 싸움이 벌어질 것이고, 승패와 상관없이 양쪽 다 큰 피해를 입을 거야. 차라리 내가 먼저 가서 방증 대사께 영영을 풀어달라 간청하면 피비린내 나는 싸움을 막을 수 있을지도 몰라. 그것이 최선의 해결책일 거야.'

그는 몸을 돌려 타고 온 배를 바라보았다.

'정한 사태와 정일 사태께서는 이제 거의 회복하셨다. 정한 사태는 겉보기에는 평범한 여승 같지만 실제로는 박학다식하고 식견도 높은 고인이시다. 그런 분이 항산파 제자들을 이끌고 가신다면 도중에 숭산파가 덤벼들어도 큰 위험은 없을 거야. 하지만 무슨 핑계를 대고 작별을 한다?'

그동안 항산파 제자들과 함께 역경을 헤쳐나가며 정이 많이 쌓인 그였다. 더욱이 그들은 항상 그를 존중하며 친절하게 대해주었고, 비록 겉으로는 아무 말도 하지 않았지만 그가 사문에서 쫓겨나고 소사매에게 버림받은 일을 마치 자신이 당한 일처럼 함께 아파해주었다. 화산파 동문 중에서도 육대유를 제외하고는 그에게 이토록 관심을 가져준 사람은 한 명도 없었다. 그런 그들과 갑자기 헤어지려니 쉽게 입이 떨어지지 않을 것 같았다.

그때 자박자박 가벼운 발소리가 들리면서 의림과 정악이 다가왔다. 그들은 영호충에게서 두어 장 떨어진 곳에 멈춰서서 그를 불렀다.

"영호 사형!"

영호충이 그들에게 다가갔다.

"시끄러워서 깼소?"

영호충이 묻자 의림은 고개를 저었다.

"영호 사형, 장문 사백님께서 이 말을 전하라 하셨어요…."

그녀는 이렇게 말하고는 정악을 쿡쿡 찔렀다.

"사매가 말해."

"장문 사백님께서 사저더러 말하라고 하셨잖아요."

"네가 말해도 똑같잖아."

정악은 웃으며 말했다.

"영호 사형, 장문 사백님께서는 이렇게 말씀하셨어요. 큰 은혜를 입고 말로만 감사하는 법은 없으니, 앞으로 영호 사형에게 무슨 일이 생기면 우리 항산파는 반드시 견마지로犬馬之勞를 다할 거라고요. 영호 사형께서 임 대소저를 구하러 소림사로 가신다면 저희 또한 온 힘을 다해 돕겠어요."

영호충은 깜짝 놀랐다.

'영영을 구하러 가겠다는 말은 꺼낸 적도 없는데 정한 사태께서는 왜 저런 말씀을 하셨을까? 아아, 그렇구나! 방문좌도의 호걸들이 내 병을 치료하기 위해 오패강에 모인 까닭은 모두 영영 때문이었어. 그 일로 강호가 떠들썩했는데 정한 사태께서 모르실 리 없지.'

그렇게 생각하자 부끄러워 얼굴이 벌겋게 달아올랐다.

정악이 말을 이었다.

"장문 사백님께서는 이번 일은 무력으로 해결하지 않는 것이 좋다 하셨어요. 해서 사백님과 사부님께서는 곧바로 소림사로 가서 방장 대

317

사께 임 대소저를 풀어달라고 부탁하시겠대요. 영호 사형께서는 저희와 함께 천천히 뒤따라가시면 돼요."

그 말을 들은 영호충은 말문이 턱 막혔다. 장강을 바라보니 과연 조각배 한 척이 하얀 돛을 올리고 북쪽으로 흘러가고 있었다. 그는 감격에 겨워 몸을 떨면서도 부끄러움을 감출 수 없었다.

'두 분께서는 불문에서 덕을 쌓으셨고 무림에서도 명망이 높은 분들이시다. 나같이 이름도 없는 무명소졸보다야 저분들이 소림사에 청원하는 것이 훨씬 낫겠지. 방증 대사께서도 두 분의 얼굴을 보아 반드시 영영을 풀어주실 거야.'

그렇게 생각하자 마음이 한결 가벼웠다.

뒤를 돌아보니 텁석부리와 얼굴 길쭉한 남자는 감히 기름통에서 빠져나오지도 못한 채 고개만 빼꼼 내밀고 있었다. 저들 역시 오로지 영영을 구하고자 하는 열의에서 한 짓인데 너무 심하게 대했나 싶어 스멀스멀 미안한 마음이 솟구쳤다. 영호충은 얼른 그들에게 다가가 두 손을 포개 들며 말했다.

"소생이 백교방의 장강쌍비어 앞에서 너무 경솔하게 굴었소. 내막을 모르고 저지른 짓이니 부디 용서해주시오."

그가 깊이 읍하자 장강쌍비어는 갑작스러운 변화에 놀라 황망히 일어나 포권을 했다. 그 바람에 기름방울이 영호충의 몸에 마구 튀었지만, 영호충은 껄껄 웃으며 고개를 끄덕이고는 의림과 정악에게 외쳤다.

"그만 갑시다!"

배로 돌아간 후에도 항산파 제자들은 아무도 그 이야기를 꺼내지 않았다. 의화와 진견같이 호기심 많은 사람들조차 한마디도 묻지 않는 것을 보면, 정한 사태가 떠나기 전에 영호충이 민망해하지 않도록 미리 당부한 것이 분명했다. 영호충은 그 배려를 감사하게 여겼지만, 몇몇 젊은 여자들이 의미심장하게 웃으며 바라보자 몹시 난감했다.

'저런 표정이라니… 아무래도 영영이 내 정인이라고 단정하고 있는 것 같군. 솔직히 말해 나와 영영 사이에는 아무 일도 없었고, 같이 있는 동안에도 상례를 벗어난 일은 조금도 하지 않았어. 그렇다고 해도 대놓고 묻지 않는데 내가 먼저 나서서 변명할 수도 없고….'

마침 진견이 앙큼하게 눈을 반짝반짝 빛내며 바라보자 그는 참지 못하고 입을 열었다.

"그런 일은 전혀 없었소. 그러니… 그러니 이상한 생각일랑 마시오."

진견은 까르르 웃음을 터뜨렸다.

"제가 무슨 생각을 했단 말이에요?"

영호충은 얼굴이 벌게진 채 말했다.

"무슨 생각을 하는지 빤히 보이오."

"그래요? 무슨 생각을 하는데요?"

영호충이 말하기 전에 의화가 나서서 주의를 주었다.

"진 사매, 그만해라. 장문 사숙님께서 하신 분부를 잊었느냐?"

진견은 입을 삐죽였다.

"예, 예, 기억하고말고요."

영호충은 그녀의 시선을 피해 고개를 돌렸지만, 이번에는 선창 한쪽에 조용히 앉은 의림의 모습이 눈에 박혔다. 창백한 얼굴에 완전히 넋이 나간 표정을 짓고 있는 의림을 보자 그의 마음도 편치 않았다.

'무슨 생각을 하고 있을까? 어째서 내게 아무 말도 하지 않지?'

그녀의 모습을 보고 있자니 지난날 형산성 밖에서 큰 상처를 입었을 때 자신을 안고 들판을 내달리던 그녀의 얼굴이 또렷하게 떠올랐다. 그때의 그녀는 그를 걱정하고 보호하고자 하는 마음에 잔뜩 격앙되어 있었지만, 지금은 눈앞에서 폭발이 일어나도 꼼짝하지 않을 것처럼 넋이 나가 있었다. 어째서? 도대체 어째서일까?

"영호 사형."

의화가 그를 불렀지만 영호충은 의림 생각에 골몰해 그 소리를 듣지 못했다. 의화가 더욱 소리를 높여 불렀다.

"영호 사형!"

영호충은 화들짝 놀라 그녀를 돌아보았다.

"무슨 일이오?"

"장문 사숙님께서 수로로 계속 갈지, 육로로 옮길지는 영호 사형의 뜻에 따르라 하셨습니다."

마음 같아서는 육로로 가면서 가능한 한 빨리 영영의 소식을 듣고 싶었지만, 기다란 속눈썹 사이로 눈물방울이 맺힌 의림의 얼굴을 보자 그 가련한 모습에 마음이 흔들렸다.

"장문 사태께서 천천히 오라고 하셨으니 이대로 배를 타고 갑시다. 백교방도 감히 덤비지는 못할 거요."

진견이 또다시 까르르 웃으며 끼어들었다.

"어머나, 그래서야 마음이 놓이시려나?"

영호충은 얼굴을 붉히며 아무 말도 하지 않았지만 의화가 대신 꾸짖었다.

"진 사매, 어린아이가 뭘 안다고 그리 말이 많으냐?"

"알았어요, 알았어! 누가 뭐래요? 제가 마음이 안 놓여서 그런 거라 니까요! 아미타불, 아미타불!"

다음 날 아침, 배는 다시 서쪽으로 길을 떠났다. 영호충은 백교방이 딴마음을 품을까 봐 강가에 바짝 붙여 배를 몰도록 뱃사공에게 부탁 했지만, 호북성에 들어갈 때까지 아무 일도 일어나지 않았다. 그 후 며 칠간, 영호충은 항산파 제자들과 거의 말을 하지 않았고, 밤에 배가 항 구에 정박할 때마다 홀로 뭍에 올라 술을 마시고 얼근하게 취한 뒤에 야 돌아가곤 했다.

하구夏口에 이르자 배는 북쪽으로 방향을 틀어 한수漢水를 거슬러오 르기 시작해, 그날 저녁에는 작은 마을인 계명도雞鳴渡 부근에 정박했 다. 영호충은 또 육지에 올라 허름한 술집에서 술을 마시며 생각에 잠 겼다.

'소사매는 괜찮을까? 의진 사매와 의령 사매가 항산파의 영약을 갖 다주었으니 상처는 나았을 거야. 임 사제는 어떻게 되었을까? 임 사제 가 일어나지 못하면 소사매는 어떻게 되지?'

이런 생각을 하자 곧 소름이 끼쳤다.

'영호충, 이 비열하기 짝이 없는 소인배야! 소사매는 빨리 낫기를 바라면서 내심 임 사제가 죽었으면 하고 바라다니! 임 사제가 죽는다 고 해서 소사매가 네게 시집올 것 같아?'

자괴감에 빠진 그는 연거푸 석 잔이나 술을 들이켰다.

'노덕낙과 여덟째 사제를 죽인 자는 누굴까? 어째서 임 사제까지 암

산했을까? 사부님과 사모님께서는 어떻게 지내실지…?'

사부와 사모를 떠올리자 마음이 아파 술을 마구 입에 털어넣었다. 이 조그만 술집에는 제대로 된 안주거리조차 없어 소금에 절인 땅콩만 한 줌 집어 입가심을 했다.

그때 등 뒤에서 깊은 한숨 소리가 들려왔다.

"아아! 이 세상 남자들 열 중 아홉은 박정할 따름이로다!"

영호충은 고개를 돌려 어른거리는 촛불 사이로 술집 안을 둘러보았다. 자그마한 술집에 손님이라고는 영호충과 구석자리에 엎드린 사람 한 명이 전부였다. 술 한 병과 술잔만 덩그러니 놓인 탁자 앞에 앉은 손님은 입은 옷이 낡고 더러워 우아하게 시나 읊어대는 사람 같지는 않았다. 영호충은 곧 흥미를 잃고 다시 술을 마시기 시작했다. 그러나 그 손님이 또다시 소리 높여 외쳤다.

"그녀는 오로지 한 사람을 위해 해도 들지 않는 곳에 유폐되었건만, 그 사람은 매일같이 여자들 틈바구니에 끼어 흥청망청 즐기기만 하는구나. 어린 낭자도 좋고, 대머리 여승도 좋고, 늙은 아주머니도 좋고… 그저 좋기만 하구나! 오호, 이 어찌 가탄할 일이 아니런가!"

그제야 영호충은 자신을 가리켜 하는 말임을 깨달았다.

'저자는 누구지? 오로지 한 사람을 위해 해도 들지 않는 곳에 유폐되었다는 사람은 영영을 말하는 건가? 어째서 영영이 나 때문에 유폐되었다는 거지?'

그가 망설이는 사이 그 사람은 또 말했다.

"아무 상관도 없는 자들은 목숨을 바쳐 구해내겠다며 쓸데없이 나섰구나. 어중이떠중이들이 서로 두령이 되겠답시고 싸워대고, 사람을 구하기도 전에 저희끼리 치고받고 싸워대다니! 아아, 강호의 일이란 어찌 이리도 답답한고!"

영호충은 술잔을 들고 그 사람에게 걸어가 말했다.

"소생은 아는 것이 없으니 부디 노형께서 가르쳐주시오."

그 사람은 탁자에 엎드린 채 고개도 들지 않고 말했다.

"아아, 풍류는 즐길수록 죄업만 늘어날 뿐이로다. 항산파의 여인과 승려들은 아주 엉망이 되었도다."

영호충은 정신이 번쩍 들어 깊이 읍하며 공손하게 말했다.

"영호충이 선배님께 인사 올립니다. 부디 가르침을 내려주십시오."

그때 의자에 기대 세워둔 호금이 눈에 들어왔다. 오랜 세월을 겪은 듯 누렇게 바랜 호금을 보자 그는 이 손님이 누군지 단박에 알아차리고 다시 한번 허리를 숙였다.

"후배 영호충이 형산파 막 사백님께 인사 올립니다."

마침내 그 사람이 고개를 들었다. 번개처럼 번쩍이는 눈빛으로 싸늘하게 영호충의 얼굴을 훑는 그는 바로 형산파 장문인인 소상야우 막대 선생이었다. 그가 코웃음을 치며 말했다.

"사백이라니, 그 무슨 가당치 않은 말씀이신가? 영호 대협, 요즘 재미가 좋으시구려!"

영호충은 공손하게 대답했다.

"후배는 정한 사태의 명을 받아 항산파 사저, 사매들과 함께 항산으로 가는 중이었습니다. 무지하여 모르는 것이 많지만, 항산파에 추호의 무례도 저지른 적이 없습니다."

막대 선생은 한숨을 푹 쉬었다.

"자, 이리 앉게나! 자네는 강호인들이 얼마나 입이 가볍고 말이 많은지 모르나?"

영호충은 쓴웃음을 지었다.

"저는 신중하지 못하고 경솔한 탓에 사문에서도 용납받지 못한 사람입니다. 강호의 뜬소문까지 신경 쓸 여유가 어디 있겠습니까?"

막대 선생은 냉소를 지었다.

"자네 혼자야 방탕하다는 평을 들어도 상관없네만 옆에 있는 사람까지 끌어들여서야 되겠나? 강호에는 다 큰 남자가 항산파 여자들 틈에 섞여 다닌다는 소문이 파다하네. 젊은 처자들의 명예도 땅에 떨어졌지만, 심지어… 오랫동안 계율을 지키며 수양을 쌓아온 사태들까지 손가락질을 당하게 생겼으니, 이래서야… 너무하지 않은가?"

영호충은 두어 걸음 물러나며 검자루에 손을 가져갔다.

"어떤 자가 그런 황당무계한 소문을 퍼뜨리는 겁니까? 부디 알려주십시오."

막대 선생은 고개를 저었다.

"알려주면 가서 죽이기라도 하려고? 강호에서 그런 말을 하는 자가 못해도 7천~8천 명은 될 터인데 모두 죽여 없앨 참인가? 흥, 다들 염복艶福이 터진 자네가 부러워서 그러는 것인데 나쁠 것도 없지!"

영호충은 맥이 빠져 털썩 주저앉았다.

'앞뒤 생각지 않고 행동하는 바람에 또 남들에게 피해를 주었구나. 내 양심에 부끄럽지만 않다면 상관없다고 생각했는데, 항산파의 명예까지 실추시키다니…. 이제 어쩌면 좋지?'

막대 선생은 그의 모습에 한숨을 쉬며 말투를 온화하게 바꿨다.

"요 닷새 동안 나는 매일 밤 배에 몰래 올라 자네를 지켜보았네…."

영호충은 깜짝 놀랐다.

'막 사백께서 닷새 동안이나 배에 오셨는데 전혀 몰랐다니, 나는 정말 무능한 놈이구나.'

막대 선생은 계속 말을 이었다.

"자네는 매일 후미에 나가 옷을 입은 채 잠이 들고, 항산파의 제자들에게 무례한 짓은커녕 말 한마디 건네지도 않더군. 자네는 무례한 방탕아가 아니라 예의 바른 군자일세. 묘령의 여승들과 아리따운 낭자들이 한 배에 타고 있는데도 흔들리지 않으니 군자가 아니면 무엇이겠나? 단 하루도 아니고 수십 일 동안 한결같이 그리하였으니, 자네 같은 당당한 대장부는 고금을 통틀어 찾아보기 어려울 걸세. 이 막대, 크게 감탄했네."

막대 선생은 엄지를 세우고는 주먹을 쥐어 탁자를 쾅쾅 두드렸다.

"자자, 존경의 뜻으로 한 잔 줌세!"

그는 이렇게 말하며 영호충의 잔에 술을 가득 따랐다.

"사백님의 말씀에 부끄러워 몸 둘 바를 모르겠습니다. 비록 품행이 단정하지 못해 사문에서 쫓겨났지만, 제가 어찌 항산파의 사저와 사매들에게 무례를 저지를 수 있겠습니까?"

막대 선생은 허허 웃었다.

"누구 앞에서도 당당하고 떳떳하면 그게 바로 대장부가 아니겠나? 여기 있는 나도 스무 살 때 매일 밤 수많은 여자들 사이에 둘러싸여 있었다면 자네처럼 밤마다 예의를 차리지는 못했을 거야! 그러기란 참 어렵지, 암, 어렵고말고! 자, 건배하세!"

두 사람은 잔을 들고 쭉 들이켠 후 시원하게 웃었다.

실의에 빠진 모습이며 더럽고 낡은 옷을 보면, 그가 바로 강호를 진동시키는 한 문파의 장문인이라고는 도무지 생각할 수도 없었다. 이따금씩 칼날 같은 눈빛으로 훑어볼 때가 있었지만, 그 싸늘한 빛은 순식간에 사라지고 또다시 세사에 찌들고 지친 평범한 남자로 돌아가 있곤 했다.

'항산파 장문인이신 정한 사태는 자애롭고, 태산파 장문인 천문 진인은 위엄이 넘치고, 숭산파 장문인 좌냉선은 음험하고, 화산파 장문인이신 사부님은 우아한 군자시다. 그런데 이 막 사백님은 겉으로는 아무데서나 만날 수 있는 평범하디평범한 사람처럼 보이지만, 그 무공은 세상에 당할 사람이 없을 정도로 뛰어나시지. 알고 보면 오악검파의 장문인들은 각자 성격이 다르지만 모두 지혜롭고 식견이 높은 분들이야. 나 같은 사람은 그 발끝에도 미치지 못하겠구나.'

그가 이런 생각을 하는 동안 막대 선생은 다시 이야기를 꺼냈다.

"나는 호남에서 자네가 항산파와 어울려 지낸다는 소문을 듣고 이상하게 생각했네. 정한 사태처럼 고아한 분이 그런 일을 용납할 리 없지 않은가? 그 후로 백교방 사람들에게서 자네 행적을 듣고 이렇게 쫓아왔다네. 영호 아우, 형산성 군옥원에서 있었던 일로 나는 자네를 경박한 젊은이로 여겼네만, 사제인 유정풍을 돕는 것을 보고 호감이 생겼다네. 그래서 쫓아와 좋은 말로 타이를 생각이었는데, 이렇게 정의롭고 올바른 후배를 만나게 될 줄은 몰랐네! 세상에 자네같이 훌륭한 청년 영웅이 있을 줄이야. 훌륭해, 아주 훌륭해! 자자, 한 잔 더 하게!"

그는 점소이에게 술을 더 가져오게 해 영호충과 함께 마셨다.

배 속에 술이 들어가자 초라하고 실의에 빠진 모습의 막대 선생도 기운이 펄펄 나는지 연거푸 술잔을 들었다. 하지만 그의 주량으로는 영호충의 상대가 되지 못해, 몇 잔 더 마신 뒤에는 얼굴이 벌게지고 취기가 잔뜩 올랐다.

"영호 아우, 자네가 술을 얼마나 좋아하는지 아네. 내 가진 것이 없어 이렇게 술 몇 잔 같이 마시는 것 말고는 경의를 표할 방법이 없군. 하지만 말이야, 무림에서 이 막대가 술을 함께 마셔주는 사람은 몇 안 된다네. 지난번 숭산의 대회에서는 대숭양수 비빈이 함께 앉았는데 어찌나 오만하고 잘난 체를 하는지 꼴도 보기 싫어서 술을 입에도 대지 않았네. 그랬더니 아주 무례하고 불손한 말들을 지껄이더군. 천박한 놈 같으니라고. 아니 그런가?"

영호충은 싱긋 웃었다.

"옳은 말씀입니다. 그렇게 분수도 모르고 패악을 부리는 자였으니 끝이 좋지 않았지요."

"음, 듣자니 그자가 어느 날 갑자기 실종되었다더군. 참 이상한 일이야."

그날 형산성 밖에서 막대 선생이 신묘한 검법으로 비빈을 죽이는 것을 두 눈으로 똑똑히 본 영호충이었지만, 그가 이렇게 말하자 비밀을 지키려는 것임을 알고 고개를 끄덕였다.

"숭산파 사람들은 남들은 짐작조차 못하는 짓들을 하느라 분주하니, 그 비빈이라는 자도 숭산의 어느 동굴에 숨어 검법을 익히고 있는지도 모릅니다."

막대 선생이 눈동자를 반짝이며 빙그레 웃고는 탁자를 내리쳤다.

"옳거니, 그랬군. 아우가 알려주지 않았다면 이 머리로는 절대 그런 생각을 하지 못했을 걸세."

그는 술을 한 모금 마신 뒤 물었다.

"이보게, 아우. 대체 무엇 때문에 항산파 제자들과 함께 지내는가? 마교의 임 대소저는 자네에게 일편단심인데 이렇게 그녀를 박대하면 안 되지."

영호충은 얼굴을 붉혔다.

"막 사백님, 오해십니다. 저는 정에 한 번 실패하여 남녀 간의 일에 대해서는 신경 쓰지 않은 지 오래입니다."

소사매 악영산을 떠올리자 코끝이 찡하고 눈시울이 뜨끈해져, 그는 일부러 큰 소리로 껄껄 웃어 보였다.

"차라리 홍진 세상을 떠나 출가라도 할까 했는데, 출가인은 계율이 엄하고 특히 술을 금한다기에 그만두었지요. 하하하!"

보란 듯이 파안대소를 했지만 그 웃음소리에는 쓸쓸함이 깃들어 있었다.

그는 막대 선생에게 정정 사태와 정한 사태, 정일 사태를 만나 이곳까지 오게 된 일을 상세히 이야기했는데, 그중 그들을 구해준 이야기는 별일 아닌 것처럼 대강 넘어갔다.

막대 선생은 술잔만 빤히 바라보며 듣고 있다가 한참 후에야 고개를 끄덕이며 말했다.

"좌냉선이 네 문파를 집어삼켜 소림파, 무당파와 어깨를 나란히 하고 무림을 호령할 대문파를 만들 흉계를 꾸미고 있었군. 그자의 야심은 어제오늘의 일이 아닐세. 그동안 드러내지 않고 꽁꽁 숨겨두었지만 내 일찍부터 그 속을 간파했지. 빌어먹을 놈 같으니라고! 유 사제의 금분세수를 막고, 남몰래 화산파 검종을 도와 악 선생과 장문 자리를 다투게 한 것도 뿌리를 캐보면 다 그 야심 때문이었지. 하지만 이렇게 대놓고 항산파를 공격할 줄은 결코 예상치 못한 일이야."

"대놓고 공격한 것은 아닙니다. 처음에는 마교를 사칭하면서 그 위기를 틈타 항산파가 합병에 찬성하도록 몰아붙였지요."

막대 선생은 고개를 끄덕였다.

"그렇지. 그자의 다음 목표는 태산파 천문 진인이겠군. 홍, 마교가 아무리 악독하다 한들 어디 좌냉선만 하겠나? 영호 아우, 자네는 이제 화산파가 아닐세. 이제부터 자네는 어디에도 묶이지 않은 자유로운 몸이니 정파니 사파니, 정교니 마교니 하는 쓸데없는 것은 더 이상 신경 쓰지 말게. 화상이 되겠다는 터무니없는 소리도 집어치우고. 사문에서 쫓겨났다고 하여 슬픔에 잠겨 있지만 말고 어떻게든 임 대소저를 구해내 아내로 맞아들이게나. 남들이야 어찌 나올지 몰라도, 이 막대만큼은 반드시 가서 축하주를 마셔줌세. 에이, 더러운 세상! 그깟 버러지 같은 놈들이 뭐라고 떠들든 무슨 상관인가?"

우아하고 고상한 말을 쓰다가도 가끔 이렇게 속된 말투로 떠드는 모습을 보면 그가 한 문파의 장문인이라는 사실을 아무도 믿어줄 것 같지 않았다.

영호충은 속으로 쓴웃음을 지었다.

'내가 정에 실패했다고 한 말을 영영 때문이라고 생각하시는구나. 구태여 소사매 이야기를 꺼낼 필요는 없겠지.'

이렇게 생각한 그가 물었다.

"막 사백님, 대관절 소림파는 왜 임 소저를 가뒀습니까?"

막대 선생은 입을 떡 벌리고 놀란 눈으로 그를 바라보았다.

"소림파가 왜 임 대소저를 가뒀냐고? 아니, 자네 정말 몰라서 묻는 것인가, 아니면 알면서 모르는 척하는 것인가? 강호 사람들이 모두 아는 사실을 자네… 자네가 어찌 모르나?"

"지난 몇 달 동안 저도 어딘가에 갇혀 있느라 강호의 일에 대해 전혀 모르고 있습니다. 임 소저가 소림파의 제자 네 명을 죽이기는 했으나, 모두 저로 인해 벌어진 일입니다. 그런데 어쩌다가 소림파에게 붙잡혔습니까?"

막대 선생은 혀를 끌끌 찼다.

"정말 모르는 모양이구먼. 자네는 이상야릇한 내상을 입어 치료할 수도 없게 되었고, 그 때문에 방문좌도 수천 명이 임 대소저를 위해 자네를 치료하려고 오패강에 모였지만 끝내 좋은 방책을 찾아내지 못했다고 들었네. 아니 그런가?"

"맞습니다."

"그 일이 강호에 떠들썩하게 퍼져나가자 사람들은 이렇게 떠들어댔지. 영호충 그놈이 대체 전생에 무슨 공을 세워 흑목애의 성고聖姑 임 대소저의 사랑을 받게 되었는지 모르겠다, 병은 치료하지 못했지만 그런 과분한 총애를 얻었으니 죽어도 억울하지 않겠구나 하고 말일세."

"부끄럽습니다."

영호충은 그렇게 말하며 속으로 빙긋 웃었다.

'노두자와 황백류가 좋은 뜻에서 벌인 일이지만, 일처리를 엉성하게 하는 바람에 온 강호에 소문이 쫙 퍼졌구나. 영영이 화를 낼 만도

하군.'

막대 선생이 물었다.

"그 후에 자네의 병은 어떻게 나았는가? 소림파의 《역근경》을 익힌
덕분이 아닌가?"

"아닙니다. 소림사 방장이신 방증 대사께서는 묵은 은원을 잊고 자
비를 베풀어 제게 소림파의 지고무상한 신공을 전수해주시겠다 하셨
지만, 그 신공은 소림파 제자에게만 전수하는 것인데 저는 소림파에
투신하고 싶지 않아 그 고마우신 제안을 받아들일 수가 없었습니다."

"으흠, 소림파는 무림의 태산북두일세. 그때 자네는 이미 화산파에
서 쫓겨난 후니 소림파에 투신한들 누가 무어라 했겠나? 목숨을 구할
천재일우의 기회를 어쩌자고 발로 차버렸나?"

"사부님과 사모님께서는 제가 어렸을 때부터 거두어 길러주시고 가
르쳐주셨습니다. 몸이 부서져 가루가 되어도 그 은혜를 다 갚을 수 없
지요. 제 바람은 언젠가 잘못을 용서받아 다시 그 문하에 들어가는 것
인데, 목숨을 구하자고 다른 문파에 투신할 수는 없었습니다."

막대 선생은 고개를 끄덕였다.

"일리 있는 말이군. 그렇다면 자네의 내상이 좋아진 것은 필시 다른
기연을 얻은 덕분이겠지."

"그렇습니다. 하지만 아직 완전히 나은 것은 아닙니다."

막대 선생은 그를 똑바로 응시하며 말했다.

"소림파는 자네와 아무런 인연이 없는 곳일세. 불문의 사람들이 자
비롭다고는 하나, 지고무상의 신공을 아무렇게나 전수할 까닭이 있겠
나? 방증 대사가 어찌하여 자네에게 《역근경》을 전수해주겠다고 했는

지 정말 그 연유를 모르나?"

"저는 정말로 모릅니다. 부디 가르쳐주십시오."

"좋아, 내 알려줌세! 강호에는 이런 말이 돌고 있네. 흑목애의 임 대소저가 몸소 자네를 업고 소림사로 찾아가, 방증 대사에게 자네를 구해주기만 하면 자신은 소림파의 처분을 달게 받겠노라고, 찢어 죽이든 삶아 죽이든 마음대로 해도 좋다고 애원했다는 것일세."

영호충은 신음을 터뜨리며 벌떡 일어섰다. 탁자 위에 놓인 술잔들이 절그럭 소리를 내며 쓰러졌고, 두 손은 부들부들 떨렸다.

"그, 그런… 그런…."

찬바람을 맞은 듯 몸이 으슬으슬하고 머릿속에서는 온갖 상념들이 아우성을 치며 떠올랐다가 사라졌다.

내상이 깊어져 나날이 쇠약해지던 어느 날, 그는 분명 꿈속에서 영영의 울음소리를 들었다. 그녀는 눈물을 뚝뚝 흘리며 말했었다.

"당신은 하루하루 야위어가고 있어요. 나도… 나도… 더는 살고 싶지 않아요."

그 깊디깊은 정에 감격한 그는 그녀를 달래다 피를 토하고 혼수상태에 빠졌다. 그리고 깨어나보니 소림사의 선방이었고, 방생 대사가 심혈을 기울여 자신을 치료하고 있었다. 지금 이 순간까지도 어떻게 해서 소림사로 가게 되었는지, 영영은 어디로 갔는지 전혀 모르고 있었는데, 그녀가 자기 목숨과 바꿔 자신을 살리려고 했다니! 어느덧 눈시울이 뜨거워지고 굵은 눈물방울이 뺨을 타고 흘러내렸다.

막대 선생은 한숨을 쉬며 말했다.

"임 대소저는 마교 출신이지만, 자네를 향한 지극한 정성은 존경받아 마땅하네. 소림파의 신국량과 역국재, 황국백, 그리고 각월 선사가 그녀의 손에 목숨을 잃었으니 소림사에 가면 살아 돌아올 가망이 거의 없는데도, 그녀는 자네를 구하기 위해서… 아무것도 돌보지 않았네. 방증 대사는 그녀를 죽일 생각이 없었으나 그렇다고 풀어줄 수도 없어 그녀를 소림사 뒷산 동굴에 가뒀고, 천하에 두루 퍼져 있는 임 대소저의 수하들은 당연히 그녀를 구하겠다고 들고일어났네. 요 몇 달간 소림사는 하루도 편할 날이 없었다더군. 지금까지 그녀를 구하겠다고 덤벼들었다가 붙잡힌 사람이 못해도 100명은 넘을 걸세.”

영호충은 가슴이 뜨겁고 피가 펄펄 끓어 도무지 마음을 가라앉힐 수가 없었다. 흥분으로 한참 동안 몸을 떨던 그가 마침내 입을 열었다.

“막 사백님, 조금 전에 사람들이 서로 두령이 되겠다고 치고받으며 싸운다 하셨는데, 그 말씀은 무슨 뜻입니까?”

막대 선생이 또다시 한숨을 쉬었다.

“그 방문좌도들은 평소 임 대소저의 호령에는 벌벌 떨지만 원체 싸움을 좋아하고 오만방자하여 남들에게 지려고 하지 않네. 소림사에 쳐들어가 임 대소저를 구하겠다고 하지만, 그들도 소림사가 천하 무학의 요람이니 쉽사리 이길 수 없다는 것은 잘 알고 있겠지. 하물며 혼자 쳐들어갔다가 붙잡힌 자들이 몇 명인가? 그래서 이번에는 사람을 모아 결맹을 하고 함께 움직이기로 했는데, 결맹을 하자니 맹주가 필요하게 된 거지. 듣자니 서로 맹주를 하겠다고 싸워대는 통에 죽거나 다친 사람이 한둘이 아니라고 하더군. 영호 아우, 그들을 제압할 수 있는 사람은 자네뿐일세. 자네가 한마디만 하면 누가 감히 토를 달겠나, 아니 그런가? 하하하하!”

막대 선생은 통쾌하게 웃었지만 영호충은 얼굴이 벌게졌다. 막대 선생의 말이 틀린 것은 아니지만, 호걸들이 그의 말을 따르는 까닭은 오로지 영영 때문이었다. 나중에 영영이 이 사실을 알면 길길이 날뛸지도 모르는데 어떻게 그런 일을 할 수 있겠는가?

곤란한 얼굴로 머리를 긁적이자니 문득 좋은 생각이 떠올랐다.

'영영은 내게 무척 정이 깊지만 수줍음이 많고 자존심이 강해 이 일로 놀림 당하는 것을 싫어한다. 그녀는 내가 좋아서 어쩔 줄을 모르는데, 나는 그녀에게 무정하게 군다는 말을 들을까 봐 두려운 거야. 영영의 정에 보답하려면, 강호인들이 입만 열면 이 영호충이 임 대소저에게 푹 빠져 그녀를 위해 목숨을 바쳤다고 떠들게 만들어야 해. 내가 혈혈단신으로 소림사에 쳐들어가 그녀를 구해낸다면 제일 좋겠지. 설사 구해내지 못하더라도 누구나 알게끔 한바탕 소란을 피우면 돼.'

그는 고개를 끄덕이며 말했다.

"항산파의 정한 사백님과 정일 사숙님께서 방증 대사께 임 소저를 풀어달라 부탁하기 위해 소림사로 가셨습니다. 그러니 양측이 피를 흘리며 싸우는 일은 없을 겁니다."

"그럼 그렇지! 어쩐지… 정한 사태같이 신중한 분이 어쩌자고 어린 제자들을 자네에게 맡기고 떠났는지 줄곧 이상하게 생각했는데, 이제 보니 모두 자네를 위해서였구먼."

"막 사백님, 이 일을 알게 된 이상 한시도 지체할 수가 없습니다. 날개가 있으면 당장이라도 소림사로 날아가 두 분 사태의 방문으로 어떤 일이 생겼는지 확인하고픈 마음이 굴뚝같습니다만, 항산파의 사저와 사매들이 도중에 무슨 변고를 당하지나 않을까 걱정입니다."

"염려 말고 떠나게!"

막대 선생이 시원하게 대답하자 영호충은 몹시 기뻤다.

"정말 가도 되겠습니까?"

막대 선생은 대답 없이 의자에 기대놓은 호금을 들고 띠리링띠리링 연주를 시작했다.

영호충은 그의 이런 행동이 항산파 제자들을 돌봐주겠다는 약속임을 깨달았다. 막대 선생의 비범한 무공과 식견이라면, 대놓고 보호하든 남몰래 보호하든, 항산파 제자들이 아무런 해도 입지 않으리라 확신할 수 있었다.

영호충은 허리를 숙여 인사하며 말했다.

"큰 은혜, 결코 잊지 않겠습니다."

막대 선생이 껄껄 웃으며 대답했다.

"오악검파는 한 뿌리일세. 내가 한 뿌리인 항산파를 돕는데, 어찌 자네가 고마워하는가? 임 대소저가 알면 단단히 질투를 하겠군."

영호충도 웃으며 인사를 했다.

"그렇다면 이만 떠나겠습니다. 항산파의 사저와 사매들은 막 사백 님께 부탁드립니다."

그는 곧바로 몸을 돌려 술집을 나갔다. 저 멀리 강가를 바라보니 배의 창문에서부터 노란 불빛이 새어나와 강물을 비추고 있었다. 등 뒤의 술집에서는 막대 선생의 호금 소리가 나지막하게 흘러나와 어둡고 고요한 밤을 더욱 쓸쓸하게 만들었다.

笑傲江湖